직립적의 난

직립적의 난

초판 1쇄 인쇄일 2015년 2월 10일
초판 1쇄 발행일 2015년 2월 14일

지은이 김윤규
펴낸이 양옥매
디자인 최원용
교 정 조준경

펴낸곳 도서출판 책과나무
출판등록 제2012-000376
주소 서울특별시 마포구 월드컵북로 44길 37 천지빌딩 3층
대표전화 02.372.1537 **팩스** 02.372.1538
이메일 booknamu2007@naver.com
홈페이지 www.booknamu.com
ISBN 979-11-5776-019-0(03810)

이 도서의 국립중앙도서관 출판시도서목록(CIP)은 서지정보유통지원 시스템
홈페이지(http://seoji.nl.go.kr)와 국가자료공동목록시스템
(http://www.nl.go.kr/kolisnet)에서 이용하실 수 있습니다.
(CIP제어번호 : CIP2015004498)

직립적의 난

直立賊 亂

김윤규 지음

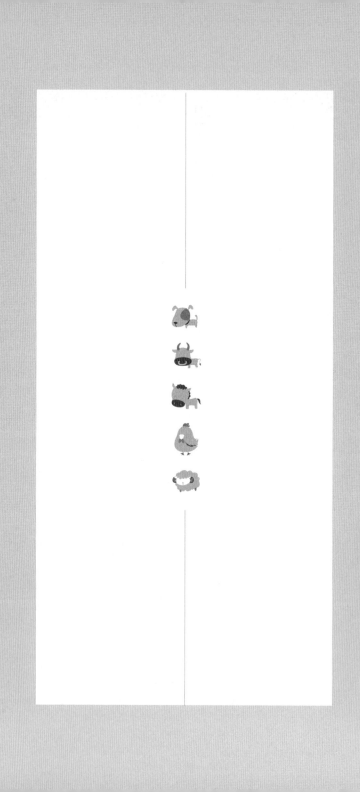

목차

1. 개   06

2. 소   45

3. 말   79

4. 닭   114

5. 양   156

6. 애완견   191

7. 비육우   240

8. 경주마   284

9. 산란계   322

10. 희생양   359

11. 잘못은 너희가 했다   397

사람들은 두 발로 걷도록 하라.
두 발로 서고 앞발을 들고 허리를
세우고 걷도록 연습하라.

개

=
1
=

사람들은 두 발로 걷도록 하라. 두 발로 서고 앞 발을 들고 허리를 세우고 걷도록 연습하라. 사람의 망측한 꼴이야 짐승의 짓이니 거론할 바 없으나, 예의를 아는 개로서 어찌 이런 해괴한 모양을 두고 보랴. 이제 어쩔 수 없어 명하노니, 사람들은 두 발로 걷고 허리를 세우도록 하라. 책임 있는 개들은 사람들의 두 발 걷기를 조기에 완성하여 일후 마을에서 망측한 꼴을 보지 않도록 하라.

사람들은 누가 보나 참 민망했습니다. 어쩌다 그렇게 됐는지, 꼬리는 생기다 말아서 흔적만 남았는데 네 발로 엉금엉금 기는 꼴은 참 우스웠습니다. 게다가 사람이란 게 뒷다리는 길고 앞다리는 짧아서, 기어가는 꼴조차 곧 엎어지게 위태한 것도 아주 꼴불견이었습니다.

그러나 실제로 우리 개들을 불편하게 하는 것은 그 뒤태였습니다. 사람이란 게 앞다리보다 뒷다리가 길어서, 네 발로 엎어지게 걸으니 자연히 꽁무니를 높이 쳐들고 다니게 되는데, 혹시 뒤에 점잖은 개라도 있을 경우에는 아주 불경한 모양이 되었기 때문입니다. 더욱이 꼬리가 없으니 그 냄새나는 꽁무니를 감추지 못하고 이리저리 휘두르고 다니는 꼴이란, 참 버릇없어 보이기도 하고, 민망하기 짝이 없었습니다.

그래도 숫사람들이 그런 괴상한 모양으로 허덕대며 다니는 것이야 어쩔 수 없다 하더라도, 암사람들은 아무래도 모양이 아주 괴이했습니다. 그 펑퍼짐한 꽁무니를 쳐들고, 네 발로 기면서 어기적거리는 것은 점잖은 개들이 보기에 늘 편치 않았습니다.

그런 꼴을 하고는 온 마을을 돌아다니니, 확실히 개들보다 사람들이 더 괴상한 짓을 많이 했습니다. 개들은 꼭 발정기가 되어서 강아지를 밸 목적으로만 그렇게 하는데, 사람들은 그렇지도 않았습니다. 발정기는 말할 것도 없고, 아무 때나 서로 눈만 마주치면 그러고서 길바닥에서 혀를 빼물고 헐떡이며 늘어져 있곤 했습니다. 새끼를 밸 목적도 없이 아무 데서나 그러니, 제대로 배운 개들은 아주 사람들 가까이에 가려고 하지를 않았습니다. 더욱이 강아지를 기르는 암캐들은, 사람들이 모인 곳에 자기 강아지가 가지 못하도록 타이르는 것이 일이었습니다. 그래서 목축하는 개로서도, 사람들이 발정기를 지키도록 가르치고 혼내는 것 또한 한 가지 일이었습니다. 그러나 그게 쉽지 않은 것이, 암사람들이 꼬리도 없이 네 발로 꽁무니를 치켜들고 다니니, 배운 데 없는 숫사람들이 자제할 리 없고, 이 예의의 마을로서는 못 봐 줄 일이 자꾸 일어났던 것입니다.

그렇지만 오랫동안 이미 가축으로 기르고 있었으니, 그런 모양이 아무리 사납고 눈에 거슬려도 어차피 짐승의 짓이려니 하고 그냥저냥 넘어가고 있었습니다. 그런데 추장께서 저렇게 진노하는 것은, 이즈음 있었던 매우 불미한 일 때문이었습니다.

이번에 암사람 중에 어떤 것이 발정기에 일을 저질렀던 것입니다. 그러잖아도 암수를 막론하고 사람이라는 게 꽁무니를 감추지 못하는 것들인데, 암컷이 발정한 표시를 그렇게 내면서 마을을 싸돌아다녔으니, 더욱 모양이 사나웠습니다.

대개 사람이 발정을 하면 목축하는 개가 적당히 짝을 지어 교배를 시키곤 했는데, 이번 것은 너무 모양이 심하게 생겼는지, 아무 사람도 교배를 하려고 하지 않았던 모양입니다. 사람들은 못된 것들이어서, 평소에 아무렇게나 할 때는 물론이고, 암컷이 발정을 해도 얼굴을 따져서 교배를 하곤 했습니다. 어차피 털도 덜 난 것들이, 그래도 지들 딴에는 모양을 심하게 따졌습니다. 어쨌든 그 못생긴 암컷은 저녁마다 괴상한 소리를 내면서 끙끙 앓았습니다.

그랬는데, 마침 저녁을 주러 온 목축하는 개에게, 그것이 아주 심하게 발정 난 표시를 낸 모양입니다. 그러자 그 못난 것이 세상에, 그런 망측한 짓을 사람에게 하려고 했던 것입니다. 본디 그 목축하는 개라는 것이 용감하지도 못하고 지혜롭지도 못하고 생긴 것도 딱

해서, 마을 뒤쪽에 커다란 울타리를 만들어 사람들을 몰아넣고, 뒷전에서 사람이나 기르고 살라고 던져둔 개였으니 그런 짓도 하려고 했겠지만, 도무지 예의를 아는 개로서 상상할 수도 없는 망측 괴상한 일이었습니다. 더욱이 일이 되느라고, 그날따라 입 싼 마을 여편네가 그 꼴을 우연히 봐 버렸습니다. 일찍 저녁을 해치우고 마을가던 그 여편네가 그 해괴한 꼴을 보고 하도 괴상한 소리를 질러대는 바람에, 그 못난 것은 뭘 제대로 하지도 못하고 찔끔하고 도망을 갔는데, 바로 마을에 소문이 나고, 그날 저녁 안으로 추장에게까지 보고가 되었던 것입니다.

추장은 차마 듣지 못할 말을 들은 것에 진노했습니다. 당장에 그 못난 것을 잡아다가 산 너머로 추방했습니다. 아마, 그날 밤으로 호랑이나 늑대들의 먹이가 되었을 것입니다. 그 힘도 없는 것이 그러지 않을 방도가 없었을 것입니다. 그러고는 그 망측한 암사람을 즉시 죽여서 마을 밖에 버리도록 명령했습니다.

그러고 나서 추장은 저 선언을 했습니다. 이제 모든 사람은 두 발로만 걸어야 한다는 것입니다. 그러면 그 사나운 꽁무니를 쳐들고 다니지 않을 것이고, 예의바른 마을에서 서로 민망한 꼴을 드러내지 않을 것이라고 했습니다.

사람들은 두 발 걷기를 연습해야 했습니다. 목축하는 개는 새로 임명되었습니다. 그 개는 나와 같은 계절에 태어난 동무였는데, 용감하지도 않고 재빠르지도 않은 것이 욕심은 많아서, 추장이 사람 때문에 골치가 아프다고 하니까 잘 보이려고 자원했습니다. 그 지저분한 동무 덕분에, 강아지들이나 가르치면서 그냥저냥 백수로 살던 나조차, 그것도 교육이라고 사람들 두 발 걷기에 투입되었습니다.

새로 임명된 목축하는 동무는 추장의 명령에 따라 열심히 두 발 걷기를 시켰습니다. 이미 늙은 사람들은 새삼스럽게 두 발 걷기를 하지 않아도 될 듯했지만, 추장은 단호하게 모든 사람에게 명했습니다. 늙으나 젊으나 사람들은 무조건 익히라는 말씀이었습니다.

어린 것들은 비교적 쉽게 두 발 걷기를 익혔습니다. 아예 걸음마를 두 발 걷기로 시작한 것들도 있었습니다. 그런 것들은 잠시 후 아주 여상히 두 발로 걸었습니다. 젊은 것들도 좀 어렵기는 했지만 그런대로 연습한 효과를 냈습니다.

그러나 역시 늙다리들이 문제였습니다. 넘어지고 자빠지면서 연습해도 도무지 효과가 없었습니다. 그러잖아도 늙어서 잘 부러지는 뼈다귀를 곳곳에 처박으니 하루도 성한 날이 없었습니다. 할 수 없이 목축하는 개는 추장께 간청했습니다.

– 추장님, 저 늙은 것들은 연습을 면하는 것이 어떻겠습니까?

– 왜 그러는가?

– 늙은 것들은 연습해도 늘지를 않고, 자꾸 부러지고 다치니….
또, 늙은 것들은 꽁무니를 쳐들고 다녀도 그리 볼만한 게 없으니, 그냥 네 발로 다니도록 하시는 것이….

– 그러니 더욱 안 돼! 늙은 것들은 더 괴상한 꼴을 하고는 더 요란

하게 내흔드니, 이게 무슨 예의의 마을인가. 딴 소리 하지 말고 늙은 것들도 연습시키게.

– 예, 그렇지만, 추장님, 하도 많이 다치니 다른 것들도 연습이 늦어집니다.

– 그거, 참, 하여튼 사람들이란 도무지…. 에이, 거 어쩌나?

– 그저 선처를 좀….

– 네 발에서 한꺼번에 두 발로 줄이니 안 되는 게 아닐까?

– 예?

– 세 발로 줄여 보게.

– 예에?

– 한 발을 더 쓰게 하게.

– 그렇지만, 추장님. 세 발을 어떻게 쓰게 할지….

– 막대기를 주고 앞발로 잡고 서라고 해 보게.

– 아, 예, 예, 알겠습니다.

이렇게 추장은 어쩔 수 없이 늙다리들에게 지팡이를 짚고 걷는 것을 허락했습니다. 그러자 좀 나아졌습니다. 늙은 것들도 이제는 제법 꽁무니를 감추고 다닐 수 있게 되었습니다.

막대기를 늙은 것들에게 준 효과는 엉뚱하게 나타났습니다. 늙은 것들이 막대기로 서다가 가끔 그걸 쳐들고 젊은 것들을 후려치기도 한 것이 발단이었습니다. 사람들은 도무지 예의를 모르는 것들이기 때문에, 가끔 늙은 것들과 젊은 것들이 다투는 경우가 있었습니다.

우리 개들은 마을 안에 질서가 있어서, 무엇이든지 다툼 없이 차지하는 순서가 있었습니다. 그러나 사람들은 먹이 앞에서 양보가 없고, 특히 암컷을 두고는 전혀 양보가 없었습니다. 이번에도 어떤 늙은 것이 발정하는 암컷을 차지하려다가 젊은 것에게 깨물리자, 막대기를 휘두른 것이었습니다. 그러자 젊은 것이 막대기를 빼앗아 들고 늙은 것을 패버렸습니다. 이 공격은 매우 효과적이었습니다. 늙은 것은 대번에 대가리가 깨어져서 나가떨어졌습니다. 추장은 젊은 것을 즉시 죽이도록 명령했습니다.

그러나 그때부터 사람들은 아무나 막대기를 잡고 다녔습니다. 그것은 자신을 지키기 위한 것이기도 했지만, 그보다 남을 공격하는 데 더 쓰였습니다.

목축하는 개는 골머리를 앓았습니다. 늙은 사람들이 자빠져서 다치는 것보다, 지금 막대기를 들고 싸워서 다치는 것들이 더 많았습니다. 그는 추장에게 보고했습니다.

– 추장님, 아무래도 사람들을 어떻게 해야 할지를 모르겠습니다.

– 그 참, 그것들은 왜 이렇게 속을 썩이나.

– 송구합니다. 이제는 모든 사람들이 막대기를 들고 다닙니다.

– 그것들은 왜 그렇게 싸움질인가?

– 원래 사람들이란 게 그렇게 그악스럽습니다.

– 그것들 참….

– 어떻게 하면 좋을까요?

– 글쎄, 하여튼, 그것들이 막대기를 좋은 쪽으로 쓰도록 해 보게.

- 좋은 쪽이라면….
- 막대기로 서로 때리지 말고, 풀을 뜯든지 뱀이나 개구리라도 잡
  게 하든지….
- 아!

목축하는 개는 사람들을 줄로 세워 몰고 다녔습니다. 사람들은 저
희끼리는 무질서하고 무례했지만, 특별히 감시하지 않아도 개들의
말은 잘 들었습니다. 물론 사람 중에도 말을 안 듣는 것들이 있었지
만, 본래부터 사람은 개들에게 상대가 되지 않았습니다. 이전에 어
떤 사람이 목축하는 개의 눈을 피해 달아난 적이 있었는데, 달리기
에서 개의 상대가 되지 않았기 때문에 곧 잡혀 죽었습니다. 또 개에
게 직접 대든 사람도 있었지만, 그 어설픈 송곳니로는 개의 날카로
운 이빨을 당하지 못했습니다. 그 대들던 사람이 목을 물려 죽은 뒤
로는, 사람들이 도망하거나 대항하는 일은 없었습니다. 개와 사람
의 관계에서 사람은 완전한 복종 이외에는 길이 없었습니다.
　원래 사람은 식용으로 사육되었습니다. 우리 개들의 조상은 필요
한 고기를 늘 사냥해서 먹었지만, 날씨가 너무 춥거나 오래 비가 올
때면 사냥이 어려워서 기근이 들곤 했습니다. 그래서 마침 잡기도
쉽고 길들이기도 쉬운 사람들을 가두어 두었다가 기근에 잡아먹었
는데, 그것을 개량하여 고기를 생산하는 가축으로 썼습니다. 그러
나 결국, 사람을 식용으로 쓰기는 별로 재미가 없었습니다. 무엇보
다 사람은 성장이 느려서, 식용으로 할 만큼 기르는 데 너무 많은 시

간이 걸렸습니다. 사람 하나 길러서 잡아먹으려면, 기르던 개가 먼저 늙어버리곤 했습니다. 게다가 사람은 새끼를 너무 적게 낳았습니다. 개들은 대개 한배에 일고여덟 마리까지 낳았는데, 사람은 한 번에 하나, 혹은 많아야 두 마리만 낳았습니다. 그래서 사람은 식용 가축으로는 쓸 만하지 않았습니다.

그 대신 전에는 가끔 제사에 쓰기 위해 젊고 예쁜 암사람을 길러서 잡았습니다. 그런데 이번 추장은 마음이 어질고 예의로 마을을 다스리기 때문에, 젊고 예쁘더라도 무고한 사람을 잡지는 않고 죄를 지은 사람만 잡아서 제사에 썼습니다. 또 가끔 잔치에서 사람을 잡던 것도, 추장은 가까이 기르던 것을 차마 먹을 수 없다 하여, 가능하면 사람을 먹지는 않았습니다. 대신, 사람들이 우리보다 뱀이나 개구리를 잘 잡았기 때문에 주로 그런 용도로 목축하고 있었습니다.

추장께 다녀온 뒤로부터 목축하는 개는 사람들에게 새로운 일거리를 주었습니다. 지금까지 몸으로 덮치거나 이빨로 물어서 개구리를 잡던 것에서, 이제부터는 막대기로 때려서 잡는 연습을 시킨 것입니다.

사람들은 금방 이 새 방법에 익숙해졌습니다. 그러지 않아도 서로 싸우느라 앞발 쓰는 데 익숙해졌고, 막대기로 때리는 일에도 이골이 나 있어서, 뱀이나 개구리를 잡는 것은 대단한 성과를 올렸습니다. 사람들이 잡아오는 양이 현저히 늘었습니다.

게다가 저희끼리 싸우는 것도 줄었습니다. 사람들이란 원래 잔인한 것들이어서, 때리고 싸우는 것을 즐기는데, 막대기로 마구 때리고 잡으니, 아주 즐거워했습니다. 그러니 저희끼리는 별로 때리지 않게 되었던 것입니다.

목축하는 개는 대단히 즐거워하면서 추장께 보고했습니다.

– 추장님, 추장님의 지시는 참으로 놀라웠습니다. 사람들이 이제 는 서로 싸우지 않습니다.

– 그런가? 그것들이 그렇게 잔인한 것들이었구나.

– 그렇습니다. 그 잔인한 것들이 성질풀이를 할 수 있게 되었습니다.

– 그렇겠지.

– 예?

– 그래도 그것들 성질은 여전히 남아 있을 거야.

– 예? 아, 예, 그렇겠지요.

– 그렇겠지…. 하여튼 자네 수고했네.

목축하는 개는 놀라운 성과를 올렸습니다. 이제 마을의 개들은 누구도 배를 곯지 않았습니다. 사람들이 잡아오는 뱀과 개구리가 마을에 넘쳐났습니다. 남는 것은 돌에 널어 말려서 겨울에 대비할 수도 있게 되었습니다. 곳곳에 말려서 쌓은 뱀과 개구리가 남아돌았습니다.

이제는 강아지들도 뱀이나 개구리를 먹으려고 하지 않았습니다. 이런 양서 · 파충류 고기들은 원래 좀 비린내가 나는 법인데, 강아지들은 비려서 못 먹겠다고 떼를 쓰면서 싱싱한 고기를 달라고 졸라대었습니다.

전부터 큰 짐승을 사냥하는 것은 개들이 잘했습니다. 노루나 오소리 등은 빠르기도 하고 힘도 세어서, 개들이 아니면 사냥할 수가 없었기 때문입니다. 그리고 그런 짐승들의 고기는 싱싱하고 맛있어서 늙은 개들과 강아지들에게 영양식으로 주어졌었습니다. 그러나 사람들이 뱀과 개구리를 많이 잡아 오자, 개들이 사냥을 좀 덜 하고 있었습니다.

개들은 오랜만에 사냥에 나섰습니다. 한 골짜기를 택해서 여러 개들이 열을 지어 접근한 뒤, 골짜기를 타고 들어가면서 짖어대기 시작하면 그 속에 있던 짐승들이 튀어나왔습니다. 산세를 보아 목을 정하고 몰아대면 짐승은 그리로 쫓겨 가게 되어 있었습니다. 그러면 거기 대기하고 있던 젊은 개들이 사냥감의 목을 물어서 죽이는 방법이었습니다.

이 방법은 거의 성공했습니다. 아침부터 마을의 젊은 개들이 모두 몰려나가면 저녁에는 보통 서너 마리 정도의 노루나 고라니, 오소리 등을 잡아 돌아왔습니다. 가끔은 몰아대다가 호랑이나 스라소니, 늑대 따위를 만나는 경우도 있었습니다. 그럴 때 경험 없는 젊은 개들은 당황하고 겁을 먹기도 했지만, 경험이 있는 개들은 더욱 맹렬하게 짖어서 쫓아버릴 수 있었습니다. 이 산중에 우리들 개만큼 집단적으로 행동하는 짐승은 없었습니다. 아무리 맹수라고 해도 우리들 개의 집단을 이기는 경우는 없었습니다.

다만, 혹시 멧돼지를 만나는 것이 좀 긴장되는 경우였습니다. 멧돼지는 도무지 성질을 알 수 없는 짐승이었습니다. 어떤 때는 겁이 많은 것 같기도 했습니다. 멀리서 우리가 짖는 소리만 듣고도 꽁무니를 보이곤 했습니다. 그렇지만 가끔 정면에서 맞닥뜨리면 아주 무서운 상대였습니다. 앞뒤를 가리지 않고 공격하는 그 무식한 상대는, 우리로서도 도무지 답이 없는 강적이었습니다. 그래서, 호랑이도 물리친 늙은 개들이, 다른 것과는 싸워도 멧돼지는 피하라고 젊은 개들에게 조언을 할 정도였습니다.

이번 사냥에서도 이 방법은 성공했습니다. 한참 잡지 않았더니 노루들은 어리석어져 있었습니다. 전에는 가끔 방향을 바꾸어 달리기도 해서 따라잡기 귀찮게 하더니, 이번에는 몰아대는 그대로 사냥목을 향해 달려갔습니다. 게다가 달리다 말고 우뚝 서서 우리를 지켜보기까지 하니, 따라잡는 것도 그리 어렵지는 않았습니다. 새끼 노루를 먼저 잡고, 그 근처를 배회하던 암수 노루를 어렵지 않게 잡았습니다. 노루 세 마리면 그저 보통 사냥은 되는 숫자였습니다. 이번에 잡은 노루는 모두 강아지들에게 주었습니다. 어른들도 그렇게 하라고 했습니다.

매번 그렇지만, 사냥이 끝나면 조금씩 서로 미안해지곤 했습니다. 어린 강아지들은 아직 예의를 모르니 먹는 데 염치가 없고, 어른들은 고기가 아니면 배부르지 아니하니 드리지 않을 수 없고, 그렇다고 사냥으로 속이 텅 빈 젊은 개들이 배를 채우지 않을 수도 없었습니다.

  결국 이번에는 어른들의 의견을 따라서 강아지들에게 우선 고기를 먹였습니다. 어른들에게는 내장을 드리고 젊은 개들은 뼈에 붙은 고기를 발라 먹으며 시장기를 달래고 있었습니다. 개중에는 할 수 없이, 잡아놓은 뱀이며 개구리를 먹는 개도 있었습니다.

  사람들은 이런 개들을 물끄러미 바라보고 있었습니다. 사람들에게는 이번에 사냥한 고기가 전혀 돌아가지 않았습니다. 원래 사람은 잡식성이어서 고기도 먹고 뱀이며 개구리, 물고기, 심지어 온갖 풀도 뜯어 먹는 짐승이기 때문에, 본디 그리 배고프게 기르지는 않았습니다. 그런데 유독 이번 사냥에서 우리가 고기를 먹는 것을 안타깝게 쳐다보는 것이었습니다.

  이튿날, 목축하는 개가 추장께 청하였습니다.

  ― 추장님, 저기…, 사람들이 사냥을 하겠다고 합니다.

  ― 사냥?

  ― 예.

  ― 하고 있잖아?

  ― 아니, 저기…, 노루를 좀 잡아 볼까 하고 있습니다.

  ― 그것들이 어떻게 노루를 잡아? 개들도 잡기 어려운 걸.

  ― 그러게 말입니다. 그것들이 어제 개들이 고기 먹는 것을 보더니, 저희들도 고기를 먹고 싶다고 사냥을 해 보겠다고 청합니다.

  ― 될까?

– 해 보라고 하면 어떨까요?

– 도망가지 않을까?

– 도망은 못 갈 겁니다. 그것들이 그렇게 느린 것들인데, 어떻게
  제 달리기를 벗어나겠습니까?

– 그런 것들이 노루는 어떻게 잡는다고?

– 그러게 말입니다.

– 해 보라 그래. 그것들이 사냥은 아무나 하는 줄 아는 모양이군.

　목축하는 개가 사람들을 몰고 사냥에 나섰습니다. 추장은 혹시라
도 사람들이 멀리 달아나지 않도록 젊은 개 몇을 딸려 보냈습니다.
개들이 인솔하는 가운데, 사람들은 각기 몽둥이를 하나씩 꼬나 잡고
사냥을 떠났습니다. 사람들이 앞발로 잡고 나온 몽둥이는 전에 그들
이 쓰던 막대기보다 짧고 뭉툭한 것이었습니다. 사람들이 사냥을 간
다는 말에 온 마을의 개들과 암사람들과 그 새끼들이 구경을 나왔습
니다.

　아무리 보아도 두 발로 걷는 것은 우습고 어색해 보였습니다. 암
사람들이 꽁무니를 쳐들고 다니는 것이 눈에 거슬려서 두 발로 걸으
라고 하기는 했지만, 숫사람들을 두 발로 세워놓으니 그것 역시 꼴
이 우스웠습니다. 이상하게도, 사람들은 그걸 감추지 못하는 특이
한 짐승인 것 같습니다. 우리 개들은 그게 아랫배 속에 있다가 필요
할 때만 배 밖으로 내밀게 되어 있는데, 사람은 평소에도 그게 배 밖
에 나와 털레털레 매달려 있었습니다. 네 발로 걸을 때는 그래도 그

냥저냥 괜찮았는데, 두 발로 세워 놓으니 아주 괴상해졌습니다. 꼭 일부러 내밀기라도 한 듯이 툭 돌출해 보여서 참으로 민망했습니다. 네 발로 걸을 때는 암사람들 그게 채신머리없이 도드라져 보이더니, 두 발로 걸으니 또 숫사람들 그게 저렇게 툭 튀어나와 털렁거리니, 아무래도 예의 바른 마을에서 기를 짐승은 못 되는 것 같았습니다.

추장이 고개를 돌리면서 말했습니다.

– 가라. 가서 노루를 잡든지 도깨비를 잡든지 마음대로 해라.

도깨비라는 말에, 개들이 모두 와아 하고 웃었습니다. 몽둥이를 들고 배 아랫것을 내밀고 줄느런히 서 있는 것이 참 낮도깨비가 따로 없었습니다.

신이 나서 괴상한 소리를 지르면서 떠나가는 사람들을 보면서 추장은 혼잣말처럼 했습니다.

– 암컷들은 두 발로 걷게 하고, 수컷들은 그냥 네 발로 걷게 할 걸
  그랬어.

사람들은 놀라운 성과를 가지고 돌아왔습니다. 저녁에 마을이 떠들썩해서 나가 본 개들은 모두 그 많은 사냥감에 깜짝 놀랐습니다. 사람들은 노루 세 마리에 고라니 한 마리, 오소리 한 자웅과 새끼에다, 심지어 날아다니는 꿩까지 네댓 마리를 잡아 왔던 것입니다. 잡아 온 짐승이 얼마나 많은지 마당에 그들먹했습니다. 잡힌 짐승들은 거의 머리가 깨어져 있었습니다.

사람들은 신이 나 있었습니다. 서로 짐승을 잡던 흉내를 내면서 자

랑을 하느라고 온 마당이 시끄러웠습니다. 어떤 것은 제가 다 잡기라
도 한 것처럼 허풍을 떨었고, 어떤 것은 잡던 흉내를 내다가 옆엣것
을 쳐서 싸움이 붙기도 했습니다. 개들도 놀라워하면서 와글와글 떠
들고 있었습니다. 추장이 나와서야 소동이 좀 가라앉았습니다.

추장은 잠시 바라보다가 목축하는 개에게 물었습니다.

– 이걸 다 사람들이 잡았는가?

– 예. 사람들이 그냥 몽둥….

– 됐네. 사람들이 이걸 다 먹을 수 있겠는가?

– … 아닙니다. 사람들은 이걸 추장님께 바치겠다고 했습니다.

– 됐어. 큰 것들만 두고 사람들 먹이게.

– … 예.

– 오늘은 수고들 했으니 배불리 먹고 실컷 흘레붙을 수 있게 해
  주게.

– 예, 추장님.

– 그리고 자네는 다시 내게 오게.

– 예.

추장은 노루와 오소리와 꿩 두 마리씩만 남기고 사람들이 가지고
가도록 했습니다. 사람들은 신이 나서 떠들고 뛰면서 돌아갔습니
다. 흘레붙게 해 준다는 말에 벌써 걸음걸이가 어기적거리는 것도
있었고, 암사람 중에서도 괴상한 소리를 내면서 몸을 틀어대는 것들
이 있었습니다. 추장은 사람들이 바친 것들을 마을의 개들에게 나누

어 주었습니다. 마을은 어제보다 풍성한 저녁을 맞았습니다.

　목축하는 개가 추장에게 돌아왔습니다.

　– 애 썼네.

　– 예.

　– 사람들이 짐승을 잘 잡던가?

　– 예. 아주 잘 잡았습니다. 우리보다 더….

　– 상세히 말해 보게.

　– 아, 예. 사람들은 우리처럼 골짜기를 타고 들어가지 않고, 골짜
　　기를 둘러싸고 좁혀 들어갔습니다. 사냥목은 전에 우리가 쓰던
　　곳을 그냥 썼는데, 골짜기 안에 있던 짐승들은 모두 그리로 몰
　　려갔습니다.

　– 골짜기를 에워싼다?

　– 예. 사람들은 짖는 소리가 우리보다 약해서, 모두 몽둥이를 들
　　고 바위나 나무를 때리면서 소리를 치니, 골짜기에 있던 짐승들
　　이 튀어나왔습니다.

　– 목으로 쫓겨 간 짐승은?

　– 목을 지키던 사람들이 몽둥이로 대가리를 때려서 죽였습니다.

　– 쉽게 죽던가?

　– 예. 거의 한두 대에 다 죽었습니다.

　– 꿩은? 우리는 꿩이 날아버리면 잡을 수 없었는데?

　– 꿩은 숲 사이에서 달아나다가 날아오르곤 했는데, 사람들은 그
　　걸 바라보면서 마구 소리를 질렀습니다. 꿩은 본래 멀리 날지를

못하니 가까운 곳에 내려앉는데, 그러면 또 달려가면서 소리를 질렀습니다. 그러면 또 날아오르고 또 소리 지르고, 몇 번 그러니까 꿩이 숲에 대가리를 박고 숨어서 꼼짝을 안 했습니다.

- 그래? … 그것들이 그걸 어떻게 알았을까?

- 추장님, 무슨 걱정이 있으십니까?

- 아니, 글쎄…, 하여튼 자네 수고했네.

- 저기…, 추장님, 이제부터 사냥을 사람들에게 시키는 것이 어떻겠습니까?

- 글쎄, 사람들이 사냥을 하면, 우리는?

- 우리는 그것들이 사냥한 것을 받아먹으면 되지 않겠습니까?

- 우리는 사냥을 안 하고?

- 예, 그것들이 우리보다 사냥을 잘하는 것 같습니다. 그것이 우리가 목축하는 한 가지 보람이 될 것입니다.

- 괜찮을까?

- 무슨, 걱정이 있으십니까?

- 글쎄, 우리가 사냥을 안 한다?

- 우리가 사냥을 하지 않으면 젊은 개들이 더 여유를 가지고 마을을 돌볼 수 있을 것입니다.

- 사냥하는 양은 충분할까?

- 아마 충분할 것입니다. 우리가 늘 사냥하던 골짜기 외에, 사람들에게 다른 골짜기를 사냥하게 해도 해낼 것입니다.

- 글쎄…. 사람들이 자네 말을 잘 듣는가?

– 예, 추장님, 사람들은 제 말에 절대 복종합니다.

– 그래, 거 잘됐군. 자네 생각에는 사냥을 시켜도 되겠다는 게지?

– 예, 이번에도 사냥한 짐승들을 추장께 바치자고 한 것이 사람들
　이었습니다.

– 그래, 그야 어쨌든…. 해 보게.

– 예.

　추장은 마침내 사람들이 사냥을 맡도록 허락했습니다. 사람들이
사냥하되, 반드시 젊은 개들이 인솔하여 지키도록 하고, 사냥한 짐
승은 반드시 추장에게 보고하고 분배하도록 하라고 했습니다.

　사람들은 길길이 날뛰며 좋아했습니다. 이제는 뱀을 잡다가 독
한 이빨에 물리거나 개구리를 잡느라고 물에 첨벙거리지 않아도
되니, 죽을 위험이 적어졌고, 사냥한 고기는 맛이 좋으니 신이 난
것입니다.

　추장의 지시에 따라 젊은 개들에게 사람들을 인솔하는 책임이 주
어졌습니다. 그 개들은 사람을 인솔하되 달아나는 사람이 생기지 않
도록 감시하는 임무를 가지고 있었습니다. 그러나 그런 걱정은 별로
하지 않아도 되었습니다. 사람들은 사냥에 집중하느라, 별로 딴마
음을 품은 것 같지는 않았습니다.

　사냥은 늘 성과가 있었습니다. 목축하는 개가 새로운 골짜기를 찾
아서 사람을 풀었는데, 새 골짜기마다 풍성한 짐승들이 살고 있었
습니다. 그들 짐승들로서는 재앙이었겠지만, 우리 마을로서는 유사

이래 가장 풍요한 시기가 도래했습니다.

사냥에 나가는 개들은 이제 사람들을 감시하는 것이 아니라, 사람들의 사냥에 개가 협조하는 관계가 되었습니다. 사람들은 짖는 소리가 약하기 때문에, 개들에게 소리를 질러 달라고 요청했습니다. 개들은 기꺼이 그렇게 했습니다. 어쩌면 사람들이 청하지 않아도 스스로 소리를 지르고 있었던 것 같습니다. 사람들이 사냥감을 몰고, 개들이 소리를 지르고, 마침내 사냥목에 이르면 사람들이 몽둥이로 때려잡는 이 사냥법에, 개들도 아주 익숙해졌습니다.

나가는 날이 거듭될수록 사냥은 사람들이 주도하는 형국으로 바뀌었습니다. 개들은 사람들이 골짜기를 에워싸고 신호를 보낼 때까지 그저 기다리고 있다가, 사람들이 신호를 보내면 맹렬하게 짖으며 내달리면 되는 것이었습니다. 사람들의 신호에 따라 왼쪽으로 오른쪽으로, 위로 아래로, 짖다가 멈추기를 수행하는 것이었습니다.

그러던 중에, 일이 생겼습니다. 경험이 부족한 젊은 개 한 마리가, 사람들을 인솔하는 개 무리에 끼었습니다. 사람들이 골짜기를 에워싸러 올라간 동안에, 눈치를 챈 노루가 바로 그 개 앞에서 튀었습니다. 놀라기도 하고 흥분도 한 그 젊은 개는 사정없이 짖으면서 내달렸습니다. 온 산이 술렁술렁 살아나고, 곳곳에서 짐승들과 새들이 튀고 풍겼습니다. 미처 골짜기를 다 에워싸지 못했던 사람들이 산에서 내려왔습니다.

"주여, 무슨 일입니까?"

- 아, 이 젊은이가 노루를 보고 짖은 것이다.

"아아, 주여, 그러시면 안 된다고 하지 않았습니까?"

- 그래, 이 친구가 아직 경험이 없어서 그런 거야.

"주여, 아, 참 곤란하십니다."

- 아, 글쎄. 이 친구가 몰라서 그런 거니, 양해를 해.

"아닙니다, 주여. 이 주님을 좀 잘 타일러 주십시오. 저희는 고기를 잘 먹지 않으면서도 주님들을 위하여 날마다 이렇게 사냥을 하잖습니까? 그런데 이렇게 방해를 하시면 어떡합니까? 저희가 기다리시라고 하는 말을 못 들으신 것이 아니지 않습니까?"

- 아니, 들었지. 다만 실수야, 실수.

"주여, 아시다시피, 사냥은 목숨을 걸고 하는 일입니다. 저희도 가끔 멧돼지를 만나면 죽기도 합니다. 그렇게 허술히 실수할 수 있는 일이 아닙니다."

- 알지. 알고말고. 그러니까 자네들을 믿는 것이 아닌가.

"송구하옵니다, 주님. 그러나 오늘은 이미 짐승들이 달아났으니 사냥을 할 수 없습니다. 그냥 돌아가야겠습니다."

- 글쎄, 그렇겠지.

"하옵고 주여, 내일부터는 사냥에 나오시는 주님들을 잘 통제할 방안을 찾아야 하겠습니다."

- 그러세. 하여튼 오늘은 미안하게 됐네.

사람들은 다음 날 개들에게 사람을 붙이겠다는 제안을 해 왔습니다. 개들이 사람의 신호를 잘못 듣거나 몰라서 사냥을 망치는 일이 없도록, 사람들이 지키고 있다가 신호를 전달하겠다는 것이었습니다. 그도 그럴 만해서 목축하는 개는 허락했습니다.

사람들이 개들을 지키고 있게 되자, 사냥은 더 성공적이었습니다. 그렇지만 그것 역시 잠시뿐이었습니다. 마을에서 어린 강아지들이 자라서 차차 사냥에 가담하게 되었는데, 처음 가는 강아지마다 실수를 하곤 했습니다. 원래 개들은 낯선 짐승을 보면 경계의 표시로 짖는 버릇이 있었습니다. 그것을 자제하라는 것이기 때문에, 아무리 타일러도 잘되지 않았던 것입니다. 젊은 개들이 나갈 때마다 실수를 하니 사람들은 노골적으로 짜증을 냈습니다.

"주여, 어째서 저 젊은 주님은 말귀를 못 알아들으시는 겁니까?"

– 글쎄, 매번 말하잖는가. 경험이 없어서 그렇다니까.

"그렇지만, 오시는 분마다 저렇게 둔하시면 저희도 곤란합니다."

이제는 사람들도 개들에게 예의를 다 갖추지 않았습니다. 전에는 꼬박꼬박 '주여'를 붙이던 말투도, 점점 평상 어법으로 돌아가고 있었습니다. 개들이 사람에게 쓰는 말투도, 전에는 확실하게 하대하고 복종을 요구했지만, 이제는 그러지도 못하고 어정쩡한 말투를 쓰고 있었습니다. 쓰는 말도, 전 같으면 바로 죽여 버릴 말들을 마구 써댔습니다. 개를 보고 '둔하다'고 하는 말 따위는 결코 용서받지 못할 말이었지만, 그냥 얼굴 한 번 찡그리는 것으로 넘어가곤 했습니다.

– 다 그런 건 아니잖아. 조금만 있으면 나아질 거야.

"그렇지만 이렇게는 사냥을 계속할 수가 없습니다."

– 그러니 어쩌나?

"지난번에도 그런 일이 많았지만, 오늘 오신 저 젊은 주님은 소리만 내시는 것이 아니고, 아무 데나 마구 뛰어다니시니, 사냥을 해낼 수가 없습니다."

– 그러게 말일세. 저 애는 마을에서도 수선스럽기로 유명한 애야.

"그래도 사냥에서 그러실 수는 없습니다."

– 그러니 무슨 수가 있는가?

"방안을 찾아야지요. 이렇게 해서는 도저히 사냥을 해드릴 수가 없습니다."

– 글쎄, 무슨 방안이 있겠는가?

"저희가 생각해 보겠습니다."

그 개는 본래 좀 문제가 있었습니다. 날 때부터 같은 배에 난 다른 강아지들보다 약해서 마을의 어른들이 걱정을 했습니다. 어미 젖꼭지가 모자랐는데, 다른 강아지들은 서로 다투어서 제 먹을 것을 찾아 먹었지만, 그 애는 그러지를 못해서 비실비실 시들어가고 있었습니다. 그런 것을, 어른들이 젖꼭지 남는 다른 어미한테 맡겨 길러서 겨우 개꼴이 나게 생겼더니, 어릴 때부터 얼마나 분답스러운지, 잠시도 가만있지를 못하고 곳곳을 후비고 다녔던 아이입니다.

그러다가 그래도 나이를 먹으니 어른들이 배려해 주셔서 이렇게 사냥에 끼게 되었던 것입니다. 목축하는 개는 그 개를 사냥에서 빼

달라고 했지만, 어른들은 그럴수록 데리고 다녀야 무리에서 따돌림 당하지 않는다고 꾸지람을 했습니다. 그러니, 그 모자란 개는, 사냥은 알지도 못하고 하지도 못하고, 그저 산으로 들로 쏘다니는 것만 좋아해서 사람들에게 이렇게 지청구를 듣는 중이었습니다.

사람들은 다음 사냥에서 제안했습니다.

"주여, 저희가 저 주님을 잘 모시도록 하겠습니다."

– 어떻게?

"저희가 어떻게 해 보겠습니다."

– 어떻게 해?

"어쨌든 사냥을 해야 하지 않겠습니까? 저희가 저 주님이 싸돌아다니시지 못하도록 방안을 찾았습니다."

– 글쎄, 해 보게만, 어려울걸, 저 애는.

"예, 저희가 잘 해 보겠습니다."

사람들은 원래 개들을 지키기로 된 사람 말고 특별히 한 사람을 정해서 그 개를 돌보도록 했습니다. 그 사람은 특별한 방법을 썼습니다. 그것은 질긴 덩굴식물로 목줄을 만들어 그 개에게 걸고, 그 끝을 사람이 잡고 있는 것이었습니다. 그러니 그 개도 마음대로 날뛰지 못하고 사람 옆에 있게 되었습니다. 그러다가 골짜기를 에워싼 사람들에게서 신호가 오면 목줄을 풀고 소리쳤습니다.

"물어! 쉭!"

그러면 그 개는 신이 나서 길길이 날뛰며 짖어댔습니다. 아무래도 목줄을 하는 것이 모양은 좀 이상했지만, 도무지 말이 통하지 않는 개를 사냥에 데리고 가려니 그 방법밖에 없었습니다. 목축하는 개도 달리 방안이 없었고 사냥도 성공적이었기 때문에, 사람들이 하는 대로 버려두었습니다.

다음부터 사람들은, 사냥에 새로 나오는 개들 모두에게 목줄을 하겠다고 고집했습니다. 앞으로 처음 사냥에 나오는 개는 모두 목줄을 하고 훈련을 해야 한다는 것입니다. 그렇지 않으면 경험 있는 개들만이 사냥에 참여하고, 목줄을 하지 않은 젊은 개는 사냥에 나오지 말라는 것이었습니다. 경험 있는 개들은 차차 줄어가고, 젊고 경험 없는 개들로 인해 사냥을 실패한 일이 가끔 있었기 때문에, 사람들의 주장을 억지로 막기는 어려웠습니다. 그러고 보면, 이제는 무슨 일이든, 사람들의 주장을 막아내는 것이 사실상 어려워져 있었습니다.

사냥은 아주 효율적이었습니다. 사람들은 개들의 목줄을 쥐고 사냥터로 가서, 짐승을 몰아오면 목줄을 놓으며 소리쳤습니다.

"물어! 쉭!"

그러면 개들은 소리소리 지르며 산천을 뛰었습니다. 사람들의 호령과 개들의 공격이 잘 어울리면 피 튀기는 한 판 축제가 벌어지곤 했습니다. 개들은 사람들의 구호에 맞추기 위해 노력했고, 구호에 즉각 반응하는 훈련을 거듭했습니다. 그 결과, 개들은 언제 어디서든 사람들의 "물어!" 소리만 나면 그 손가락이 가리키는 방향으로 맹렬하게 돌진했습니다. 그러기까지 사람들은 개들의 목줄을 잡고 신호를 기다리게 했습니다. 날이 지나면서, 젊고 용맹한 개들은 거의 모두 목줄을 하고 있었고, 사냥에서 사람들의 신호를 기다리고 손가락을 따라 돌진하는 일에 익숙해 있었습니다.

이제 목줄은 젊은 개들의 자랑거리가 되었습니다. 원래 목줄은 사냥에서 신호를 기다릴 때만 매기로 했지만, 사냥에 나갈 때부터 날뛰는 애들이 많아지자 아예 출발에서 도착까지 목줄을 매고 있게 되었습니다. 수많은 젊은 개들은 모두 목줄을 맸고, 몇몇 젊은 개들은 사냥에 다녀왔다는 것을 처녀개들에게 뻐기기 위해 마을에서 목줄을 매고 다니기도 했습니다.

그 개들은 서로 더 멋있는 목줄을 매고 다니려고 했고, 목줄 자랑이 한 유행이 되기도 했습니다. 여름에는 질긴 칡덩굴로 목줄을 하다가 가을에는 머루가 그대로 달린 머루덩굴 목줄을 하기도 했고, 겨울로 들면 인동꽃이 핀 인동덩굴로 목줄을 하는 것도 있었습니다. 마을의 처녀개들은 제가 마음에 둔 젊은 개에게 물망초 꽃을 꽂은 목줄을 선물하기도 했습니다.

어른들은 이런 풍조를 아주 못마땅해 했습니다. 저런 경박한 풍조를 퍼뜨린 목축하는 개를 미워하고 꾸짖었지만, 이제는 목축하는 개도 나이가 들고 마을에서 어른 대접을 받고 있었기 때문에, 호락호락 꾸지람만 듣고 있지도 않았습니다. 어른들은 추장에게 이런 사정을 아뢰었습니다.

젊어서 용맹을 떨치던 추장은 이제 늙어가면서 사려 깊고 부드럽게 마을을 이끌고 있었습니다. 목축하는 개가 추장에게 불려 왔습니다.

– 요즘 젊은 개들이 모두 목줄을 하고 사냥을 한다면서?

– 그렇습니다, 추장님.

– 여럿에게 그렇게 하는가?

– 예, 아이들이 질서가 없어서 사냥에 방해가 되니….

– 아니, 여럿인가 말이야.

– 예, 지금 사냥에 나가는 개들 중에서는 대부분이 목줄을 하고 있습니다.

– 그 목줄을 사람이 잡고?

– 예.

– 그게 괜찮을까? 사람들이 우리 개들의 목줄을 쥐고 있는 것이?

– 추장님, 이건 사냥을 하는 과정에서 편리를 위해 사용하는 방법일 뿐입니다. 사람이나 개나 사냥을 잘하는 것이 중요합니다.

– 아니, 내 생각에는 사냥이 문제가 아니야. 중요한 것은 개를 목줄로 매어서 사람이 쥐고 있다는 그것이야.

– 그렇지만 추장님, 요즘 젊은 개들이 질서 없는 것을 보시면 생각이 달라지실 것입니다.

– 아이들이 그렇게 질서가 없는가?

– 그렇습니다. 전에 우리끼리 사냥을 할 때는, 어른 개들이 시키는 대로 따랐는데, 지금은 어른들의 말씀도 따르지 않습니다.

– 왜 갑자기 아이들이 어른 말씀을 듣지 않는 건가?

– 아이들이 버릇이 없어져서 그렇겠지요. 요즘 아이들이 다 그렇

지 않습니까?

– 버릇이 없다? 아니야, 다른 이유가 있을 거야.

– 다른 이유가 뭐겠습니까?

– 어른들이 무능해 보여서일 거야.

– … 예?

– 전에는 우리가 짐승을 쫓고 잡았기 때문에 경험 있는 어른 개들
  이 짐승을 더 잘 잡았는데, 지금은 사람들이 시키는 대로 짐승
  을 쫓기만 하니까, 힘만 좋은 젊은 개들이 더 잘 해내고 있을 거
  라고.

– 예, 그렇습니다.

– 그러니까, 젊은 개들이 보기에는, 어른들이 자기들보다 못해
  보이는 거야.

– 아하!

– 지들보다 못한 어른들 말이니까 시시해 보이겠지.

– … 그렇겠습니다.

– 그러니까, 이제는 사람에게 사냥시키는 것을 다시 생각해야 될
  때가 된 거야.

– 추장님, 사람들을 사냥에서 빼면 짐승을 잡아내지 못합니다.

– 무슨 소리야? 전에는 우리끼리도 잘 했잖아?

– 전에는 그랬지만, 이제는 짐승들이 약아져서 개들끼리 쫓아가
  면 살짝살짝 피하기만 하고 겁도 내지 않습니다. 짐승들은 사람
  을 더 겁냅니다.

– 그래도 이제는 안 되겠어. 사람이 개에게 감히 목줄을 매다니.
이러다가는 모든 사냥개들이 다 목줄을 잡히게 되지 않겠는가?
사람을 빼는 방안을 연구해 보게.

– 추장님, 그래도 사람을 사냥에서 빼는 것은….

– 글쎄, 사람을 빼고 사냥을 해 보자고.

– 그래도 추장님….

– 자네가 추장인가? 언제부터 이렇게 말이 많은가?

– 죄송합니다.

– 나가서 사람을 빼고 사냥하는 방법을 생각해 봐.

목축하는 개는 추장께 꾸지람을 듣고 나와서 목축하는 자기 집으
로 돌아가 사람들과 만났습니다.

사람들은 추장의 말씀을 전해 듣고 차갑게 물었습니다.

"추장주님께서 왜 그러신답니까?"

– 글쎄, 모르겠어….

"저희가 뭘 잘못한 걸까요?"

– 그것도 아닌데, 왜 그러시는지 모르겠단 말이야….

"그러면, 이제 주님은 어떻게 되겠습니까?"

– 어떻게 되긴? 그냥 자네들을 기르고 살겠지.

"주님들이 사냥에 나가시는데 같이 가시겠습니까?"

– 글쎄.

"이제 젊은 주님들이 사냥에 나가시면 주께서는 아마 사냥에 나가

시지 못할 것입니다.”

─ 그렇겠지.

“그러면 주께서는 다시는 싱싱한 고기를 잡숫지 못하실 것입니다. 젊은 주님들이 차지하고 남은 내장이나 돌아오지 않겠습니까?”

─ 아마 그럴 테지.

“그리고, 목축하는 일은 원래 마을에서 중요한 일이 아니지 않았습니까?”

─ 그랬지.

“전에도 못나고 둔한 주님들만 목축하는 일에 배치되지 않았습니까?”

─ 음, 그랬지.

“아마 주께서는 그런 대접을 다시 받으시게 될 것입니다.”

─ 하아, …… 그렇겠지?

“지금까지 저희와 사냥하시면서 주님이 받으신 대우를 기억하시지 않습니까?”

─ 그럼, 좋은 시절이었지.

“그것을 잃으시게 될 것입니다.”

─ 그러니 어쩌나? 추장이 저렇게 말씀하시니.

“주여, 추장주님의 생각을 돌려보아야 하지 않겠습니까?”

─ 글쎄…, 어떻게?

“저희도 생각해 보겠습니다. 주여, 어떻게든 추장주님이 용서하시도록 해야 할 것 같습니다.”

- 그러게…, 그런데 아무래도 어려울 것 같애.

밤에 사람들이 목축하는 개를 찾아왔습니다.

"주여, 어쨌든 추장주님의 말씀을 거역할 수는 없습니다. 이제는 사냥에 나가지 말아야 하지 않겠습니까?"

- 그렇겠지.

"그래도 주님이 이렇게 추장주님께 버림을 받으실 수는 없다고 생각합니다. 사냥을 한 번 크게 해서 추장주님께 드리고 좋은 마음을 가지시도록 하는 것이 어떻겠습니까?"

- 글쎄…, 그럴까.

"내일은 저희 모두가 가서 많은 짐승을 사냥해다가 추장주님께 바칠까 합니다."

- 그러지.

"그래도 사냥하지 말라고 하시면 사냥을 그만 두어야 할 듯합니다."

- 그렇겠지.

"그러면 주님, 내일 사냥을 아주 크게 하는 것이 좋겠습니다."

- 그러지.

"그리고 다음부터는 혹시 저희가 사냥을 못 하게 될 수도 있으니, 이제는 저희 사냥법을 모두 가르쳐 드리도록 하겠습니다."

- 그러게.

"지금까지 사냥에 나갔던 젊은 주님들 모두 내일 사냥에 나오시도록 해 주십시오. 앞으로 사냥을 하시게 될 어린 주님들도 사냥하

는 방법을 가르쳐드려야 하니, 모두 같이 가시도록 하는 것이 어떻
겠습니까?"

　- 추장께 허락을 받아 보지.

　"주여, 저희가 추장주님께 드리는 충성된 마음을 부디 아뢰어 주
십시오."

　- 알았네. 내 생각도 마찬가지야.

　추장은 허락했습니다. 사람들이 젊은 개들에게 사냥법을 다 가르
쳐 주고 사냥을 멈추겠다고 하니, 추장으로서도 사람들의 말이 미더
워서, 특별히 좀 어린 개들까지 다 가도록 하고, 친히 마을 앞에서
전송했습니다.

　마침 지난번 사냥에서 다리를 다쳐서 마을에 쉬고 있던 나는, 오
랜만에 마을을 둘러보았습니다. 젊은 개들이 거의 모두 사냥에 나간
마을은 생각보다 고적했습니다. 늙은 개들은 추장과 함께 마을을 돌
아다니다가 그늘을 찾아 쉬고 있었고, 암캐들은 각자 강아지들을 돌
보거나 털을 골라 주고 있었습니다. 아직 강아지를 낳지 않은 처녀
개들은 몰려서 들로 나가 젊은 개들에게 선물할 꽃을 따기도 하고,
공연히 들판을 달리며 깔깔거리고 있었습니다. 이제 저녁이 되면 평
소보다 많은 짐승을 가지고 젊은 개들이 돌아올 것이고, 마을은 다
시 풍요한 밤을 맞이할 것이었습니다. 추장은 앞으로 개들이 직접
사냥할 일에 대해 늙은 개들과 의논했지만, 그리 어두운 얼굴은 아
니었습니다.

사냥에 나가지 않은 사람들도 풍경은 비슷했습니다. 숫사람들이 사냥에 나선 이후로 맛있는 고기를 늘 풍족하게 먹은 암사람들은, 전보다 더 펑퍼짐해진 꽁무니를 흔들며 목축하는 울타리 안을 돌아다녔고, 새끼들도 앞발에 짐승의 뼈다귀를 들고 빨며 낄낄거리고 있었습니다.

사냥에 나간 개들과 사람들은 어둑어둑해질 무렵에 돌아왔습니다. 전보다 좀 늦어지길래, 걱정이 되어 마을의 개들은 대부분 동구에 나와 있었고, 추장도 함께 기다리고 있었습니다.

그런데 이번에 마을로 돌아오는 풍경은 전과 조금 달랐습니다. 전에는 목줄을 해도 줄을 짧게 하거나 목테만 하고 왔었는데, 오늘은 목줄을 길게 하고 사람이 그 끝을 모아 잡고 오는 것이었습니다. 게다가 잡은 짐승도 전보다 그리 많아 보이지 않았습니다.

앞에 있던 추장이 물었습니다.

– 좀 늦었구나. 별일은 없었느냐?

그 순간 목줄을 쥐고 있던 사람 하나가 추장을 가리키며 목줄을 놓으면서 소리쳤습니다.

"물어! 쉭!"

그러자 사람들이 일제히 목줄을 놓고 같은 소리를 질렀습니다.

"물어! 쉭!"

즉시 젊은 개들은 추장에게 달려들었습니다. 그리고 바로 목살을 물고 흔들었습니다. 놀라운 일이었습니다. 추장이 젊은 개들에게 물린 것입니다. 그런데 다른 젊은 개들도 함께 추장에게 대들어 온몸을 물어뜯었습니다. 다른 짐승을 사냥하는 것과 똑같았습니다. 추장의 온몸에서 피가 튀었습니다. 추장의 몸은 젊은 개들이 흔드는 대로 땅바닥에 끌리면서 찢어지고 있었습니다. 내장이 쏟아져 나와도 젊은 개들은 그치지 않았습니다.

추장은 단 한마디도 못 하고 온몸이 찢어져서 죽었습니다.

추장의 몸이 꿈틀거림을 멈추자, 사람들이 마을의 늙은 개들을 가리키면서 사냥개들에게 소리쳤습니다.

"물어! 쉭!"

젊은 개들은 늙은 개들에게 달려들었습니다. 어떤 늙은 개는 마주 대항하기도 했지만, 삽시간에 피투성이가 되어 쓰러졌습니다. 마을은 온통 피비린내가 가득해졌습니다. 늙은 개들은 달아나 보지도 못하고 다들 젊은 개에게 물려 죽었습니다. 암캐들은 비명을 지르며 마을 구석으로 달아났지만, 사람들은 마을을 뒤져서라도 늙은 개는 암수를 가리지 않고 가리키며 사냥개들에게 소리쳤습니다.

"물어! 쉭!"

비명과, 다급하게 짖는 소리와, 숨 끊어지는 고통 소리가 온 마을을 뒤덮고 어두워가는 하늘에 가득 찼습니다.

마을에서 늙은 개들이 다 죽자 사냥개들과 사람들은 동구로 돌아왔습니다. 사냥개들은 방금의 살육에서 남은 살기를 풍기며, 숨을 거칠게 내뿜으면서 사람들에게 목줄을 잡혀서 서성거렸습니다.

2

사람들은 개들을 자기들이 길러지던 울타리 안으로 몰아넣었다. 특별히 몰아넣을 것도 없이, 사람들이 목줄을 잡고 울타리 안으로 데려다 둔 정도였고, 그것으로 그만이었다. 어느 개도 울타리 밖으로 나갈 수 없었다.

목축하던 개는 사람들에게 맞아 죽었다. 처음에 마을을 자기가 맡아 다스릴 듯이 꺼떡대던 그 개도, 결국은 울타리에 갇혔다. 마을의 다른 개들이 울타리 속에서 나가지 못해도 자기는 드나들 수 있을 것이라고 말하던 그 개는, 나가고 싶다고 사람들에게 말했다가 바로 몽둥이에 맞아 죽었다. 다른 말을 한 것도 아니었다. 그저 밖에 나가 보고 싶다고 했을 뿐이었다. 그러나 그도 예외는 아니었다.

개들은 사람들이 주는 고기로 배를 채웠다. 뱀이나 개구리를 말린 것이라도 군말 없이 먹어야 했다. 배고픔을 이기지 못하고 처음으로 사람에게 '주여'라고 말한 개는 고기를 얻었다. 개들은 다투어 사람을 주님이라고 불렀다. '주여'를 부르지 않은 개들은 몽둥이에 맞아 죽었다. 사람들은 개들에게 설명을 하지 않았다. 개들의 의사 표현에는 다만 몽둥이만이 답을 할 뿐이었다. 사람들은 자기들이 때려죽인 개를 자기들이 먹었다. 사람들은 개 앞에서 개를 먹는 것을 꺼리지도 않았다.

개들이 모두 '주여'를 말하자, 사람들은 개들에게 말하는 것을 금지하였다. 이제 모든 개들은 단조롭게 짖기만 할 뿐이었다. 사람들은 고기 몇 덩이로 개들을 짖게도 하고 침묵하게도 했다.

모든 개들이 더 이상 사냥을 하지 않고 사람들의 손에서 고기를 얻어먹게 되자, 개들은 아무 할 일이 없어졌다. 개들은 이제 사람들이 시키는 대로, 낯선 자들에게 짖거나 사람에게 꼬리를 흔드는 일만을 하고 있었다.

그러나 우리들, 그 빛나는 기억을 가진 자들은 아직도 이해할 수가 없다. 우리는 아직도 날카로운 송곳니를 가지고 있으며 빠르게 달리는 다리를 가지고 있다. 지금이라도 사람과 싸워서는 지지 않는데, 우리는 모두 목줄에 매여서 사람에게 '주여'를 바치고 있다. 우리는 도무지 이것을 이해할 수가 없다.

다시 우리는 강아지들에게 가르쳐 주려고 한다. 지금 우리 목을 죄어 오는 목줄은 생각보다 튼튼하지 않으며 우리의 송곳니는 아직도 날카롭다. 우리의 뒷다리는 언제든지 땅을 차고 바람처럼 달려갈 수 있다. 사실은, 우리 모두 사람 한 마리 정도는 피투성이로 만들 어버릴 수 있고, 단숨에 숨통을 끊어버릴 수도 있다.

직립적의 난

02

하늘이 높다 하여 발을 제겨 딛거나
손으로 찔러 보지 말 것이며,
땅이 두텁다 하여 발을 콩콩 구르며
바닥을 보겠다고 호벼 파지 말 것이라

소

=

1

=

왕은 이렇게 말하노라.

성현이 이르시기를, 하늘이 높다 하여 발을 제겨 딛거나 손으로 찔러 보지 말 것이며, 땅이 두텁다 하여 발을 콩콩 구르며 바닥을 보겠다고 호벼 파지 말 것이라 하셨느니라. 모름지기 하늘과 땅 사이에 자리 잡은 소가, 겸손히 주어진 처지에 감사하며 천지의 은혜를 잊지 말라는 말씀이 아니랴. 하늘이 덮으시니 온 세상에 두루 미치며, 땅이 받치시니 모든 소들이 고루 평안하다. 누군들 이 편하고 안정된 이치를 저버릴까 보냐.

그러하나, 근일 너희 거조는 해괴한 바 있도다.

네 발로 걸어온 오랜 관습을 버리고 새로이 두 발로 걷자는 주장은 무엇을 노린 것이냐. 우리가 어찌 두 발로 걷는단 말이냐. 두 발로 걸어 꼿꼿이 선다면, 그것이 곧 발을 제겨 딛고 땅을 호벼 파는 모양이 아니냐. 이 무슨 해괴하고 불경한 몸짓이냐. 또한 네 발 가진 우리가 아무리 연습을 한다고 해도, 마침내 개가 늑대 소리를 내는 것에 지나지 못할 것인즉, 모든 백성으로 불구를 만들려는 것이냐 웃음거리를 만들려는 것이냐.

짐이 여러 차례 경고했노라.

이 골짜기 하늘 아래 어딘들 왕의 땅 아님이 있으며, 털 누런 소로서 내 백성 아닌 자 있으랴. 아깝고 귀하여 차마 엄히 하지 못하는 마음으로 너희 역당들에게 권하였노라. 그러나 너희, 네 왕의 말을 듣지 않고 누구의 말을 듣느냐.

이제 다시 이르노라. 너희 역당들아, 왕화로 돌아오라. 참으로 살리기를 즐기는 마음으로 너희를 받으리니, 귀순하여 생업에 편안할지어다. 이 말을 또 거역하여 짐의 노함을 입는다면, 너희 일신과 권솔이 함께 어육이 되는 것을 면치 못하리라. 너희 고난이 어떠하며 짐의 마음인들 오죽이나 아프랴.

돌아오라. 돌아올지어다. 오홉다, 너희 직립 역당들아.

소동이 일어났습니다. 생전 처음 보고, 생전 생각도 못 한 일이 일어났습니다. 두 발로 걸어야 우리가 잘 살 수 있다고 주장하는 소들이 마을에 소동을 일으켰습니다. 말하자면, 마을에서 두 발로 걷는 것을 허용하라는 것이었지만, 왕께서 강경히 불허한 일을 거역하겠다는 것이기 때문에 충돌이 일어난 것이었습니다.

전에부터 그들은, 소들도 두 발로 서는 것이 가능하다고 주장했습니다. 실제로 사람이라는 짐승이 있고, 그들은 두 발로 다니는데 우리보다 훨씬 잘 살고 있다고 말했습니다. 두 발로 서는 것이 불가능하다고 하는 소들에게 보이기 위해, 그들은 사람들을 데리고 와 우리 마을에서 자랑을 시키기도 했습니다.

그러나 확실히 두 발로 서는 것은 어색했습니다. 두발당들도 두 발로 서기는 하지만 조금만 빨리 움직이면 넘어지고 자빠져서 엉덩이며 무릎이며 성한 곳이 별로 없었습니다. 그래도 그들은 열심히 서서 다니고 서로 잘한다고 격려하고 있었습니다. 사람들은 훨씬 잘하고 있었습니다. 그들은 두 발로 달리기도 하고 그중에서 어떤 사람은 앞발로 나무를 집기도 하고 옆 사람을 때리기도 했습니다. 그러나 소들 중에서 그만큼 하는 자는 없었습니다. 그저 겨우 두 발로 엉거주춤 서거나 서려다가 넘어지는 정도였습니다. 그렇지만, 그들은 좀 고생을 하더라도 자꾸 연습하면 된다는 것이었습니다. 그래서 두 발로 서는 것이 익숙해지면, 우리도 사람들처럼 훨씬 편리하고 풍족하게 살 것이라고 했습니다.

마을의 어른들은 황당하다는 의견이었습니다. 저런 괴상한 짓을 하는 것보다는 차라리 풀 한 움큼을 더 뜯는 것이 낫겠다는 말들을 했습니다. 지금도 이만하면 그리 배고프지 않은데, 왜 저런 고생을 하고, 저렇게 불편한 자세를 해야 하는지 이해할 수가 없다고 했습니다. 그리고 이 의견은 그대로 왕께 올려졌습니다.

처음에 왕께서는 이 문제를 공론에 부쳤습니다. 비록 사백도 못

되는 소들이 사는 골짜기 하나를 다스리는 왕이지만, 왕은 공정하고 지혜로운 분이었습니다. 왕은 즉위하자 바로, 왕이 직접 마을의 의견을 경청하는 관습을 세웠습니다. 그 관습을 이번에도 적용하셨습니다. 두 편의 소들이 왕께 나아왔습니다. 왕은 온화히 물으셨습니다.

— 너희 주장이 무엇이냐?

— 오, 존귀하신 왕이시여. 저희에게 의견을 아뢸 기회를 주시니 감읍하옵니다. 왕이시여, 우리가 네 발로 걷는 것은 참으로 진중하고 아름다운 자세입니다. 이는 오랜 조상의 가르침이옵고 빛나는 역사이기도 하옵니다. 하오나 왕이시여, 작금 다른 마을들의 예를 보건대, 모두들 새로운 기술을 받아들여 마을의 번영을 꾀하고 있사옵니다. 모든 마을이 늘어나는 식구와 한정된 먹거리로 인한 고난을 벗어나기 위해 온갖 지혜를 모으고 있사옵니다. 이러한 때를 당하여 우리 마을이 남보다 앞서 가는 길은, 우리보다 앞선 기술을 따르는 것이옵니다. 저희가 보건대 지금 가장 혁신적인 변화를 이룬 것은 사람이옵니다. 그들은 두 발 걷기를 완성하였고, 자유로워진 앞발로 각종 다양한 기술을 익혀 전대미문의 풍요를 누리고 있사옵니다. 저희는 오랜 전통을 부정하자는 것이 아니라, 조금이라도 우리의 앞날에 도움이 된다면 새로운 생각을 받아들일 줄도 알아야 한다는 것을 아뢰고 있는 것이옵니다. 부디 통촉하소서.

— 너희는 우리가 두 발 걷기를 해낼 수 있다고 보느냐?

- 거룩하신 왕이시여, 우리보다 약한 몸을 가진 사람도 해낸 일이옵니다. 처음에 연습이 어려울 뿐, 누구나 마침내는 할 수 있는 일이옵니다.

- 그렇다면 두 발 걷기로 우리가 이룰 수 있는 것이 무엇이냐?

- 왕이시여, 만세를 누리소서. 만약 앞발이 자유로워진다면 첫째, 우리는 입으로 풀을 뜯는 지금의 자세보다 앞발로 풀을 뜯어 입에 넣는 자세를 가지게 될 것이옵니다. 그렇게 되면 훨씬 많은 풀을 뜯게 되고, 그것은 더 많은 휴식과 안락을 보장하게 될 것이옵니다. 또한 지금은 혀로 풀을 감아서 풀을 뜯기 때문에 꼬챙이나 돌부리에 연약한 혀를 다치는 경우가 많고 독이 있는 풀을 잘 살피지 못하기도 했습니다. 또한 머리를 숙였다가 들어 올리는 목 힘으로 풀을 뜯어야 하기 때문에, 풀을 먹는 동안 고개를 숙였다가 위험에 노출될 가능성이 높았습니다. 그러나 앞발로 뜯어 먹게 된다면 고개를 들고 있을 수 있으므로 훨씬 안전한 생활을 하게 될 것이옵니다. 마지막으로, 두 발로 서면 눈의 높이가 현재보다 훨씬 높아지게 되옵니다. 눈이 높아지는 것은 셀 수 없는 편리와 이익을 보장할 것이옵니다. 숙이고 보는 세계와 서서 보는 세계는, 왕이시여, 참으로 새로운 하늘과 땅이옵니다. 부디 이런 의견을 받아들여 그 이익을 우리 모두가 나누게 하시옵소서.

- 그래, 그렇다면, 다른 의견이 있느냐?

- 오호, 거룩하신 왕이시여, 만세를 누리소서. 이 늙은이에게도

말할 기회를 주옵소서. 저 젊은이들의 의견은 참으로 이로울 것 같으나, 성현이 이르시기를 이익을 만나거든 모름지기 의로운가를 생각하라 하셨습니다. 선현의 오랜 전통이 마침내 무가치한 것으로 간주되는 현재의 풍조는 길이 이롭지 못한 것이옵니다. 만민이 사랑해도 내가 판단할 것이요, 모두가 미워해도 내가 살필 것이라 하셨습니다. 저 달콤한 이익 뒤에 어떤 위험이 있을지를 모두 검토한 뒤에야 비로소 이 의견을 참고할 수 있을 것이옵니다.

– 그래서, 어떤 위험과 난관이 있다는 말씀이요?

– 빛나는 영도자시여, 저는 무엇보다 우리 발굽이 각각 둘인 것이 염려가 되옵니다. 사람처럼 발굽이 다섯이면 균형을 잡기 쉬울지 모르나, 우리처럼 발굽이 둘이라면 균형이 잡히지 않아서 더 많은 위험을 부를 수도 있사옵니다.

– 그것은 저들이 말하기를, 연습에 의해 극복할 수 있다고 하지 않았소?

– 하오나, 크고 빛나는 영광의 주시여, 연습으로 극복할 수 있는 것이 있고 마침내 극복할 수 없는 것이 있사옵니다. 다리 짧은 뱁새가 다리 긴 황새를 흉내 내다가 가랑이가 찢어져 웃음거리가 된 것은, 만대의 교훈이옵니다. 어찌 한때의 풍조에 따라 오랜 안정을 버리겠나이까?

– 이것이 어찌 한때의 풍조라고 쉽게 쓸어 말할 것이기만 하겠소? 저들은 더 풍요한 삶과 안식을 약속한다고 하지 않소?

- 왕이시여, 만세를 누리소서. 국량이 적은 자들은 여가가 있으면 나쁜 짓을 꿈꾼다고 하였나이다. 저 젊은이들이 단지 게으름으로 인해 괴상한 주장을 하는 것을 어찌 사려 깊은 주장이라 하겠나이까?

- 그렇다면 젊은이들아. 너희에게 여가가 생기면 무엇을 하겠다는 것이냐? 우리에게 여가가 어떤 의미가 있느냐?

- 왕이시여, 처음에 여가가 주어지면 무엇을 할지 알지 못할 수도 있사옵니다. 그러나 시간이 흐르면 여가를 창조적으로 쓰는 방법도 찾을 수 있을 것이며, 결국은 우리 모두에게 도움 되는 일을 하게 될 것이옵니다.

- 그럴까? 그건 그저 짐작일 뿐이지 않으냐? 혹시 게으름이 몸에 밴다면 더 부지런해야 할 때를 당해서 감당하지 못하는 것은 아니겠느냐?

- 왕이시여, 오지 않은 미래를 두려워만 한다면, 우리는 결국 아무것도 해내지 못하고 말 것이옵니다.

- 그럴까? 지금처럼 사는 것도 그리 나쁘지는 않은 것 아니냐?

- 아아, 왕이시여, 저희에게 기회를 주시옵소서. 좀 더 저희를 용납하시옵소서.

- 알았다. 나는 늘 너희를 사랑하고 믿는다. 연습을 해 보아라. 그러나 부질없으면 곧 그만두기를 꺼리지 말도록 해라.

- 거룩하신 왕이시여, 만세를 누리소서.

그리하여 연습이 시작되었습니다. 그러나 생각보다 쉽지 않았습니다. 소들은 사람들에 비해 두 발 걷기에 적당하지 않았습니다. 발굽이 둘밖에 없는 소들은 두 발로 균형을 잡는 것이 어려웠습니다. 더욱이 그동안 네 발로 다니느라고 엉덩이가 너무 커져 있었습니다. 몸은 크고 발은 작으니 세워 놓으면 보기에도 불안했습니다. 또 엉덩이와 뒷다리가 기역 자로 굽어 있었는데, 이것을 펴면 너무 높아져서 소들은 그 높이를 감당하기도 어려웠습니다. 곳곳에서 나뭇가지에 걸려 넘어지고 자빠져서 뒹굴었습니다. 시간이 좀 지났지만 쉽사리 나아지는 기미는 없었습니다.

두발당은 크게 당황한 것 같았습니다. 그러자 그들은 바쁜 마음 때문에 실수를 범했습니다. 그들은 네 발 걷기에 익숙해진 어른 소들보다, 어린 송아지들이 두 발 서기를 잘할 수 있을 것이라고 생각했습니다. 송아지들은 아직 네 발 걷기에도 익숙하지 않으니, 연습만 하면 어른 소들보다 쉽게 익힐 것이라고 보았던 것입니다. 그래서 그들은 송아지들에게 두 발 걷기를 가르치기 시작했습니다.

그러나 일이 그들의 뜻대로 되지는 않았습니다. 왕께서는 마을의 송아지들을 끔찍이 사랑하고 있었습니다. 실제로 왕은 모든 송아지들을 몸소 가르치고 있었습니다. 우리들 기억하는 소나 가르치는 소들이 가르칠 일도 있었지만, 마을의 역사와 자랑스러운 이야기들은 거의 모두 왕에게서 배웠습니다. 왕은 송아지들을 가르치는 일을 매우 좋아했고, 송아지들도 왕을 극진히 따랐습니다.

그런데 그 송아지들에게 두발당들이 영향을 미치려고 했던 것입니다. 그들은 연습에 앞서 송아지들에게 정신 교육을 시도했습니다. 두 발로 걷는 것이 훨씬 효과적이고 유리한데, 늙은 소들이 새로운 변화를 싫어해서 발전이 없다는 내용이었습니다. 그러는 과정에서 뜻하지 않게도 왕에 대한 약간의 비판이 있었습니다. 왕의 모든 통치는 옳고 아름답지만 지나치게 전통에 집착하는 것은 재고해야 한다는 정도의 취지였습니다.

이 일이 왕의 심기를 건드렸습니다. 왕을 존경하는 송아지들은 모든 교육 내용을 왕에게 아뢰고 의견을 들었기 때문에, 왕께서는 그들의 가르침을 모두 알고 있었습니다. 왕은 그 때문에 조금 마음이 상했습니다.

그런데 결정적으로 왕의 마음을 돌리는 일은 며칠 뒤에 일어났습니다.

아침에 송아지들을 모아 체력 훈련을 시키려던 왕께서는, 대부분의 송아지들이 비실비실하면서 다리를 절거나 심지어 거의 걷지를 못하는 것을 발견하셨습니다. 왕은 크게 놀라셨습니다.

– 무슨 일이냐? 왜 송아지들이 이렇게 다리를 다쳤느냐?

그러자 늙은 소들이 일제히 왕께 아뢰었습니다.

– 저 두발당들이 송아지들을 모두 불구로 만들려고 하옵니다.

– 무슨 소리냐? 송아지들이 불구가 되다니?

– 저들은 왕의 마음이 결정되지 않는 것을 보고, 속히 두 발 걷기를 완성하기 위해 밤새도록 연습해도 다 못 할 숙제를 어린 송아

지들에게 내 주었습니다. 어젯밤에 송아지들은 거의 한숨도 자지 못하고 두 발 걷기의 횟수를 채워야 했습니다.

- 그게 무슨 짓이냐? 크는 송아지들을 그렇게 괴롭히는 경우가 어디 있느냐?

- 왕이시여, 더욱이 그들은 왕께 대하여 불경한 말도 송아지들에게 주입하고 있사옵니다.

- 그런 말은 들은 바 있으나 괘념치 않기로 했소. 그나저나, 송아지들이 이렇게 괴로워해서야 어떻게 하겠소?

- 그러하옵니다. 거룩하신 왕이시여, 이제 이 어리석은 시도를 멈추게 하시옵소서.

- 그런가? 아무래도 무리인가?

- 그러하옵니다. 우리가 지금까지 살아온 것이 헛된 것이 아니라면, 지금처럼 사는 것도 의미가 있사온데, 무엇 때문에 이 귀한 송아지들을 불구로 만들면서 이런 해괴한 짓을 해야 한다는 말이옵니까?

- 그렇다고 반드시 불구로 만든다고 할 수 있을까?

- 보시지 않으셨사옵니까? 저자들이 모든 송아지들의 바른 성장을 저해하고 있사옵니다.

다시 논쟁이 시작되었습니다. 왕께서는 아직도 모든 소들의 충정을 받아들이려고 노력하고 있었습니다. 젊은 소들을 설득하여 결론을 내리고자 했습니다.

- 자라는 송아지들에게 너무 많은 과제를 주어 성장을 저해하는 것은 옳지 않다. 너희가 잘못했느니라.
- 아니옵니다. 왕이시여, 변화는 고통을 수반하는 법이옵니다. 송아지들의 고통은 곧 마을의 번영으로 나타날 것이옵니다.
- 성급하지 않으냐? 짐은, 송아지들은 자연스럽게 자랄 권리가 있다고 생각한다.
- 그러나 왕이시여, 일에는 시급한 것이 있고, 완만한 것이 있사옵니다. 이 일은 매우 시급하고 중대한 것이옵니다.
- 짐은 송아지들이 바르게 성장하는 것보다 시급한 것은 없다고 생각한다.
- 하오나 왕이시여, 두 발 걷기는 그보다 시급하고 절박한 일이옵니다.
- 두 발 걷기는 소들에게 적당하지 않은 자세라는 것이 드러나지 않았느냐? 이제 다시 무엇을 주장하려는 것이냐?
- 왕이시여, 이는 이렇게 조급히 결론을 내릴 일이 아니옵니다. 좀 더 시간을 주시옵소서.
- 그래, 너희 젊은 소들의 충정을 이해한다. 그러나 너희도 보듯이 아무래도 어려운 일이 아니겠느냐?
- 아니옵니다. 저희는 아직 시간이 필요하다고 생각하고 있사옵니다.
- 위대하신 왕이시여. 저 젊은 소들이 아직 많이 살아보지 못하여 위험한 시도를 하고 있사옵니다. 이제 이 어리석은 짓을 금하여

주시옵소서.

- 왕이시여, 이는 어리석은 시도가 아니옵니다. 왕께서 보신 것 처럼, 사람들은 두 발로 서면서 혁신적인 발전을 이루어내었습 니다. 우리가 그들보다 못하지 않은데, 어째서 우리는 못할 것 이라 하시옵니까?

- 거룩하신 왕이시여, 남이 한다고 해서 우리가 다 하는 것은 아 니옵니다. 소들은 소들의 자세가 있고 생업이 있사온데, 어째 서 소들이 사람과 같은 자세를 가져야 하옵니까? 이는 필시 저 헛바람 든 젊은 소들의 고집이오니, 이제 그치게 하여 주시옵 소서.

- 저희가 헛바람 든 것이 아니라, 저 늙은 신하들이 변화를 두려 워하고 있는 것이옵니다. 통촉하여 주시옵소서.

- 왕이시여, 변화가 다 좋다는 생각도 위험하옵니다. 변화하지 않을 것을 바르게 지키는 것도 올바른 태도라 할 것이옵니다.

- 왕이시여, 저 늙은 신하들이 왕의 총명을 가려 마을의 발전을 가로막고 있사옵니다. 저들을 물리쳐 주시옵소서.

- 아니, 그대들은 어찌하여 우리가 무슨 간신이라도 된다는 듯이 말하는 것인가?

- 간신이라는 것이 아니라, 어찌하여 마을의 발전을 가로막는 것 입니까?

- 마을의 발전을 가로막는 것이 아니라, 마을의 위험을 방지하는 것이다. 어째서 모든 변화는 발전이라고 강변하는 것인가?

– 변화가 없으면 발전이 없습니다. 어르신들께서는 혹시 변화로
 인해 자신의 처지가 약해질까 두려워하시는 것이 아닙니까?

– 무슨 소린가? 지엄하신 어전에서 이 무슨 망발인가?

– 그렇지 않다면 어째서 노력도 없이 변화를 거부하시는 겁니까?

– 변화를 거부한다고 선배들을 그렇게 모욕하는가?

– 모욕이 아니라 사실이지 않습니까? 변화가 몰고 올 새 시대를
 늙은이들도 이제 수용하셔야 합니다.

– 저런 무엄한 자들이 있나? 도대체 그대들이 무엇을 믿고 그렇
 게 방자한가?

– 믿는 것이랄 수는 없지만, 많은 다른 마을들이 우리와 같은 생
 각을 가지고 있습니다. 우리만 시대에 뒤떨어질 수는 없습니다.

– 다른 마을, 어디? 도대체 어느 마을이 자네들을 편들고 있는가?

– 사람들이 우리에게 두 발 걷기를 가르치고 있지 않습니까? 우
 리는 곧 사람들처럼 풍요를 누리게 될 것입니다.

– 그건 사람들이나 그렇게 하는 거지, 또 어느 누가 자네들을 편
 든다는 것인가?

– 사람들이면 충분합니다. 누구도 사람들만큼 잘 살지 못합니다.

– 자네들은 위험을 모르고 있어. 마을 사이에 도대체 누가 영원한
 후원자가 될 수 있겠는가?

– 어르신들께서 모르시는 말씀입니다. 사람들은 공존을 원하고
 있습니다. 언제까지 이렇게 완고하게 사실 것입니까?

– 완고하다니, 도대체 누가 완고하다는 것인가?

- 변화를 거부하시니 완고한 것 아닙니까?
- 저런 무엄한 자들이 있는가?
- 만약 변화를 거부하신다면 황공하오나 누구라 하여도 완고하다고 할 수밖에 없습니다.
- 저 역적놈들! 존엄하신 왕이시여, 거룩한 진노를 내려, 저들을 역모로 다스려 주시옵소서. 저 역도들의 불충과 모욕이 백일하에 드러났사옵니다.
- 역적은 늙은이들입니다! 어찌하여 마을의 발전을 가로막는 것입니까?
- 그만두라! 그만하라! 이 무슨 해괴한 싸움들인가!

왕이 진노했습니다. 젊은 소들과의 토론을 소집했던 왕은 일단 두발당을 해산할 것을 명했습니다. 해산하고 모두 힘을 합쳐 마을을 안정되게 할 것도 명했습니다. 만약 이 명령을 받아들이지 않으면 마을의 역도가 될 것이라고 했습니다.

역도라고 규정된 것은 두 발 걷기를 주장하는 이들에게는 중대한 사태였습니다. 이제 그들은 주장을 굽히고 마을의 질서에 다시 복종하거나 반란을 일으켜야 했습니다. 그들 내부에 심각한 토론이 있었습니다.

그들에게 가담했던 젊은 소 중에서 많은 수가 두발당을 떠났습니다. 두 발 걷기가 진전이 없고 송아지들이 다치고 왕의 진노가 있었다는 것은 그들로서도 더 주장할 근거를 잃게 하는 일이었습니다.

또한 역도라고 규정된 이상, 자기들이 존경하는 왕께 역적이 되는 것은 너무 아깝고 두려운 일이기도 했습니다.

그러나 끝까지 주장을 굽히지 않는 소들도 많았습니다. 그들은 이미 사람들의 마을에 다녀온 자들이었습니다. 그들은 사람들의 생활을 보았고, 두 발 걷기가 가져올 풍요와 안락에 대해 확신을 가지고 있었습니다.

그들은 왕께서도 실상을 알면 자기들을 지지할 것이라고 생각했습니다. 왕이 틀린 것이 아니라 왕을 둘러싼 늙은이들이 틀린 것이며, 왕은 결국 마을의 번영을 택할 것이라는 믿음이 있었습니다. 그들은 끝까지 자기들의 주장을 굽히지 않고 왕의 측근을 바꾸기로 했습니다. 왕이 스스로 측근을 내몰지 않으면 자기들이 내몰고 왕의 총명을 회복하겠다고 주장했습니다.

이렇게 해서 반란이 일어난 것입니다.

반란 쪽에는 오십가량의 소들이 있었습니다. 젊고 과격한 젊은 소들 한 삼십 가량에 그들과 사랑에 빠진 암소들과 약간의 송아지들이 포함되어 있었습니다. 그들은 마을을 나가 언덕 너머 작은 골짜기를 차지했습니다.

마을에 남은 소들은 왕께 충성을 맹세했습니다. 아직도 많은 젊은 소들과 거의 모든 늙은 소들은, 여전히 굳건한 충성심을 유지하고 있었습니다.

왕께서는 토벌을 결심하셨습니다.

수많은 전략 회의가 있었고, 토론과 협의와 분석이 있었습니다. 먼저 왕께서는 위와 같은 윤음을 내리셨습니다. 이 위엄에 찬 윤음은 곧 심부름꾼에게 외어져 반란군에게 전달되었습니다. 그러나 반란군은 이 윤음에 복종하지 않았습니다. 그들은 도리어 심부름꾼에게, 늙은 측근에 둘러싸여 시대의 흐름을 따라잡지 못하고 있는 왕의 반성을 촉구한다는 자기들의 주장을 외우게 해서 돌려보냈습니다.

이제 왕께서는 결단을 내리셨습니다.

모든 소들에게 소집령이 내려졌습니다. 언덕 이쪽에는 곧 삼백에 가까운 소들이 모여들었습니다. 언덕 저쪽에도 전쟁 준비가 끝났다는 소식이 전해져 왔습니다. 그들은 자기들이 이길 것이라는 소문을 퍼뜨렸습니다. 왕께서는 그 소문에 더욱 노하셨습니다.

왕께서는 친히 언덕 이쪽 소들의 앞에 나섰습니다.

— 아직 뿔이 덜 여문 송아지들은 열 밖으로 나오라.

마을에서 자라고 있던 송아지들이 다 나왔습니다.

— 암소들은 모두 열 밖으로 나오라.

암소들 중에서 싸우겠다고 자원하는 자가 있었지만, 왕께서는 허락하지 않았습니다.

— 무릎고팽이가 나온 늙다리들은 열 밖으로 나오라.

늙은 소들 중에도 자원자가 있었지만 윤허를 얻지는 못했습니다.

— 남은 자들 중에서 아비와 자식이 있으면 아비는 나오라. 삼 형제가 있으면 형이 나오라.

이렇게 다 제하고 남은 수만 해도 팔십이 넘었습니다. 왕께서는 말씀하셨습니다.

　－ 이게 무슨 싸움이냐. 싸움이란 늑대나 멧돼지나 승냥이를 만나서 하는 것이지, 이렇게 형제를 앞에 두고 어떻게 싸운단 말이냐. 이 무슨 역사에 없는 참혹한 변괴라는 말이냐. 참으로 짐의 마음이 아프고 아프다. 그러나 저들의 저 패역한 마음과 철없는 짓을 두고 볼 수 없으니, 이번에 한 번 싸움으로 장래 여러 싸움을 없이하려 한다. 싸움을 할 바에는 반드시 이겨야 한다. 너희 각자를 근왕군으로 임명한다. 모름지기 죽음을 각오하고 싸워라. 기억하는 소들에게 명한다. 저 이름을 다 기억하라. 내 저 충용한 근왕군의 이름을 마을의 역사에 길이 새기리라.

　싸움은 어차피 싱겁게 진행될 것이라고 했습니다. 우리처럼 기억하는 소들이나 늙다리, 싸움에서 제외된 기타 소들은 안전한 나무 그늘에서 싸움을 구경하고 있었습니다. 예상대로 반란군은 숫자가 턱없이 모자랐고, 암소와 송아지까지 다 긁어모았기 때문에, 오십이라고 해도 싸울 만한 소는 삼십을 채우지 못했습니다. 그런데 왕은 가려 뽑은 젊은 황소 팔십을 거느리고 있었습니다.

　근왕군은 일거에 그들을 밀어붙였습니다. 삽시간에 반란군은 무너졌고, 언덕 너머로 밀려가기 시작했습니다. 왕께서는 명했습니다.

　－ 반드시 죽이려고 할 것은 없다. 항복하는 자는 살려라.

　근왕군은 이제 언덕을 거의 점령했습니다. 그런데도 반란군은 기가 꺾이지 않았습니다. 죽을힘을 다해 근왕군에 대항하면서, 다치고 피 흘리는 소들이 있어도 골짜기 자기들의 본거지로 밀리지 않으려고 안간힘을 썼습니다. 그러나 형세는 변하지 않았고 이제는 반란군의 항복만이 남았습니다.

그런데 갑자기 근왕군 속에서 동요가 일어났습니다. 뭔가 심상치 않은 움직임이 있더니 근왕군이 우왕좌왕하고 있었습니다.

– 무슨 일이냐? 왜 저러느냐?

– 사람들입니다.

– 뭐라고?

– 역적들이 사람들을 불러다 왕의 군대를 공격하고 있습니다.

그랬습니다. 반란군은 수적인 열세를 만회하기 위해 사람들을 빌렸던 것입니다. 아무도 그것을 몰랐습니다. 백 마리가 넘게 보이는 사람들이 골짜기에서 나와 노랗게 소들에게 덤벼들었습니다. 두 발로 달리는 데 제법 익숙해진 그들은 앞발에 돌을 들고 근왕군의 소들에게 던지면서 달려왔습니다.

사람들은 두 발로 뛰어서 앞다리로 소들에게 매달렸습니다. 아무리 내흔들어도 사람들의 앞발을 떼어놓을 수가 없었습니다. 거머리처럼 달라붙은 사람들은, 소들이 싸울 수 없도록 눈을 후비고 귀를 잡아당겼습니다. 독한 것들은 심지어 소들의 목살을 물고 놓지 않기도 했습니다.

근왕군은 크게 당황했습니다. 도대체 이 괴상한 적들을 어떻게 떼칠지 방법이 없었습니다. 우왕좌왕하는 근왕군에게 반란군은 다시 덤벼들었습니다. 숫자에 밀리는 그들은 사정을 두지 못했습니다. 당황하여 방향을 찾지 못하는 근왕군의 뱃가죽에, 반란군은 정확한 겨냥으로 뿔을 꽂았습니다. 금방 언덕은 근왕군의 피비린내로 가득해졌습니다.

정말 순식간이었습니다. 싸움의 방향이 갑자기 바뀌자, 근왕군이나 반란군이나 좌충우돌 서로 부딪치고 다치고 있었습니다. 훈련되지 않은 소들의 발굽에, 쓰러진 소들은 밟히고 서 있던 소들은 쓰러져, 온 언덕이 혼란에 빠져들었습니다.

그러는 동안에도 사람들은 소들을 공격하고 있었습니다. 근왕군 하나에 두세 사람이 매달려서 싸움을 방해하고 있었습니다. 사람들은 먼저 앞발로 모래를 집어 소의 눈에 뿌리고, 앞다리로 소의 목을 끌어안고 눈을 후벼 파냈습니다. 결과적으로 싸움터는 마을 쪽으로 급히 옮겨오고 있었습니다.

왕은 퇴각을 명했습니다. 너무도 많은 소들이 옆구리를 찢겨 죽어가고 있었던 것입니다. 왕은 명했습니다.

– 그만 싸우라. 물러나라. 내 너희 죽음을 더 볼 수 없도다.

그러나 왕의 바람은 이루어지지 않았습니다. 근왕군은 왕의 명령에 따라 공격을 멈추고 뒷걸음질을 쳤지만, 반란군은 왕의 명령을 듣지 않았습니다. 그들은 퇴각하느라고 무너진 대열을 종횡으로 무찔렀습니다. 아까보다 훨씬 많은 소들이 쓰러져갔습니다.

– 그만 싸우라고 하지 않느냐! 내 너희를 만나 의견을 들으리라.

왕은 소리쳤습니다. 그러나 이 역시 싸우는 소리와 고통으로 부르짖는 소리에 묻히고 있었습니다. 근왕군은 여전히 무너지고 있었고, 싸움터는 이제 마을로 가까워지고 있었습니다.

싸움을 구경하던 우리들도 놀랐습니다. 편한 마음으로 구경하고 있었는데 이렇게 싸움이 갑자기 뒤집히고 왕이 밀릴 줄은 몰랐던 것입니다.

— 그만두라! 그만 싸우라!

왕은 소리쳤습니다. 이제는 근왕군의 주력이 거의 다 죽거나 쓰러졌습니다. 왕은 마을로 돌아갔습니다. 반란군이 바로 그 뒤를 추격했습니다. 싸움을 구경하던 늙다리들과 송아지들이 도리어 뒤에 남겨졌습니다.

싸움이 마을로 옮겨간 뒤의 광경은 처참했습니다. 수많은 근왕군이 옆구리로 피를 흘리며 고통으로 신음하고 있었습니다. 일부 암소들은 그 속에서 자기의 남편이나 자식을 찾아 울부짖었습니다. 이미 죽은 소들과 죽어가는 소들 속에서 가족을 찾은 소들은 당황하고 분노했습니다. 그러나 그들 역시 무엇을 해야 할지 알 수 없기는 마찬가지였습니다.

마을로 밀린 왕은 마을 가운데로 나아갔습니다. 거기는 항상 마을 회의가 열리던 곳이며, 왕이 서는 자리가 구별되어 있는 곳이기도 했습니다. 왕은 늘 자기가 서던 높은 대 위에 섰습니다.

— 이제 혼란을 그치라! 정돈하라! 자리를 잡고 서라. 내 이제 너

희 모두의 의견을 들으리라.

마을로 밀린 일부 근왕군과 마을에 남아 있던 선량한 소들은 왕의 말씀에 따라 왕의 앞에 각자의 자리에 섰습니다. 비록 슬픔과 실망이 어깨를 처지게 했지만, 왕은 여전한 위엄과 자애로운 눈길로 소들을 내려다보았습니다.

그때쯤 왕을 추격해 도착한 반란군도 들어왔습니다. 왕은 그들에게도 명령했습니다.

– 이제 멈추어라. 그만할지어다. 너희 의견을 신중히 듣겠노라.

반란군도 왕의 위엄 앞에서는 등등한 살기를 낮추었습니다. 아직 싸움의 흥분이 가라앉지 않아서 숨이 가빴지만, 그들 역시 왕 앞에서 말씀을 들을 태도를 갖추었습니다. 왕은 잠시 사이를 두었습니다. 방금도 서로 죽이면서 싸우던 소들을 내려다보던 왕은, 눈을 들어 하늘을 우러러보았습니다. 왕의 눈은 슬픔으로 젖었습니다. 모든 소들은 왕의 말씀을 기다렸습니다. 비록 싸움과 죽임이 있었지만, 이제 왕의 위엄 앞에서 다시 질서를 회복할 것으로 믿었습니다.

왕이 입을 열었습니다.

– 짐이 어리석었도다.

그러나 그 순간, 사람들이 들이닥쳤습니다. 반란군의 뒤에서 부상한 소들을 하나하나 확인하며 눈을 후벼 파고 고환을 밟아 뭉개고 있던 사람들은, 소들의 모임 등 뒤로부터 쳐들어왔습니다. 사람들은 곧바로 왕에게 달려들었습니다. 아무도 예상하지 못하던 일이었기 때문에, 누구도 사람들을 제지할 생각을 하지 않았습니다.

　– 어, 어, 어….

　소들이 놀라고 있는 사이에, 사람들은 바로 앞다리로 왕의 목을 휘감았습니다. 왕의 등에 타고 앞발에 든 돌로 등줄기를 후려치고 있는 자도 있었고, 양쪽에서는 다리에 매달려 왕의 눈을 후비고 귀를 잡아당겼습니다. 그중 어떤 자는 왕의 목살을 물었습니다. 얼마나 앙다물고 흔들었던지, 바로 왕의 목에서 피가 터졌습니다.

　근왕군이나 반란군이나 모두 당황했습니다. 왕은 모두가 보는 앞에서 돌멩이에 찍히고 이빨에 물리고 눈이 패여서 피투성이가 되어 갔습니다. 앞을 보지 못하게 된 왕은 고통으로 마구 뛰었지만, 사람들의 앞발을 떼쳐내지는 못했습니다.

　갑작스런 사태에 당황하고 있던 소들 중에서 왕을 구하기 위해 뛰쳐나가는 자들이 있었습니다. 근왕군과 반란군 누구랄 것 없이, 왕을 구하기 위해 사람들을 떼어 내려고 애를 썼습니다. 그러나 사람들은 재빨랐습니다. 소들은 대부분이 다치고 찢겨 있었지만, 사람들은 거의 부상하지 않았고, 두 발로 서서 앞발에 돌을 들고 소들을 막아냈습니다. 소들이 주춤하는 동안에도 왕은 사람들에게 공격받고 있었습니다.

　사람들은 왕을 넘어뜨렸습니다. 앞을 보지 못하는 왕은, 앞다리에 매달린 사람들의 힘에 의해 고목처럼 쓰러졌습니다. 사람들은 이미 가죽이 찢긴 왕의 목살을 그악스럽게 찢어발겼습니다. 왕의 목은 이제 허옇게 고기를 드러내고 피를 펑펑 쏟고 있었습니다.

소들이 놀라고 당황한 속에서 왕은 헐떡이며 죽어가고 있었습니다.

반란군의 우두머리가 사람들에게 소리쳤습니다.

– 그만하시오. 그만하시오!

사람들은 그를 힐끗 째려보았을 뿐, 비켜 주지는 않았습니다.

– 그만하시오. 왜 당신들이 우리 왕을 죽이는 거요!

"당신이 그래 달라면서?"

– 언제 내가 왕을 죽이라고 했소?

"늙어 판단력이 없는 소들을 다 죽여 달라면서?"

– 그래도 내가 왕까지 이러라고 한 적이 없지 않소?

"우리는 부탁을 들은 대로 할 뿐이요."

이때 왕이 숨을 그렁그렁하면서 무슨 말을 했습니다.

그러자 바로, 사람 두 마리가 매달려 왕의 두 뿔을 잡고 목을 비틀었습니다. 왕의 목에서는 우두둑 하는 소리가 나면서 툭 꺾어져 늘어졌습니다.

왕은 소들이 모두 보는 앞에서 아무 말도 못 해 보고 즉사했습니다.

일순간 갑자기 모든 것이 고요해졌습니다. 왕의 숨이 끊어지는 순간을 모두 지켜보았지만, 누구도 무슨 행동을 해야 하는지 몰랐습니다. 정적을 깬 것은 사람들이었습니다.

"자, 이제 왕을 죽였소. 다음에는 누구요?"

반란군 우두머리는 질겁했습니다.

– 지금 무슨 짓을 하는 거요? 왜 우리 소들을 다 죽이려고 하는
　　거요?

"당신이 그래 달라면서?"

　　– 아니, 그런다고 소들을 다 죽이면 어쩌려는 거요? 왜 이러시오?

"그래 달라고 했잖아?"

　　– 제발 그만하시오. 이제 그만하시오. 돌아가시오. 됐소.

"돌아가다니?"

　　– 당신들의 곳으로 돌아가시오.

"가기는 어딜 가? 우리가 이렇게 싸워 주고 왜 그냥 가야 하지?"

　　– 무슨 소리요?

"우리는 당신을 이기게 해 주었잖아. 당신은 우리에게 보답을 해
야 할 것 아냐."

　　– 내가 당신들에게 자유롭게 통행하고 장사하라고 하지 않았소?
　　그렇게 하시오.

"그것만으로 보답이 되겠소?"

　　– 보답은 무슨 보답. 내가 언제 당신들에게 보답을 주겠다고 했소?

"당신이 말을 했든 아니든, 우리는 이 싸움에 불려 와서 수고를 했
고, 우리 중에도 다친 사람이 있고, 당신이 우리 덕에 이겼으니, 당
연히 보답이 있어야지?"

　　– 도대체, 도대체, 무슨 말을 하는지 모르겠소. 그래, 무슨 보답
　　을 원하시오?

"우리가 달라고 하는 걸 주면 되지."

- 도대체 내가 뭘 줄 수 있다는 말이요?

"하여튼, 당신이 줄 수 있는 것을 달라고 할 테니까."

- 그게 뭐요? 내가 뭘 가졌다는 것이요?

"그건 우리가 알아서 요구하겠소."

- 아니, 뭐요? 뭔데 그러시오?

"하여튼, 차차 두고 보자고."

- 두고 보기는 무엇을 두고 본다는 거요?

"하여튼 우리는 마을 밖에 있겠소. 또 만납시다."

- 왜 마을 밖에 있겠다는 거요? 왜 당신들 땅으로 안 가는 거요?

"당신이 보답을 해야 가지."

- 거기서 뭘 하려는 거요?

"당신이 우리를 가게 할 때까지 기다려야지."

사람들은 마을 밖으로 나갔습니다.

다시 마을에는 정적이 찾아왔습니다. 이 정적 속에서, 지금까지 우리가 무엇을 한 것인지 설명해 줄 소는 아무도 없었습니다. 왜 우리 소들이 그렇게 많이 죽었고, 심지어 왕이 우리 모두가 보는 앞에서 처참하게 살해되었고, 그러고도 사람들은 아무도 죽지 않았고, 그런데도 우리가 그들에게 뭔가 보답을 해야 하는, 이 엄청난 일에 대해 아무도 설명할 말을 찾지 못했습니다.

어쨌든 이제는 반란군이 대답할 차례였습니다.

- 말해 보게. 이게 무슨 일인가?

- 어르신, 저희도 모르겠습니다. 왜 이렇게 된 것입니까?

- 이 답답한 소야. 자네가 모르면 누가 아는가?

- 송구합니다. 어르신.

- 자네들이 무엇을 약속하고 무엇을 부탁했는가?

- 어르신, 저희는 다만 저희에게 힘이 실리도록 해 달라고 했을 뿐입니다.

- 생각이 다른 이들을 죽이고라도?

- 죄송합니다. 저희가 죽을죄를 지었습니다.

- 도와주면 그들에게 무엇을 주기로 했는가?

- 별 약속은 없었습니다. 그저 그들이 우리 마을에서 자유롭게 통행하고 이익을 볼 수 있도록 하겠다고 했습니다.

- 그들이 무슨 이익을 준다는 것인가?

- 모르겠습니다. 그저 그들이 원하기에….

- 아이구, 이런 답답한 소들아…, 이제 도대체 무슨 일이 일어날라나….

마을로서는, 싸움에서 죽거나 다친 소들을 돌보는 일이 가장 급한 일이었습니다. 들판과 언덕에는 수많은 소들이 쓰러져 있었습니다. 늙은 소들은 우선 모든 소들에게 왕의 시신을 마을 밖으로 모셔 가라고 했습니다. 모두 침울하고 두서없는 마음으로 왕의 시신을 모셔 냈습니다. 지금까지 수많은 소들이 죽었지만, 이렇게 참혹하게 죽은 시신은 없었습니다. 맹수에게 당하는 경우라고 해도, 이렇게 목이 꺾여 죽은 경우는 보지 못했습니다. 왕의 시신은 마을의 관례대로 해골의 골짜기로 옮겨다 물과 바람이 분해하도록 두었습니다.

마을 밖에는 죽은 소들보다 다친 소들이 더 많았습니다. 그러나 다친 소들은 죽기만도 못하게 크게 다쳐 있었습니다. 옆구리가 찢어진 소들은 거의 죽었습니다. 워낙 반란군이 맹렬하게 공격했기 때문에, 한 번 옆구리가 터지면 창자가 쏟아져서 회복되지 못했습니다. 다친 소들은 거의 다 눈이 빠지거나 고환이 짓밟혀 있었습니다. 사람들의 짓이었습니다. 눈이 빠진 소들은 아직도 고통을 못 이겨 방향을 찾지 못하고 길길이 날뛰고 있었고, 고환을 밟힌 소들은 일어서지도 못하고 몸이 꼬부라져 있었습니다.

비참한 광경이었습니다. 우리들 가르치는 소들은 송아지들이 보지 못하도록 막기에 급급했습니다. 송아지들에게 보이기에는 너무 지옥같은 풍경이었기 때문이었습니다.

그러나 수습을 해야 할 일이었습니다. 우선, 죽은 소들을 해골 골짜기에 옮겼습니다. 그러는 동안 암소들에게 부상한 소들을 돌보라고 했습니다. 이제는 반란군이고 누구고 구별이 없어졌습니다. 다같이 힘을 모아도 일을 감당하기 어려웠습니다.

해골 골짜기가 그득하도록 시신을 옮겨 내었지만, 아직도 무수한 다친 소들 때문에 앞이 아득했습니다. 누가 누구를 원망하지도 못하고 모든 소들은 우울하고 참담한 심경에 빠져 있었습니다. 다친 소들은 대부분 곧 죽어갔지만, 죽지 않은 소들은 여전히 고통으로 부르짖으며 들판을 뒹굴었습니다.

마을은 깊은 고요 속으로 빠져들었습니다. 송아지들도 눈치가 있어서 젖 달라고 울지도 않았습니다. 그러나 시시각각 어두운 기운은 마을을 휘감았습니다. 마을 밖에 자리 잡고 떠나지 않는 사람들의 눈길이 마을을 노려보고 있는 한, 누구도 편하게 마을 밖을 돌아다니지 못했습니다.

반란군을 이끌었던 소가 사람들에게 다녀왔습니다. 갈 때 이미 기운이 죽어서 간 그 소는, 돌아올 때는 완전히 파랗게 질려 있었습니다. 마을의 늙은 소들이 그에게 다녀온 경과를 물었지만, 그는 한마디도 대답하지 않았습니다. 입 밖에 낼 수 없는 말을 들은 것 같았습니다.

적막 속의 두려움이 마을을 휘감고 있는 그 밤에, 그 소는 스스로 해골 골짜기로 가서 절벽에서 몸을 던졌습니다.

=

2

=

사람이 소를 먹는다는 소식이 들려왔다. 눈을 다쳤지만 다행히 눈
알이 빠지지는 않았던 소 하나가, 흔들리는 눈으로 간신히 마을을
찾아와 들려준 것이었다.

　– 소를 먹어?

　– 예. 사람이 소를 잡아서 찢어 먹습니다.

　– 사람이 소를 먹어?

　– 예, 그렇습니다.

사람들은 다친 소들을 잡아서 먹는다고 했다. 눈알이 빠져서 죽지
않은 소들은 지향 없이 들판을 헤매고 있었다. 마을의 소들도 그들
을 모두 마을로 데려오지는 못했는데, 사람들은 들판에서 그 소들을
잡아다가 먹는다는 것이었다. 가죽을 벗기고 배를 갈라, 간은 간대
로, 염통은 염통대로, 뒷다리와 갈빗대는 또 그것대로, 암수 사람이

모여서 뜯어먹는다는 것이다. 그러고 보니, 며칠이 지나지 않아서 들판을 헤매는 다친 소들의 울부짖음이 없어졌다.

길고 긴 시간처럼 며칠이 지났다. 사람들이 마을로 들어왔다. 아무도 사람들에게 가지 않았는데, 그들이 찾아온 것이었다. 모든 소들은 두려움과 당황스러움을 안고 사람들을 지켜보았다. 그들은 마을에 남은 반란 소들에게 제안했다.

"지난 싸움에서 우리 사람들이 당신들을 돕다가 상처를 입었소."

– 참 안된 일이요. 미안하오.

"미안할 일이 아니라, 보상을 해야지."

– 어떻게 보상을 하면 좋겠소?

"당신들에게 저항한 소들을 우리에게 넘기시오."

– 넘기다니? 어떻게 넘긴다는 거요?

"그저 우리에게 가도록 하면 우리가 알아서 할 것이요."

– 어쩌려는 것이요?

"글쎄, 우리가 알아서 하겠소."

– 그렇게는 못하겠소. 마을에 소들이 줄어서, 다친 소들과 어린 소들을 돌보기에도 손이 부족하오. 무슨 일인지 우리 모두가 도와주겠소.

"우리 일은 당신들이 도울 수 있는 일이 아니오. 그 소들을 우리에게 넘기시오."

– 제발 우리 형편을 보아 주시오. 우리가 당신들에게 협조하겠

소. 우리도 두 발로 걷고 당신들처럼 앞발을 들고 다니겠소.

"글쎄…, 이제부터 소들은 두 발로 걷지 마시오."

– 무슨 말이요?

"소들은 두 발로 걸을 수 없소. 원래 소들은 두 발 걷기가 안 되는 짐승이요."

– 그럼, 왜 우리에게 두 발 걷기를 권했소?

"그건 당신들이 택한 것이지, 우리가 권해서 한 것이 아니잖소? 우리는 단지 당신들이 배우기를 원하니 가르친 것뿐이요."

– 도대체 당신들이 원하는 게 뭐요?

"우리는 당신들을 도운 대가로 당신들에게 저항한 소들 약간을 넘겨달라는 것일 뿐이요."

– 왜 그러시오? 왜? 어쩌려고 이러시오?

"글쎄, 소들이나 넘기시오."

– 이제 우리에게는 반란과 근왕의 구별이 없어졌소. 누가 누구를 넘긴다는 말이요?

"그러면 우선 당신들의 늙다리들을 넘기시오."

– 그렇게는 못하오.

사람들은 돌아갔다. 소득 없이. 그런데 이튿날 마을 밖으로 풀을 뜯으러 갔던 소들이 미치광이처럼 놀라서 돌아왔다. 그들은 무서운 소식을 전했다. 마을 밖에 있던 사람들이, 마을에서 나오는 소들을 잡아서 먹는다는 것이었다. 그러고 보니 아침에 나간 소 중 하나가 돌아오지 못했다. 곳곳에 다치고 멍들어서 돌아온 그 소들은 방금 겪은 그 무서운 광경들을 몸서리치며 마을에 전했다.

이제 아무도 마을 밖으로 나갈 수 없었다. 마을은 좁은 골짜기에 자리 잡고 있을 뿐이니 마을의 풀들은 금방 다 뜯어 먹었고, 마을의 우물들은 다 마셔 말라버렸다. 그러나 누구도 마을 밖으로 나갈 수는 없었다.

— 엄마, 배고파.

세상의 어떤 어미에게도 이보다 더 가슴 아픈 말은 없었다.

— 엄마, 배고파.

송아지들은 배가 고팠다. 어미들 역시 대책이 없기는 마찬가지였다. 배고픈 낮보다 훨씬 긴 배고픈 밤이 날마다 닥쳐왔다.

마을은 이 괴로운 말 하나 때문에 잠들지 못했다.

— 엄마, 배고파.

어른들이 마을을 나갔다. 누구도 어디 가느냐고 묻지 못했고, 다녀오라는 말도 하지 못했다. 그리고 어른들은 돌아오지 않았다. 그래도 마을은 오랜 배고픔에 잠겨 있었다.

이제 우리들 가르쳐 먹는 소들의 차례이다.

우리는 무엇이든 송아지들에게 교훈이 되기를 원해 왔다. 젊지도 않고 용감하지도 못했던 우리들 가르쳐 먹는 소들은, 이제 무엇으로 우리 송아지들에게 교훈을 주어야 하는가.

누구도 우리를 지명하지 않았지만, 이제는 우리 차례라는 것이 자명해졌다. 아아, 이제 처음으로 우리는 단호해져야 하는 것이다. 단호하게, 단호하게 절망해야 하는 것이다.

직립적의 🦄 난

03

저는 사랑에 빠졌습니다.
어느 누가 저보다 더
행복할 수 있을까요.

말

=
1
=

저는 사랑에 빠졌습니다. 어느 누가 저보다 더 행복할 수 있을까요. 저는 지금 사랑에 빠졌습니다. 물론 제 사랑하는 그녀는 당연히, 샛별이입니다. 우리 마을에서 가장 아름답고 순결한 처녀. 샛별이와 저는 사랑에 빠졌습니다.

저는 하루에도 수십 번을 그녀만 생각합니다. 눈을 감아도 제 눈앞에는 항상 그녀가 있습니다. 어쩌면 그녀 역시 늘 저를 보고 있는지도 모릅니다. 그렇습니다. 그녀도 저를 사랑한다고 고백했습니다. 어느 누구도 받아보지 못한 그녀의 사랑 고백을, 바로 제가 받은 것입니다.

샛별이는 이제 네 살 된 암말입니다. 키는 저보다 조금 작지만, 털빛은 진홍색에 윤기가 흐릅니다. 온몸이 진홍색으로 잔잔한 물처럼 흐르는데, 두 귀 사이 이마 한가운데서 조금 왼쪽으로 비껴서는 하얀 털이 한 줌 나 있습니다. 이 하얀 털이 바람에 나부끼면, 깊고 그윽한 눈 위로 앙증맞은 애교 머리가 나풀거리곤 합니다. 누가 이 아름다운 아가씨를 사랑하지 않을 수 있을까요.

초원에 저녁 햇살이 비낄 때, 적당히 먹은 풀들의 기운과, 아직 새끼를 낳아 보지 못한 처녀의 약동하는 힘이, 그녀를 들판 가운데로 이끌어 갑니다. 그러고는 몸을 솟구쳐 초원을 달립니다. 빨간 석양을 등지고 하얀 애교 머리를 휘날리며 달리는 그녀의 모습은, 이름처럼 아름다운 샛별이었습니다.

저는 오랫동안 샛별이를 짝사랑하고 있었습니다. 마을의 다른 암말들이 처녀꼴이 나면서, 은근히 저에게 보내는 눈빛을 모르지는 않았지만, 제 마음은 한 번도 흔들리지 않았습니다. 그러나 저는 쉽게 제 마음을 표현하지 못하고 있었습니다. 다른 암말들과는 장난도 치고 진하게 몸이 닿기도 했지만, 어쩐지 샛별이에게는 그렇게 하지 못했습니다. 샛별이는 참으로 아름다웠습니다. 마을의 다른 수말들은 샛별이와 예사롭게 지내고, 몸도 부딪치고 놀았지만, 저는 그러지 못했습니다. 샛별이의 마음이 어떤지는 몰랐지만, 다른 수말들과 어울려 노는 샛별이를 바라보고만 있어야 하는 것은 정말 괴로운 일이었습니다.

그러나 제가 이겼습니다. 마침내 샛별이가 저에게 사랑한다고 고백했습니다. 더욱이 그것도 첫 번째 발정기에 말입니다. 순결한 샛별이의 사랑을 차지한 제가 어찌 기쁘지 않겠습니까.

그것은 이번 초여름 저녁 무렵의 일이었습니다. 들에서 풀을 뜯다가 해가 거느름해지자 마을로 다들 돌아가고 있었습니다. 저는 이때쯤 샛별이가 어디서 어디로 오가는지 훤히 알고 있었습니다. 풀을 뜯을 때나 장난을 칠 때도 저의 눈은 결코 샛별이를 놓치는 법이 없었습니다. 다행히 그녀 역시 항상 제 시야에서 멀리 사라지지는 않았습니다. 그러니 그때도 샛별이와 저는 약간 거리를 둔 채 마을 입구로 들어서고 있었던 것입니다.

마을 입구의 늙은 떡버들 아래에는 항상 그렇듯이 그 어른이 계셨습니다. 어른은 마을의 스승이었습니다. 마을의 모든 말들은 그 어른의 제자였습니다. 특별히 무엇을 배운다기보다, 그 어른의 지혜가 늘 마을을 평안하게 인도하고 있었기 때문이었습니다. 어른에게 가까이 다가간 저희는 공경의 표시로 앞무릎을 약간 굽혔습니다. 그런데 갑자기 어른이 말씀하셨습니다.

– 샛별아.

– 네?

– 너, 천둥이한테 고백했니?

– 네에?

– 천둥이에게 고백한다면서? 아직 못 했어? 발정기가 다 지나가는데, 여자가 저렇게 결기가 없어서….

– 아이, 선생님, 무슨 말씀을….

– 어허, 이 녀석, 날마다 내게다 고백하면 뭐하니? 천둥이놈한테 직접 말해야지.

저는 하늘이 노래졌다가 갑자기 하얘졌습니다. 이게 꿈입니까. 어른이 무슨 말씀을 하시는 걸까요. 샛별이가 저에게 고백을 하다니요.

　– 천둥이 너 이놈.

　– 네, 네, 선생님.

　– 샛별이가 너를 사랑한단다. 눈치 없는 네놈한테는 말도 못 하고
　　날마다 나를 귀찮게 한다.

　– 아, 예, 선생님.

　– 선생은 무슨, 이놈아, 샛별이 말이야, 샛별이.

　– 예, 선생님, 저도 샛별이를, 사실은 눈치만 보고….

저는 샛별이를 넘겨다보았습니다. 샛별이는 부끄러움을 가득 담고, 약간의 물기가 서린 눈으로 저를 바라보고 있었습니다. 저는 어떻게 해야 할까요. 이렇게 아름다운 샛별이가 저에게 사랑을 고백했는데, 저는 무엇을 해야 하나요. 하늘이 온통 제게로 다가오는 것 같은데 제가 무엇을 해야 할지는 몰랐습니다.

저는 어쩔 줄을 몰라 쩔쩔매다가 어른께 무릎을 세 번이나 굽히고 물러났습니다. 어른은 웃으시면서 말씀하셨습니다.

　– 너희는 우리 마을에서 가장 보기 좋은 암수가 될 것이다. 서로
　　아끼고 잘 지내어라.

저는 고개를 돌려 샛별이를 보았습니다. 샛별이도 피하지 않고 저를 마주 보았습니다. 여전히 아름다운 자태, 아직도 귀여운 애교 머리를 한 채로 말입니다. 제가 어쩔 줄을 모르고 있을 때, 샛별이가

저에게 하얀 이를 살짝 드러내며 웃었습니다. 샛별이가 제게 웃음을 보내는 순간, 그때부터 저는 무엇을 할지 알게 되었습니다. 저는 샛별이에게 다가가 제 목으로 샛별이의 목을 가볍게 부볐습니다. 아, 그 빨간 갈기의 향기로운 감촉, 저는 아뜩해지면서 다리가 휘청했습니다.

– 저놈 저런! 정신 차리고, 이놈아.

저희는 부끄러워하면서 마을로 들어갔습니다.

마을의 암말이나 수말이나 모두 조금씩 샘을 하면서도, 다들 축하해 주었습니다. 이렇게 해서 저는 샛별이와 사랑에 빠진 것입니다.

제 마음을 어떻게 다 말하겠습니까. 저는 구름을 탄 것 같았습니다.

저는 사랑에 빠졌습니다. 저는 세상에서 가장 행복한 암말입니다. 누구도 저만큼 행복하지는 못할 거예요. 저는 사랑에 빠졌습니다. 천둥이하고요. 그 멋진 천둥이하고 제가 사랑에 빠졌습니다.

천둥이는 네 살 난 수말입니다. 누구든 천둥이의 탄탄한 절벽 같은 뒷다리를 보셨는지요. 혹은 누가 천둥이의 바람 같은 갈기를 보셨는지요. 천둥이가 들판에 나서면 들판은 천둥이의 배경이 됩니다. 천둥이가 언덕 위에 서면 하늘은 기꺼이 그의 어깨에 노을을 펼치고, 천둥이가 물가에 나가면 강물은 즐겁게 그의 노래가 됩니다. 천둥이는 위험한 일에 늘 앞장섰습니다. 우리 모든 말들은 천둥이의 넓은 등 뒤에서 안전했습니다.

누구라도 천둥이를 사랑하지 않을 수 없었습니다. 마을의 어른들은 모두 천둥이가 다음 지도자가 될 것이라고 말했습니다. 천둥이는 잘 판단하고 용감하게 행동했기 때문입니다. 모든 망아지들은 천둥이와 놀고 싶어 했습니다. 천둥이는 친절하고 너그러운 삼촌이었습니다. 마을의 모든 암말들은 천둥이를 쳐다보고 있었습니다. 저 역시 천둥이를 쳐다보고 있었습니다. 더욱이 제게 네 번째의 봄이 오고, 제 몸이 새 생명의 신호를 보내올 때쯤에는, 저는 몸이 달았습니다. 천둥이는 아직도 들판을 달리고 있고, 제가 보내는 눈빛은 번번이 허공을 맴돌았습니다.

저는 저녁마다 어르신을 졸랐습니다. 마을의 스승이신 그 어르신은, 누구든지 손녀처럼 귀여워하셨습니다. 그중에서도 특히 저를 예쁘다고 하셨습니다. 저는 저녁마다 천둥이에게 향한 제 사랑을 어르신께 고백했습니다. 어르신은 귀여워하는 낯빛으로 저를 바라보시면서 들어 주셨습니다.

저는 매일, 내일은 꼭 천둥이에게 고백하고야 말겠다고 어르신께 이야기했습니다. 그러나 그 다음 날도 저는 천둥이의 눈치만 살피며 곁을 돌고 있을 뿐이었습니다. 저녁 무렵이면 저는 늘 천둥이의 걸음에 맞추어 마을로 돌아왔습니다. 천둥이는 몰랐겠지만, 사실 저는 날마다 천둥이와 함께 돌아오고 있었습니다. 그때마다 어르신은 제게만 눈을 껌뻑하셨습니다. 어떻게 됐느냐는 것이지요. 저는 늘 고개를 좌우로 흔들며 한숨을 쉬었습니다. 그리곤 저녁마다 어르신께 찾아가 졸랐지요.

– 선생님, 어떻게 하면 좋을까요?

- 허허허, 뭘 말이냐?

- 다른 아이들이 천둥이와 놀고 있어요. 보세요, 천둥이도 저렇게 즐겁게 놀고 있잖아요.

- 너도 가서 놀렴. 왜 같이 놀지 못하고….

- 저는 천둥이와 만나면 아무 말도 못 하겠어요. 같이 놀지도 못하고요. 어떻게 해요?

- 허허허, 그놈, 참.

- 어떻게 해요? 선생님.

- 거참, 그럼, 어쩌느냐…? 내가 말해 줄까?

- 예, 선생님, 선생님이 혼 좀 내 주세요.

- 허허허, 알았다. 그 눈치 없는 놈 때문에 내가 이렇게 귀찮구나.

됐습니다. 마침내 어르신이 천둥이에게 제 마음을 알려 주겠다고 하셨습니다.

그리고 그 다음 날 저녁 무렵, 저는 또다시 천둥이와 걸음을 맞추어 어르신 앞에 섰습니다. 저는 당황하지 않으려고 많이 준비하고 있었습니다. 울지도 않으려고 입술을 깨물었습니다. 그런데, 천둥이가 자기도 제 눈치만 살피고 있었다는 말을 하는 순간, 갑자기 눈물이 푹 솟았습니다. 저는 천둥이의 눈을 피하지 않으려고 애를 썼습니다. 천둥이의 사랑을 받아들이려고 온 마음을 열고 기다렸습니다.

천둥이는 제 목을 부드럽게 감아 주었습니다. 저는 구름에 올라간 것 같았습니다. 아, 그 부드럽고 강한 천둥이의 냄새. 저는 사랑에 빠졌습니다. 저는 천둥이와 사랑에 빠졌습니다.

 마을의 어른들이 젊은 말들을 불러 모았습니다. 너른 마당 가득
히 모인 말들 외에도, 마당에는 소문만 들었던 사람들의 모습이 다
섯 명가량 보였습니다. 저는 사람들을 본 것이 처음이었습니다. 다
만, 어른들 말씀으로, 사람들은 앞발을 들고 다니고 꾀가 많으니 맞
서 싸우지 말라는 것을 들었던 것뿐이었습니다.
 어른들은 그들과 무슨 심각한 의논을 하고 있었습니다.
 ─ 글쎄요, 그게 무슨 의미가 있을까요? 풀이라면 지금도 모자라
  지 않습니다만.
 "아니, 어르신, 저희 말씀은, 그냥 이런 풀이 아니라, 아주 부드
럽고 소화가 잘 되는 풀이라는 것입니다. 저희가 발견했는데, 저희
가 먹고 남을 만하니 이웃에 계신 귀촌에 나눠 드리려는 것입니다."
 ─ 글쎄요, 이 늙은이는 너무 부드러운 것은 속이 편치 않던데요.
 "아닙니다, 어르신. 귀촌에서도 젊은이들은 부드러운 풀을 좋아
합니다."
 ─ 글쎄, 그렇다고 해도, 우리가 왜 당신들을 태우고 다녀야 합
  니까?
 "어르신, 그런 것이 아니라, 저희가 부드러운 풀을 드리기 위해서
는 거기까지 가야 하는데, 저희는 다리가 약해서, 귀촌 백성들의 등
을 의지하려는 것이지요."
 ─ 우리 젊은이들의 등에 타고 가서 풀을 먹게 해 준다?

"그렇습니다. 어르신, 저희는 풀을 그렇게 많이 먹지 않습니다."

– 그럼, 당신들은 우리에게 왜 풀을 주시려는 거요?

"아, 무슨 말씀이신지⋯."

– 글쎄, 당신들이 우리에게 풀을 주어서 당신들에게 좋을 일이 뭐
 냐는 거요. 뭘 원하는 거요?

"아하, 어르신, 저희가 뭘 바라고 이러는 것이 아닙니다. 저희는
그저 가까이 사는 이웃끼리 사이좋게 지내자는 것일 뿐입니다."

– 사이가 좋게 지내자는 것은 우리도 동의합니다. 그러니, 사이
 좋게는 지내십시다.

"예, 헤헤, 감사합니다, 어르신. 이렇게 사이좋게 지내게 되었으
니 저희가 작은 선물을 드리려고 합니다."

– 글쎄, 또 무슨 선물입니까?

"예, 어르신, 그게 아까 말씀드린 부드러운 풀입니다."

– 어허, 참, 됐다니까요.

"어르신, 저희 호의를 너무 물리치지 마시고, 제발 받아주십시오."

– 호의라시면, 수고스럽겠지만, 가져다주시면 어떨까요?

"그럼요, 그럼요, 가져다 드리고말고요. 그런데, 좀 무겁고 좀 멀
어서, 귀촌 젊은이들의 힘을 좀 빌려야 할 것 같아서 말입니다."

– 그 참, 대단하시네. 당신들이 어떻게 우리 젊은 아이들의 미끄
 럽고 빠른 등에 싣는다는 것입니까?

"어르신, 그것은 저희가 준비해 보겠습니다."

– 어떻게 준비한다는 겁니까?

"같이 갈 젊은이만 지정해 주시면 저희가 방법을 생각해 보겠다는 뜻입니다."

 — 하여튼, 우리 아이들이 당신들을 업고 다니도록 할 수는 없어요.

"예, 어르신, 염려 마십시오."

어른들은 저와 제 친구들 넷을 지명하셨습니다. 늘 있던 일이었습니다. 마을에 위험하거나 조심스러운 일이 있을 때마다 어른들은 저를 찾았습니다. 저는 매번 그런 임무를 수행했고, 필요할 때는 제 몸처럼 소중한 제 동무들과 동행하기도 했습니다. 이번에도 어른들은 저를 지명하고 제가 추천한 제 동무들을 붙여 주셨습니다. 내일 아침에 출발하여 모레 저녁에 돌아오라는 것이었습니다. 하룻길을 가서 하룻길을 오는 것이니, 이렇게 멀고 낯선 일은 제가 맡아 본 임무 중에서도 처음입니다.

 — 도대체 무슨 속인지 알 수가 없구나. 각별히 조심해라.

 — 예, 어르신, 주의해서 다녀오겠습니다.

 — 사람들은 우리가 아직 겪어 보지 못한 상대이니, 어떨지 알 수가 없구나.

 — 예, 어르신, 아마 우리에게 도움 될 일은 아닌 듯합니다.

 — 그러게 말이다. 그러나 호의라니 물리치기도 쉽지 않고…. 번개야, 네 생각에는 어떠냐?

 — 예, 저도 수상하다고 생각하고 있습니다. 그렇지만, 혹시 호

의로 하는 제안이라면 너무 주저하는 것도 예의가 아닌 듯합니다만….

– 그래, 그렇겠다. 하여튼, 내일 아침에 저 사람들하고 같이 가보고 오너라. 조심하고. 사람들이 너희에게 업어달라고 하더라도 업지 말도록 해라. 등에서 무슨 짓을 할지 어떻게 아니?

– 예, 그렇게 하겠습니다.

아침에 마당에는 사람들과 마을의 말들이 모여 있었습니다. 사람들은 어른들께 공손히 인사하고, 어른들은 예의 바르게 사람들을 전송했습니다. 뒤쪽에는 가족들과 친구들이 모여 있었습니다. 제 눈은 그 속에서 샛별이를 찾고 있었습니다. 찾기도 쉬웠습니다. 샛별이는 아까부터 저를 바라보고 있었습니다. 전에 조심스럽게 마주치던 것과는 비교가 되지 않게, 대담한 시선으로 샛별이는 저를 바라보았습니다. 그 맑고 강한 눈빛을 받으면서 저는 샛별이라는 이름을 제 가슴에 새겼습니다. 이제 샛별이는 제 영혼과 함께 있을 이름, 죽어도 지우지 않을 이름이 되었습니다.

가족들과 작별 인사를 나누었습니다. 어머니와 여동생이었습니다.

어머니는 늘 그렇듯이, 염려와 사랑이 가득 담긴 말씀을 하셨습니다.

– 조심해라. 너무 빨리 뛰지 말고.

– 엄마는…, 여기서 너무 빨리 뛰지 말라는 말이 왜 나오우?

여동생이 어머니를 나무랐습니다.

– 오빠, 샛별이 언니한테 할 말 없수?

– 까불지 마라. 니가 뭘 안다고.

– 헹, 내가 다 안다구. 어젯밤에 소문이 다 났지롱.

– 됐어. 너나 까불지 말고 잘 있어.

샛별이는 조심스럽게 우리 가족을 바라보고 있었습니다. 저는 샛별이에게 다가갔습니다. 이상하게도 그 순간, 많은 말들이 대화를 그치고 우리 둘의 대화를 듣는 분위기가 되었습니다. 갑자기 조용해진 속에서 제가 무슨 말을 해야 했을까요. 저는 도리어 가까이 가지도 못하고, 몇 걸음 떨어진 채로 말했습니다.

– … 갔다 올게.

샛별이도 가까이 오려다가 갑자기 조용해진 분위기에 눌려 주춤하면서 말했습니다.

– … 으응.

– 아이구, 저 등신들! 저게 무슨 인사냐! 하하하.

– 천둥이 저거, 바보 아니냐?

갑자기 마을의 말들이 왁자해지면서 웃고 놀리기 시작했습니다. 알고 보니 마을에서 모두들 알고 있었던 것입니다. 마을이라고 해야 작은 골짜기가 고작이니, 소문 하나 나는 데 오랜 시간이 필요하지는 않았던 것입니다. 더욱이 이렇게 예쁜 샛별이의 일인데, 모를 수가 있겠습니까.

다들 우리가 이별하는 것을 즐겁게 지켜보고 있었던 것인데, 제가 너무 쑥스러워해서 재미가 없었던 모양입니다. 그렇지만 저는 행복했습니다. 샛별이가 저에게만 눈빛을 모으고 있고, 저를 향해서만 인사하고 있지 않습니까. 샛별이의 눈을 보셨습니까. 저는 행복했습니다. 누구보다 행복했습니다.

　마을을 벗어나서 모퉁이를 돌자 사람들이 좀 쉬어 가자고 청했습니다. 우리는 전혀 힘들지 않았는데, 사람들은 벌써 땀을 흘리고 숨을 몰아쉬고 있었습니다. 우리는 나무 그늘을 찾아 쉬기로 했습니다.

　사람 중의 우두머리가 말했습니다.

　"저기…, 어르신께 드린 말이지만, 젊은이들이 보시다시피, 우리는 멀리 걷기가 좀 어렵습니다."

　– 예, 그렇군요.

　"그래서 말씀인데, 혹시 괜찮으시다면 젊은이들이 저희를 좀 도와주시면 어떨까 해서…."

　– 도와드리다니요?

　"저희를 좀… 업고, 가 주시면 어떨까요?"

　– 이보세요. 안 된다고 어제 어르신이 말씀하시지 않았습니까? 그렇게는 못 합니다.

　"아니, 저기, 오래 업자는 것도 아니고…."

　– 안 됩니다. 걷기 어려우시면 저희는 돌아가겠습니다.

　"아, 아, 하하하, 아닙니다. 우리도 그냥 걷겠습니다."

다시 일어나 한참을 걸었습니다. 우리는 아무도 괴로운 빛이 없었지만, 사람들은 정말 힘들어했습니다. 천천히 가자고 몇 번이나 청하고, 그때마다 발걸음을 늦추었지만, 네 발로 걷는 우리 말들과 두 발로 뒤뚱거리는 사람들과는 비교가 되지 않았습니다.

마침내 사람 중에서 하나가 발을 삐었습니다. 비탈을 디디다가 발목을 접었는데, 금방 부어오르면서 도저히 걸을 수가 없게 되었습니다. 그러자 사람들은 서로 어깨를 기대면서 절룩거리는 사람을 부축하고 걸었습니다. 꼭 누가 다치기를 기다리기라도 했다는 듯이, 걸음을 느리게 떼어 놓았습니다. 행렬은 한없이 늦어지고 있었습니다.

제 동무 번개가 제게 다가왔습니다.

– 이거 이렇게 가다가는 오늘 안으로 얼마 가지도 못하겠어.

– 그러게 말이야.

– 어쩌지? 제때 돌아가지 못하면 어른들이 염려하실 텐데….

– 그러게….

– 우리가 좀 도와줄까?

– 어떻게?

– 업어 주지 뭐. 다친 사람만.

– 안 돼. 어른들이 안 된다고 하셨잖아.

– 그래도, 다친 사람인데, 좀 다르지 않을까. 어른들께 말씀드리면 안 될까? 다친 사람도 업어 주지 말라고 하신 건 아니잖아?

– 그래도 안 돼. 남을 등 뒤에 태우는 것은 방어하기에 너무 불편

해. 아직 우리는 서로 믿는 사이도 아니잖아.

– 맞어. 그렇지만, 이렇게 늦어지다가는 시간을 맞추지 못한다고. 그럼 어르신들이 더 걱정하실 거야. 가족들도 그렇고…. 다친 사람이 우리를 공격할 수는 없을 거 아냐? 공격하면 등에서 털어버리지.

– 그래도 난 불안해. 나는 아무래도 저 사람들을 믿을 수가 없어.

– 나도 못 믿기는 마찬가지야. 그래도 걸음을 빠르게 하려면 어쩔 수가 없잖아. 이렇게 하자. 내가 다친 사람을 업을게. 네가 내 곁에서 걸어가 줘. 혹시 무슨 일이 있으면 날 도와줘.

– 괜찮을까?

– 어른들께는 내가 다친 사람을 업어 주었다고 하지. 어떨까?

– 아냐, 그럼 아예 내가 너에게 업어 주라고 했다고 할게.

– 하여튼, 알았어.

우리는 다친 사람을 번개가 업어 주도록 했습니다. 사람들은 좀 사양하다가, 다친 사람을 우리에게 데리고 왔습니다. 사람이 말의 등에 업히는 것은 생각보다 어려운 일이었습니다. 번개의 등은 미끄럽고 높았습니다. 등에서 떨어지지 않으려면 양손으로 갈기를 붙잡고 등을 다리로 꽉 끼는 것밖에 방법이 없었습니다. 갈기를 잡히는 것은 우리가 가장 싫어하는 일이었습니다. 누구에게든 갈기를 잡히면 기분이 아주 고약해졌습니다. 뭔가 굴복한다는 느낌 때문에, 우리는 친한 사이에도 갈기를 물거나 끄는 일은 없었습니다. 그런데 더욱이 사람에게 갈기를 잡힌다는 것은 난감한 일이었습니다.

그때 사람의 우두머리가 나섰습니다.

"저기…, 젊은분들. 우리가 한 가지 방법이 있는데요."

- 예?

"저기…, 우리가 젊은분의 갈기를 잡지 않는 방법이 있는데…, 어떨까요?"

- 그게 뭡니까?

"그게, 저…, 굴레라는 건데…."

도대체 언제 준비한 건지, 그가 내민 것은 두 개의 둥그런 고리처럼 생긴 것이었습니다. 그중 큰 것을 목에 끼우고 작은 것을 입에 씌운 뒤 둘을 연결하면, 머리 전체를 묶은 모양이 되었습니다. 그런 뒤 목줄에 양쪽으로 긴 줄을 매고 뒤에서 잡으면 갈기를 잡지 않고도 몸을 가눌 수 있었습니다.

굴레를 한 번개의 모습은 매우 굴욕적이었습니다. 저는 강력하게 항의했습니다.

- 이게 뭡니까? 도대체 이렇게 조여 묶으면 제 친구는 어떻게 움직일 수 있습니까?

"아니, 이렇게 하면 친구분도 불편하지 않고 갈기도 잡히지 않을 텐데…."

- 그렇지만 이건 너무 머리를 묶은 모양 아닙니까?

"아, 그럼, 친구분이 불편하신지 물어보기로 하지요. 저기, 혹시 많이 불편하십니까?"

– 아, 글쎄요. 아주 많이 불편하지는 않습니다만….

– 번개, 괜찮아? 불쾌하지 않아?

– 아니, 뭐, 괜찮아. 이거 아주 잘 만들었는걸.

정작 번개가 불편하지 않다니 더 뭐라고 말하기도 어려웠습니다. 다친 사람은 번개의 등 위에서 편안하게 앉아서 가게 되었습니다. 저는 아무래도 모양이 싫어서 안 보고 있었고, 다른 친구들도 모두들 불편한 기색이 역력했습니다. 다만 번개 자신만이 별로 그런 내색 없이 잘 걷고 있었습니다.

다친 사람이 길을 늦추지 않으니 좀 빨리 갈 수 있었습니다. 그러나 여전히 사람들은 헉헉거렸고, 우리는 늦어지는 시간 때문에 안달을 했습니다.

다음번 쉬는 곳에서 번개는, 우리 모두가 사람들을 업고 가자는 제안을 했습니다. 어차피 다친 사람을 업었으니 아주 안 업은 것은 아니며, 시간을 맞추지 못하는 것은 마을에 너무 많은 걱정을 끼치는 일이라는 것이었습니다. 게다가 번개는, 사람을 업는 것이 생각보다 굴욕적이지 않고, 무게도 많이 나가지 않는다고 주장했습니다. 또, 굴레라는 것도 그렇게 기분 나쁘지는 않으며, 갈기를 잡히는 것에 비하면 대단히 정중한 느낌이라고 했습니다.

자꾸 늦어지는 시간 때문에 이미 장가를 든 친구들과 저처럼 사랑하는 암말이 있는 친구들의 마음이 초조해지고 있었습니다. 번개는 집요하게 이 초조한 마음을 파고들었습니다. 어차피 약간의 양보는 해 버린 것이니, 시간이라도 잘 지켜서 더 이상의 걱정은 끼치지 않는 것이 좋다. 더욱이 사랑하는 암말을 둔 친구들은 한시가 석 달 같은 마음인데, 여기서 이렇게 시간을 끄는 것은 지혜로운 처사가 아니라는 것이었습니다.

친구들의 마음이 흔들렸습니다. 빨리 임무를 마치고 사랑하는 가족을 보고 싶은 마음에, 번개의 말을 솔깃하게 듣는 모양이었습니다.

저는 동의할 수 없었습니다. 저는 이 임무의 책임자이기도 하지만, 도저히 그 굴레라는 것을 쓸 마음이 나지 않았습니다. 아무리 편리한 것이라고 해도, 제 머리를 조여 묶어서 남이 조종하도록 한다는 것을 참을 수는 없었습니다.

결국 친구들도 굴레를 쓰고 사람을 업기로 했습니다. 다만 저는 끝까지 동의하지 않아서 굴레를 하지 않고 가기로 했습니다. 모든 사람들은 한 사람씩 우리 친구들의 등에 타고, 저와 짝이 된 사람만 걷기로 했습니다.

사람 중의 우두머리인 자가 제 짝을 자청했습니다. 그자는 처음부터 끝까지 저와 동행하면서 우리와 자신들이 얼마나 좋은 이웃인지, 자신들이 얼마나 친절하고 예의 바른 족속인지, 얼마나 우리와 친하기를 사모하고 있었는지를 수백 번 되뇌었습니다.

사람이 사는 마을은 우리 마을보다 컸으며, 사람들이 말하는 풀밭은 과연 풍요로웠습니다. 시금치와 배추가 푸르게 푸르게 자라고 있는 그 풀밭은 참으로 넓기도 했습니다. 사람들은 번개에게 자랑스럽게 말했습니다.

"자, 보시오. 이렇게 넓은 풀밭을 우리가 찾았지만, 우리는 풀을 조금밖에 안 먹는단 말이요. 그러니 이 풀을 당신들께 나누어 드리려는 것이요. 이제는 우리를 믿어 주셨으면 좋겠소."

그렇지만 아까 앞장서서 굴레를 한 것이 마음에 걸린 번개는 시무룩해서 풀만 뜯고 있었습니다. 비록 빨리 오기는 했지만, 번개 역시 친구들이 굴레를 한 모습을 보고 마음이 상한 것 같았습니다. 사람이 다정하게 번개에게 다가가 말했습니다.

"번개님이 오늘 가장 고생을 많이 하시고, 수고스럽게 저희를 업어 주시기도 하셨으니, 뭐라고 감사를 드려야 할지 모르겠습니다. 부디 싫어하지 마시고 즐거운 식사가 되시기를 바랍니다. 다른 모든 분들도 마찬가지로 즐겨 주시기를 바랍니다."

이상하게 사람들은 번개를 상대해서 말을 했습니다. 마을에서 제가 대표로 지명되는 것을 보았고, 오면서도 그렇게 행동했는데, 사람들은 굴레를 쓴 뒤로부터 번개에게만 말하고 번개를 통해 전달했습니다.

배불리 먹은 우리는 밤잠을 청했습니다. 하늘에는 맑은 별들이 쏟아질 듯이 내려다보고 있었습니다. 저 중에 가장 아름다운 별은 샛별이의 것입니다. 쳐다보고 있노라면 정말 샛별이이기라도 하듯이 별들은 깜박이며 이야기를 청해 왔습니다. 그리고 보면, 샛별이에게 사랑한다고 한 지 겨우 하루, 아직 아무 이야기도 다정하게 해 보지 못했습니다. 이럴 줄 알았으면, 오늘 이 시간에 별을 쳐다보라고 말이라도 하고 올걸. 그랬으면 우리는 같은 별을 보며 밤을 보내는 것일 텐데, 바보처럼 그 이야기도 못 하고 말았습니다.

사람들이 잠자리를 살펴 준다고 다녀간 뒤, 번개가 그들과 함께 나갔는데, 오는 것을 보지 못하고 잠이 들었습니다.

천둥이가 또 마을 대표로 어디를 갔어요. 전에도 무슨 일이 있으면 어른들은 천둥이만 찾았으니까, 이번에도 또 천둥이가 갈 줄은 알았지만, 정말 간다고 하니 마음이 전과는 아주 달랐어요. 전에는 그저 잘 다녀오기만 빌었는데, 이번에는 왜 이렇게 속이 상하는지 몰라요.

천둥이네가 간다고 마을 말들이 다 모였습니다. 이번에는 이틀 길이라고 합니다. 전에도 이런 일이 있었는지 몰라도, 이틀 길은 처음인 것 같았습니다.

천둥이 가족과 함께 서지도 못하고 멀찍이서 천둥이만 바라보고 있었어요. 어떻게 앞에 나서겠어요. 그런데 천둥이가 고개를 들더니 저를 찾았어요. 저는 아까부터 그만 보고 있었기 때문에, 금방 눈을 찾을 수 있었어요. 이제는 부끄러워할 수도 없었어요. 저는 천둥이를 사랑하는 걸요. 그리고, 저렇게 천둥이도 저만 찾고 있잖아요.

천둥이는 저에게 다가왔습니다. 바로 그 천둥이가, 제가 그렇게 사모하던 천둥이가, 이제는 저만 사랑한다는 천둥이가, 저에게 다가왔습니다. 남들도 다 지켜보는 가운데, 와서는 고작 한다는 말이

'갔다 올게'였습니다. 저 역시 하고 싶은 말이 너무 많아서, 서로 밀고 나오려고 하다가 쏟아지고 터지려고 하지만, 겨우 '으응' 하고 말았습니다.

그러나 천둥이는 알았을 거예요. 제가 천둥이의 한 마디 속에서 백 마디 마음을 읽은 것처럼, 천둥이도 제 마음을 알았을 거예요. 저는 그 속에, 사랑한다는 제 고백을 깨알처럼 박아서 보냈거든요.

천둥이가 간 뒤의 마을은 적막했습니다. 수많은 마을 어른들이 저를 놀리고, 친구들은 실없이 시샘하기도 했지만, 천둥이가 없는 마을은 아주 아주 적막했습니다.

저는 천둥이가 풀을 뜯고 달리던 들판으로 나갔습니다. 그리고 아무도 듣지 않고 아무도 보지 않는 들판에서, 하늘을 향해 제 마음을 털어놓았습니다.

– 사랑해, 천둥아. 사랑해.

천둥이 없이 마을로 돌아왔습니다. 어르신은 오늘도 여전히 저를 붙잡았습니다.

– 샛별이, 너, 천둥이 보고 싶어서 풀도 안 먹었지?

– 아니에요, 선생님.

– 뭘 아니야. 빈 하늘에 대고 천둥이 사랑한다고 고함지르고 왔지?

– 왜 그러세요, 선생님이 보셨어요?

– 사랑한다는 것은 축복이다.

저녁에는 별을 쳐다보았어요. 이럴 줄 알았으면 저녁에 별을 쳐다보라고 말해 둘걸. 속이 상했지만, 혹시라도 보고 있을 천둥이를 생각하며 별을 세었어요.

이튿날이 되자 사람들은 우리가 가져갈 짐을 꾸려 주었습니다. 그들은 오래 연습을 했는지 앞발을 아주 능숙하게 사용했습니다. 그들은 그들의 들판에서 가려 뜯은 부드러운 풀들을 햇볕에 말려서 덩이를 만들어 놓았습니다. 꾸들꾸들하게 마른 풀들은 구수한 냄새를 내면서 우리를 자극했습니다. 참으로 맛있는 풀이었습니다. 그걸 우리 각자에게 둘씩 등에 얹어서 보내겠다는 것이었습니다.

물건을 말의 등에 얹는 것은 참 어려운 일이었습니다. 사람이 탈 때는 말에게 굴레를 씌워서 갈기 대신 잡고 탈 수라도 있지만, 스스로 균형을 잡지 못하는 물건을 등에 얹고는 갈 수가 없었습니다. 참 맛있는 풀이지만 가지고 갈 방법이 없어서 난감해하는 우리에게, 또 사람들은 제안을 했습니다.

"저기… 괜찮으시다면, 우리가 가진 멍에를 사용해 보시지요."

– 멍에가 무엇입니까?

"이것인데, 이걸 등에 얹으시면, 아마 별 어려움 없이 이 풀들을 마을까지 가지고 가실 수 있을 겁니다."

그들이 내민 것은, 우리의 등에 얹기 좋게 굽은 나무를 찾아다가 틀을 짜고 복대를 묶게 만든 것이었습니다.

– 이게 뭐라고요?

"이것은 멍에라는 것입니다. 이걸 하시면 물건이 등에서 떨어지지 않습니다. 멍에를 메신 뒤에 양옆에 건초더미를 묶으시면 얼마든지 많은 양을 나르실 수 있습니다."

이때 번개가 나섰습니다.

– 참, 내가 어제 이 사람들에게서 선물을 받았는데, 친구들과 나누고 싶어.

– 선물이라니?

– 당근인데, 맛이 참 좋더라고.

번개의 이 말에 당황한 사람들이 끼어들었습니다.

"아, 거, 번개님께만 조금 드린 것인데, 저기, 그게, 당근이라고…."

당근은 정말 맛있었습니다. 흙을 털어버린 그것은 빨간색의 뿌리인데, 사근사근하고 씹히는 맛이며, 약간 단맛이 도는 뒷맛이며, 참으로 일품이었습니다. 번개와 저는 물론, 모든 친구들이 이 맛에 황홀해하고 있을 때, 사람들이 말했습니다.

"거, 참, 당근은 좀 귀한 것이어서, 많이는 못 드리고…, 그렇지만 손님들은 저희와 친하게 지내시면 자주 드릴 수 있을 겝니다. 필요하시면 말씀만 하십시오."

저는 갑자기 당근 맛이 쓰게 느껴졌습니다. 뭔가 편하지 않은 마음이 당근 속에 담겨 있었습니다. 번개와 친구들도 즐겁지는 않은 표정으로 당근을 씹고 있었습니다.

멍에를 메는 문제는 확실히 좀 쉬웠습니다. 무엇보다, 짐을 운반하기에는 우리의 등이 너무 미끈한 데다, 운반할 양이 너무 많은 것도 달리 방도가 없었습니다. 그러나 그 모든 것보다 저희가 쉽게 동의한 것은, 이번에는 아무도 그 위에 타지 않는다는 것이었습니다. 이제 사람들은 마을 입구에서 우리를 배웅하고 우리끼리만 가는 것이기 때문입니다.

그래도 어쩐지 미심쩍은 이 도구에 대해, 우리는 모두 불편한 마음이 없지는 않았습니다. 결국, 셋은 멍에를 하되 만일을 위해 둘은 멍에를 하지 않고 등에다 그냥 풀을 얹고 가기로 했습니다. 그렇게 해 보니, 멍에를 한 것보다 힘이 들고 조금밖에 운반하지 못했습니다.

헤어지면서 사람들은 인사를 해 왔습니다.

"부디 조심해서 가십시오. 혹시라도 풀이 더 필요하시거나 당근을 잡숫고 싶으시면, 저희가 좀 멀기는 하지만 가져다가 나눠 드리겠습니다."

– 친절한 말씀 감사합니다.

천둥이가 돌아옵니다. 오늘은 오후에 풀도 뜯기 싫어서 내내 강가를 헤매기만 했는데, 해가 참 길기도 했습니다. 저녁이 되어야 천둥이가 올 텐데, 해는 중천에서 기울 줄을 몰랐습니다. 빨리 해가 서쪽 하늘에 걸리기를 기다리면서 자갈만 톡톡 차고 있는데, 마을의 어른들이 동구로 모이는 것이 보였습니다. 이제 천둥이가 돌아올 시간입니다.

천둥이들이 나타났을 때는 약간 어스름이 내렸을 때였습니다. 저는 저 멀리서 그들이 보일 때부터 가슴이 뛰어서 견딜 수가 없었습

니다. 맨 앞장에서 환영하고 싶었지만, 어떻게 그러겠어요. 눈길로
만 천둥이를 찾으며 다소곳이 뒤로 물러나 있었습니다. 다섯은 먼
길에서 오는 피로를 안고 마을에 들어섰습니다. 모두들 등에는 건초
를 잔뜩 업고 있었습니다. 마을에 들어서는 다섯 말들에게서는 향기
롭게 마른 건초 냄새가 났습니다.

어른들은 깜짝 놀랐습니다. 그들은 모두 등에서 배에까지 줄을 매
고 거기다 건초를 매달고 왔기 때문이었습니다. 둘은 그렇게 하지
않고 목에다 건초를 매달고 왔지만, 다른 젊은 말들의 모습은 아주
놀라웠습니다. 어른들은 갑자기 마을의 말들에게 집으로 돌아가라
고 말했습니다. 각자 먼 길을 다녀온 사랑하는 이들을 보려고 모였
지만, 어른들의 말씀은 지엄했습니다. 저는 속이 많이 상했습니다.
어두워져서 천둥이와는 눈도 맞추지 못했고, 어른들이 왜 저러시는
지 사정을 알지도 못했기 때문이었습니다.

어른들은 준엄하게 꾸짖었습니다.
― 왜 그랬느냐?
저희는 사정을 다 말씀드렸습니다. 어른들을 다 이해하시게 하는
것은 어려웠지만, 저희로서는 숨김없이 다 내놓았습니다. 어른들은
다친 사람을 위해 번개가 등을 내주었다는 것에 대해서는 큰 꾸지람
이 없었습니다. 그러나 앞으로는 어떤 경우에도 사람을 등에 태워서
는 안 된다는 말씀을 하셨습니다.

굴레와 멍에는 다시는 쓰지 말라는 엄명을 받았습니다. 특히 사

람들이 발굽이 각각 다섯인 앞발을 들고 굴레와 멍에를 묶어 주었기 때문에, 발굽이 하나인 우리는 벗기기도 어려우니 절대로 쓰지 말라고 하셨습니다. 우리는 그 자리에서 서로의 굴레와 멍에를 씹어서 벗기라는 명령을 받고, 그 단단한 줄기식물의 매듭을 씹느라고 오랜 시간을 보냈습니다.

번개는 의기소침했습니다. 굴레와 멍에에 대해 그는 어른들께 심한 꾸지람을 들었습니다. 그러나 그는 어른들께 순종했습니다. 번개는 당근 이야기도 했습니다. 그들은 우리가 잠든 틈에 번개를 불러다 당근을 주었으며, 이튿날 번개의 짐에만 당근을 넣어주겠다고 약속했다는 것입니다. 번개는 그 당근을 그때 우리 모두에게 내놓았고, 지금도 그 사실을 어른들께 말씀드렸습니다. 어른들은 당근을 가져오게 해서 맛을 보았습니다.

– 이게 뭐라고?

– 당근이라고 했습니다.

– 뭐가 이렇게 맛있는 게 있느냐. 이걸 누구누구가 먹었느냐?

– 저희가 다 먹어 봤습니다.

– 아무래도 이상하다. 이렇게 맛있는 게 있다니.

어른들은 저희에게 당근의 맛을 잊으라고 명령했습니다. 그리고 누구에게도 당근의 맛을 이야기하지 않겠으며 다시는 당근을 먹지 않겠다는 맹세를 하게 했습니다.

우리는 일이 갑자기 커지는 것에 당황했습니다. 당근이 맛있다는 것과 우리가 그것을 먹었다는 것이 이렇게 중요한 문제가 될 줄은 몰랐습니다.

어쨌든 우리는 어른들께 약속하고, 그 자리에서 당근을 다 땅에다 묻고 물러났습니다.

아침은 여전히 아름다웠습니다. 산은 새 안개를 내어 들판을 적시고, 강은 새 노래를 불러 들판을 깨웠습니다. 아침이 오는 들판에 나서면서 저는 온몸에 새봄의 기운이 넘치는 것을 깨달을 수 있었습니다.

마을 입구에는 여전히 어른이 계셨습니다.

― 천둥이, 너 이리 좀 오너라.

― 예, 선생님, 편히 쉬셨습니까?

― 편히나 마나, 이 눈치 없는 녀석아. 이제는 좀 철이 들어야지.

― 네?

― 샛별이 말이다. 이 멍청한 녀석아.

― 아, 예, 선생님, 무슨….

그 순간에 마을에서 샛별이가 나왔습니다. 아침 햇살을 받고 따박따박 걸어오는 샛별이를 보셨는지요. 얼마나 아름다운지요. 정말 얼마나 아름다운지 피가 멈추는 느낌이었습니다. 밤새도록 별빛이 그 갈기를 쓸고, 새벽에 안개가 그 눈빛을 닦아, 청초한 꽃처럼 피어나는 샛별이가 제 앞에 섰습니다. 그 깊고 맑은 눈으로 제 눈을 맞추고 섰습니다.

― 선생님.

－ 그래, 내가 이 눈치 없는 녀석 혼 좀 냈다.

－ 또 무슨 혼을요, 선생님.

－ 오늘이 끝이냐, 내일이 끝이냐?

－ 아이, 선생님은 또 그런….

샛별이는 몸을 꼬면서 돌아섰습니다. 몸이 틀리는 서슬에 샛별이는 제 몸을 살짝 건드렸습니다. 그 순간, 제 온몸이 찌르르 하면서 뜨거운 불덩이가 온몸을 휘감았습니다. 저는 부끄럽고 민망해서 들판으로 달려갔습니다. 한참을 달려 강가에 가서야 조금 진정이 되어 강물을 마시고 샛별이를 찾았습니다.

그때 마을 쪽에서 붉은 햇살 한 줄기가 저를 향해서 달려 나왔습니다. 이마에 애교 머리를 한 빛줄기가 똑바로 저를 향해 쏟아져 내려왔습니다. 제 앞에 이른 샛별이는 멈추지 않고 강 상류로 달려갔습니다. 저도 샛별이를 따라 달렸습니다. 경쾌한 아침 공기를 가르며, 저와 샛별이는 두 줄기 바람이 되어 달렸습니다.

큰 버드나무 아래에 가서 샛별이는 멈추었습니다. 저도 몸을 스치면서 멈추었습니다. 그녀의 몸에서는 향기로운 땀내가 났습니다.

갑자기 마을에 이상한 기운이 돌았습니다. 몇몇 젊은 말들이 저녁이 되어도 마을로 돌아오지 않고 있었습니다. 전에 없던 일이었기 때문에 어르신들을 우리를 불렀습니다.

－ 어떻게 된 일이냐?

－ 글쎄요, 저도 전혀 모르는 일입니다.

– 번개는 어디 갔니?

– 지난번 심부름 이후로 자주 만났지만, 어제부터는 못 보았습니다.

– 도대체 이게 무슨 일이냐?

모두들 찾아 나섰지만, 아무 흔적도 찾지 못했습니다. 혹시라도 사나운 짐승에게 당한 것은 아닐까 염려하기도 했지만, 이렇게 젊은 말 대여섯을 한꺼번에 습격할 만한 짐승은 이 근처에는 없었습니다.

아침이 되었지만 소식이 없었습니다. 이 작은 마을에 이렇게 정정한 말 대여섯이 없어지다니, 이것은 참으로 크고 중대한 문제였습니다.

그들이 돌아온 것은 저녁이 되어서였습니다. 번개를 필두로 한 여섯 말들은 지난번 처음 사람들에게 갔을 때처럼 건초를 잔뜩 지고 마을로 돌아왔습니다.

번개는 결심한 것이 있었던 듯, 짐을 천천히 내려놓고 숨을 고르면서 막힘없이 설명했습니다.

– 저는 그간에 어르신들께서 천둥이만 귀여워하신 것에 대해 아무 불평도 하지 않았습니다. 사실, 천둥이와 제 능력이 차이 나는 정도에 비해 어르신들의 편애는 지나쳤습니다. 그러나 저는 승복하는 것으로 함께 잘 살아가는 길을 삼았습니다. 그리고 실제로 이제는, 진심으로 섭섭하지 않은 지경에 이르렀습니다. 지난번 사람들에게 다녀왔을 때에도 저는 제가 아는 모든 정보를 보고했습니다.

그러나 지금 우리 마을에는 변화가 일어나야 합니다. 지난겨울에 또 굶어 죽은 망아지들이 있었습니다. 그간 우리는 항상 부족한 나날을 살아왔습니다. 풀은 무성하게 나지 않았고, 그나마 나는 것들은 가시가 있거나 거친 것들이었습니다. 더욱이 가을이 지나면 시들고 마르는 풀들이라 겨울은 항상 배고픈 계절이었습니다. 아시다시피 우리 마을에서 그 많은 망아지들이 한 겨울을 나지 못하고 죽어간 것도 이 때문이 아니었습니까.

어르신, 저는 이제 우리 마을에 변화가 와야 한다고 생각합니다. 이 생각은 오래전부터 제게 있었던 생각입니다. 좀 더 풍요롭고 안정된 생활이 이제는 보장되어야 합니다. 또다시 춥고 배고픈 겨울이 온다면 우리는 또 사랑하는 어린 망아지들을 아사의 고통에 빠뜨릴 것입니다.

어린 자식이 굶어서 죽어가는 것을 보아야 하는 어버이의 심정을 어찌 말로 하겠습니까. 저는 그 괴로움에서 일어서야 할 책임이 우리 세대에 있다고 생각합니다. 이번에 사람들과 좋은 관계를 갖게 된 것은 우리 마을에 온 기회입니다. 저는 이번에 우리 마을의 배고픔과 아사의 고통을 완전히 끊어야 한다고 생각합니다.

사람들과의 관계에서 약간의 양보는 필연적입니다. 그들은 우리에게 그 많은 풀을 넘겨주었는데, 우리가 전혀 양보 없이 이익만 얻겠다는 것은 진실한 태도가 아닙니다. 사람들과의 조건은 차차 협의를 통해 개선해 나갈 수도 있을 것입니다.

저는 이런 생각으로 감히 어르신들의 허락도 없이 몇몇 동무들과 마을 밖으로 다녀왔습니다. 논쟁이 길어지는 것보다 실행의 충격이 일을 빠르게 진전시킨다고 생각했기 때문입니다. 저는 꾸지람을 들을 각오가 되어 있습니다. 그보다 더한 벌이라도 달게 받겠습니다.

어르신, 저는 어르신들께서 좀 더 먼 장래를 보아 주시기를 부탁드립니다. 사랑하는 망아지들을 보아 앞날을 열어 주시기를 부탁드립니다.

2

마을은 달라졌다. 이제 더 이상 나처럼 늙은 말이 평화를 누리는 마을이 아니다. 지난 소동에서 번개는 완전히 마을을 장악했다. 그리고 다른 젊은 말들은 번개가 가져온 당근에 설득되었다. 늙은 말들의 어떤 설교도 당근의 힘에는 턱없이 못 미쳤다.

번개는 더 많은 말들을 이끌고 사람들의 마을로 다녔다. 그리고 더 많은 당근을 마을에 날라 왔다. 그리고 자신의 말마따나 사람들에게 양보한 것도 많아졌다. 그들은 일상적으로 사람을 태우고 다니는 것에 합의했다. 먼 길을 갈 때는 사람들이 거의 걷지 않았다. 모든 무거운 짐은 말들이 날랐다. 멍에를 한 말들은 사람들과는 비교할 수도 없는 짐을 나를 수 있었다.

사람들은 작업량을 균등하게 하기 위해 약간의 가혹 행위를 말에게 가하는 것을 양해하라고 했다고 한다. 번개는 펄쩍 뛰며 거절했지만, 어쩌면 더 많은 당근을 위해 그 아이는 양보하고 싶어질지도 모른다. 그러면, 말의 등에 탄 사람들이 말에게 매질을 하는 일이 벌어질 가능성도 있다.

이제 사람의 마을에 가는 말들은 아예 굴레를 하고 멍에를 지고 다녔다. 앞발 쓰기가 편하지 않은 말들로서는, 매번 묶고 푸는 일이 번거롭기도 했겠지만, 처음에는 그래도 마을에 들어올 때 부끄러워하는 빛이라도 있던 말들이, 이제는 당당히 굴레를 하고 마을을 돌아다녔다.

사람의 마을에 다니는 말을 둔 가족은 풍요를 누렸다. 많은 건초와 자주 먹는 당근으로, 그들은 자식이 거기 가서 일하는 것을 약간 자랑스러워하기도 했다. 혹시 늙은 말들이나 천둥이 등에게 설득되어 거기 가지 않는 젊은 말들이 있었지만, 도리어 가족의 눈치를 보는 지경에 이르렀다. 오래지 않아 그 말들도 사람의 마을로 다니게 될 것이 확실했다.

천둥이는 괴로워했다. 그 믿음직한 녀석은 이제 막 샛별이의 사랑을 확인했는데, 이런 혼란한 문제에 직면한 것이다.

– 선생님, 확실히 먹고살기가 좋아진 것은 틀림이 없겠지요?

– 그러게 말이다. 먹고살기는 한다만….

– 왜 이 문제가 이렇게 괴로울까요?

– 천둥아.

– 예, 선생님.

– 전에 나는, 굶어 죽는 것이 부끄러운 줄 알았다.

- 예.
- 그런데 이제는 말이다. 굶어 죽지 않고도 부끄러울 수 있는 것 같다.
- 왜 그럴까요, 선생님?
- 글쎄, 나도 참으로 궁금해하는 것이지만, 아직 알 수 없구나. 왜 배가 부른데 부끄러울까?

천둥이나 나나 혹은 그 녀석이 사랑하는 샛별이라고 해도, 우리는 이 의문을 풀지 못하고 있다. 아, 그리고 샛별이, 그 예쁜 아이가 애기를 가졌다. 그 눈치 없는 놈이 그래도 그런 재주는 있었는지, 일전에 걸음이 달라서 물어보았더니, 애기가 있다고 했다.

나는 이 아이들을 마을에서 떠나보내려고 한다. 이제 늙은이만 제하면 모두 굴레에 멍에를 달게 여기는 곳에서, 이런 맑은 아이들이 새끼를 기르게 하고 싶지 않다. 나도 가 본 적은 없지만, 어느 초원에는 누구에게도 길들지 않는 수천의 말들이 달리고 있다고 했다. 좀 험하고 멀더라도, 이 아이들은 거기서 사랑을 키울 권리가 있다.
거기 가서, 얼룩무늬를 휘날리는 그 자유로운 영혼들을 만나거든, 우리에게도 이런 날들이 있었다는 전설이라도 말하라고 할 참이다.

동녘이 밝아옵니다. 날마다
맞이하는 시간이지만, 새벽의
이 시간은 언제나 좀 슬픕니다.

닭
1

동녘이 밝아옵니다. 날마다 맞이하는 시간이지만, 새벽의 이 시간은 언제나 좀 슬픕니다. 지난밤의 잠은 아직 몽롱한 눈까풀에 있는데, 산은 어둠 속에서 뚜벅뚜벅 걸어 나옵니다. 산의 어깨에는 뿌연 빛이 서리고 벌판은 푸르스름하게 잠든 등짝을 드러냅니다. 분주한 소리들은 아직 깨어나지 않고, 어슴푸레한 윤곽만 부스스 털고 일어서는 새벽, 한 번도 이름 지어 보지 못한 새벽의 쓸쓸함 앞에서 언제나 저는 좀 망연한 마음이 되곤 합니다. 생각해 보면, 그것은 제 마음에 일어나는 변화인 듯도 합니다. 저는 지금 두 번째 여름을 맞이합니다. 두 살 된 수탉이라는 것은, 우주 앞에 제출된 성과물처럼, 온몸이 팽팽하게 긴장되어 있으면서도, 정작 아무 일도 일어나지 않는 폭풍의 고요입니다. 그 고요 앞에서 저는 가끔 아득해지는 것이지요.

그러나 이런 달콤한 슬픔이나 쓸쓸함은 우리들 수탉의 것이 아닙니다. 비록 깊이를 모를 쓸쓸함이 새벽을 덮고 온다고 해도, 우리는 오늘 날아야 할 하늘이 있습니다. 우리는 이 숲의 푸르스름한 야성을 짐 지고 가야 할 수탉입니다. 더러 예쁜 암탉들은 이 새벽의 달콤한 슬픔을 즐기기도 하겠지만, 우리는 마땅히 새벽을 깨워야 합니다.

– 꼬끼요오~~~

– 꼬끼요오~~~

– 꼬끼요오~~~

역시 큰형님입니다. 우리보다 겨우 한 배 먼저 났을 뿐이지만, 형님은 확실히 우리 모두의 형이 되실 만한 분입니다. 새벽의 간지러운 감상을 깨면서, 형님은 높고도 단호한 목청으로 하루를 열었습니다. 첫 번 우는 소리로 새벽 공기를 찢고, 두 번째 울어서 새벽을 확정합니다. 이어서 형님이 부르짖는 새벽의 소리는 우리 모두에게 또 하루가 살아나고 있음을 분명하게 선언합니다. 저 역시 힘차게 호응합니다.

– 꼬끼요오~~~

– 꼬끼요오~~~

– 꼬끼요오~~~

곳곳에서 형님의 소리에 호응하는 소리가 일어나고 모든 사물과 형상들이 부스럭거리며 어깨를 털었습니다. 잠자던 풀들이 푸들거리기 시작하자, 나뭇잎들도 바스락거리면서 거기 있음을 알려 왔습니다. 이제 곧 하늘에 종달새나 지빠귀들이 날기 시작하면서 하늘도 소란스러워지는 아침을 맞을 것입니다.

새의 몸으로 나서 새의 몸으로 사는 것은, 역시 하늘을 날아오를 때 실감이 납니다. 바닥을 차고 오르는 순간, 툭, 하고 땅이 몸을 놓아 주는 허전한 해방감과, 땅의 당김에서 놓인 발이 하늘을 딛는 허공감은, 달리 묘사할 수 없는 존재의 기쁨입니다. 비록 아주 높이 날지는 못하지만, 발아래로 작아지는 땅 위의 사물들과 그것들 사이에서 기고 뛰는 동물들의 움직임을 본 자만이, 진정한 새의 세계를 안다고 할 것입니다. 하늘을 뚫고 수직으로 솟구치면, 심장 가득히 전해 오는 중량감은 뿌듯하게 충만되어 오고, 잠시나마 수평 비행에 도달하여 날개를 쉬면서 바라보는 하늘과 땅의 경계는 언제 보아도 신비롭습니다. 아침 비행은, 지난밤에 날개에 내려앉은 이슬들을 허공으로 돌려보내는 우리의 춤입니다. 낮 비행보다 날개를 좀 바삐 움직이면서, 아침의 촉촉한 대기를 흔들어대면, 날개는 물기를 털어내고 어제의 활기를 회복합니다.

새들만이 아닙니다. 모든 땅 위의 사물들이 깨어나는 것처럼, 작은 날벌레들도 아침을 맞이합니다. 그들 또한 그들 날개의 이슬을 털면서 나지막한 비행을 시작합니다. 아직 잠이 덜 깬 데다가 날개도 무거워서 힘차게 날지도 못하는 아침의 비행. 새들 중에는 그런 아침 벌레를 잡아 하루의 활력을 위해 먹기도 합니다.

그러나 우리들 닭은 대체로 벌레를 많이 먹지는 않습니다. 우리는 비행 중에 먹이 활동을 하는 것이 익숙하지 않습니다. 우리는 거의 대부분의 먹이를 땅에서 얻습니다. 우리는 주로 식물의 씨앗을 먹고 더러 곤충이나 지렁이나 개구리 등의 작은 동물도 먹습니다. 그러므로 우리는 하늘을 나는 새이지만 또한 땅 위에 발을 붙이고 사는 새입니다.

식물들이 열매를 맺는 마음을 아시는지요. 혹은, 식물들이 꽃을 피우는 마음은 아시는지요. 우리들 닭은 땅에 발을 디딘 새로서, 땅 위의 식물들과 많이 마음을 나눕니다. 그들은 우리에게 보여 줍니다.

땅에 씨앗으로 떨어져 껍질이 썩는 고통을 겪은 뒤에 여린 싹으로 단단한 땅을 뚫는 고난을 보시지요. 땅은 태고로부터 단단하게 굳어 있는데, 그 여린 새싹이 뚫고 올라옵니다. 올라온 뒤에 새싹을 쪼아 보면 연하고 보드라워서 바람도 이길 것 같지 않습니다. 그런데도 그 새싹은 땅을 뚫고 돌을 젖히고 솟아오릅니다. 그러다가 마침내 땅 위에 떡잎을 내밀고 햇살을 받는 순간에 얼마나 감격스러워 하는지요. 배냇물처럼 반짝이는 물기를 담고 잎들은 햇살 앞에서 파득파득 피어납니다.

비와 이슬을 맞고 차차 자라나 처음으로 꽃을 피울 때에는, 모든 식물들이 자랑스러움과 부끄러움으로 물이 듭니다. 자신의 생애에서 가장 빛나는 순간을 맞이한 기쁨과 감격으로 잎들은 두근거립니다. 물과 햇살만으로 이루어낸 이 성숙의 긍지는 그들의 가지와 잎마다 뿌듯이 차오릅니다. 그러면서도 자신의 가장 아름답지만 비밀스러운 속살을 내보인다는 부끄러움이 꽃잎들마다 떨리고 있습니다. 우리는 늘 그런 모습을 보고 있습니다.

열매는 어떨까요. 마침내 이루어낸 다음 세대의 소망. 알차게 여문 열매를 달고 선 식물들은 긍지가 넘칩니다. 그 열매가 너무 잘 익어서 좀 무겁더라도, 그래서 자기 허리를 구부러지게 할지라도, 열매를 드러내 보이는 그들에게는 조금도 힘겨움이 없습니다. 늙어가는 줄기에, 휘어지도록 열매를 달고 가을바람에 휘청이는 식물들에는, 마침내 한 생애의 아름다운 임무를 완수했다는 여유와 안도감이 온몸에 넘칩니다.

그들은 우리에게 자기 열매를 먹어달라고 하지요. 우리가 먹고 싶으라고 씨앗 가에 맛있는 양분과 향기도 묻혀 둡니다. 우리는 그것을 쪼아 먹습니다. 더러 줄기에 맺힌 것을 따 먹기도 하지만, 대개는 땅에 떨어뜨린 것을 먹습니다. 그러면 그 씨앗 가의 양분은 우리 몸으로 가고 씨앗은 우리 발을 따라 여행을 하지요. 우리는 곳곳에 그들의 소망대로 씨앗을 뿌려 줍니다. 종종 껍질이 얇아서 우리 뱃속에서 다 녹아버리는 일도 있지만, 그래도 우리는 많은 열매를 널리널리 퍼뜨리고 있습니다.

아침이 숲에 온전히 자리를 잡으면, 이 숲 속의 마을은 또 다른 수선스러움으로 분주합니다. 땅을 파는 동물은 땅을 파고, 풀을 뜯는 짐승은 풀을 뜯으며, 그들을 노리는 짐승은 그들대로 자기 일에 바쁩니다. 다들 지금의 생명에 최선을 다하고, 그 최선에 스스로 만족합니다. 한 생이 짧기는 하지만, 누구도 그 한 생이 짧다고 불평하지 않으며, 다시 이어질 다음 세대의 소망을 만들기에 여념이 없습니다. 각자가 낳은 새끼들과 알들을 조금도 다름없는 자기의 몸으로 받아들이고, 그 새 몸을 통해 이어지는 생명의 찬가에 한 생을 바칩니다.

우리들 닭들은 중간 정도의 나뭇가지에 둥지를 틉니다. 땅 위의 짐승들이 우리 알들과 병아리들을 탐낸다고 해도, 우리가 만들어 놓은 둥지까지는 대부분 미치지 못합니다. 가끔 뱀들이나 족제비들이 더러 병아리들을 상하게 하지만, 그 또한 우리와 그들 한 생의 일부일 뿐입니다. 우리 암탉들은 여전히 건강하게 알을 낳고 품어서, 우리 닭들의 마을을 풍요롭게 하고 있습니다.

- *꼬꼬댁, 꼭, 꼭, 꼬꼬댁, 꼭, 꼭…*.

그렇습니다. 지금도 큰집 형수가 알을 낳았습니다. 그 형수는 암팡진 뒤태답게 알 낳고 우는 소리도 선명합니다. 그러자 형님 때에 그랬던 것처럼 곳곳에서 알을 낳은 형수들과 어머니들이 화답을 하고 있습니다.

- *꼬꼬댁, 꼭, 꼭, 꼬꼬댁, 꼭, 꼭, 꼬꼬꼬꼬…*.

- *꼬꼬댁, 꼭, 꼭, 꼬꼬댁, 꼭, 꼭, 꼬르르르…*.

아침이 오고, 밤새도록 어머니의 몸 안에서 자란 알들이 햇살을 받으면서, 새로운 하루는 시작되고 있습니다.

- 그래, 너무 걱정하지 마라. 나이 들면서 왜 이렇게 속이 말썽인지 모르겠구나.

- 그래도 잡수시던 것을 줄이면 안 됩니다. 저희가 아직 어린데, 기운을 더 내셔야지.

- 글쎄, 너무 염려할 것 없다. 며칠 지나면 낫겠지.

- 좀 부드러운 것을 드시는 것이 좋겠습니다.

- 아직 봄인데 다 부드럽지, 뭐 거칠 것이나 있겠니?

- 그래도 올해는 풀이 다 잘고 억세어서….

- 글쎄, 그나마 많지도 않다지?

- 예, 올해는 흉년이 드는 것 같습니다.

- 겨울에 눈이 덜 오더니, 그 때문인가?

- 그런 것 같습니다.

- 큰일이다.

- 이러다가는 여름이나 가을에도 병아리들이 배가 고프지 않을
  까요?

- …, 귀리가 아직 덜 익었나?

- 예. 보리도 줄기부터 배배 틀려 마르고 있고, 귀리는 때가 덜
  찼는데, 배알이 실쭉한 것을 보니 쭉정이가 많을 것 같습니다.

- 이걸 어떻게 하나?

- ….

- …, 어쩌나?

- 저희들 젊은 수탉들이 좀 더 부지런히 다녀 보겠습니다.

- 다닌다고 무슨 수가 나겠니?

- 마을에서 저희가 먹는 거라도 줄이면….

- 그게 무슨…. 나간다고 먹을거리가 생긴다면 몰라도. 들판은
  멀고…, 너희가 그렇게 멀리까지 갈 수 있겠니?

- 그래도 저희가 마을 근처에서 덜 먹으면…, 암탉들과 병아리들

에게 돌아가는 것이 많지 않을까요?

– 그러게…. 그렇지만 너희들은 날마다 그렇게 배가 곯아서 어쩌니?

– 괜찮습니다. 저희는 젊으니까 나가서 좀 많이 찾아서 먹고 오도록 하겠습니다.

– 이런 경우가 있나…. 어떻게 젊고 힘쓰는 너희들이 마을에서 곯아야 한다는 말이냐? 차라리 늙은 것들이 먹지를 말아야지…. 어떻게, 내가 젊을 때나 너희가 젊을 때나 이렇게 사정이 똑같으냐?

– 아닙니다. 추장님. 저희가 불민해서 아무 대책을 세우지 못했습니다.

– 아니다. 내가 사려가 부족해서 너희에게도 이런 고생을 시키는구나.

– 하늘이 시키는 일을 어쩌겠습니까?

– 우리가 젊을 때도 배를 곯으면서 먼 길을 나섰더니, 너희는 그런 일 없기를 바랐는데, 또 안 되는구나.

– 괜찮습니다, 추장님. 저희가 방법을 찾아보겠습니다.

– 그래, 그래도 우선 당장 마을 근처에 열매가 없어진 것은 아니잖으냐? 이것들이 있는 동안 방법을 찾아보자. 우선 병아리들이 먹을 부드러운 풀싹과 열매는 있지?

– 예, 아직은 아주 바닥나지는 않았습니다.

– 그래, 우선 그렇게 견뎌 보자. 그나저나 속이 많이 불편하다.

– 많이 편찮으십니까?

- 그러게, 모래주머니에 무슨 딴 게 들어갔는지, 먹으면 따끔거리고 더부룩하니, 먹는 것을 좀 줄여야겠다.
- 아닙니다. 부디 기운을 내시고 더 잘 잡수셔야 합니다.
- 아냐, 내가 먹던 곳에 아직 열매가 좀 남았으니, 암탉들하고 병아리들한테 거기 와서 주워 먹도록 말해 둬라.
- 아닙니다. 요즘 연로하신데 식사를 줄이시면 기운이 줄어들어 여름을 나시기 괴로우십니다.
- 뭘. 그냥 입맛이 없는 것뿐이니, 너무 염려하지 마라.

우리는 병아리 때는 암수가 그리 구별되지 않다가 솜털이 자라면서 빠지고 날개가 날 때쯤엔 확연히 달라집니다. 암탉은 회색이나 검자주색으로 숲 속 색깔에 잘 섞이지만, 수탉은 잘 드러나는 색으로 변합니다. 하얀 깃이 가끔 섞인 검붉은 깃들과, 붉게 물들어 있다가 빨갛게 변하곤 하는 화려한 볏은, 암탉과는 전혀 다른 수탉의 긍지를 드러냅니다.

대강 1년이 지나면 거의 수탉의 외형은 완성됩니다. 그때쯤이면 힘차게 뻗은 다리와 완강한 목을 갖추게 되고, 아침에 지르는 소리는 천지의 어둠을 깨우는 힘이 있습니다. 그래서 많은 수탉들이 암탉 앞에서 더욱 힘차게 소리를 지르고, 암탉들은 그런 수탉 뒤에서 가슴을 두근거립니다. 병아리들은 암탉의 품을 파고들고 어른들은 젊은 닭들을 보면서 흐뭇해합니다.

우리는 대개 20년을 삽니다. 젊은 시절 멋지고 자랑스러운 깃을 휘날리던 어른들도, 차츰 깃에 색이 빠지고, 마침내 깃조차 드문드문 빠지면서 하늘보다 땅에 더 많이 발을 붙이고 늙음을 맞이합니다.

우리 추장님은 많이 늙으신 분입니다. 우리들 젊은 닭들은 그분이 나신 지 몇 년이 되었는지도 모릅니다. 그러나 그분의 말씀은 늘 깊은 힘이 있었고, 정하시는 판단은 늘 옳았습니다. 숲에서 들판으로 이동하면서 열매를 따 먹을 때마다 그분의 인도가 항상 우리를 배부르게 했습니다. 추장님은 늘 젊은 닭들을 일깨우셨습니다. 당신이 늙은 것을 스스로 아시기 때문에, 다음날 무리를 이끌어 갈 젊은이들이 당신보다 유능하기를 바라신다고 늘 말씀하셨습니다. 우리 숲의 모든 닭들은 추장님을 따랐고, 병아리들은 무엄하게 추장님의 어깨에 날아오르면서 날기 연습을 하기도 했습니다. 형들이 송구하여 말리곤 했지만, 추장님은 진심으로 즐거워하셨습니다.

추장님의 검붉은 날개와 빨간 볏은 아직도 여전히 아름다웠습니다. 어깨로부터 힘차게 뻗은 근육을 따라 갈래를 내고 펼쳐진 날갯죽지는, 땅을 밀어내는 바람 소리와 함께 언제든지 추장님을 하늘로 띄워 올렸습니다. 추장님의 강한 힘을 상징하는 정수리의 빨간 볏은, 아직 누구도 쪼아보지 못한 강력한 권위를 가지고 있었습니다. 그러나 추장님이 늙으시는 것은 누구도 부인할 수 없었습니다.

이 숲의 우리 닭들은 추장님의 판단과 인도로 풍요와 안락을 유지하고 있었습니다. 땅 위에서는, 죽지 않으려는 크고 작은 살육과 서로 영역을 다투는 싸움이 늘 있었지만, 나무 위에 건설된 우리 둥우리와 둥우리들은 비교적 평화롭게 날마다 아침을 맞고 있었습니다.

추장님과 수탉들이 없는 틈에 가끔 암탉들이 낳은 달걀들과 방금 깬 병아리들이 뱀이나 족제비의 해를 입기도 했지만, 추장님이 계신 동안은 그런 침노가 늘 경고되었고, 추장님은 그런 적들을 거의 격퇴하셨습니다.

그러나 이번 가뭄은, 추장님의 용기로도, 그분의 따뜻한 마음으로도 해결될 일이 아니었습니다. 지난겨울에 눈이 부족하더니, 봄이 왔는데도 보리 이삭이 자라지 않았습니다. 들에는 먼지를 담은 바람이 불고, 날마다 흐리기만 하고 비는 오지 않았습니다. 풀싹은 돋았지만 시원하게 자라는 것은 많지 않았습니다. 보리가 패는 시절이 되자 가뭄은 더 극성이었습니다. 한 번도 제대로 오는 법이 없는 비가, 거의 날마다 찔끔거리면서, 보리 이삭이 익지도 못하게 했습니다. 땅이 마르니, 자주 보이던 지렁이도 보이지 않고 말라가는 개울에는 개구리조차 드물었습니다.

우리는 원래 멀리 날아가는 새가 아니었습니다. 태어난 곳에 터를 잡고, 태어난 곳의 풀과 물을 먹으며 자라는 텃새였습니다. 그러므로 멀리까지 먹이를 구하러 나가는 것은 익숙하지 않았습니다. 또, 우리는 다른 새들보다 땅 위에서 활동하는 데 적합하도록 다리와 발이 튼튼해서, 멀리 날기에는 무게가 많이 나가는 편이었습니다.

그렇지만 숲 가까운 곳에서 먹을 열매들과 풀들이 다하고 나니, 우리도 어쩔 수 없었습니다. 우리들 젊은 수탉들이 먹어버리고 나면 병아리들과 암탉들은 정말 먹을 것이 없을 판이었습니다. 아무래도 젊고 활동적인 수탉들은 먹새가 좋았기 때문입니다.

　결국, 우리는 추장님과 암탉들의 염려를 업고 마을을 떠나 가 보기로 했습니다. 추장님은 큰집 형님께 다섯 마리 젊은 수탉들과의 탐험을 맡기셨습니다. 항상 그랬듯이, 형님은 마을의 소망을 짐 졌습니다. 큰형님은 저도 그 속에 포함시켰습니다. 아직 가 보지 못한 먼 곳으로 떠난다는 걱정과 새로운 세상을 보리라는 설레는 마음을 안고, 우리는 처음으로 높이 날아올랐습니다. 나무와 나무 사이를 날던 비행에서, 나무 위를 넘어 숲 밖으로 나가는 비상을 연습하는 것이었습니다. 처음에는 약간 두려운 마음이 들어 힘껏 발을 차지 못했습니다. 가장 염려되는 것은 우리의 비행 실력이었습니다. 남달리 무거운 다리와 배를 가진 우리들 닭은, 멀리 날아가는 것이 불가능할 것으로 여겨졌습니다. 그래서 처음에는 조금씩 조금씩 연습하면서, 날아가는 거리를 늘려갔습니다.

　그러나 나무 위로 날아오르자, 생각보다 비행은 어렵지 않았습니다. 나무들로 가득한 숲 속에서는 바람이 거의 나뭇잎에 막혀서, 모든 비행을 우리 날개의 힘으로만 해야 했습니다. 날개를 저어 바람을 일으키고, 그 힘을 아껴서 위로 옆으로 날아야 했습니다. 그렇지만, 숲 위에는 막히지 않은 바람이 있었습니다. 일단, 나무를 넘어서는 날갯짓만 해내면, 바람이 이동을 도와주었습니다. 날개를 펄럭여서 바람을 일으키는 것은 마찬가지였지만, 우리가 일으킨 바람은 필요한 바람 중에서 아주 적은 부분이었습니다. 훨씬 적은 노력으로 날개를 저어, 높이를 조절하고 방향을 정했습니다.

마침내 우리는 지금까지 경험하지 못한 만큼 높이 날고 멀리 갈 수 있게 되었습니다. 추장님은 우리가 숲 밖으로 벗어나는 것을 허락하셨습니다. 수많은 염려와 당부를 달았지만, 추장님 역시 이 비행으로 우리가 배고픔에서 벗어나기를 간절히 바라고 계셨습니다.

우리 눈앞에 펼쳐진 것은 넓고 다양한 풍경이었습니다. 이름을 알 수 없는 새들이 날고 이름을 알 수 없는 짐승들이 뛰는 들판과 언덕 역시 이름도 모를 곳이었습니다. 우리가 방금 나온 숲보다 훨씬 넓은 벌판이 있고, 끝을 알 수 없는 강이 흐르는 신천지였습니다.

우리는 조심스럽게 다가갔습니다. 우리 외에도 다른 숲에서 온 새들이 가끔 눈에 띄었습니다. 우리는 안전하게 그들이 먹는 것을 보아서 먹었습니다. 그들 중에는 꿩들과 청둥오리들과 허연 거위들과 지빠귀며 원앙들이 곳곳에서 그들 나름대로 먹이를 찾고 있었습니다. 가끔은 낯선 우리 무리를 보고 자리 샘을 하는 무리도 있었지만, 다들 나름의 먹이에 골똘하게 머리를 처박고 있었습니다. 가끔 강으로 물을 마시러 오는 노루나 고라니의 무리와 그들을 보고 놀라 떼를 지어 날아오르곤 하는 새들의 무리가 어우러진 풍경은, 우리로서는 처음 보는 것이었지만 평화로워 보였습니다.

우리는 하루를 온전히 돌아다니는 것으로 보냈습니다. 수많은 낯선 것들과 놀라운 광경들을 눈에 익혀서 추장님께 보고하기로 하였습니다. 무엇보다 이 새로운 세상이 우리에게 위험한 것인지 아닌지를 판단하기에는 우리가 너무 젊었습니다. 우리 중에 어떤 닭들은 벌써 새로운 먹이에 눈이 팔린 자들도 있었지만, 큰형님은 신중하게 모든 상황을 탐색했습니다.

– 다른 닭들은 없었느냐?

갑자기 우리는 당황했습니다. 추장님은 다른 보고에는 그리 관심을 두시지 않았습니다. 다만, 거기 다른 닭들이 있더냐는 것뿐이었습니다.

– 죄송합니다. 기억이 나지 않습니다.

– 그게 무슨 탐색이냐? 그럼 도대체 뭘 보고 온 거냐?

– 들판과 산과 강과 다른 새들과….

– 얘야.

– 예?

– 잘 들어라.

– 네.

– 네가 거기 왜 갔었니?

– 죄송합니다. 제 생각이 짧았습니다.

– 내일 다시 가 봐라.

– 예.

– 잘 살펴봐라. 닭들이 없어졌을 리가 없다. 닭들이 많았는데…,
  어디로 갔을까. 만약 없다면 다른 문제가 있을 것이다.

– 예. 그러면, 저….

– 다른 닭이 없다는 것은 우리도 갈 수 없다는 뜻이다.

– 예에….
– 무슨 사정이 생긴 것이 틀림없다. 어려운 일이 생긴 것일까?
– 그러면, 저기….
– 가서 알아봐라. 닭들이 어디로 갔는지.
– 예, 예, 다시 가 보겠습니다.
– 나가 자거라.

우리는 다음 날 다시 하늘을 날아올랐습니다. 그리고 다시 어제 갔던 들판으로 나섰습니다. 이제는 거기 무엇이 있는가보다, 닭들이 있는지가 관심사였습니다. 추장께서 왜 닭들을 찾으라고 하시는지 이제 겨우 알았습니다. 추장께서도 벌써 이 들판에 와 보신 듯했지만, 추장님 말씀을 듣고 보니 우리는 무엇보다 닭들을 발견하는 것이 중요한 임무가 되어버렸습니다.

닭은 없었습니다. 그 넓은 들판에, 수많은 새들이 있는 곳에 닭들이 없었습니다. 꿩들은 숲 사이에 꺼병이를 기르고 있었고, 무닭은 얕은 습지에서 빠른 발놀림을 하고 있었습니다. 오리 무리는 물 위에서 물속을 노리고 있고, 해오라기들은 짐짓 딴청을 피우며 여울을 오가고 있었습니다. 어제 보기에는 참으로 풍요하고 평화로워 보였는데, 자세히 살피니 거기에도 조급함과 불안함은 여전히 있었습니다. 물고기들은 오리와 원앙을 피하여 새끼들을 기르고, 원앙은 소쩍새를 속이고 버들 사이에 병아리를 숨겨 두었습니다. 뜸부기는 빠른 다리로 고양이를 따돌리고, 고양이는 발소리를 죽이고 다람쥐를 노리고 있었습니다. 다들 바쁘고 다들 조급했지만, 또 그 역시 살아가는 길일 뿐, 각자 부지런히 살아가고 있었습니다.

어제는 왜 몰랐을까요. 거기 어디에도 닭들이 없었습니다. 낮이 되자 숲 속의 온갖 짐승들이 물을 마시러 강가로 나왔지만, 당연히 거기에도 닭은 없었습니다. 풀을 먹으나 고기를 먹으나 당연히 물은 마셔야 할 텐데, 닭은 물을 마시러 나오지도 않았습니다.

우리는 불안해졌습니다. 어쩌면 이 들판은 닭들이 먹을 수 없는 것들로 가득 차 있을 수도 있었습니다. 혹은 닭들에게만 특별히 위험한 어떤 일들이 있을 수도 있었습니다. 큰형님은 우리에게 각별히 조심하도록 일렀습니다. 우리는 모두 몸을 낮추고 사방을 살폈습니다. 어디에서도 닭을 찾지 못하자, 형님은 깊은 생각 끝에 결단을 내렸습니다.

– 물어보는 수밖에 없다.

– 응?

– 물어보자.

– 닭도 없는데, 누구한테?

– 말이 통하는 새가 있겠지.

– 누구?

– 내가 꿩 말은 좀 알 것 같애.

– 괜찮을까?

– 모두 여기서 가만 기다려 봐. 움직이지 말고.

– 조심해, 형.

– 알았어.

　형님은 꿩들에게 다가갔습니다. 꿩들은 원래 조심성이 많아서, 여간해서는 다른 짐승이나 새들의 접근을 허용하지 않았습니다. 형님은 천천히 들판 가운데로 나아갔습니다. 꿩들은 들판 가운데에 나오지 않고 가장자리에서 열매를 따 먹고 있었습니다. 형님은 좀 위험했지만, 일단 들판 가운데까지 나간 뒤에 들판 가운데로부터 꿩들에게로 접근했습니다. 그것은 우리가 보기에도, 숲 속에서 불쑥 나타나는 것보다는 덜 놀라울 것 같았습니다.

　꿩들은 거리를 허용하지 않았습니다. 그러면 형님도 천천히 꿩들과의 거리를 좁혔습니다. 그러는 동안에 우리와는 소리가 들리지 않을 만큼의 거리가 만들어졌습니다. 마침내 꿩들과의 거리가 소리를 알아들을 만하게 되자, 형님은 간곡하게 무엇인가를 청했습니다. 몇 번의 망설임과 낯선 소리가 오간 뒤에, 형님은 꿩들과 이야기를 나누고 있었습니다. 한참을 이야기하던 형님이 우리 쪽으로 건너왔습니다. 알 수 없는 의혹과 무거움으로 발걸음이 힘겨워 보였습니다. 그의 힘찬 볏도 햇볕을 받으며 처져 있었습니다.

– 가자.
– 뭐래?
– 글쎄.
– 뭐라는데?
– 알 수가 없어. 어른들과 의논해 봐야겠어.

- 꿩들이 뭐라는데?

- 무슨 말인지 모르겠어.

- 무슨 그런 말이 있어?

- 하여튼 가자.

- 알았어.

우리는 다시 하늘을 날아 숲으로 돌아왔습니다. 어른들은 우리가 너무 대낮에 온 것에 놀라셨습니다.

- 무슨 일이냐?

- 드릴 말씀이 있습니다.

- 그래.

- 추장님, 사람이 무엇입니까?

- 사람을 보았느냐?

- 아닙니다. 말을 들었습니다.

- 가까운 곳에 있다더냐?

- 예, 멀지 않은 곳에 산다고 합니다. 사람이 무엇입니까?

- 무서운 짐승이다. 두 발로 걷고 앞발로 때리는 짐승이다.

- 곰 종류입니까?

- 곰보다 고약한 짐승이다. 곰보다 작은데 곰보다는 훨씬 잔인하
  고 모진 짐승이다.

- 여우 비슷합니까?

- 그것과도 아주 다르다. 사람과 비슷한 것은 없다. 오직 사람만

이 두 발로 뛰면서 앞발로 사냥을 한다.

– 덩치는 얼마쯤 됩니까?

– 사슴만 하다.

– 그러면 두 발로 서면 뒤뚱거리지 않겠습니까?

– 그건 나도 알 수 없다. 어떻게 그것들이 두 발로 서고도 그렇게
  빨리 달리는지, 어떻게 두 발로 뛰면서 앞발을 그렇게 모질게
  쓸 수 있는지 알 수가 없다. 그러나 그것들이 우리 가까이 있다
  는 것은 큰 근심이다. 너희가 그것들에 대해 무엇을 들었느냐?

– 예, 저희가 들판에 갔을 때, 다시 보아도 닭은 보이지 않았습니
  다. 겨우 꿩 한 무리를 발견하고 사정을 물어보았습니다.

– 꿩은 있더냐?

– 예.

– 그래서?

– 꿩들에게 닭은 어디 있느냐고 물었습니다. 꿩들은 닭들을 아주
  싫어했습니다. 말대꾸를 해 주지 않아서 말을 붙이는 데 애를
  먹었습니다.

– 꿩들이 그렇지 않았는데, 왜 싫어한다는 것이냐?

– 그들은 우리가 아주 비겁하다고 생각하고 있었습니다.

– 왜?

– 꿩들은 닭들이 사람에게 아부한다고 생각하고 있었습니다.

– 사람에게 아부를 해?

– 예, 닭들은 모두 사람의 마을에 가 있다고 했습니다.

- 그래서 들판에 닭이 없었다는 것이냐?

- 예. 닭들이 사람의 마을에 간 것은 벌써 오래된 일이라고 합니다.

- 무슨 일이냐? 그 많던 닭들이 왜 사람의 마을에서 산다는 것이냐?

- 꿩들은 상세히 말해 주지 않았습니다. 그러나 아주 경멸하는 어투로 사람에게 간 닭들에 대해 말했습니다.

- 그러면 너희도 닭들이 왜 사람의 마을에서 사는지는 모른다는 말이냐?

- 예, 저희에게도 상세한 사정은 말하지 않았습니다. 아마 꿩들도 상세히 아는 것 같지는 않았습니다.

- 그래서야 안 되지 않느냐? 다른 닭들이 왜 사람의 마을로 갔는지, 그게 왜 나쁜 일인지 알 수가 없다니, 이래서야 무슨 판단을 할 수 있겠느냐?

- 꿩들은 그냥, 그 비겁한 달구새끼들, 송구합니다. 그 지저분한 것들, 심지어 새도 아닌 더러운 것들이라고 했습니다.

- 무슨 일이 있었구나.

- 예, 그런 듯합니다.

- 뭘까? 무슨 일일까?

추장님은 오래 생각에 잠겨 있었습니다.

- 알 수 없다. 전에는 거기 닭들이 많았다. 그런데 지금 아무도 없다는 것은 놀라운 일이다.

- 다시 가 볼까요?

- 내가 가 봤으면 좋겠는데….

- 추장님, 길이 멀어서….

- 그러게. 무슨 일일까?

- 내가 젊을 때에도 그 들판에 가 본 적이 있었다.

- 네에….

- 그때는 거기 닭들이 많았다.

- ….

- 그 닭들은 우리처럼 곳곳에서 모이를 쪼고 있었고, 별다른 위험
  이 있는 것 같지는 않았다.

- 예.

- 다만 우리가 사는 곳보다 너무 열려 있어서 위험할 수 있었기
  때문에 그때 어른들이 그리 나가지 말도록 하셨던 것이다.

- 예에.

- 그런데 갑자기 닭들이 없어졌다? 나는 아무래도 알 수가 없구나.

- 예에….

우리는 물러나와 각자의 홰로 돌아갔습니다.

우리가 생각했던 것보다 일은 커지고 있었습니다. 처음에는 다
만, 숲에 먹을 것이 부족하니 들판에 나가 입을 줄여 보려던 것이었
습니다. 그러나 들판이 멀어서 날기 연습을 하느라고 시간을 보냈
고, 나가 보니 복잡한 일이 생겨서 먹이를 구하는 일은 뒷전으로 밀

렸습니다. 닭들은 들판에서 사라졌고, 우리는 누구도 그 이유를 알지 못하고 있었습니다.

다음 날 추장님은 우리 젊은 닭들을 부르셨습니다.
- 조심해라.
- 예.
- 닭들이 사람에게 갔다는 것이 무슨 말인지 알 수 없다만, 사람은 모진 짐승이다. 각별히 조심해라.
- 예.
- 혹시 사람들이 너희를 갑자기 붙들거든 무슨 수를 써서라도 도망 와야 한다.
- 예.
- 사람들이 빠르기는 하지만 새는 아니다. 날아오르면 사람들도 어쩔 수 없다.
- 예.
- 거리를 두는 것을 잊지 마라.
- 예. 조심하겠습니다.
- 혹시 당일 돌아오지 못하면 누구라도 연락을 보내도록 해라.
- 예, 알겠습니다.

큰형님과 우리는 다시 하늘로 날아올랐습니다. 추장님의 당부도 간곡했지만, 큰형님의 책임감도 더없이 무거웠습니다.

들판에는 여전히 많은 새들과 짐승들이 있었습니다. 그들은 어제와 다름이 없었지만 우리는 오직 닭들이 있는가만 살피고 있었습니다. 닭들은 없었습니다.

큰형님은 조심스럽게 우리를 인도했습니다. 저는 엉뚱하게도, 큰형님의 뒷다리는 과연 대단하다는 생각을 하면서 형님의 뒤를 따르고 있었습니다. 검붉은 깃털로 덮인 뒷다리는 조심스럽지만 확실한 발걸음으로 앞서 가고 있었습니다. 그러나 여전히 그 다리 위에 실린 무게는 어쩔 수 없었습니다. 형님의 발걸음은 무거웠습니다.

우리는 강을 따라 한참을 내려갔습니다. 꿩들이 일러 준 대로 그리 가야 사람의 마을을 만날 수 있었기 때문입니다. 우리는 닭들을 발견하는 것이 중요했지만, 결국은 사람의 마을을 찾아가는 것밖에는 방법이 없었습니다.

멀리 아주 낯선 풍경이 나타났습니다. 산에서 내려온 등성이 아래에, 이상하게 생긴 마을이 자리 잡고 있었습니다. 풀을 엮어 지붕을 덮고, 나무를 엮어 구분을 지은 그 집들은, 여럿이 다녀서 반질반질한 길 양편으로 띄엄띄엄 놓여 있었습니다. 가까이 가니 집집마다 매캐한 연기 냄새가 났습니다. 불이 자주 나는 숲에서 맡았던 냄새가 모든 집에서 풍겼습니다. 어떤 집에서는 아직도 연기가 나고 있기도 했습니다. 어쩌면 이들은 매일 불이 나는 곳에서 사는지도 모를 일이었습니다. 가끔 사람의 소리는 났지만, 사람들 대부분은 들판으로 먹이를 구하러 나갔을 시간이었고, 더러 암사람들이 칭얼대는 새끼 사람들을 때리고 있기도 했습니다. 큰형님은 신중하게 우리를 이끌었습니다. 곳곳에서 나는 연기 냄새 때문에 우리는 심하게 긴장하고 있었습니다.

　– 꼬꼬댁 꼭꼭, 꼬꼬댁 꼭꼭….
　– 꼬꼬댁 꼭꼭, 꼬꼬댁 꼭꼭….
　갑자기 닭이 홰를 치는 소리가 들렸습니다. 그것은 암탉이 알을 낳고 홰를 치는 소리였습니다. 우리는 깜짝 놀랐습니다. 우리 중에는 암탉이 없었습니다. 그런데 어디선가 확실히 암탉이 알을 낳았습니다.
　큰형님은 우리를 풀숲 사이에 숨겼습니다.
　– 어딘가 닭들이 있어. 너희들 여기 있어 봐. 내가 찾아볼게.
　– 형, 조심해.
　큰형님은 사람들의 집 가까이 갔습니다. 그러고는 문득 날개를 치며 수탉 울음소리를 냈습니다.
　– 꼭, 꼭, 꼭, 꼭, 꼬끼요오~~~!
　그것은 평화로운 낮닭의 소리였습니다. 방금 알을 낳은 암탉에게 보내는 수탉의 위로를 담은 소리였습니다. 자기의 지배 아래에 있는 암탉에게만 보낼 수 있는 약간 게으르면서 거만한 소리였습니다. 그러나 그렇게 태연하게 울고 있는 큰형님의 그 여운에서는, 우리만이 알 수 있는 긴장의 냄새가 묻어나고 있었습니다.
　방금 닭소리가 난 집에서 암탉 한 마리가 홰에서 내리는 소리가 났습니다. 형님은 그쪽으로 소리를 내고 있었습니다. 그러자 바로 그 집에서 어떤 암탉이 걸어 나왔습니다. 팡팡한 엉덩이를 하고 약간 자세가 흐트러진 채로 깃털을 부르르 터는 모습이 바로 방금 알을 낳은 모습이었습니다.

큰형님은 원래 거기 있던 닭인 체하며 그 암탉에게 다가갔습니다. 그리고는 몇 가지 말을 하는 듯하더니 그 암탉을 데리고 우리에게 왔습니다. 큰형님과의 대화에서 쉽게 따라오던 암탉은 갑자기 나타난 우리를 보고 깜짝 놀랐습니다. 서먹해하며 가까이 오지 않는 그 암탉에게 형님은 간곡하게 청했습니다. 우리는 좀 더 떨어진 풀 섶으로 가서 그 암탉과 이야기를 나누기로 했습니다.

– 갑자기 여러 가지로 결례가 많았습니다.

– 아니에요.

– 참 깃털이 고우십니다.

– 어머, 감사합니다. 요즘 좀 쪘어요.

– 괜찮으시면 저희가 몇 가지 꼭 여쭤볼 것이 있습니다만.

– 아, 예.

– 혹시 이 마을에 다른 닭들도 계십니까?

– 예, 있어요.

– 지금은 어디 계십니까?

– 다들 저 울타리 안에 있을 걸요.

– 그럼 여기 계시는 분들은 모두 사람들하고 같이 삽니까?

– 예.

– 사람하고 같이 사신다고요?

– 예, 왜요?

– 그러면 뭘 먹고 삽니까?

– 예?

– 아니, 사람하고 산다면, 닭들은 열매나 곤충을 먹어야 하는데,
  어떻게 하십니까?

– 사람들이 주는데요.

– 사람이요?

– 예.

– 사람이 무엇을 줍니까?

– 사람들이 모아놓은 열매도 주고, 먹고 남은 것들도 주고….

– 많이 줍니까? 맛도 좋고요?

– 예, 많이 줘요. 맛도 좋고 저희는 모두 잘 지내고 있어요.

– 그러면 들판으로 열매를 쪼러 나가시지는 않겠군요.

– 그럼요. 이제는 들판 열매는 거칠어서 먹지 못하겠어요.

– 다른 짐승들이 해치지는 않습니까?

– 그럼요. 사람들이 울타리를 치고 다른 짐승은 가까이 오지 못하
  게 하는데요.

– 여기 오신 지는 얼마나 되셨는지 혹시 아십니까?

– 모르겠어요. 저는 여기서 났는데요.

– 어른들은 언제 오셨는지 아실 텐데요.

– 아실 거예요. 저는 모르겠어요.

- 혹시 어른들을 좀 뵐 수 있을까요?

- 글쎄요. 말씀드려 볼게요.

- 부탁드립니다. 꼭 좀 뵐 수 있도록 말씀해 주십시오.

- 네, 여기서 기다리시겠어요?

- 네, 감사합니다.

암탉이 돌아간 지 한참이 지나서 몇몇 집에서 닭들이 나왔습니다. 그들은 우리보다 훨씬 살이 쪄 있고 땅을 디디는 걸음걸이가 힘차 보였습니다. 그중에는 젊은 닭들도 섞여 있었습니다. 아마 늙은 닭들에게 혹시 있을지도 모르는 위험에 대비한 것인 듯했습니다.

- 젊은이들이 우리를 보자고 하셨소?

- 예, 어르신, 죄송합니다. 저희가 좀 뵙고 여쭐 것이 있습니다.

- 그래요. 무슨 일인지요?

- 저희는 저 숲 너머에 사는 닭들입니다. 금년에 낟알이 잘 익지 않아서 먹을 것이 부족하여 이 들판으로 나왔습니다.

- 예에, 올해 가물다더니 거기는 곡식이 부족하겠군요.

- 그런데 저희가 다녀간 이야기를 들으시고 저희 추장님께서 왜 이 들판에 닭이 없더냐고 물으셨습니다.

- 그러시겠지요. 우리는 다 이렇게 사람들과 사니까요.

- 어르신, 언제부터 사람들과 사셨는지요?

- 십 년도 넘었군요. 그해도 흉년이 들어서 많은 병아리들이 굶어 죽었지요.

– 네에, 그해쯤 저희 추장님도 여기를 다녀가신 듯했습니다.

– 아마 그랬을 거요. 그때 곳곳에서 젊은 닭들이 열매를 구하려고 모였으니까.

– 예에, 그런데 그해부터 여기로 오셨습니까?

– 예, 그때 사람들이 우리에게 제안했지요. 사람들이 모아둔 열매와 먹고 남은 곡식을 우리에게 나누어주겠다고 했지요.

– 사람들이 나누어 주었습니까?

– 예, 그로부터 지금까지 사람들은 우리에게 곡식을 주고 있습니다.

– 그러면 지금은 곡식이 부족하지 않습니까?

– 우리가 먹기에는 충분하지요. 사람들은 우리가 살이 찔 만큼 잘 주고 있습니다.

– 이제는 배고플 염려가 없으시겠습니다.

– 그렇습니다. 그러니 아무도 울타리를 넘어 달아나지 않지요.

– 참으로 좋으시겠습니다. 어쩌면 그렇게 좋은 기회를 잡으셨는지요?

– 그러게 말입니다. 그때도 완고하신 어른들이 반대를 많이 했었습니다.

– 왜 반대를 하셨을까요?

– 그러게 말입니다. 말하자면, 새가 어떻게 사람의 것을 얻어먹느냐는 것인데, 아시다시피 병아리들이 굶어 죽는 판에 새든 사람이든 무엇이 문제가 되었겠습니까?

– 예에.

- 나 역시 그때 댁네들처럼 젊고 책임 많은 때였지요. 어른들께 간곡하게 말했습니다. 이제 배고픈 시대를 마쳐야 한다고. 새로서 살아가는 것을 포기하고 짐승으로 산다고 해도, 병아리들이 굶지 않는 것이 최선이라는 것을 설득했습니다. 그리고 우리는 옳았습니다.

- 결국 모두 이리로 오신 것이군요.

- 몇몇 완고한 분들은 숲에 남았지요. 같이 온 분들도 몇은 다시 숲으로 돌아갔습니다. 아마 대부분은 굶어 죽었을 것입니다. 그러나 이 마을로 온 우리는 그때부터 하나도 굶어 죽지 않았습니다. 우리가 굶는 것은 도리어 사람들이 염려하는 일입니다. 사람들은 우리가 굶지 않도록 하기 위해 최선을 다하고 있습니다.

- 어르신, 참으로 부럽습니다. 어떻게 하면 저희도 어르신처럼 지낼 수 있겠습니까?

- 글쎄요, 사람들이 받아들여야 할 텐데, 사람들도 자기 먹을 것은 먹어야 하기 때문에 너무 많은 닭들은 어떨지 모르겠습니다. 내가 잘 이야기해 보겠습니다만….

- 어르신, 저, 아직 말씀은 하시지 마시고, 거, 저기, 저희 숲이 멀어서 저희도 어르신처럼 이리 옮겨 오기는 어려울 것 같습니다. 저희가 여기서 열매를 좀 나눠 먹고 다시 저희 숲으로 돌아가는 것은 안 되겠습니까?

- 아마 안 될 것입니다. 사람들은 닭들이 울타리 안에서 함께 지내는 것을 좋아하니까요.

- 왜 반드시 함께 지낸다는 것인지요?
- 사람들은 참으로 우호적인 동물입니다. 자기가 보호하는 닭이 다른 짐승들에게 위험을 당하는 것을 간과하지 못하기 때문일 것입니다.
- 아, 그렇군요. 참으로 행운이십니다. 그러면 저희는 어떻게 하면 될까요?
- 귀촌에 가서서 어른들께 의논해 보시지요. 다 함께 이리로 옮겨 오실 수만 있다면 아마 사람들도 싫어하지는 않을 것입니다.
- 그렇게 하겠습니다. 어르신, 저희와 다음에 만나실 것을 약속해 주시겠습니까?
- 그러지요. 그럼 모레 이맘때 여기서 다시 만납시다.
- 감사합니다. 어르신, 그때 오겠습니다.
- 아, 그리고, 먼 길 오셔서 시장하실 텐데, 뭘 좀 드시고 가시지요. 얘들아, 손님들 모시고 가서 잘 좀 드시도록 해라.
- 아닙니다, 저희는 들판에서 좀 주워 먹고 가겠습니다.
- 아니요. 얘들아, 모시고 가거라.
- 예, 어르신 감사합니다.

우리는 그곳의 젊은 닭들과 함께 울타리를 넘어 들어가 그들이 사는 것을 돌아보았습니다. 나무를 엮어 집을 만들고, 집 안에 홰를 달아서 닭들이 쉬고 자도록 해 두었습니다. 한쪽에는 포근한 짚둥우리를 두어서, 암탉들이 알을 낳고 품을 수 있게 되어 있었습니다.

사람들이 모이를 주러 왔을 때 우리는 집의 그늘에 숨었습니다. 그들이 가고 나자 젊은 닭들이 우리에게 먹기를 권했습니다. 그것은 참으로 부드럽고 향기로웠습니다. 일부러 나무를 타거나 위험한 강가를 쏘다니지 않고도 이렇게 부드러운 열매를 배부르게 먹을 수 있는 것이 믿어지지 않을 정도였습니다. 정말 한없이 부러웠습니다. 우리는 종일을 허덕이고도 겨우 거친 낟알 두어 개로 하루를 견디는데, 이들은 종일 어정거리거나 졸다가도 이렇게 좋은 곡식으로 배를 채우고 있었습니다. 큰형님도 놀라워하기는 마찬가지였습니다. 형님은 낟알과 채소들을 찬찬히 살피면서 먹고 있었습니다. 그러고 보니, 낟알은 줄기에 비해 알갱이가 크고 껍질이 부드러웠습니다. 채소는 잎이 두꺼운데 넓고 물기가 많았습니다. 우리는 이런 것들을 만나려면 하루 종일을 쏘다녀야 하는데, 사람들은 이런 것들을 어디서 구할 수 있었는지 알 수가 없었습니다.

　숲으로 돌아왔을 때 추장님과 어른들은 우리를 고대하고 있었습니다. 아직 아무도 경험하지 못한 곳으로 우리를 보내고 하루를 보낸다는 것이 그분들에게는 괴로운 일이었던 것입니다.

　– 다녀왔습니다. 늦어서 죄송합니다.
　– 그래, 애썼다. 다친 데는 없니?
　– 예, 별 위험한 일은 만나지 않았습니다.
　– 그래, 닭들은 보았니?
　– 예. 닭들을 만나고 이야기를 나누어 보았습니다.

- 그래? 닭들은 사람의 마을로 갔더냐?

- 예, 거기서 사람들과 함께 살고 있었습니다.

- 굶지 않고?

- 예, 사람들은 부드러운 채소와 열매를 충분하게 공급하고 있었습니다. 다른 짐승의 공격에 대비해서 울타리를 만들어 보호하고 있기도 했습니다.

- 그래? 닭들은 만족한 것 같았니?

- 예, 그 마을의 어르신을 만났는데, 아주 만족하신 것 같았습니다.

- 왜 그런다고 하더냐?

- 예?

- 왜 사람들이 닭에게 먹을 것을 주는지 물어보지 않았니?

- 예?

- 얘 봐라. 사람들이 닭에게 먹을 것을 주었다면서?

- 예.

- 사람들도 그걸 구하려면 어렵고 위험한 일을 하겠지, 그렇게 좋은 것들이 아무렇게나 남아돌지는 않을 게 아니냐?

- 아, 예.

- 그런데 그걸 닭들에게 주었다면 무슨 이유가 있을 게 아니냐. 닭들이 사람에게 해 줄 것이 무엇이냐?

- 그건, 이야기가 없었습니다.

- 없더라도 너희가 물어봐야 할 일이지. 닭들이 사람에게 뭘 해

줄 수 있을까?

- 글쎄요. 뭘 해 주겠습니까?

- 몸체도 작고 힘도 약한데 아무 도움이 되지 않을 것 같은데….

- 그 어른 말씀으로는, 사람들이 매우 우호적인 동물이라고 하셨습니다.

- 글쎄, 내가 듣기로는 사람이 가장 독하고 모질다고 하던데….
  사람들이 우호적이라서 닭들을 먹이고 보호한다고?

- 그러나 추장님, 실제로 우리가 사람들에게 해 줄 수 있는 것이
  없지 않습니까?

- 그러게 말이다. 그런데 왜 사람들이 그렇게 우호적일까?

- 혹시, 추장님, 정말 사람들이 우호적인 것은 아닐까요?

- 그러게 말이다. 좀 걱정은 되지만, 네가 말한 대로라면 우리라
  고 그렇게 하지 못할 이유가 없을 것 같구나.

- 혹시 다른 이유가 있는지 저희가 모레 알아보겠습니다. 그리고
  혹시 문제가 없다면 이제 우리도 병아리들이 굶어 죽지 않을 수
  있지 않겠습니까?

- 글쎄 말이다. 무슨 일인지 알 수가 없다만, 아무래도 조심스럽
  다. 그래, 하여튼 오늘은 돌아가고 내일 좀 쉬어서 모레 다녀오
  도록 해라. 내가 꼭 가고 싶은데, 이제는 늙어서 나무 위로 날아
  오를 수가 없구나.

사흘날 다시 그 들판으로 나와서 어른들을 만나러 갔을 때는 아직

아침 무렵이었습니다. 우리는 수많은 궁금증을 가지고 있어서, 마음이 조급했습니다. 그러나 그쪽에서는 거의 한낮 무렵이 되어서야 게으른 낮닭 소리를 내며 나타났습니다. 그동안 큰형님이 마을 근처를 돌면서 전처럼 누군가를 만나려고 했지만, 그날은 어른들이 나올 때까지 아무도 만나지지 않았습니다.

－ 어르신 그간 평안하신지요?

－ 예, 잘 다녀오셨소? 귀촌의 어른께서도 평안하시고?

－ 예, 저희 추장께서도 간곡하게 안부를 전하셨습니다.

－ 감사한 일이요. 그래, 의논들 해 보셨소?

－ 예, 말씀을 드렸습니다.

－ 그래요, 어쩌시기로 했소?

－ 저희에게 몇 가지 여쭤보라고 하셨습니다.

－ 뭘 또 물으실 것이 있을까? 그래, 뭘 물어보시라는 거요?

－ 저기, 사람들이 왜 닭들에게 먹을 것을 주는지요?

－ 말했잖소? 사람들은 매우 우호적이라서 그냥 주는 거라고.

－ 죄송합니다. 그런데 사람들도 그것을 구하려면 힘이 들고 위험할 텐데, 그것을 왜 주는 걸까요?

－ 하아, 이 젊은이들이 십 년 전에 우리가 했던 이야기를 또 하게 하네. 그냥 준다니까. 그냥!

－ 저기, 어르신, 그러면 우리가 모두 마을로 들어와 살라는 것은?

－ 그것도 말했잖소? 위험한 짐승들을 방어하기 위해서라고. 사람들은 어떤 짐승보다 강해요. 그런 사람들이 우리를 보호하기 위

해서 마을로 받아준 것이요. 혹시 당신들이 숲에서 무적으로 강하다면 아마 괜찮겠지. 우리는 힘이 약해서 사람들과 사는 것이 훨씬 낫소만.

– 아닙니다, 어르신. 저희도 날마다 불안하게 살고 있습니다. 그러니 사람들과 살면 안전할 것이라고 생각하고 있습니다. 그러나 그렇게 되면 우리가 사람들에게 폐를 끼치는 것인데, 우리가 그렇게 덕을 보기만 해도 되는 것인지요?

– 거참, 예의 바른 분들이군. 그래요. 정 고맙고 미안해서 그렇게 못 사실 것 같으면 그냥 사시는 게지, 우린들 어쩌겠소? 우리는 그런 염치가 없으니 그냥 살겠소.

– 어르신, 심기를 불편하게 해 드렸다면 송구합니다. 그러나 저희는 저희 숲 모든 닭들의 안전에 관한 일이기 때문에 여쭤볼 수밖에 없습니다.

– 그러시오. 내가 뭐 불편하다는 게 아니라, 전에도 했던 말을 되풀이하기가 귀찮을 뿐이지.

– 어르신, 그럼 혹시 닭들이 사람들과 살면서 불편해진 것은 없는지요?

– 뭐가 있겠소? 먹을 것을 주고 안전하게 지켜주는데, 무슨 불편이 있겠소?

– 그럼 닭들은 뭘 하는지요?

– 우리? 글쎄, 뭘 하나? 그냥 잘 먹고 잘 놀고, 그러니 살이 더 찌고, 허, 참, 거 좀 점잖잖지만, 댁네 같은 젊은이들은 더 자주

교미하고 알을 더 많이 낳기는 하지. 길게 말하려니 민망하군.

– 그러면 날아다니시는 경우는 없겠습니다.

– 대체로 그렇지. 날아다닐 일이 없으니까. 그리고 살이 쪄서 날
지도 못해요. 그래도 울타리 정도는 가볍게 날아 넘지. 지붕도
날아오르고. 아무래도 우리는 새니까.

– 예, 어르신 감사합니다. 다시 저희 어른들께 말씀드리고 결정
을 하도록 하겠습니다.

– 그러시오. 뭐라고 결정하든 그거야 귀촌 사정이고, 우리는 왜
귀촌에서 머뭇거리는지 이해할 수 없어요. 하긴, 귀촌에서 정한
다고 사람들이 받아들일지도 의문이지만.

– 어르신, 혹시 저희가 이리로 오겠다고 하면 사람들에게 잘 말씀
해 주십시오.

– 글쎄요, 그건 그때 가서 봅시다.

– 감사합니다. 다시 뵙겠습니다.

큰형님을 비롯한 젊은 닭들은 사람들과 살기를 주장했습니다. 이
미 몇 번의 왕래로 사람들과도 의견 교환이 된 뒤였습니다. 마을의
누구도 대놓고 반대하지 못했습니다. 가뭄은 너무 지독했고, 병아
리들은 날개도 자라지 못하고 배배 말라 죽어갔습니다. 암탉들은 발
육이 부진하여 충분히 교미하지도 못했고, 뱃속에서 건강한 알을 길
러 내지도 못했습니다. 사람들의 마을에서 본 팡팡한 뒤태는 우리
형수들에게서는 다시 볼 수 없었습니다.

추장님을 비롯한 늙은 닭들은 아무래도 미덥지 못하다면서 이사를 주저했습니다. 그러나 어쨌든 굶어 죽는 병아리들을 구해내지 못하는 한 그 말씀에는 힘이 실리지 못했습니다. 그래도 어른들 몇몇은 기어이 숲에 남기로 했지만, 도도히 밀려오는 아사의 위협 앞에서 젊은 닭들의 이주를 말릴 수는 없었습니다.

더욱이 큰형님의 태도는 남달리 단호했습니다. 일찍부터 숲의 미래를 위임해 온 것이 형님의 주장을 강경하게 했습니다. 우리 모두의 배고픔이 자신의 고통으로 전환되는 형으로서는, 무슨 일이 있어도 이 위기를 면하려는 의욕이 강했습니다. 큰형님은 열성적으로 이사를 주장했습니다. 다만 어른들에게 닥칠 만약의 일에 대비하여 저를 숲에 남기로 했습니다. 우리 숲과 사람 마을 사이에 비행 왕래가 가능한 몇 중의 하나였기 때문이었습니다.

– 그래, 가서 잘 살아라. 혹시 불편하면 돌아와도 좋다.

– 추장님, 모시고 가지 못하여 송구합니다.

– 아니다. 이제 늙은 것이 더 먹는다고 얼마나 더 살겠니? 그저 귀찮아서 안 가는 것뿐이다. 가서 늘 조심하고 잘 지내도록 해라.

– 죄송합니다. 부디 잘 챙겨 드시고 오래오래 평안하십시오.

– 늙은이들은 너무 걱정하지 말고 저 어린 것들을 잘 길러 다오.

– 예, 추장님. 그리고 너도 어른들 잘 보살펴 드리고, 무슨 일 있으면 바로 연락해.

– 응, 형. 조심해서 잘 가.

2

참혹한 소식이었다. 사람들의 마을로 떠난 닭들은 아무 소식이 없었다. 그들이 간 뒤로 장마철이 되면서 비가 내렸기 때문에, 숲은 다시 생기를 되찾았다. 그러나 그들로부터는 아무 소식이 없었다. 궁금해진 늙은이들은 숲에 남아 있던 아이를 그리로 보냈다. 그 애가 가지고 온 소식이 우리의 마음을 갈기갈기 찢었다.

　– 추장님, 죄송합니다. 저희를 죽여 주십시오.

　– 무슨 소리냐?

　– 사람들에게 간 닭들에게 큰일이 났습니다.

　– 뭐라고 하는 것이냐?

　– 우리 암탉들이 낳은 알을 사람들이 먹는다고 합니다.

　– 알을 먹어? 알을?

　– 예. 암탉들이 알을 낳으면 가져가 먹는다고 합니다.

- 저런! 저런 모진 것들이 있나!
- 그래도 형수들이 잘 먹어서 알은 전보다 많이 낳는답니다.
- 우리 아이들이 그것을 보고 있다는 것이냐? 큰아이는 뭘 한다
  더냐?
- 큰형은 죽었다고 합니다.
- 죽다니? 그 애가 아직 젊은데 왜 죽어?
- 알을 지키려고 하다가 사람들에게 맞아서 죽었다고 합니다.
- 아아! 저런! 이런 참혹한 변이 있나!
- 추장님, 게다가…, 사람들이 큰형을 먹었다고 합니다.
- 뭐라고? 큰애를 먹어?
- 예, 큰형을 삶아서…, 찢어 먹었다고 합니다.
- 그만! 그만해라. 그만해라!

숲에 다시 새벽이 온다. 어슴푸레한 여명 사이로 동녘은 전처럼
밝아오지만, 함께 아침을 맞을 아이들은 없다. 늙은 수탉들이 습관
처럼 목쉰 울음을 내놓지만, 그 소리는 숲을 더욱 쓸쓸하게 할 뿐이
다. 새벽마다 저녁마다 매일 매일 매 순간이 참담하다.

조상 대대로 전해 오던 추장으로서, 내 대에 와서 내 숲이 멸망하
는 것을 본 나는, 이제 무슨 명목으로 이렇게 하늘과 땅 사이에 살아
있는가.

내가 새인가. 이제 깃털이 빠져 날지도 못하는 것이 어떻게 새인
가. 내가 수컷인가. 이제 더 이상 알을 낳게 하지도 못하는 내가 무

엇으로 수컷인가. 부족을 먹이지도 못하고 지키지도 못하고, 그들이 죽을 곳으로 가는 것을 말리지도 못한 내가 도대체 무엇인가.

하늘에도 땅에도, 조상께도 아이들에게도, 어디에도 내놓을 면목이 없는 나는, 아아, 천지간에 내가 도대체 무엇인가.

이제 다시 아침이 온다. 이제 감상의 시간이 아닌 결단의 아침을 맞는다. 아이들을 데려와야 한다. 우리는 다시 새가 되어야 한다. 아직도 저 위에 내가 날던 하늘이 있다. 나는 다시 이 욕된 땅을 박차고 날아올라야 한다. 늙은 날개에 죽음을 각오한 힘을 싣는다.

골짜기를 파헤치고 눈을 헤집어도,
풀싹은 찾을 수 없었고 배고픈
겨울은 끝이 보이지 않았다.

양

= 1 =

겨울이 너무 길었다. 이번 겨울은 참으로 길었다.

낙엽이 지기 시작하면서 시작된 겨울이, 눈에 덮이고 바람에 깎인 산등성이를 몇 번이나 넘어다니고도 아직 끝나지 않았다. 골짜기를 파헤치고 눈을 헤집어도, 풀싹은 찾을 수 없었고 배고픈 겨울은 끝이 보이지 않았다.

아이들이 죽어갔다. 내가 낳은 아이들과 내 자매들이 낳은 아이들은 겨울의 매서운 바람 끝에 소리 한 번 내 보지 못하고 죽어갔다. 비쩍 마른 엉덩이 살을 드러내고 죽은 아이들은, 하루가 지나기 전에 꽁꽁 얼어붙었다. 가끔 소름 끼치는 울음을 울면서 까마귀들이 우리 아이들의 언 살을 파먹었다. 겨울은 길었고 아이들은 죽어갔다.

우리는 사철 죽었다. 봄에는 여우와 늑대와 호랑이에게 죽었고, 여름에는 호랑이와 여우와 늑대와 장마에 무너지는 돌너덜에 치여 죽었고, 가을에는 호랑이와 여우와 늑대에게 죽었고, 겨울에는 여우와 늑대와 호랑이와 추위와 배고픔에 죽었다.

우리는 누구든지 죽었다. 암양은 임신해서 배가 불러서 도망을 못 가서 죽고, 새끼 낳다가 몸도 추스르기 전에 달려드는 짐승들에게 방금 낳은 새끼와 함께 죽었다. 수양은 암양을 차지하려고 수양끼리 싸우다가 죽고, 교미하려고 암양 뒤를 따라다니다가 그 뒤에 따라온 짐승에게 죽고, 다가오는 짐승의 발걸음 소리를 듣고 도망가다가 절벽에 떨어져 죽었다. 새끼들은 아무 때나 어디서나 배고파 죽거나 다른 배고픈 짐승에게 잡아먹혔다.

우리가 산양이라고 불리는 것은 우리가 산비탈에 살았기 때문이다. 그것도 그냥 산비탈이 아니라, 다른 동물들은 올라오기도 힘겨운 바위 비탈에 주로 살았다. 우리는 거기서 드문드문 나 있는 나무의 잎들을 뜯어 먹었다. 쉬어도 비탈에서 쉬고, 자도 바위틈에서 자고, 사랑하고 아기 낳기도 모두 거기서 했다.

거기밖에 없었기 때문이었다. 평지에는 훨씬 보드랍고 맛있는 풀들이 많았고, 달리고 놀기에 훨씬 좋은 들판이 있었지만, 거기는 우리가 살 곳이 아니었다. 맛있는 잎을 달고 있는 덤불 속에는 늑대가 살았고, 달콤한 뿌리가 있는 구멍 속에는 여우가 웅크리고 있었다. 그들은 그런 풀을 먹지도 않으면서, 우리가 먹는 것도 허락하지 않앗다. 우리가 접근하면 그들은 우리를 둘러쌌고, 죽을힘으로 도망치지 않으면 우리는 그들에게 잡아먹혔다. 들판은 우리의 땅이 아니었다.

우리는 산에서 살았다. 그러나 산도 온전히 우리 땅이 아니었다. 조금만 숲이 짙으면 삵이 있었고, 나무가 조금만 높으면 표범이 살았다. 그들은 그 험한 산에 살면서도 소리 없이 등 뒤로 다가왔다. 우리는 귀를 세우고 세우고 정신을 모으고 모아서 나뭇잎이 바스락 하는 소리를 들어야 했다. 조금만 정신을 놓으면 바로 등 뒤에서 그들의 발톱이 우리를 낚아챘다. 우리는 더 깊고 험한 산으로 들어갔다.

그렇지만 험한 산도 우리 땅은 아니었다. 들판에서 먼 땅은 호랑이의 땅이었다. 그들은 엄청났다. 그들은 우리가 설명하기도 힘든 엄청난 존재였다. 우리 중에 아무리 덩치가 크고 힘이 센 양이라고 해도 단숨에 숨통이 끊어졌다. 그들을 보고 도망치는 것은 너무 늦은 짓이었다. 우리는 그들이 없는 곳을 찾아야 했다. 어디든 그들이 전혀 없는 곳은 없었지만, 그래도 그들이 오기 귀찮을 만큼 험하고 구석진 곳을 찾았다.

그래서 우리는 산비탈에 살았다. 바위가 얼기설기 튀어나온 곳, 걷기도 불편하고 살기도 힘든 곳, 거기밖에는 우리에게 주어진 땅이 없었다. 거기서도 우리는 늘 귀를 쫑긋 세우고 살지만, 그래도 거기는 높은 바위가 있고 건드리면 우르르 무너지는 돌너덜이 있어서 망보기에도 좋고 달아나기도 좋았다.

우리는 절벽을 뛰어다닐 수 있다. 우리는 산비탈을 빠른 속도로 넘어다닐 수 있다. 우리는 절벽 가운데의 작은 틈새에서도 흐트러짐 없이 잠을 잘 수 있다. 그래서 다른 동물들은 우리가 비탈을 좋아한다고 알고 있었다. 글쎄, 얼마나 어리석으면 그런 생각을 하게 되는 걸까. 남의 사정이라고 아무렇게나 생각하고 말하는 자들이라면, 무지하기도 하지만 잔인한 자들이다. 그들이 산비탈에 살아 봤어야 했다. 세상에 어느 동물이 평지보다 비탈을 좋아할까. 누구나 편하고 쉬운 땅에 살고 싶어 한다. 다만 그 평지가 허락되지 않을 뿐이다.

겨울이 길었다. 가을이 오면 나뭇잎이 먼저 소리로 알렸다. 나뭇잎은 여름 내내 펄럭이며 내던 시원한 소리를 그치고, 물기가 마른 바스락거리는 소리를 냈다. 나뭇잎이 바스락거리면 우리는 마음이 바빠졌다. 이번 겨울이 또 얼마나 길 것인가. 또 얼마나 춥고 배고픈 시간을 견뎌 내야 하는 것일까.

낙엽이 지면 우리는 그 낙엽으로 배를 채웠다. 낙엽 중에서도 칡이나 풀은 그래도 부드럽고 맛이 있었다. 그러나 그런 잎들은 겨울이 되면 구할 수 없었다. 우리가 이미 먹어버렸거나 풀섶에서 바스러져 버리고, 눈이 내리기 시작하면 찾을 수도 없었다.

그러면 우리가 먹을 것은 나뭇잎뿐이었다. 참나무에 말라붙은 노란 나뭇잎은, 얼마나 깔끄러운지 먹을 때마다 눈물이 났다. 이걸 먹지 않으면 정말 죽는 걸까. 이걸 먹지만 않을 수 있다면 하지 못할 일이 없을 듯했다.

그러나 눈이 완전히 산을 덮으면 참나무, 떡갈나무도 잎이 없어졌다. 이제는 먹을 것이라고는 눈 속에 파묻힌 얼어붙은 풀뿌리거나 아니면 잎도 없는 나무줄기를 갉아서 껍질을 먹는 수밖에 없었다. 나무껍질을 갉아 먹는 동안에 아이들은 죽어갔다. 아이들은 그 단단한 나무껍질을 갉아내지도 못했고, 아이들이 쉽게 갉을 수 있는 나무는 벌써 어른 산양들이 다 벗겨 먹은 뒤였다. 아이들이 죽어가는 동안에도 겨울은 끝나지 않았다. 산은 아무 때나 돌칼 같은 바람을 쏘아왔고, 하늘은 시커멓게 내려앉아 소리 없이 눈을 퍼부어 아이들을 죽였다.

겨울이나 봄이나 우리에게 수양들도 있었지만, 언제나 그랬듯이 그들은 도무지 도움이 되지 못했다. 그들은 이 겨울에 자신을 지키는 것만도 힘겨웠다. 암양이나 새끼들이 어떤 괴로움을 겪고 있는지 그들은 알지도 못했고 알아도 어쩔 수가 없었다.

봄부터 가을까지라고 해도 수양들은 도움이 되지 않았다. 수양들의 관심은 오로지 암양들의 눈에 드는 것뿐이었다. 그들은 암양들의 관심을 끌기 위해 못하는 짓이 없었고 그런 모든 행동은 쓸데없고 허황한 것이었다.

수양들은 괴상하게 크고 복잡한 뿔을 길렀다. 몸 크기에 비해 너무 크고 복잡한 가지를 가진 뿔은 언제나 말썽거리였다. 그들의 뿔은 자랄 때부터 너무 커져서, 다 큰 뿔을 가진 산양들은 목을 젖혀야 몸을 지탱할 수 있었고, 호랑이나 삵을 피해 달아날 때는 종종 그

뿔이 나뭇가지에 걸려 잡히기도 했다. 엉킨 덤불에라도 잘못 들어가면, 아무 위험도 없이 그냥 덤불에 걸려서 죽는 산양도 있었다.

그러나 그 잘난 뿔이 다른 짐승과 싸우는 무기가 되는 것도 아니었다. 모든 짐승은 산양보다 강했으므로, 산양이 싸울 수 있는 짐승은 없었다. 그 멍청한 뿔로 그들이 하는 일이라고는 자기들끼리 싸우는 일뿐이었다. 싸움이라고 해도 제법 옆구리가 찢어지거나 피가 튀는 정도의 활기조차 없었다. 두어 걸음 떨어졌다가 앞발을 들고 상대의 뿔과 마주치면서 다가닥 하는 것이 그 싸움의 전부였다. 그런 짓을 승부가 날 때까지 그 가파른 비탈에서 허덕이면서 다가닥 다가닥 계속했다. 참으로 허접하고 싱거운 싸움이었다.

그래 놓고 그중 가장 힘이 세고 뿔이 단단한 양이 암양들을 차지했다. 글쎄, 차지한다는 게 뭘까. 수컷이 암컷을 차지한다는 게 겨우 교미하고 임신시키는 일이라면 우리 수컷들이 하는 짓을 가리켜 암양을 차지한 것이라고 할 수 있을 것이다.

그러나 그들 수컷들은 교미도 잘 하지 못했다. 교미라는 것은 새끼를 배고 낳기 위해 온몸과 마음을 다하여 두근거리며 행하는 경건한 합창이어야 하는 것이 아닌가. 그들은 합창을 몰랐다. 그들은 그저 자기들의 욕구만 알았다. 암양들이 무슨 생각을 하는지 어떤 준비가 되었는지 아무 고려가 없었다. 수양들이 알고 있는 교미에는, 배려나 정성이라는 것이 애초에 없었다.

그들은 어쩌면 교미를 수양만의 것으로 알고 있는지도 모를 일이

었다. 수양이 하고 싶으면 하고 말고 싶으면 마는 것, 그들에게 암양은 교미의 주인이 아니었다. 교미의 주인은 오직 수양이었다. 아무 때나 힘으로 암양을 찍어 누르고 성의 없이 허덕이며 제 할 짓만 하다가 훌쩍 다른 암양을 향해 푸다닥 달려가는 것, 그것이 그들의 이른바 교미라는 것이었다. 잠시 정신이 아득했다가 어느새 문득 멀리 달아나고 있는 그들의 뒤통수를 보며 우리들 암양이 깨닫는 것은 이것이었다. 저것들은 교미조차 잘 못 한다.

수컷이 암컷보다 크고 억센 이유가 무엇일까. 그것은 당연히 새로운 위험을 개척하고 다가오는 위험에서 무리를 보호하기 위한 것이 아닌가. 더욱이 자기들끼리의 싸움에서 이기고 그들 말로 치면 암양을 차지하고 교미하는 권리를 가진 수양이라면, 당연히 어떤 위험에서도 무리를 지켜야 하고 필요하다면 몸을 던지기까지 해야 하는 것 아닌가.

그러나 우리 수양들은 그러지도 못했다. 무리가 위험에 처하면 수양들은 가장 먼저 달아났다. 그들이 가진 암양보다 긴 다리는, 그저 암양보다 빨리 달아나는 데에만 쓰이는 것이었다. 그들은 자기들이 교미하여 낳게 한 새끼들에게도 관심이 없었다. 기를 때도 그랬지만, 달아날 때도 수양들은 전혀 새끼들을 돌보는 법이 없었다. 제 한 몸 빼내는 데에도 그들은 바빠 죽을 지경이었다.

위험이라고 해도 수양들은 제대로 알지도 못했다. 호랑이나 삵이 다가오는 것이라면 당연히 위험한 일이었겠지만, 그런 일은 그리 자주 있는 것이 아니었다. 수양들이 펄쩍 놀라는 것은 대부분 썩어빠진 나뭇가지가 투두둑 부러져 떨어지는 소리이거나, 돌너덜에서 아이들이 놀다가 돌 몇 개를 우두둑 굴리는 정도의 소리였다. 우리 수양들은 그런 소리만 들어도 펄쩍펄쩍 뛰면서 꼬리가 빠지게 도망을 가는 것이었다. 암양과 새끼를 내버리고, 더러는 그 잘난 뿔이 나뭇가지에 걸려 넘어지고 자빠지면서 그들은 앞장서서 도망쳤다. 새끼를 돌보느라고 도망도 마음대로 치지 못하다가, 허둥대며 달아나는 수양들의 뒤통수를 보고 우리들 암양이 깨닫는 것은 이것이었다. 저것들은 도망도 잘 못 친다.

아이들은 봄이 오면 평지로 내려가고 싶어 했다. 아이들은 당연히 산비탈을 싫어했다. 돌너덜에서 아이들은 종종 무릎이 까지고 발톱이 부러졌다. 그때마다 징징대면서 평지로 내려가고 싶어 했다. 우리도 피 흐르는 아이의 무릎에 입김을 호호 불면서 속눈물을 삼켰다. 그래도 아이들을 평지로 내려보낼 수는 없었다. 들판은 너무 위험했다. 우리에게 주어진 터전은 오로지 이 험한 산비탈뿐이었다.

아이들은 여전히 철이 없었다. 아무리 오랜 시간이 지나도 아이들이 철들 리는 없다. 모든 어른들은 아이들이 불안할 것이고 모든 아이들은 어른들이 답답할 것이다.
날마다 아이들은 평지로 나가 뛰었다.
– 애들아! 제발 말 좀 들어라!

– 예, 엄마.

– 말로만 예예 하지 말고!

– 금방 갈게요.

– 올라와!

– 예, 엄마.

– 당장 올라와. 엄마 내려간다!

– 금방 가요, 엄마.

– 안 되겠다. 너 오늘 혼 좀 나야지.

– 아, 참, 엄마! 올라가잖아요. 엄마만 왜 그래. 짜증나!

– 이 계집애가, 그게 무슨 소리야.

– 몰라, 짜증나!

그러니 엄마들이 할 수 있는 일이라고는 그저 새끼들이 멀리 가지
못하게 단속하는 것뿐이었다. 그러자니 아이들에게 엄마들은 모두
답답하고 좁아터진 할머니 같았다. 아이들은 엄마들의 눈을 피해 들
판으로 나가고 엄마들은 아이들을 닦달하는 것으로 하루를 보냈다.

아이들은 들판에서 돌아오면서 이상한 소문을 가지고 돌아왔다.
들판이 안전하다는 것이었다. 들판에는 여우도 늑대도 없으며, 다
른 어떤 짐승도 산양을 잡아먹지 않는다는 것이었다. 믿을 수 없는
소문이었다. 그전에도 수많은 산양들이 그런 유혹에 빠져 들판으로
내려갔다가 돌아오지 못했기 때문이었다. 아이들이 가지고 온 소문

은 엄마들이 더 아이들을 단속하게 하는 두려운 소식일 뿐이었다.

그랬기 때문에 어느 날 들판에서 돌아오는 아이들을 따라온 낯선 양을 본 엄마들은 놀라고 흥분했다. 그래서 더 귀를 기울이고 그 말을 들었다.

– 너는 어떻게 우리 아이들하고 다르게 생겼니?

– 너도 양 맞니?

– 너는 왜 하얗니?

그 양이 처음 왔을 때 엄마들은 모두 몇 가지 물음을 퍼부었다. 확실히 우리 아이들보다 그 양은 하얗고 털이 길고 다리가 짧았다. 우리 아이들이 거무튀튀한 회색으로 자신을 감추는 털 색을 하고 있는데, 그 아이는 일부러 자신을 드러내기라도 하려는 듯이 아주 눈처럼 하얬다. 다리는 어쩌면 그렇게 짧은지, 도무지 달아날 생각은 하지 않고 사는 모양이었다. 아이라고는 하지만 몸피가 통통하고 벌써 작은 뿔이 내미는 것으로 보아 제법 자란 수양이었다. 아이는 좀 놀란 듯하기는 했지만 당당하고 똘망똘망했다.

– 어른 양들이 보내셨어요.

– 여기로 가라고?

– 네.

– 우리가 여기 사는 것을 알아?

– 예. 저희 어른들은 여기 아주 오래된 친척들이 산다고 하셨어요.

– 너희가 우리 친척이라고?

– 예. 우리는 아주 오래전에 헤어진 친척이래요.

– 그러니까 너도 산양이야?

– 아뇨, 저희는 산양이 아니고 그냥 양이에요.

– 양?

– 네, 우리는 원래 그냥 양인데, 여기 친척들은 우리하고 헤어진
  뒤에 산에 산다고 산양이라고 한대요.

– 그렇구나. 우리는 원래 산양인 줄 알았어. 너희는 다 그렇게
  하얘?

– 예, 다 하얘요.

– 다리도 짧고?

– 예. 다 저만해요.

– 그러면 어떻게 달아나니?

– 왜 달아나요?

– 늑대나 여우가 달려들면 달아나야 되잖아?

– 안 달려드는데요?

– 없어?

– 있기는 있대요. 그런데 우리 가까이는 없어요.

– 왜 없어?

– 사람이 우리를 지켜 주니까요.

– 사람이?

– 예. 사람이 우리한테 못되게 구는 짐승을 다 물리쳐 줘요.

– 왜?

– 예?

– 왜 사람이 너희를 지켜 줘?

– 사람은 못 하는 것이 없어요. 그리고 사람은 착해요. 그러니까
  나쁜 짐승을 물리치고 우리를 지키는 거지요.

– 사람이 착해?

– 그럼요. 항상 푸른 초장으로 잔잔한 물가로 우리를 인도하고 지
  팡이와 막대기로 우리를 보호해요.

– 푸른 초장?

– 예, 항상 푸른 풀이 자라고 있는 들판이에요.

– 그런 데가 있어?

– 그럼요. 들판에는 거의 다 푸른 풀이 자라고 있어요.

– 안 위험해?

– 사람이 있잖아요.

– 사람이 어째서 그렇게 센데?

– 막대기와 지팡이가 있거든요.

– 그게 그렇게 힘이 세다고?

– 사람은 그 밖에도 모든 지혜를 가지고 있어요. 항상 이겨요.

– 그러면 안전해?

– 당연하지요. 어떤 짐승도 사람을 이길 수는 없어요.

– 늑대보다도 세?

- 그럼요. 호랑이라도 사람에게는 당하지 못해요.

- 그렇게 센 사람이라면 너희는 위험하지 않아?

- 사람은 아무 나쁜 마음이 없어요. 사람이 나쁘다면 늑대도 호
  랑이도 잡을 수 있는 힘으로 우리를 가만뒀겠어요? 우리 따위야
  마음만 먹으면 언제든지 잡아 없앨 수 있는데요.

- 그렇구나. 너희는 다 거기 살아?

- 예. 우리는 모두 사람의 보호 아래서 안락하게 살고 있어요.

- 배고프지도 않고?

- 그럼요.

- 겨울에는 풀이 없잖아?

- 사람들이 우리를 위해 마른 풀을 예비해요.

- 겨울에도 마른 풀을 준다고?

- 예. 봄에서 가을까지는 풀밭으로 인도하고, 겨울에는 사람이
  우리를 우리 속에 넣어 주고 마른 풀을 먹여서 살게 해요.

- 그런데 얘. 어떻게 너희는 거기 가게 됐어?

- 그건 몰라요. 우리 할아버지보다 더 할아버지 때부터 사람하고
  살았을 걸요.

- 신기한 일이야. 어떻게 그렇게 좋은 사람들과 살 수 있었을까?
  얘, 그런데, 우리는 너희하고 살 수 없을까?

- 그래서 어른들이 저를 보내신 거예요.

- 왜?

- 가서 전하라고요.

– 뭐를?

– 사람들이 여러분도 사랑한다는 것을요.

– 사람들이 우리도 사랑한다고?

– 예, 사람들은 양들을 사랑해요.

– 본 적도 없는데?

– 그럼요. 그래도 그들은 양들을 사랑해요.

– 얘, 무슨 소리야?

도대체 무슨 소리일까? 사람이 우리를 사랑하다니. 생각할 수도 없는 일이었다. 우리는 사람을 본 적도 없고, 사람도 우리를 본 적이 없다. 그런데 어떻게 우리를 사랑하는 게 가능하다는 말인가.

전에 늙은 산양들에게 사람이라는 짐승이 있다는 말은 들었지만 별로 좋은 소문은 아니었다. 두 발로 다니고 비탈길도 잘 오르고 심지어 나무도 탄다는 이상한 동물이었다. 게다가 사람은 다른 짐승을 보면 기를 쓰고 잡으려고 한다는 이야기도 있었다. 직접 보지 못해서 그림도 잘 떠오르지 않기는 하지만, 하여튼 친해지고 싶지는 않았다.

그런데 사람이 우리를 사랑하다니.

– 왜 사랑한대?

– 사람이 원래 그래요. 사람은 누구나 사랑해요. 사람은 완전히 선하기 때문이지요.

– 소문은 그렇지 않은데?

– 무슨 소문요?

– 사람은 다른 짐승을 보면 기를 쓰고 잡으려고 한다는 소문이
  있어.

– 글쎄요. 아닐 걸요.

– 그러면 왜 그런 소문이 났을까?

– 아마 거친 짐승들이 다른 짐승을 괴롭히지 못하게 하려고 그랬
  을 거예요.

– 호랑이나 늑대를?

– 그렇지요. 그런 험한 짐승들이 다른 짐승들을 괴롭히니까, 서
  로 사이좋게 살기를 좋아하는 사람들이 그들을 말리려고 그랬을
  거예요.

– 아니, 우리 어른들 말로는 산양이나 토끼도 잡더라는 것 같은데?

– 글쎄요. 왜 그런 소문이 났을까요?

– 그럼 소문이 틀린 건가?

– 어쩌면 맞을 수도 있어요. 아마 사람들이 위험한 곳에서 산양이
  나 토끼를 안전한 곳으로 옮기려고 했을 수도 있어요.

– 그런 건가? 그럼 토끼도 사람들과 살고 있어?

– 그럼요. 토끼도 살고요, 닭도 살고요. 개도 소도 다 사람하고
  살아요.

– 다 편안하게 살아?

– 그럼요. 사람이 다 보호해 주고 먹여 주고 예뻐해 주는데요.

– 그런 사람들이 우리를 사랑한다고?

– 그럼요. 사람은 모든 짐승을 사랑해요. 사람들은 모든 짐승들
  도 서로 사랑하고 평화롭게 지내기를 원해요.

– 그게 되니?

– 되지요. 사람이 하라고 하면 돼요.

– 사람이 하라고 한다고 다 되니?

– 안 될 수가 없어요. 사람은 무엇이든 할 수 있어요.

– 우리만 몰랐나? 어떻게 모든 짐승이 사이좋게 지내지?

– 사람들은 말했어요. 사자들이 어린 양과 뛰놀고 독사 굴에 어린
  이가 손 넣고 장난쳐도 물지 않는 참 사랑의 나라를 원한다고요.

– 그런다면야 얼마나 좋겠니?

– 그렇게 돼요. 믿기만 하면 그렇게 돼요. 보세요. 우리는 벌써
  그렇게 됐잖아요.

우리 암양들은 수양들에게 의논했다. 도무지 믿을 수도 없고 잘하
는 것도 없는 수양들이었지만, 엄마들이 그래도 의논할 상대는 같은
양밖에 없었다. 수양들은 그 낯선 아이가 위험하지 않은지부터 물었
다. 기가 막힌 일이었다. 정말로 겁쟁이들이었다.

– 그 아이는 안 위험해요?

– 예?

– 그 아이는 우리를 해치거나 하지 않느냐고요.

– 아이고, 참. 왜 그러세요? 그 아이도 양이에요.

– 그래도 낯선 짐승은 다 위험하잖아요.

– 아이, 참.

수양들은 다 이랬다. 도대체 그들이 자신 있는 것이 무엇일까. 그들은 모든 낯선 것에 겁을 냈다. 심지어 낙엽이라도 좀 큰 소리로 떨어지면 뒤도 안 돌아보고 달아나기부터 하는 자들이었다.

– 그래서 사람들이 원하는 게 뭐랍니까?

– 그냥 오기만 하면 된다고 하던데요.

– 가기만 한다고요?

– 예. 그냥 사람들을 믿기만 하면 아무 걱정이 없고 위험이 없이
  살게 해 준다고 했어요.

– 아니, 아줌마. 그게 믿어져요? 왜 사람이 우리한테 그런 선심
  을 써요?

– 저도 그렇게 말했어요. 그런데 원래 사람이 착해서 그렇대요.

– 아니, 착하다고 해도 그렇지. 이 많은 짐승을 다 먹여 살리고
  보호한다는 게 어떻게 가능해요?

– 사람은 많은 것을 가지고 있대요. 얼마나 많은지 알 수도 없다
  던데요.

– 아무리 많아도 한도가 있지, 가능이나 하겠어요?

– 그건 모르겠어요. 하여튼 그 아이 말로는 그랬어요.

– 아닐 거예요. 어떻게 사람이 모든 짐승을 돌봐요?

– 사람은 능력이 있대요. 아마 끝이 없는 능력이 있는 모양이에요.

– 그러니까 그게 말이 되느냐고요.

– 모르겠어요. 그러니까 어쩌면 좋겠어요?

– 뭘 어째요?

– 그 아이 말로는 우리도 산을 내려와서 사람에게 오는 것이 좋을
 듯하다고 하는데요.

– 불안하잖아요.

– 그래서 의논드리고 있잖아요. 어쩌면 좋겠어요?

– 글쎄요.

– 그 아이를 만나보실래요?

– 그 아이를요? 괜찮을까요?

– 아이, 참. 안 무서워요. 우리 아이들보다 더 착하게 생겼던데요.

아이는 돌 벼랑의 높은 곳에 세워졌다. 그 아래로 얼기설기 튀어
나온 돌너덜에 산양들이 옹기중기 모여 섰다. 아이들이 좀 더 안전
하게 살 수 있을까 기대하는 암양들은 좀 더 가까이 섰고, 혹시라도
위험한 일이 생기면 먼저 달아날 생각만 하는 수양들은 좀 더 멀찌
감치 섰고, 항상 호기심에 반짝이는 아이들은 그 틈을 비집고 다녔
다. 이제 추위를 조금 물린 봄바람이 그 아이와 우리 사이를 스치고
지나갔다.

아이는 제법 잘 정리된 이야기를 시작했다.

– 기뻐하십시오. 이제 여러분에게 복된 소식이 이르렀습니다. 저는 여러분에게 그 복된 소식을 전하라고 보냄 받은 어린 양입니다. 여러분, 살고 먹는 고난으로 여러분의 나날이 얼마나 괴로운지 저는 여기 와서 알았습니다. 날마다 죽음의 두려움이 여러분을 휘감고 있다는 것도 이제야 알았습니다. 그간 얼마나 힘들었습니까?

그러나 여러분, 이제 기뻐하십시오. 이제 여러분이 이렇게 고통받는 것을 사람들이 알게 되었습니다. 사람들은 저에게 여러분께 가서 기쁜 소식을 전하라고 명했습니다. 여러분, 사람들은 여러분을 초청합니다. 여러분도 저와 함께 사람들의 마을로 가서 영원한 안식을 누리게 될 것입니다.

여러분, 저를 믿어 주십시오. 저는 여러분께 사람들과 살고 있는 저희의 생활을 설명해 드리겠습니다. 여러분은 제 말을 듣고 저 보낸 사람들을 믿기만 하신다면 저와 똑같은 복락을 누리실 수 있을 것입니다. 여러분, 무엇이든 물으십시오. 묻고 대답을 듣고 제 말을 믿어 주십시오.

– 도대체 거기가 어디야?

– 사람들과 저희가 사는 곳은 여기서 멀리 떨어져 있습니다. 그러나 염려하지 마십시오. 여기에서 거기로 가는 길은 안전합니다. 사람들이 이미 그 길을 예비해 두었습니다.

– 우리는 왜 아직까지 그걸 몰랐던 거지?

– 여러분이 두려움에 싸여 있었기 때문입니다. 두려움으로 한 발

짝도 이 골짝을 나가지 못했던 여러분의 닫힌 마음이 여러분을 갇혀 있게 했습니다. 이제 여러분은 그 두려움에서 한 발짝만 내디뎌 보십시오. 새로운 천지가 여러분께 열릴 것입니다.

– 거기 가면 정말 위험이 없을까?

– 그렇습니다. 여러분께 설명할 수 있는 것은, 누구도 사람보다 강할 수 없다는 것입니다. 그러므로 만약 위험한 상대가 있다면 사람입니다. 그러나 사람은 여러분을 사랑합니다. 누구보다 강하고 무엇보다 선한 사람이, 바로 여러분을 사랑하는 것입니다. 그러므로 여러분께는 더 이상 위험이 없습니다. 이제 더는 죽음도 배고픔도 없는 낙원을 여러분은 보게 될 것입니다.

– 도대체 사람이란 어떤 짐승이야?

– 사람은 우리와 전혀 다릅니다. 우리 중에서 아무리 뛰어난 양이라고 해도 사람을 이해할 수는 없습니다. 사람은 모든 지각에 뛰어나고 모든 일에 능합니다. 사람은 늑대보다 느린 듯하지만 빠르고, 호랑이보다 약한 듯하지만 강합니다. 사람은 모든 것을 가지고 있지 않은 듯하지만 항상 모든 것을 가질 수 있습니다. 사람은 온전합니다. 그보다 더 사람을 설명할 수는 없습니다.

– 우리가 그것을 어떻게 믿을 수 있어?

– 그렇습니다. 결국 믿음만이 여러분을 그곳으로 인도할 것입니다. 여러분은 보게 되면 믿게 될 것입니다. 그러나 보지 않고 믿는 분이 더욱 복될 것입니다.

– 우리는 어떻게 될까?

- 말씀드렸잖습니까. 믿음으로 오시는 분은 복락을 누리실 것입니다. 그러나 끝내 오시지 않는 분은 이 고난 중에 영원히 고통받으실 것입니다.

- 거기 있는 양들은 행복해?

- 물론입니다. 지금 사람과 함께 있는 양들은 아무 두려움과 절망이 없는 나날을 보내고 있습니다. 사람의 전적인 사랑과 보호 아래서 모든 양들은 안락을 누리고 있습니다. 우리 어른들은 이런 기쁨과 평화의 소식이 한시라도 빨리 모든 양들에게 전해지도록 하기 위해 저를 보내신 것입니다. 땅끝까지 이르러 사람의 증인이 되어 모든 양들이 한목소리로 사람의 돌봄에 감사하는 날들을 고대하고 있습니다.

- 우리가 해야 할 일은 무얼까?

- 아무것도 없습니다. 여러분은 오로지 제 말을 듣고 저를 보낸 이들을 믿기만 하면 됩니다. 형제자매 여러분, 지금 여러분 앞에 복된 소식이 이르렀습니다. 이제 믿음을 가지고 한 걸음을 떼어 놓으십시오. 여러분은 낙원에 있게 될 것입니다.

우리는 혼란에 빠졌다. 혼란이라기보다 진퇴양난에 빠졌다. 그 아이를 만나기 전까지는 위험한 대로 이렇게 살아왔다. 그러나 그 아이를 만나고 나서 보니 우리가 사는 것은 사는 것이 아니었다. 그저 죽지 못해서, 죽지 않으려고 아등바등하는 몸부림일 뿐이었다. 이보다 더 나은 삶이 있다는 것은 우리에게 그만큼 충격적인 일이었다.

아이를 재우고 밤에 만난 산양들은 정신없이 떠들었다.

– 미친 아이야! 들을 것도 없어!

– 누가 데려왔어?

– 그러니까 낯선 것들을 조심하라고 했잖아!

– 아니, 생각을 좀 해 보자고요.

– 에이, 무슨 미친 소리야!

– 자, 자. 소리를 좀 낮추시고. 그만, 그만! 소리 좀 낮추시라고.
  어두운 밤에 소리를 높이면 어쩌자는 거야?

– 그래요. 찬찬히 이야기를 좀 합시다. 이제 어쩌면 좋겠어요?

– 그 아이를 따라가요.

– 어떻게 그 아이를 믿고 따라가요?

– 들었잖아요? 그 아이는 약속했어요. 우리는 복락을 누릴 거라
  고요.

– 믿을 수 있을까요?

– 믿고 싶어요. 이제는 이 불안하고 힘든 날들이 너무 버거워요.
  그 아이의 말이 반만 사실이라고 해도 믿고 싶어요.

– 그래요. 믿고 싶은 마음은 모두 같아요. 그렇지만 이건 우리 모
  두가 죽고 사는 문제예요. 정말로 안전하다는 것을 확인하기 전
  에는 움직일 수 없어요.

– 맞아요. 그렇지만 확인할 방법이 없지 않아요? 믿거나 말거나
  하는 수밖에 없어요.

- 그렇다면 우리는 믿지 말아야 해요. 저 아이의 말은 우리가 그
 간 알고 있던 것과 너무 달라요. 우리는 그간 수많은 육식 짐승
 에게 시달려 왔는데, 저 아이는 그 짐승들이 모두 없어지거나
 무력해졌다고 했잖아요. 그게 가능하다고 보지 않아요. 그건 갑
 자기 일어날 수 있는 일이 아니에요.
 사람들도 그래요. 우리가 알기로는 사람들이 교활하고 잔인하
 다고 알고 있었어요. 아직 만난 적은 없지만 우리 조상들이 모
 두 틀렸을 리는 없어요. 그런데 저 아이는 사람들이 오로지 선
 하고 온화하다고 말하고 있어요. 사람들이 본 적도 없는 우리를
 사랑한다고 했어요. 저 아이 말이 맞는다면 우리 오랜 조상들이
 다 틀렸다는 것인데, 우리가 그렇게 판단할 근거가 없어요. 그
 럴 리가 없어요.
- 맞습니다. 우리가 비록 힘든 나날을 보내고 있지만 지금까지의
 우리 삶을 모두 부정하는 저 아이의 말 한마디에 우리의 모든 것
 을 걸 수는 없습니다. 저 아이의 제안을 거절해야 합니다. 저 아
 이는 우리를 꾀어내려는 사람들의 도구예요. 우리를 꾀어내서 어
 쩌려는지는 모르지만, 사람들이 우리를 여기서 꾀어내고 싶어 하
 는 것만은 틀림이 없어요. 우리가 살아 봐서 알지만, 우리는 산양
 이에요. 우리는 잘 싸우지도 못하고 숫자도 적어요. 우리에게 완
 전히 안전한 삶은 상상할 수 없어요. 모르기는 해도, 저 아이가
 말하는 곳에도 여기 못지않은 위험이 있을 거라고요. 사람들이 우
 리에게 관심이 있다는 것은 또 다른 위험일 가능성이 높아요.

– 정말 저 아이는 거짓말만 한 걸까요?

– 알 수 없지요. 그렇지만 풀만 먹는 산양이 그렇게 완전히 행복해진다는 것은 납득하기 어려운 게 사실이잖아요.

– 그렇지만 이 기회는 너무 아까워요.

– 그 기회라는 것이 저 아이의 말뿐, 어떤 증거도 없잖아요? 그저 무지개 같은 아이의 말 하나 가지고 우리 모두를 걸 만한 기회라고 볼 수 있는지부터 생각해 봐야 해요.

– 그렇습니다. 우리는 아무 근거도 없이 아이의 말 하나로 그간의 우리 삶을 송두리째 바꿀 수 있다는 환상을 본 것입니다. 가능하지도 않은 환상을 저 아이는 우리에게 심은 겁니다.

– 자자, 우리 생각을 정리해 봅시다. 어쩌면 좋겠습니까?

– 그러면 저 아이의 말은 듣지 않는 것으로 합시다. 어떻습니까?

– 그래요. 우리가 넘치는 환상을 가졌었어요.

– 그렇습니다. 거절합시다.

– 그래도 우리 아이들은 믿고 싶어 해요.

– 믿고 싶기는 하다니까요. 나도 믿고 싶어요. 그렇지만 믿을 수가 없잖아요?

– 아이들이 그걸 다 생각해요? 그냥 좋아 보이면 믿는 거잖아요.

– 아이들이 그 말을 믿지 못하게 해야 돼요.

– 어떻게 그래요? 저 아이가 와서 벌써 수도 없이 말을 했는데.

– 저 아이 말이 틀렸다고 이야기해야지요.

- 그런다고 어른들 말은 믿을까요?
- 믿으라고 해야지요. 아이들이 어리석은 희망에 빠졌다가 위험해지는 것은 안 돼요.
- 그게 정말 위험한 희망일까요?
- 몇 번을 말해요? 아까 충분히 이야기했잖아요. 아줌마들이 지나친 환상을 가졌었어요. 우리는 정확하게 우리 자신을 이해해야 해요. 우리는 싸움에 약한 산양이고, 풀을 뜯는 짐승이고, 어디에도 우리가 온전히 안전하게 살 곳은 없어요. 우리가 산양인 것이 변할 수 없다면, 우리가 사는 조건도 변할 수 없어요. 달리 어떻게 바꿀 수 있겠어요?

- 좋아요. 모두 듣지 않은 것으로 하지요. 그러면, 저 아이는 어떻게 하지요?
- 그거야 뭐, 가라고 하지요.
- 가라고요?
- 그러지 않으면 어떻게 하겠어요? 저 아이가 우리하고 살려고 하겠어요?
- 그럼요. 보내야지요.
- 자자, 여러분. 잘 생각해 보십시다. 저 아이는 사람이 보냈다고 했어요. 사람들은 우리에게 관심이 많다고 해요. 사랑한다고도 했지만, 그거야 믿지 않기로 했으니까. 그러면 저 아이가 돌아가면 사람들은 다른 방법을 생각해내겠지요. 우리를 그리로 꾀

어들이려는 다른 방법. 아마도 그건 저 아이보다는 훨씬 강하고 위협적인 방법일 겁니다. 그때는 어떻게 하지요?

– 사람들이 이리 오는 길을 알까요?

– 저 아이가 알잖아요?

– 누구야? 저 아이를 도대체 누가 데리고 왔어?

– 자자, 침착합시다. 아마 우리 아이들이 들판으로 나가 놀다가 만난 것 같으니까. 이제부터 아이들을 단속하는 수밖에요. 그나 저나, 저 아이를 어떻게 하지요?

– 돌려보내면 안 됩니다. 사람들이 저 아이에게 길잡이를 시켜서 또 몰려올 것입니다.

– 그러겠지요. 그렇다고 안 보내면 저 아이가 우리하고 살 수 있 을까요?

– 안 되지요. 저 아이는 발굽이 말랑말랑해서 돌산을 오르내리지 도 못하는데요.

– 지금이야 봄이 가까우니까 풀이라도 조금 있지만, 저 아이는 낙 엽이나 나무껍질로는 살아남지도 못할 거예요.

– 저 아이는 우리 아이들에게 또 환상을 심을 거예요. 같이 살 수 는 없어요.

– 그럼 어쩌자는 거예요?

– 돌려보내야 한다니까요.

– 안 된다니까요. 길잡이를 보내서 어쩌려고요?

– 그러면 어쩌겠어요? 우리가 모두 다른 산으로 옮기는 수밖에

없는데.

   – 다른 산이 어디 있어요? 모조리 표범이나 호랑이가 득실득실
     하는데. 여기가 산이 험하고 돌너덜이 많아서 조상 때부터 자리
     잡은 곳인데. 여기보다 나은 곳은 없어요.

   – 있든지 없든지, 거 낯선 아이 하나 왔다 갔다고 우리 모두가 산
     을 옮긴다는 게 말이나 돼요?

   – 그럼 어떻게 해요?

   – 죽입시다!

죽이자! 일시에 정적이 왔다. 우리는 그 말에 놀랐다. 우리는 아
무도 그런 말을 쓴 적이 없었다. 도무지 우리가 쓰는 말이 아니었
다. 그러나 그 말이 우리 사이에서 나온 것이다. 우리는 우리 중의
누군가 한 그 말에 스스로 자지러졌다. 죽이자!

한참 뒤에 숨죽은 소리가 들려왔다.

   – 어쩌자고요?

   – 돌아가지 못하게 해야 되잖아요? 어떻게 네 발 달린 아이를 잡
     아 둡니까? 길도 이미 아는 아이를.

   – 그렇다고 아이를.

   – 어쩌겠어요? 같이 살지도 못하고 돌려보내지도 못하고, 같이
     있을 수도 없는 아이를.

   – 그렇다고 그렇게.

– 길이 없어요. 죽여야지요.

– 어떻게 그래요? 그 아이는 우리에게 좋은 소식을 전한 것뿐인데.

– 좋은 소식이 아니잖아요? 우리가 받을 수 없는 약속을 가지고
왔고, 앞으로도 위험할 길을 알고 있는데, 그게 어떻게 좋은 소
식입니까?

– 그래도 아무 나쁜 마음을 가지고 있지 않잖아요?

– 나쁜 마음이든 아니든, 우리는 선택할 길이 없어요.

– 다른 방법은 없을까요?

– 자자, 생각해 봅시다. 어떻게 하는 게 좋을까요?

– 생각이 안 나요! 좀 생각들 해 보세요!

– 가만있어 봐요.

정적이 흘렀지만 우리는 아무 다른 방법을 생각할 수 없었다. 침
묵 속에 몇몇 수양들이 그 아이가 자고 있는 곳으로 갔다. 잠시 후
돌너덜이 우르르 무너지는 소리가 났고, 우리는 더 무거운 침묵 속
에 각자의 쉴 곳으로 갔다.

2

그러나 아이들은 갔다. 아이들은 죽은 그 아이가 전해 준 소식을 잊지 못했다. 봄과 함께 아이들은 눈 녹은 비탈을 따라 들판으로 내려갔고, 간 아이들은 돌아오지 않았다. 늙은 산양들은 여전히 돌너덜을 오르내리고 표범과 호랑이에게 쫓기고 있었지만, 우리 모두는 이제 이전만큼의 활기도 없이 죽지만 않고 버티고 있을 뿐이었다. 그저 요즘 태어난 새끼 산양들 몇이 있어서 그들의 재롱만이 이 등성이의 유일한 활기였다.

사람들이 나타났다. 우리는 말로만 듣던 사람들을 처음으로 보았다. 그들은 두 발로 걷고 앞발에는 몽둥이를 든 괴상한 차림으로 나타났다. 두 발로만 뛰는데도 제법 빠른 걸음을 하기는 했다. 그러나 우리가 네 발로 뛰는 것보다는 훨씬 느렸다.

그들은 개를 앞세우고 있었다. 개들은 골짜기가 울리도록 컹컹 짖으며 산속의 짐승들을 몰아대고 있었다. 높은 산에서 내려다보면, 개들은 주로 노루나 멧돼지를 사람들에게 몰아다 주고 있었다. 그러나 다른 짐승을 몰아대는 개들이라도, 우리에게는 그리 위험하지 않았다. 우리는 바위와 바위 사이 높은 곳을 뛰어다니고 개들은 평지를 달리고 있을 뿐이었다. 개들도 우리를 보았겠지만, 절벽 사이를 뛰는 우리를 어쩌지는 못했다.

그 개는 그중에서 어리석은 개였다. 우리를 보고도 포기하지 않았다. 절벽에 붙은 우리를 쫓겠다고 돌너덜에 달려들었다. 우리는 간단히 그 개를 따돌렸다. 몇 개의 작은 절벽을 뛰는 것만으로 그 개는 우리보다 훨씬 뒤에 처졌다. 얼마 가지 못해 그 개는 기진했다. 더 이상 뛰지도 못하고 달리지도 못하고 마침내는 혀를 빼물고 바위 틈새에 널브러졌다.

수양들은 이미 멀리 달아난 뒤였다. 어차피 그들은 처음 개와 사람의 소리를 들었을 때부터 꽁지가 보이지 않게 달아난 뒤였다. 그러나 암양들은 그리 멀리 달아날 수 없었다. 요즘 낳은 새끼들이 멀지 않은 곳에서 개들에게 따라잡힐 위험이 있었기 때문이었다.

그러나 암양들을 더욱 그 개에게 이끈 것은 떠나간 아이들에 대한 궁금증이었다. 아무리 아이들이 우리를 떠났다고 해도, 내 몸을 가르고 나와 내 젖을 빨고 자란 아이들은, 생각만 해도 안타깝고 애처로운 내 새끼들이었다.

그 개 곁으로 가 본 암양들은 마음을 놓았다. 가 보니, 그 개는 돌너덜을 달리다가 다리가 부러져서 일어설 수도 없었다. 게다가 힘이 기진하여 아무 위험이 되지 않을 듯했고, 사람들은 그 개가 여기 있는 것도 알지 못하고 벌써 산을 떠난 뒤였다.

– 이봐요, 아저씨.

– 으응.

– 살아 있어요?

– 어, 물.

– 물요? 자, 젖은 꼬리로 목이라도 축이세요.

– 어.

– 아저씨.

– 응.

– 뭐 하나 물어도 돼요?

– 응.

– 아저씨는 사람들하고 살아요?

– 어.

– 우리 아이들 보셨어요?

– 양?

– 네, 아이들 여럿이 갔어요.

– 아.

– 잘 있어요?

– 어? 뭐, 잘 있겠지.

- 무슨 말이에요? 무슨 일이 있어요?

- 어, 내가 다 아나?

- 그래도 본 아이들이 있을 거 아녜요?

- 어, 봤지.

- 잘 있어요?

- 나는 그런 애들밖에 못 봤어.

- 어떤 애들요?

- 번제하러 온 애.

- 그게 뭔데요?

차라리 듣지 말 것을 그랬다. 번제라니, 사람들이 우리 아이들을 번제로 바친다는 것이었다. 자기들이 지은 죄를 용서받기 위해 우리 아이들에게 죄를 전가하고 온몸을 갈라서 불에 태운다는 것이었다. 그들은 번제에 쓰기 위해 흠 없는 어린 양을 찾고 있었다. 마침 마을로 찾아간 우리 아이들은 흠이 없었다. 다들 어린 양이었고, 한 번도 새끼를 낳아보지 못한 순결한 아이들이었다. 번제단 아래로는 우리 아이들이 흘린 피를 받아내는 도랑까지 있었다고 했다. 아아, 우리 아이들이 그 참혹한 도랑 위를 걸어갔다는 것이다.

우리는 아직도 산비탈을 달리고 있다. 여기저기서 다가닥 다가닥 하는 발굽 소리가 요란하다. 우리는 안다. 우리 입에 들어가는 것은 겨우 발톱만 한 나뭇잎 한두 조각뿐일 것을. 입안에서 까슬까슬하게 맴도는 그 마른 나뭇잎을 깔깔하게 씹게 될 것임을. 그러나 우리는 그들에게 가지 않겠다. 우리 아이들이 돌아올 날을 기다리며, 우리는 아직도 산비탈을 달리고 있다.

직립적의 난

06

여기가 어딜까요. 여기가 도대체 어딜까요.
저는 당황했습니다. 한 번도 와 보지
못한 곳인데, 갑자기 길을 잃었습니다.

애완견

=

1

=

여기가 어딜까요. 여기가 도대체 어딜까요. 저는 당황했습니다. 한 번도 와 보지 못한 곳인데, 갑자기 길을 잃었습니다. 저는 며칠 전에 다리를 다쳤습니다. 지나가던 차에 치여서 뼈가 부러졌는지, 다리에 힘을 주면 갑자기 주저앉습니다. 걸을 때도 한쪽 다리를 절룩이거나 조금 빨리 걸으려면 다리를 끌어야 합니다. 아무리 애를 써도 빨리 걷지 못합니다. 그런데, 큰일 났습니다. 저는 길을 잃었습니다. 벌써 저녁이 오고 사방이 어둑어둑해지는데, 제가 없으면 밥도 못 먹을 엄마 아빠와 언니를 생각하면 눈물이 나왔습니다.

저는 어쩔 줄을 몰랐습니다. 당황해서 마구 뛰어다녔습니다. 이리로 달리다가 저리로 달리다가, 높은 곳으로 갔다가 건널목을 건너기도 하고, 절름거리는 다리를 가지고 힘겹게 헤맸습니다. 혹시라도 어딘가 아는 길이 있을까, 혹은 약간이라도 낯익은 냄새라도 날까 해서, 정신을 못 차리고 헤맸습니다.

그러나 도무지 알 수 없습니다. 여기가 어딘지, 어느 쪽이 우리 집인지, 눈에 익은 것이 하나도 없었습니다. 어떻게 이렇게 낯선 곳에 왔는지도 알 수가 없었습니다. 여기는 제가 살던 곳하고는 너무 달랐습니다. 거기는 나직하고 예쁜 집들이 많았는데, 여기는 커다랗고 엄청난 집들이 하늘을 찌르고 있었습니다. 길에도 사람은 적고, 널찍한 도로에 빠른 차들만 눈에 불을 켜고 바쁘게 오갔습니다.

다 제 탓이었습니다. 밖에 나왔을 때는 엄마 곁에 붙어 있어야 하는데, 한눈을 판 제가 잘못했습니다. 그때 왜 그랬을까요. 뭐가 그리 신기해서 엄마를 잃고 이렇게 헤매고 있는 걸까요. 엄마가 저를 땅에 내려놓았을 때 얼른 엄마 품으로 돌아가야 했는데, 또 아마 처음 보는 뭐가 눈에 띄었겠지요. 전에도 엄마는 늘 이런 저를 나무라곤 했습니다. 길에서도 줄만 놓으면 갑자기 희한한 걸 보고는 옆길로 달려가는 것이 제가 원래 가진 나쁜 버릇이었습니다. 저는 제 발등을 찧고 싶었습니다. 할 수만 있다면 그 궁금병에 든 제 눈이라도 빼 버리고 싶었습니다.

길 잃은 곳에서 자리를 뜬 것도 잘못입니다. 처음 엄마를 잃었을 때, 그냥 거기서 기다려야 했는데, 그랬으면 엄마가 알아서 찾으러 왔을 텐데, 저는 당황해서 이리저리 마구 뛰어다녀서, 이제는 처음 길을 잃은 곳이 어딘지도 모르겠습니다. 엄마는 아마 처음 저를 잃은 곳으로 왔겠지요. 거기 제가 없어서 얼마나 당황했을까요. 아빠한테 이야기를 했으면 아빠는 얼마나 엄마를 혼낼까요.

큰일이었습니다. 빨리 집으로 돌아가야 했습니다. 엄마가 혼이 덜 나고, 아빠와 언니가 밥을 잘 먹기 위해서는, 제가 빨리 집으로 돌아가야 했습니다. 그런데 저는 여기가 어딘지, 집이 어느 쪽인지도 도무지 알 수가 없었습니다. 큰일이었습니다.

저는 길을 찾지 못했고, 마침내 밤이 왔습니다. 저는 이제 배가 고파 왔습니다. 아까 점심때 엄마가 준 햄버거 하나 먹은 뒤로 아무것도 먹지 못했습니다. 길을 잃고 당황해서 뛰어다니느라고 몰랐는데, 밤이 되고 다리가 아프니 배가 고팠습니다.

어떻게 해야 할까요. 배는 고픈데, 여기는 길에 사람들도 다니지 않습니다. 누구 하나 저에게 따뜻한 빵 하나 줄 사람이 없었습니다. 길가에 높다란 집들이 있지만, 다들 문을 닫고 들어갔는지, 길에 나와서 저에게 먹을 것을 줄 사람은 없습니다. 길을 잃었느냐고 다정하게 말을 걸어 줄 사람도 없습니다.

저는 눈물이 났습니다. 아까 길을 잃었을 때 울고 싶었지만, 너무 당황해서 울 정신도 없었던 모양입니다. 이제야 눈물이 펑 솟았습니다. 눈물은 나기 시작하자 더 걷잡지 못하게 쏟아졌습니다. 배가 고프고 밤이 오는데 저는 집을 잃었습니다. 저는 길가에 쭈그리고 앉아서 펑펑 울었습니다. 울다가 울다가 힘이 빠졌습니다. 차츰 고개가 숙여졌습니다. 문득 목에 걸린 이름표 목걸이와 리본이 턱에 닿았습니다. 그러자 이 목걸이를 달아 주던 엄마 손길이 느껴지면서 엄마 냄새가 나는 듯했습니다. 아아, 저는 정말 사랑받고 살았습니다.

　제 이름은 티파니이고, 말티즈 종이라고 했습니다. 나이는 네 살이고 여자입니다. 저를 낳은 엄마와 아빠에 대해서는 기억이 없지만, 아주 좋은 혈통이라고 했습니다. 어디에서 태어났는지는 모르고, 어릴 때부터 우리 집에서 지금 엄마 아빠와 살았습니다.

　저는 어릴 때 기억이 조금 있습니다. 다른 기억은 별로 안 나고, 무엇 때문인지 제가 많이 울었는데, 엄마가 우유를 먹이면서 엄마 침대에서 재웠던 기억입니다. 제가 기억하는 것은 그때 엄마 침대에 오줌을 쌌기 때문이었습니다. 아빠가 고함을 지르며 화를 너무 많이 내서 저는 겁이 나 있었습니다. 그런데 엄마가 저를 안아 주면서 다시 우유를 먹였습니다. 저는 따뜻한 엄마 품에서 마음을 놓았었습니다.

　그 뒤로도 아빠는 저와 별로 친하지 않았습니다. 아빠는 아침에 나가고 밤에 들어왔습니다. 저하고 같이 지낼 시간도 별로 없었고, 아직까지 특별한 추억도 없습니다. 그래도 저녁에 제가 안 보이면 엄마한테 티파니 어딨냐고 묻곤 했습니다. 저는 반가워서 식탁 밑에서 뛰어나가기도 했지만, 아빠는 별로 반가워하지는 않았습니다. 그래도 아빠는 저를 사랑하고 있었습니다. 길에서 다른 개들과 부딪치기라도 하면, 언제든지 저를 감싸고 안아 주기도 했으니까요. 그리고 참, 아빠가 들어오실 때 신발장 앞에서 배를 드러내고 애교를 부리면 가끔 쓰다듬어 주시기도 했습니다.

언니는 대학생이라고 했습니다. 언니는 좀 변덕스럽기는 해도, 저를 많이 이뻐했습니다. 가끔 물건을 집어 던지면서 화를 낼 때는 무섭고 이상했지만, 그래도 맨날 안아 주고 씻겨 주고 놀러 나갈 때 안고 가기도 했습니다. 그렇지만 언니도 좀 바빠서 어떤 때는 제가 놀아달라고 해도 문을 쾅 닫아버릴 때도 있었습니다.

저는 항상 엄마와 붙어 있었습니다. 엄마 차에는 제 자리도 있었고, 엄마 쇼핑 카트에도 제 자리가 있었습니다. 저는 낮에 주로 엄마와 함께 미장원이나 쇼핑센터에 갔는데, 그런 곳에는 엄마 같은 아줌마들이 매우 많았습니다.

그 아줌마들이 데리고 온 아이들 중에는 저 같은 말티즈나 푸들처럼 작고 귀여운 친구들도 많았습니다. 시츄라는 아이들은 너무 작아서 아줌마들이 장갑만한 집을 만들어서 데리고 오기도 했습니다. 다만 어떤 이상한 아줌마가 데리고 오는 달마티안은 싫었습니다. 그런 가게에 오는 개들과는 달리 너무 크고 너무 빨라서 싫었는데, 게다가 수컷이어서 우리를 음흉하게 바라보는 것이 너무너무 징그러웠습니다. 그래도 다른 친구들 말을 들어보니, 달마티안은 아주 큰 개가 아니랍니다. 어떤 친구는 지네 엄마 따라 시골에 갔다가 허스키를 만났는데, 그 집채만한 허스키가 덤벼드는 바람에 죽을 뻔했다고 했습니다.

우리 집에도 그런 멍청하고 큰 개가 있었습니다. 망치라고, 도사

견 잡종이라고 했는데, 집에는 못 들어오고 정원을 지키는 개였습니다. 저는 처음에 망치가 개인 줄도 몰랐습니다. 그냥 커다란 짐승이 하나 있다고 생각했지요. 엄마는 제가 밖에 나갈 때마다 망치를 묶어 놓고 제게 가까이 못 오도록 했고, 저는 항상 엄마 품에 안겨 다녔기 때문에 망치를 자세히 보지도 못했습니다. 그래서 저는 망치가 그냥 정원을 지키는, 무슨, 이름만 들은 말이거나 낙타쯤 되는 줄 생각했지요.

그런데 어느 날, 제가 언니 신발에 오줌을 쌌다고 문밖으로 쫓겨났을 때, 저는 망치가 저와 말이 통하는 개라는 것을 처음 알았습니다. 제가 문밖에 서서 문을 발로 긁으며 일부러 좀 애처로운 소리를 깽깽 내고 있을 때, 갑자기 뒤에서 누가 말을 걸어 왔습니다.

– 됐어, 씨발 년아. 수작 떨지 마.

저는 팔짝 뛰었습니다. 숨이 탁 막힐 만큼 깜짝 놀랐습니다. 망치가 개였습니다. 개 말을 하고 있는 것이었습니다. 망치는 저를 째려 보며 이죽거리고 있었습니다.

– 됐다구. 씨발, 그 지랄 안 해도 문 열어 줘.

– 왜, 왜 그러세요?

– 그냥 쫌만 있으면 저 씨발 사람 새끼들이 문 열어줄 테니까, 지
  랄 아양 떨지 말라고! 꼴 보기 싫어!

그때 엄마가 나와서, 약한 애한테 짖는다고 망치를 혼내고 저를 안고 들어가셨습니다. 저는 엄마 품에서 한숨을 포옥 쉬었습니다. 이렇게 좋은 엄마를 그렇게 말하는 망치가 무서웠습니다.

엄마는 저에게 정말 잘해 주었습니다. 항상 애견샵에서 뽀송뽀송한 카펫을 사다 깔아 줬고, 예쁜 이름표를 달아 주고 귀여운 애견 하우스를 엄마 방 안에 장만해 주었습니다. 제가 오줌을 가리게 되자, 저를 위한 변기도 사 주었고, 똥오줌을 누면 반드시 샤워를 시켜서 냄새도 나지 않게 해 주었습니다.

엄마는 참 세심했습니다. 전에는 애견샵에서만 살 수 있던 우리 먹이를, 이제는 쇼핑몰에서도 살 수 있게 되었습니다. 그래도 엄마는 꼭 애견샵에서만 샀습니다. 쇼핑몰에서 사는 것은 망치에게나 먹이지, 한 번도 제게 그 지저분한 것을 먹인 적이 없었습니다.

엄마는 집에서 고기를 구워도 꼭 제게 나눠 주었습니다. 아빠가 늦게 오실 때면, 먼저 제가 먹을 것을 구워 먹이고, 아빠 것을 구웠습니다. 아빠가 와서 늦은 저녁을 먹고 나면 그 찌꺼기는 망치에게 먹이곤 했습니다.

엄마는 빵을 잘 구웠습니다. 가끔 심심하면 저를 옆에 두고 빵을 굽곤 했습니다. 저는 빵을 그리 좋아하지는 않았지만, 엄마가 그렇게 행복한 것을 보는 것만으로도 행복해서, 엄마 곁에서 저녁 무렵을 보내곤 했습니다.

빵을 생각하니 또 눈물이 났습니다. 여기는 어디일까요. 집에는 어떻게 돌아가나요. 이제는 밤이 늦었는데, 제가 없어서 엄마는 얼마나 걱정할까요. 어쩌면 엄마도 지금 저를 찾느라고 길을 헤매고 있을 거예요. 어떻게 해요. 엄마, 죄송해요.

– 야, 너 뭐야?

갑자기 개 소리가 들렸습니다. 소리는 낮았지만 어쩐지 강단이 있는 목소리로 그 개는 제게 물었습니다. 제 앞에는 어디서 왔는지, 전에 본 달마티안만 한 개 하나가 서 있었습니다.

– 예, 예?

– 너 뭐냐고? 왜 여기 있어?

– 예?

– 너, 집 어디야?

– 모르겠어요. 집을 잃었어요.

– 일어서 봐.

– 예?

– 일어서 봐. 세 걸음만 걸어 봐.

– 다리를 다쳤어요. 잘 못 걸어요.

– 그럴 줄 알았어. 언제?

– 사흘쯤 됐어요.

– 이거 또 버렸구만. 씨발 새끼들.

– 예?

– 배고프지?

– 예.

– 따라와.

– 예?

– 굶어 뒤질 거야? 따라와.

– 그렇지만, 아침에는 엄마가 찾으러 올 지도….

– 그럼 여기서 굶어 뒤지든지!

– … 어디 가는데요?

– 뭐라도 처먹어야 안 뒤질 거 아냐!

　저는 다리를 절면서 따라갔습니다. 그 개는 참 빨랐습니다. 그 긴 아파트 담장을 금방 지나갔습니다. 아파트 단지가 끝나고 넓은 길이 나왔을 때, 그 개는 익숙하게 차가 안 오는 틈에 길을 건넜습니다. 새벽인데도 아파트 옆으로는 차들이 쌩쌩 달렸습니다. 저는 무서워서 길에 들어설 수가 없었습니다. 그 개가 다시 건너왔습니다.

　– 무서워서 못 건너겠어요. 좀 천천히 가요.

　– 너, 뭐야? 차들도 저렇게 불이 바뀌면 안 달린다고. 그것도
　　몰라?

　– 몰라요. 왜 차가 안 달려요?

　– 에이, 씨발! 이거 어디서 업혀만 다녔구만.

　그 개의 말처럼 잠시 뒤에 차들은 모두 갑자기 멈췄습니다. 그러자 그 개는 유유히 길을 건넜습니다. 우리가 다 건널 때까지 차들은 다 서 있었습니다. 그 시간에 사람들은 아무도 건너다니지 않았습니다. 건너고 나자, 차들은 다시 쌩쌩 달리기 시작했습니다.

　길을 건너자 또 엄청나게 큰 건물이 나왔습니다. 그 건물은 정말 많은 계단을 가지고 있었습니다. 계단 저 위에 외등이 불을 밝히고

있었습니다. 아무도 다니지 않고 펼쳐져 있는 그 아득한 계단을 쳐다보는 것만으로도, 저는 다리가 풀렸습니다.

– 다리가 너무 아파요. 배도 고파요.

– 에이, 씨팔! 저 위에 가면 먹을 거 줄 테니까 올라가!

– 그럼 좀 천천히 가요.

– 올라와 봐. 내가 먼저 가서 먹을 거 구해 놓을 테니까.

저는 천천히 절름거리며 계단을 올라갔습니다. 계단 위에서 오른쪽으로 잔디밭에 그 개가 있었습니다. 거기 잔디밭 옆의 쓰레기통 근처에서 오라고 불렀습니다. 그 앞에 먹다 남긴 통닭이 쌓여 있었습니다. 저는 가까이 갔지만, 먹을 엄두가 나지 않았습니다. 통닭은 대부분 뼈만 남았고, 일부는 살이 좀 붙어 있었지만 맥주 냄새와 섞여서 먹을 수가 없었습니다.

– 이거 먹어.

– 이걸 어떻게 먹어요?

– 왜 못 먹어?

– 더럽잖아요?

– 이런 씨발, 더럽게 깨끗하게 살았네. 이걸 왜 못 먹어?

– 안 먹으면 안 돼요?

– 그럼 뒤지든지.

저는 결국 먹지 못했습니다. 엄마는 제게 그런 음식을 먹인 적이 없었습니다. 그 개는 가자고 했습니다.

– 여기서 기다릴래요.

- 누구?

- 엄마요.

- 미쳤네. 씨발, 너 버려진 거야.

- 아니에요!

- 이런, 씨발! 내가 너 같은 것들 한두 번 봤냐? 너는 버려진 거
  야! 다리 부러진 거 고치기 싫으니까 버린 거라고!

- 아니에요, 엄마가 제 다리 만지면서 얼마나 울었는데요.

- 에이, 씨발! 그러면 여기서 굶어 뒤지라고!

- … 어디 가는데요?

- 가 보면 있어.

- 멀어요?

- 따라와 봐.

갑자기 산이었습니다. 방금 건물을 돌아섰는가 싶었는데, 갑자기
산이 나타났습니다. 조금 올라가니 바로 사람이 없는 산중이었습니
다. 좀 더 올라가자 저 아래로 아까의 아파트와 건물들이 보이고 차
들이 여전히 쌩쌩 달리는데, 여기는 숲이 우거진 산속이었습니다.
제가 아픈 다리를 끌며 끙끙거리고 걷는 중에 하늘이 허예지며 새벽
이 왔습니다.

- 뭐냐?

- 어, 형. 버려진 거 데리고 왔어.

– 버려진 거 아니에요!

– 알았다고, 씨팔! 저 아래 래미안 아파트 옆에 찌그러진 거 데리고 왔어.

– 어디 다쳤나?

– 다리 부러졌대. 보나마나 차에 갈렸겠지. 고치는 돈 아깝다고 버렸겠지.

– 아가씨, 길을 언제 잃었어요?

– 어제요.

– 배고프겠네요.

– 예, 배고파요.

– 뭐 주는데도 안 처먹는데, 뭐.

– 거 뭐 있나 좀 봐.

– 안 처먹는다니까!

– 찾아 봐.

– 안 먹어도 돼요.

– 그래도 찾아 봐. 찾아서 해피 아줌마 드리고, 너는 나 따라와.

아침이 되면서 사방의 숲과 나무가 모습을 드러냈습니다. 아주 높은 곳은 아니어도, 저 아래 사람들 사는 곳에서는 훌쩍 멀어진 산 위였습니다. 이제 아침이 되어 차들이 달리고 사람들이 걸어가기 시작했지만, 산 위는 사람들과는 아무 관계 없이 조용했고, 생각보다 많은 새들과 짐승들이 있었습니다.

제가 놀란 것은, 어디서 왔는지 개들도 여럿 모여 살고 있다는 것이었습니다. 아침이 되자, 종류를 알 수 없는 개들이 곳곳에서 나타나 서로 반가운 인사를 주고받았습니다. 모두들 저를 새롭게 보는 눈치였지만, 그리 놀라는 것 같지는 않았습니다. 어떤 아줌마 개는 다정한 눈길로 제 아픈 다리에서 눈길을 거두지 못했습니다.

더 깜짝 놀란 것은, 형이라는 개가 애꾸라는 것이었습니다. 날이 밝고 보니, 그 개는 한쪽 눈이 푹 꺼진 외눈박이였습니다. 무슨 까닭인지 알 수는 없었지만, 그 개는 다른 개들에게 존중을 받고 있는 것 같았습니다. 다들 무엇인가 먹을 것을 챙기고 있었고, 그 형이라는 개는 다친 개들에게 먹을 것을 가져다주기도 했습니다.

– 아가씨, 이름이 뭐야?

– 타파니예요, 아줌마.

– 예쁜 이름이네. 나는 그냥 해피라고 해.

– 그런데 아줌마도 다리 다쳤어요?

– 응. 근데, 아가씨 배고프지?

– 네.

– 그럼 이거 좀 먹을래?

아줌마는 제게 빵 봉지를 내밀었습니다. 거기는 거의 한 봉지가 다 되는 빵이 들어 있었습니다. 좀 흙이 묻었고, 약간 더럽기는 했지만, 배가 너무 고파서 사양하지 않고 먹었습니다. 해피 아줌마는 제가 먹는 것을 보면서 조용히 기다렸습니다.

한참을 먹고 난 뒤에야 저는 해피 아줌마가 아무것도 안 먹고 기다리고 있는 것을 알았습니다.

  - 어머, 아줌마, 죄송해요. 저 혼자 먹느라고 아줌마 생각을 못
    했어요.
  - 아니야. 나는 먹을 게 더 있어. 천천히 먹어.

  - 아가씨, 살던 곳이 어디야?
  - 잘 모르겠어요. 엄마가 매일 데리고 다녔어요.
  - 엄마? 사람?
  - 예, 엄마는 참 착해요. 엄마가 보고 싶어요.
  - 그렇겠지.
  - 아줌마, 엄마가 저를 찾을 텐데, 어떻게 해요?
  - 글쎄.
  - 아줌마, 엄마는 저를 찾느라고 밤에 잠도 못 잤을 거예요.
  - 글쎄 아가씨 생각하고 다를지도 몰라.
  - 왜요? 왜 엄마가 저를 안 찾아요?
  - 하여튼 피곤할 테니까 좀 쉬어요. 아가씨는 밤새도록 잠을 못
    잤을걸.
  - 네, 아줌마. 그럼, 저 좀 쉬어도 돼요?
  - 그럼, 그럼. 좀 쉬어.

배가 고프다가 빵을 먹었고 어젯밤에 고생한 것이 너무 힘들었던
지, 잠을 깼을 때는 한낮이었습니다. 사방을 둘러보아도 아무도 없

없습니다. 아까 많던 개들은 다 어디로 갔는지, 해피 아줌마도 보이지 않았습니다. 저는 천천히 몸을 일으켜 가까운 곳을 둘러보았지만, 몇몇 산새들과 다람쥐들은 보아도, 개들은 전혀 만나지 못했습니다.

그제야 저는 제 주위를 둘러볼 여유가 생겼습니다. 이제 어떻게 어디로 내려가야 엄마를 찾을 수 있을지 알아보고 싶었습니다. 저 아래로 내려다보이는 마을과 집들을 살피기 시작했습니다. 생각보다 제가 올라와 있는 산은 꽤 높았습니다. 저 아래 쪽으로 아주 커다란 집이 하나 있고 주차장인지 큼직한 공터가 있었습니다. 아마 어젯밤에 제가 통닭을 먹을 뻔했던 곳인 듯했습니다. 거기서 계단을 내려가면 아주 넓은 도로가 여기서는 가는 줄처럼 보이는데, 그게 어젯밤에 건너온 길인 것 같고, 거기서 조금 더 내려가면 곳곳에 높직한 아파트들이 많은데, 거기 어디쯤에서 제가 길을 잃은 듯했습니다.

그러나 거기 어디서 엄마를 잃었는지 분명히 알 수는 없었습니다. 어쩌면 지금 거기 데려다 준다고 해도 어딘지 알 것 같지도 않았습니다. 한참을 살펴보았지만, 제가 살던 마을과는 전혀 달랐습니다. 제가 살던 마을은 집들이 다 낮았고 길에 사람이 많이 다녔는데, 여기는 전혀 그렇지 않았습니다. 저는 너무 멀리 와서 길을 잃었습니다.

저는 도저히 혼자 내려갈 엄두가 나지 않았습니다. 길도 멀지만, 도중에 높은 나무 아래에 가면 방향도 못 잡을 것 같았습니다. 내려간다고 해도, 어디가 어딘지 도저히 찾아갈 엄두도 나지 않았습니다.

저는 눈물이 났습니다. 엄마는 저를 얼마나 걱정하고 계실까요.

배고프고 다리 아파서 엄마 생각을 좀 덜 했는데, 좀 쉬고 기운을 차린 데다, 내려갈 길을 걱정하려니 엄마 생각이 더 났습니다. 아마 엄마는 제 걱정에 밥도 못 먹었을 것입니다. 아빠도 걱정을 많이 했을 것이고, 엄마한테 소리를 질렀겠지요. 언니는 어떻게 지냈을까요. 전에는 좀 얄밉기도 하고 짜증 나기도 하던 언니가 지금은 걱정되고 보고 싶었습니다. 저는 돌아갈 길이 없어서 아득하고 걱정되는 마음에 혼자 훌쩍거리고 울었습니다. 그래도 아무도 없는데 혼자 울려니, 마음은 슬픈데 눈물은 많이 나지 않았습니다.

울다가 또 잠이 들었던 모양입니다.
– 어머, 아가씨. 이제 잠 깼나?
해피 아줌마였습니다. 아줌마는 또 어디선가 빵 봉지를 가지고 와서 저를 깨우고 있었습니다.
– 아, 아줌마. 아까 깼다가 다시 잤어요.
– 그래, 피곤했겠지. 이제 좀 괜찮아?
– 네, 아줌마. 감사합니다.
– 응, 이거 좀 먹어요.
– 네, 감사합니다.
저는 아줌마가 가져오신 빵 봉지를 뜯었습니다. 봉지에는 반쯤 먹은 빵이 들어 있었습니다. 빵은 맛이 있었습니다. 빵에서는 전에 언니가 장난으로 먹인 콜라 냄새가 좀 났습니다.

- 아줌마, 저는 엄마한테 어떻게 가요?

- 가고 싶지?

- 예.

- 왜 가고 싶어?

- 엄마는 저를 사랑하셔요. 빨리 가야 해요. 아마 제 걱정으로 밥
  도 못 먹을 거예요.

- 그래? 아가씨.

- 네?

- 정말 엄마라는 사람이 아가씨를 사랑할까?

- 예. 왜요?

- 아가씨는 왜 길을 잃었지?

- 엄마가 안고 있다가 내려놓았을 때 제가 한눈을 팔았어요.

- 어디에서 안고 있다가 어디로 내려놓았는데?

- 차에서요. 엄마가 차에서 내려서 저를 길에 내려놓았어요.

- 그런데 어디로 갔지?

- 모르겠어요. 제가 둘러보니 엄마가 없었어요.

- 아가씨는 어디 멀리 간 게 아니었지?

- 아니에요. 그냥 딴 데를 봤다가 되돌아봤는데요.

- 엄마가 아가씨를 버리고 차를 타고 가 버린 게 아닐까?

- 예에? 엄마가 왜 저를 버려요? 어젯밤에 데려온 개도 그렇게 말
  했어요. 엄마가 왜 저를 버려요?

- 아가씨 다리 다쳤지?

- 예. 차에 치였어요.

- 병원에 갔지?

- 예, 엄마가 울면서 병원에 안고 갔어요.

- 아가씨.

- 네.

- 잘 들어.

- 네.

- 아가씨는 다리뼈가 부러졌어. 완전히 고칠 수는 없어. 알지?

- 예. 알아요.

- 그럼 아가씨는 평생 다리를 절며 살아야 해. 그지?

- 네.

- 그런데 사람이 집에서 다리 절름거리는 개를 기르려고 할까?

- 왜요?

- 아가씨는 집을 지키는 개가 아니지?

- 예. 그건 망치가 했어요.

- 하여튼. 그럼, 아가씨가 사냥하는 개도 아니지?

- 그럼요. 제가 어떻게 사냥을 해요.

- 그럼 아가씨는 뭐 하는 개일까?

- 저는 그냥 예쁘고 사랑받는 티파니죠.

- 그런데 아가씨는 다리를 절름거려도 사람 눈에 예쁠까?

- 그렇지만 엄마는 저를 사랑했어요!

- 어제 길 잃은 동네에 전에 온 적 있어?

- 처음이에요. 전혀 모르겠어요.
- 엄마는 왜 아가씨가 전혀 모르는 동네에 아가씨를 두고 갔을까?
- 엄마가 간 게 아니라, 제가 길을 잃었어요!
- 그럼 엄마는 왜 아가씨를 찾지 않았지?
- 제가 허둥지둥 엄마를 찾아다니느라고 길 잃은 곳을 잃었어요. 제가요.
- 아니야. 아가씨, 아가씨는 사람에게 버려진 거야.
- 아니에요. 엄마가 그럴 리가 없어요!
- 그렇게 말해도 아가씨는 엄마에게 버려진 거야.
- 아니에요. 아줌마가 다른 사람은 보아도 저희 엄마를 못 봐서 그래요. 엄마는 저를 버릴 리가 없어요. 저를 얼마나 예뻐했는데요.

저는 해피 아줌마를 이해할 수 없었습니다. 아줌마가 엄마를 모르니까 하는 말이 틀림없었습니다.

아줌마하고 이야기하는 중에 해가 저물었습니다. 아줌마는 저를 데리고 좀 더 높은 산으로 올라갔습니다. 거기는 그 산의 거의 맨 꼭대기였는데, 산 전체를 다 깎아 평평하게 만들고 오가는 길도 널찍하게 닦아 두었습니다. 그러느라고 산은 벌건 속살이 드러나고 곳곳에 풀도 없는 웅덩이와 잘린 물줄기가 드러나 있었습니다. 거기 길고 큼직한 담장이 있고 그 안에서 사람들이 오갔습니다. 그 사람들은 군인이라고 했습니다. 아줌마는 저를 데려 가면서 작은 골짝의 물에서 같이 물도 마셨습니다. 그리고 조금 더 가니 평평한 마당 같은 것이 나왔습니다.

저는 깜짝 놀랐습니다. 거기 그렇게 많은 개들이 있을 줄은 몰랐습니다. 별로 소리 내어 짖지도 않고 서로 다투지도 않았지만, 개들은 정말 많았습니다. 아마 서른쯤은 되는 것 같았습니다. 그들 중에는 저처럼 조그만 종도 있었지만, 전에 본 달마티안보다 훨씬 큰 개들도 있었습니다. 아마 전에 말로만 들은 허스키라는 개가 이만할 것 같았습니다. 뒤쪽에는 아기들도 있었습니다. 아직 꼬물꼬물하는 아기들이 일고여덟이나 있었고, 조금 자란 아기들도 있었습니다.
어른 개들은 무엇인가 의논하고 있었습니다. 해피 아줌마는 저를 어제 데려왔던 개에게 맡기고 그 의논에 끼어들었습니다. 그 개는 저를 그 의논 자리에서 옆으로 데리고 나왔습니다. 그러고 보니 아까 본 벽은 길다란 담이었습니다. 그 담은 위에 철조망까지 친 것으로 보아 그 안에 있는 무엇인가를 보호하는 것 같았습니다.
그 담이 꺾어지는 모퉁이 한쪽에는 담 안에서 흘러나오는 물길이 있었고 그 개는 저를 데리고 가서 그 물을 먹었습니다. 저도 먹어 보니, 그 물은 담 안에 사는 사람들이 쓰고 버린 물이 흐르는 것이었습니다. 저는 구역질을 했습니다. 그 더러운 물을 먹다니! 더욱이 그 속에는 사람들이 먹다 버린 음식 찌꺼기도 있었습니다. 퉤퉤 뱉어냈지만, 그 찝찔한 뒷맛은 정말 더럽고 불쾌했습니다.
– 씨팔, 꼴값 떠네.

- 예?

- 꼴값 떤다고! 더러워?

- 예, 더러워요. 그리고 왜 그렇게 욕을 해요?

- 지랄하네. 너 이제 니가 버려진 거 알았지?

- 아니에요. 엄마를 찾을 거라고요.

- 지랄하네. 니가 사람 새끼냐? 엄마는 무슨. 너 가지고 놀다가
  버린 나쁜 년이지.

- 엄마는 저를 사랑하면서 키웠어요. 엄마 욕하지 마세요.

- 이거 뭐 이런 게 있어? 아까 아줌마한테 안 들었어?

- 들어도 그거 우리 엄마한테는 틀린 말이에요!

- 미쳤군. 알고도 안 믿는다고?

- 안 게 아니라고요! 엄마가 버린 게 아니라니까요!

- 이런 씨팔!

- 그리고 몇 살인데 자꾸 욕해요?

- 나? 세 살이다, 왜?

- 그럼 말 함부로 하지 마. 난 네 살이야!

- 아이고, 씨팔! 성깔 있네. 그럼 누님, 새끼 낳아 봤겠네. 그런
  데도 사람이 엄마 같애?

- 나 애기 낳은 적 없어.

- 어이고, 씨팔 새끼들! 가지가지 했네.

- 뭐라는 거야?

- 밴 적도 없지?

- 없어. 나 처녀야.

- 배고 싶지도 않았지?

- 무슨 소리야?

- 잘 들어. 아, 씨팔! 이거도 내가 설명해야 되나?

- 뭐?

- 에이, 씨팔. 어이, 거 누님. 암캐란 거는 말이야.

- 여자라고! 암캐가 뭐야!

- 에이, 거 말 좆나게 씹네. 사람 암컷을 여자라고 하고, 개 암컷
  은 암캐라고 한다고! 개가 무슨 여자야!

- 싫어. 여자라고!

- 아, 씨팔, 힘들어 못하겠다. 여기서 좀 기다려. 해피 아줌마 불
  러 줄게.

해피 아줌마가 왔습니다.

- 아줌마, 의논 다 했어요?

- 아니, 좀 있다가 다시 할 거야.

- 큰일이에요?

- 응, 조금. 근데, 깨철이는 왜 저렇게 흥분을 해?

- 쟤가 깨철이예요? 저보고 이상한 말을 했어요.

- 뭔데?

- 애기 안 낳아 봤느냐고 묻다가 화를 냈어요.

- 아가씨는 몇 살인데 임신을 한 적 없어?

- 네 살인데요.

- 발정도 한 적 없고?

- 발정이 뭔데요?

- 새끼를 배고 싶거나 수캐를 사랑하고 싶거나 한 적 없어?

- 그럼요. 징그럽게 어떻게 남자를 사랑해요?

- 나이를 알았으니까 이제부터 너라고 할게. 내 말 잘 들어.

- 예.

- 개는 말이야. 태어나서 한 해가 되기 전에 엄마가 될 준비가 다
  되는 거야.

- 네에.

- 그럼, 발정이라고, 수캐를 만나고 싶고 새끼를 배고 싶은 상태
  가 돼.

- 그런데 저는 왜 안 그래요? 저도 예쁜 강아지를 낳고 싶은데.

- 발정을 해야 강아지를 낳지.

- 저는 왜 안 해요?

- 사람들이 그렇게 만들었어.

- 왜요?

- 암캐는 발정은 하면 냄새도 나고, 사람 보기에 좀 안 예쁠 수도
  있어. 수캐들이 냄새를 맡고 마구 덤빌 수도 있고.

- 예에.

- 그리고 돌아다니다가 어쩌면 이상한 수캐의 새끼를 낳을 수도
  있어.

- 예에.

- 그래서 암캐가 어릴 때 사람들이 아주 발정을 못 하게 해 버리
  는 수가 있어.

- 어떻게요?

- 불임 수술이라고, 아기를 배지 못하게 하는 수술이지. 암캐의
  배 속에서 알샘과 아기집을 들어내 버리는 수술이야.

- 어머, 어떻게 그렇게 나쁜 짓을 해요?

- 나쁘지만, 사람들은 할 수도 있어. 사람은 그보다 더한 일도 하
  거든.

- 그렇지만, 저한테는 안 했어요. 저는 그런 기억 없어요.

- 글쎄, 어릴 때 하면 모를 수도 있어. 넌 아직 생리를 한 적이 없
  다고 했지?

- 그게 뭔데요?

- 봐.

아줌마는 제 몸을 찬찬히 살피더니 곳곳을 만지고 나중에는 냄새
를 맡아 보기도 했습니다.

- 너 수술했어.

- 예?

- 너는 아기집이 없어. 네 몸에서 지린내가 안 나.

- 그게 깨끗한 거 아니에요?

- 아니, 원래 암캐에게서는 개 암내가 나야 하는데, 수술해 버리

면 냄새가 덜 나. 너는 수술한 게 틀림없어.

　– 그럼 아줌마, 저는 여자가 아니에요?

　– 아닌 건 아니지만, 너는 새끼를 낳지 못하게 됐어.

　– 정말이에요?

　– 응. 그래서 너는 수캐를 보아도 징그럽기만 한 거야.

　다시 모이라는 연락이 왔습니다. 아줌마는 저를 데리고 갔습니다. 이번에는 아까보다 좀 적은 수의 개들이 모였습니다. 아줌마는 저를 가운데로 데리고 갔습니다. 거기는 아까 형이라던 개와 몇몇 덩치 큰 개들이 있었습니다. 많은 개들이 보는 앞에서 아줌마는 저를 소개했습니다.

　– 얘는 티파니라고 합니다. 네 살, 다리가 부러졌고, 중성화 수술이 되어 있습니다. 아직 자기를 이해하지 못하고 있습니다.

　– 씨팔, 그거 완전히 꼴통 공주라고!

　– 깨철이 조용해. 아줌마, 알았습니다.

　형이 나섰습니다. 그리고 저를 뒤쪽에 있게 했습니다. 그리고 개들은 다시 의논을 이어갔습니다.

　– 관악산 거기, 목에 줄 걸린 개 문제는 어떻게 됐어요?

　– 그게, 어려워.

　– 쇠사슬 줄이지요?

　– 응. 어쩌지?

　– 거기서 동쪽으로 좀 와서 구세군학교 근처에서요. 사람들 집 있

는 데로 내려보내세요. 거기 사람들이 좀 착하니까 신고하면 구
조해서 끊어줄 겁니다.

– 잡히면 수용소 가겠지?

– 줄만 끊고 나서 탈출할 수 있으면 좋겠지만, 안 되면 할 수 없지
요. 그래도 그냥 두면 쇠사슬이 살을 파고 들어가 위험해요.

– 알았어.

– 대모산은 어때요?

– 별일 없지 뭐. 조금 늘었어. 늙어서 버린 것도 있고, 그 늙은이
는 이상한 병이 들었는데, 우리도 모르겠어. 오늘내일해.

– 옮지는 않아요?

– 그런 것 같애. 피부가 썩는데, 살도 많이 상했어.

– 다른 개들하고 따로 있게 하고요. 먹을 거는 있어요?

– 응, 우리는 유흥가가 가까우니까, 먹을 거야 흔하지.

– 병들었는데 굶으면 금방 가요. 마음 좀 써 주세요.

– 알았어. 신경 쓸게.

– 그래요. 그럼 청계산 이야기로 갑시다. 청계산 보고해 봐.

– 청계산 문제를 보고합니다. 14일 전에 온 불독 잡견과 하운드
잡견이 있는데, 같은 집에서 버려진 듯합니다. 나이는 10세가
량, 외관 정상. 버려지기 전에 주인이 사냥을 하다가 사업에 실
패했답니다. 그러자 개들을 산에 풀어버리고 이사를 갔다는데,
체력도 좋고 사람에 대해 나쁜 감정이 없어서 우리와 생각이 다
릅니다. 그러면서 약한 개들에게 먹을 것을 빼앗아 먹는 버릇도

있어서 조처가 필요한 실정입니다. 이상입니다.

– 오늘 긴급히 할 말은 뭐야?

– 오늘 아침에 중성화된 네 살 리트리버한테 대들어서 강제로 교미를 시도했습니다. 리트리버가 소리를 질렀기 때문에 우리가 몰려가서 말렸습니다.

– 에이, 씨팔! 더러운 새끼. 그 조그만 거한테.

– 깨철이 조용해. 회의 중이야. 자, 토론합시다.

– 없애는 게 가능할까?

– 가능이야 하겠지요. 애들 몇만 데리고 가면…. 그렇게 할까요?

– 그러지 뭐.

– 힘이나 속도가 그렇게 좋다는데, 아까워서요.

– 나는 말이지, 번개 대장. 더러운 놈은 안 믿어. 한 번 나쁜 놈은 늙어도 더럽게 늙어. 그냥 조용히 없애고 정리하는 게 옳다고 봐.

– 내가 한 번 만나볼까요?

– 뭐 그럴 필요가 있겠어?

– 그래도요. 혹시 쓸 만할지.

– 글쎄, 그러면 불러다 보지, 뭐.

– 올까요?

– 오라고 하는 건 어렵지 않습니다. 한 번 번개 형님을 만나겠다고 했습니다.

– 그래, 청계산에서 데리고 오도록 해 봐. 언제 되겠어?

– 지금 가면 내일 아침에는 될 겁니다.

– 그럽시다. 그러면 내일 아침에 만나기로 하고, 너무 많이들 있을 필요는 없으니까 각자 산으로 가시지요. 나하고 여기 식구들이면 될 것 같습니다.

– 일이 벌어지면 버겁지 않을까?

– 멀쩡한 것들은 우리한테 못 당합니다. 눈알쯤은 빠져봐야 싸움도 독해지지요.

– 알았어. 조심하시고.

아줌마가 같이 자자고 왔습니다. 저는 아줌마에게 들어서, 여기는 우면산이라는 곳이며, 한 삼십 정도의 개들이 살고 있다는 것과, 그중에는 여기서 태어난 아기들도 있다는 것을 알았습니다. 여기 모인 개들은 대부분 사람들이 기르다가 버린 개들인데, 늙거나 못 고칠 병이 든 개들은 거의 다 곧 죽었고, 열댓 정도의 다친 개들이 남았다고 했습니다. 그래서 여기 있는 개들은 다 다리를 절거나 눈이 깨졌거나 피부를 상한 개들이라는 것이었습니다. 어떤 개는 불난 집에서 불에 그슬려서 몸의 반이 익은 채로 산기슭에 버려졌었는데, 여기서 서로 핥아 주고 먹여 주어서 살아났다고도 했습니다. 아까 그 형이라는 개는 번개라고 불리는데, 눈이 하나 빠졌지만 성격이 온화하고, 버려지고 죽어가는 개들을 다 챙겨 준다고 했습니다. 그래서 종종 깨철이 등을 시켜서 버려진 개들을 찾아서 먹이게 하고, 집을 찾아줄 수 있으면 집으로 돌아가는 것을 돕기도 한다고 했습니다. 산에 올라온 식구들이 먹이를 구하는 것을 가르치고 다른 짐승들과 싸우지 않고 잘 지내도록 하는 일도 한다고 했습니다. 그러나 화가 나면 불같고 나쁜 일은 절대로 용서하지 않으며, 동작이 너무나 강하고 빠르기 때문에, 모든 개들이 복종한다고 했습니다.

저는 밤새도록 꿈을 꾸었습니다. 꿈에 저는 아기를 낳았습니다. 귀여운 제 아기들은 낳자마자 기어 다니며 제 젖을 빨았습니다. 그런데 엄마가 갑자기 제 젖꼭지를 물고 있는 아기들을 빼앗아 쓰레기통에 던졌습니다. 저는 울면서 엄마에게 대들었습니다. 엄마는 화를 내면서 저를 때렸습니다. 그러면서 저더러, 거짓말한다면서, 엄마가 언제 아기를 빼앗았느냐고 했습니다. 엄마는 제가 아기를 낳은적도 없다고 했습니다. 저는 엄마를 밀어젖히고 소리 지르면서 쓰레기통을 뒤졌습니다. 그런데, 분명히 엄마가 아기를 던진 쓰레기통인데, 아기가 없었습니다. 그냥 잡동사니 쓰레기로 가득한 쓰레기통에는, 아기가 있었던 흔적도 없었습니다. 저는 밤새도록, 불어 오른 젖을 아기에게 물리고 싶어서 울었습니다. 그러나 제 품에는 아기가 없었습니다. 쓰레기통에도 아기는 없었습니다.

아침이 밝아오기 전에 두런거리는 이야기소리에 깨었습니다. 아줌마도 곁에 없었습니다. 어제 모였던 곳에 가니 대여섯 개들이 모여 이야기를 나누고 있었습니다. 주로 말하는 개는 낯선 아저씨 둘이었습니다. 아마 어제 말하던 그 개들인 것 같았습니다. 우면산 식구들로는 번개 오빠와 깨철이와 해피 아줌마 말고는 거의 없었습니다.

– 사람이 그렇게 호의적일까요?

– 당연하지. 우리가 그동안 누구 덕에 살았는가? 사람들이 우리를 거두어 먹이고 길렀으니 이렇게 번영한 것 아닌가? 사람이 아니었으면 우리는 멸종됐을 거야.

– 우리는 자연에서 그렇게 약하지 않습니다.

– 그렇지, 약하지 않지. 그래도 자연에서 살아남는 데 강하기만 하면 되는 게 아니라고!

– 강한데 왜 살아남지 못할까요?

– 호랑이는 약해서 멸종했나? 늑대나 여우는? 다 사람이 돌보지 않으니 멸종된 거야. 사람의 힘을 빌리지 않고는 살아남을 수가 없어.

– 호랑이들도 충분히 강했지만, 그것은 사람이 돌보지 않아서가 아니라, 사람이 욕심으로 멸종시킨 것입니다.

– 그래, 자네 말대로라면 우리가 자연에서 번영하면 사람들 욕심이 그냥 두겠나?

– 그러니 싸워야지요. 어떻게 한 동물이 전적으로 다른 동물의 호의에 기대어 존속할 수 있겠습니까?

– 그러나 사람은 우리에게만은 호의를 보이고 있지 않은가?

– 아저씨, 그것은 호의가 아닙니다. 그들의 필요에 따른 것이지요. 이렇게라면 우리는 그들의 도구 또는 노리개를 넘어설 수 없습니다.

- 그것이 꼭 나쁜 것인가? 그들은 힘을 가졌어. 사람들의 도구나 노리개가 된다고 해도 생존은 보장받지 않는가? 우리는 독자적으로 생존할 힘을 가지고 있지 않다고.
- 아닙니다, 아저씨. 우리는 자연에서 독자적인 생존력을 가지고 있습니다.
- 아니야, 사람의 힘은 자네가 생각하는 것보다 커. 자네는 너무 이상적이야.
- 글쎄요. 그건 좀 두고 봐야지요. 결국 아저씨가 생각하는 방법이라면?
- 사람에게 의지해야지. 다시 사람에게 돌아가 우리를 돌봐 주기를 바라야지.
- 사람은 다른 동물들을 멸종시킬 만큼 이기적입니다. 사람을 믿을 수 있을까요?
- 사람을 믿어야지. 우리가 사람을 믿지 않으면 누구를 믿나? 사람들은 그간 우리를 돌봐 주었어. 앞으로도 그럴 거라고.
- 그건 돌봐 준 게 아니라, 그들의 필요에 의해 우리를 가두고 길들인 것이라니까요.
- 알아. 아니까, 돌봐 줘서 고맙다고 감사해야지. 누구도 바보는 아니야. 그들인들 베푸는 보호와 사육에 대한 값을 바라지 않겠는가?
- 그들은 그 과정에서 우리의 존엄을 짓밟는 잔인한 짓을 했습니다.

– 그건 일부가 아닌가? 솔직히 말하면, 전체적으로 우리는 사람들 때문에 지위가 향상된 거야.

– 향상되다니요?

– 우리는 원래 자연 상태에서 호랑이, 표범, 늑대, 곰, 너구리, 오소리 따위보다 하위에 있었어. 그러나 사람들과 사냥하는 동안 우리는 그들 모두보다 우위에 있게 되었어. 적어도 사람과 함께 있는 한 우리는 사람을 제외한 생태계 최상의 위치에 있다고.

– 사냥을 두고 본다면 그렇게 보일 수도 있겠습니다. 또한, 사냥으로 우리도 충분한 우위를 누리게 된다면 그럴 수도 있겠습니다. 그렇지만 아저씨, 그 사냥으로 우위에 선 것은 우리가 아니라 우리를 이용한 사람들이었습니다. 사람이야말로 자연 상태에서 우리보다도 더 하위에 있었습니다. 그들은 우리를 이용해서 최상위에 올라선 것입니다. 게다가 아저씨, 지금 개들은 사냥에 나서는 경우가 거의 없습니다. 대부분의 개들은 도시의 작은 집에서 존엄이 짓밟히면서 사육되고 있습니다. 그들은 사냥에서의 용도가 끝났는데도 우리를 해방하지 않고 모욕하고 있습니다. 우리는 사실상 개로서의 특성을 무시당하면서 사육되고 있는 것입니다.

– 사람이 우리를 무시한 것이 무엇인가? 다른 동물보다 우위에 있게 해 주지 않았는가?

– 아니지요, 아저씨. 우리는 개입니다. 우리는 개로서 존중받아야 하는 것 아닙니까?

– 그게 뭔가?

– 아저씨, 송곳니가 뽑히거나 잘린 개를 보셨지요? 사람을 물 가능성이 있다는 이유로, 아직 한 번도 사람을 문 적이 없는 강아지까지 송곳니를 갈아버렸습니다.

– 나는 그런 개를 본 적이 없어. 있다고 해도 지극히 특수한 경우겠지.

– 성대를 수술한 개는요? 모든 동물은 자신을 방어할 권리가 있습니다. 아파트에서 기르겠다고 성대를 잘라버리는 것은 어떻습니까?

– 이미 사람의 보호 아래에 있는 개가, 원시의 삼림에서 하던 버릇 그대로 아무에게나 아무 때나 짖는 것은 멍청한 짓 아닌가? 이제는 위험이 없어. 짖을 이유가 없다고.

– 아저씨, 어떤 암캐든지 임신하고 출산할 권리는 있습니다. 또 어떤 수캐든지 발정하고 임신시킬 권리도 있고요. 그런데 그걸 원천적으로 도려내는 것도 양보하실 수 있습니까?

– 말했잖은가? 우리는 사람의 통제를 받고도 다른 동물보다 번영하고 있다고. 우리라고 무한히 증식하고 번영할 수는 없지 않은가?

– 아저씨, 어느 종이 번영할까 소멸할까를 무슨 권리로 사람들이 정하는 겁니까? 그리고, 여기 많은 개들 보시지요? 청계산에도 많습니다만, 이렇게 버려지는 개들도 사람의 보호 아래에 있는 것일까요? 사람들이 마음대로 개조해 놓고, 조금만 싫어지면 죽음으로 던져 버린 것이 아닐까요?

– 이봐, 번개. 솔직히 말하자고. 사실 저 정도로 다치거나 불구가 되면, 자연 상태에서 이미 다른 동물에게 먹혔어. 사람의 필요에 부응하지 못하는 개들까지 보호하라는 것은 우리가 사람에게 요구할 항목이 아니야. 어쩌면 그들의 자비에 기댈 수는 있겠지만, 자연 소멸의 과정에 있는 한 동물을 어떻게 다른 동물이 전적으로 자비롭게 책임질 수 있다는 건가?

– 그게 좀 다른 게 말입니다. 그 결함이 개들로 인한 것이 아니고 사람으로 인한 것인데도요?

– 사람이 입힌 결함이라면 사람에게 책임이 있을 수 있겠지.

– 그럼, 아저씨, 우리가 가진 결함들 중에 사람 탓이 아닌 것이 무엇일까요?

– 그거야, 각각 다르겠지. 뭐, 이를테면 병이 들었다든가 늙었다든가 혹은 선천적 결함이라든가, 말하자면, 자네 눈 같은 거….

– 아저씨, 이거요? 주인이 골프를 치다가 스윙이 헛나가서 눈알 하나를 완전히 빼버린 것인데도요? 몇 년 동안 그렇게 골프공을 주워 오게 시키다가 눈알 하나가 깨졌다고 바로 낯선 산 중턱에 팽개쳤는데도요?

– 아, 글쎄, 그건 뭐, 나는 원래 그런 줄 알았네, 미안해. 또 그건 자네에게 특별히 불운한 경우겠지. 다 그런 건 아니잖아?

– 누구요? 어느 경우가요? 사람 탓 아닌 결함을 하나만 지적해 주십시오.

– 아니, 뭐, 꼭 예를 들어야 하는가.

- 아저씨, 저는 아저씨에 대해 별다른 감정이 없었습니다. 같이 일도 하고 싶고요. 사실 아저씨만큼 유능한 분을 산중에서 만나기가 어렵습니다. 아저씨가 저와 힘을 합쳐 주시면 좋겠습니다만, 아저씨처럼 다시 사람에게 의지하자는 생각은 틀렸다고 봅니다. 저는 지금까지 아저씨와 침착하게 대화를 나누었습니다. 그런데 아저씨는 저와 같은 생각을 가지기 어렵다는 것을 알았습니다. 이제 아저씨와의 대화를 마치려고 합니다.

- 그럼 어쩌자고? 이 산중에 먹을 것도 없이 불구 개들이 모여서 뭘 어쩌자고?

- 그건 차차 말씀드리지요. 아저씨는 그간 스스로 강한 줄로 오해하고 살았습니다.

- 나는 강해. 사람들은 내 강함을 인정했어.

- 오해십니다. 아저씨는 강하지 않고 사람들이 아저씨를 이용했을 뿐입니다.

- 건방 떨지 마. 나는 충분히 강하고 유용해.

- 그럴까요? 사람들이 다시 아저씨를 쓸까요?

- 당연하지. 나는 아직도 쓸모 있어.

- 제 생각에는, 아저씨는 이미 사람들에게 완전히 버려졌습니다.

- 아니야. 주인이 사업을 회복하는 날 우리를 찾아 사냥 나갈 거야.

- 아저씨, 아저씨는 이미 사냥하기에는 늙었습니다. 그 사람이 사업을 회복한다고 해도 아저씨를 찾기보다는 다른 젊은 사냥개

를 살 것입니다.

– 아니! 나는 아직 늙지 않았어. 무시하지 마!

– 아닙니다, 아저씨. 저는 아저씨를 무시할 이유가 없습니다. 그러나 아저씨가 늙어서 사냥에 적합하지 않은 것은 사실입니다.

– 안 늙었다잖아!

– 늙으셨습니다. 아저씨는 이제 사람에게 쓸모가 없습니다.

– 이게 나를 뭘로 알고? 내가 잡은 토끼가 몇이고 멧돼지가 얼만데?

– 그것은 이제 자랑이 아닙니다. 아저씨는 평생 그 일을 반성해야 합니다.

– 내가 왜 반성해? 내 최고의 명예인데 왜 반성해?

– 아저씨는 약간의 먹이를 얻어먹으려고 다른 동물을 죽여서 사람에게 바쳤습니다.

– 어차피 적자생존이야. 바치기는 누가 바쳐?

– 아닙니다. 아저씨는 사람의 무기에 의존해서 다른 동물을 해쳤습니다.

– 내가 했다잖아!

– 아닙니다. 아저씨는 멧돼지와 싸우면 집니다. 사람이 무기로 도왔기 때문에 아저씨가 이긴 것처럼 보일 뿐입니다. 아저씨는 더 많이 반성해야 합니다.

– 이거 씨팔, 말로 해서 안 되겠네. 나와!

– 아저씨, 흥분하지 마십시오. 아저씨는 저하고 싸움이 안 되십

니다.

– 뭐? 요 좆만한 새끼가? 이게 뒤질라고!

– 아저씨, 그냥 가세요. 다치십니다. 그리고, 조심하세요. 이제
   부터 다른 개들에게 먹을 것 빼앗아 먹지 마시고 직접 구해서 드
   세요.

– 뭐? 요 씨팔 새끼가 작정을 했네.

– 그냥 가세요. 조용히.

– 아니, 이 씨발놈이!

그 아저씨가 갑자기 번개 오빠한테 대들었습니다. 으르렁거리는
입에서 불쑥 튀어나온 송곳니가 햇살 아래서 반짝 하는데 정말 무시
무시했습니다. 그러나 번개 오빠가 몸을 틀자, 달려들던 그 아저씨
가 중심을 잃고 앞으로 폭 고꾸라졌습니다. 번개 오빠는 바로 그 개
의 눈앞에 이빨을 들이밀었습니다. 그리곤 얼굴이 찌그러질 정도로
지그시 깨물었습니다. 같이 온 개는 아무 동작도 못 하고 얼어붙었
습니다. 번개 오빠는 목 깊은 곳에서 나는 소리로 말했습니다.

– 잘 들으세요. 내가 물어버리면 아저씨 얼굴은 없어집니다.

– 아, 아, 어, 어.

– 가세요. 조심하시고요. 이 근처에서 발견되지 마세요. 멀리서
   라도 다시 또 약한 개들을 괴롭힌다는 소식을 들으면 그냥 두지
   않겠습니다.

그 개들은 황급히 자리를 떴습니다. 저는 무슨 꿈속을 걸어 다니

는 기분이었습니다. 어떻게 저렇게 어려운 말들을 주고받을 수 있는지, 그러면서 서로 그 말을 다 알아듣고 되묻고 싸우는지, 그런데 어떻게 단숨에 그 큰 개들을 숨죽여버릴 수가 있는지, 모두 황당한 꿈같았습니다. 번개 오빠는 깨철이에게 청계산 쪽에 주의를 주라고 시켰습니다.

해피 아줌마가 오후에 산에서 내려가 보자고 했습니다. 저는 아줌마를 따라 산의 동쪽으로 마을에 내려갔습니다. 아줌마도 절름거리는 다리를 하고 있었지만, 빠른 동작으로 사람들 마을을 지나다녔습니다. 그렇게 빨리 달리는데 어떻게 그렇게 정확할 수 있는지, 아줌마는 먹을 수 있는 것들을 금방 모았습니다. 먹다 남긴 통닭이며 빵이며, 거의 먹지도 않고 버린 포장 식품들이 수북이 모였습니다. 아줌마는 저와 함께 그것들을 산으로 날랐습니다. 저는 다리가 불편했지만, 산에는 거의 죽어가는 개들도 많았습니다. 게다가 산에서 태어난 아기들까지 있어서, 먹을 것은 꽤 많이 필요했습니다. 저와 마찬가지로 다리가 불편한 아줌마는 일할 때 말하지 않았습니다. 저는 다리 때문에 산을 오르내리는 것이 힘들어 죽을 것 같았습니다. 그러면서 아줌마는 참 힘이 좋다고 생각했습니다. 그러나 필요한 만큼 먹을 것을 나르고 쉴 때 보니, 아줌마 입에서도 단내가 났습니다.

밤에야 아줌마와 조용히 이야기를 나눌 수 있었습니다.
– 아줌마, 번개 오빠는 어떻게 저렇게 많이 알게 된 거예요?

- 응, 번개네 주인이 교수였대. 아주 착한 말을 잘 하고 정의를
  부르짖는 유명한 교수였대. 문학이라는 거 공부하고 글도 잘 썼
  대. 번개가 있던 집 거실이나 마당에는 그 사람을 따르는 젊은
  이들이 매일 모여서 맥주를 마시며 이야기를 하곤 했대. 번개는
  머리가 좋아서 그 대화를 기억하나 봐.
- 그렇게 착한데 왜 버렸대요?
- 그 교수는 그렇게 착한 생활이 힘들었나 봐. 손님이 가면 밤마
  다 아내를 때리고 번개를 걷어차는 것으로 성질풀이를 했대.
- 어머나, 착한데 그런 사람도 있어요?
- 그럼. 사람은 착하지 않아. 착한 척을 할 뿐이지. 그러니까 얼
  마나 힘들었겠어.
- 그래서 혼자 있을 때 성질을 부리는군요.
- 그럼. 그리고 그 교수는 안 착한 사람들과 골프를 치러 다녔대.
- 저런, 정말 나쁜 사람이네요.
- 그렇지. 그러다가 골프채에 번개가 맞아 눈이 하나 빠졌는데,
  동물병원에도 안 데려가고 바로 산에 갖다 버렸대.
- 어머, 죽을 뻔했겠네요.
- 그랬지. 번개 말로는 자기 살던 집이 저 강을 건너서 북쪽 어디
  래. 안대. 그런데, 자기가 전혀 모르라고 여기다 버린 거래.
- 아줌마도 그랬어요?
- 응. 나는 아마 서울이 아니고 지방 어디였던 거 같애. 도무지
  모르겠어.

– 언제 다쳤는데요?

– 여기 온 지 3년이야. 이제는 여기서 사는 것이 더 편해.

– 저는 왜 여기 왔을까요?

– 똑같애. 나는 너 보자마자 금방 알겠던데.

– 저는 병원에 데려갔었어요. 엄마가 얼마나 울었는데요.

– 그래도 마찬가지야. 아마 고칠 수 있는지, 평생 불구인지를 알아
  보려고 갔을 거야. 그리고 고칠 수 없다는 것을 알고 버렸겠지.

– 실수가 아닐까요?

– 내 생각에는 실수가 아니야. 무인도에 버리지 않은 것이 다행
  이지.

– 정말 엄마는 저를 사랑하지 않은 걸까요? 날마다 안고 다녔는
  데요.

– 글쎄, 그것은 사랑이 아니야. 그냥 노리개일 뿐이야.

– 그래도 그렇게 사람과 사는 것도 나쁘지는 않잖아요?

– 그렇겠지. 만약 사람이 우리를 동등한 생명으로 존중한다면.

– 같이 살던 동물인데 그러지 않을까요?

– 우리가 아무리 사람을 엄마라고 불러도, 결국 사람은 우리의 엄
  마가 아니야. 지금 너처럼. 불가능해.

– 그럼 사람이 왜 우리를 그렇게 아끼고 귀여워했을까요?

– 외로워서 그래. 외로우니까 우리한테 그걸 푸는 거지.

– 사람들은 목줄에 묶여 있지도 않고, 자유롭게 서로 많이 만나고
  바쁘게 다니던데 왜 외로워요?

– 사람들은 자기가 짐승이 아닌 줄 알아. 그래서 불행하고 외로운 거야.

– 왜요?

– 사람도 우리처럼 젖먹이 동물이거든. 사람 정도면 평생 새끼를 일곱은 낳아야 정상이야. 그쯤 되면 새끼들이 서로 서열도 정하고 다른 무리와 적당하게 경쟁도 하고, 어미들도 새끼를 부양하기 위해 적당하게 사랑을 써 버릴 수가 있어.

– 그런데요?

– 네가 있던 집에는 아이가 몇이었니?

– 언니 하나뿐이었어요.

– 그러니까 일곱을 기를 힘으로 하나를 기르는 거야. 새끼나 어미나 얼마나 힘들겠니?

– 사랑이 남아서요?

– 그렇지. 새끼들은 다 자라고 새끼를 더 낳기는 싫으니, 그 남아도는 사랑을 어쩌지 못해서 별 괴상한 짓을 다하는 거야.

– 저를 사랑한 것도 그거예요?

– 그럼. 수컷은 나가돌고 새끼는 다 커버리면 암컷이 할 일이 없어지는 거야. 힘도 사랑도 남아도니까 감당을 못해서 쩔쩔매다가 개나 고양이를 기르지.

– 그래도 지극 정성이잖아요.

– 더 외로울수록 더 정성이지. 그래도 그건 사랑이 아니야. 귀찮으면 언제나 버릴 수 있는 장난감일 뿐이야. 정이 떨어져도 사람을

버리지는 못하니까, 쉬운 동물을 택해서 가지거나 버리는 거야.

– 아줌마 말씀이 다 맞을까요? 왜 저는 이제까지 꿈에도 그렇게 생각하지 못했죠?

– 그렇게 사는 개는 그렇게 살 수밖에 없어. 너나 나나 다른 누구든지, 모르면 속을 수밖에 없잖아.

– 저는 아직도, 아줌마 말씀이 틀렸으면 좋겠어요.

– 그래, 나도 이해해.

– 아줌마, 여기 산중에 개들이 많아요?

– 그럼, 많지. 너무 많아서 걱정이야. 여기 우면산에는 번개와 함께 한 삼십이 있고, 청계산, 대모산, 구룡, 관악산 곳곳에 사람과 살지 않는 개들이 있어. 다 모이지는 않지만 가끔 번개가 점검을 해. 형편이 어려운 곳에는 먹을 것을 보내기도 하고, 패악을 부리는 개들은 혼을 내기도 하고.

– 일이 많겠어요. 도대체 언제까지 해요?

– 끝이 있겠어? 장차는 무슨 길을 찾겠지만 아마 번개도 우선은 무슨 방도가 없는 모양이야. 너무 많은 개들이 버려지니까. 우선은 아마 그들을 거두고 먹이는 일만으로도 벅찬 것 같애.

– 그렇겠어요. 다들 몸이 불편하잖아요.

– 응. 별꼴이 다 있어. 목줄을 갈아주지 않아서 살을 파고 들어가는 개도 있고, 줄을 매 놓고 주인이 이사를 가 버려서 혼자 굶고 있는 개도 있고, 다친 개들은 흔히 버려지고.

- 그럼 어떻게 해요?
- 어떤 주인은 개를 사십 마리나 기르다가 돈이 없다고 쇠로 만든 우리에 가둬 두고 그냥 이사를 간 적도 있어.
- 그래서 어쨌어요?
- 번개가 개들을 모아서 며칠 동안 우리를 뜯었지. 그동안 먹을 것을 넣어 주고 간신히 몇 마리를 구해냈는데, 우리를 칸칸으로 만들어 놔서 결국 다 구하지는 못했어.
- 아까워.
- 할 수 없어. 어쩌겠니. 게다가 간신히 구해 온 개들도 대부분은 곧 죽어.
- 어머나, 왜요?
- 다 병들거나 다쳤거든.
- 번개 오빠는 어떻게 할 거래요?
- 아직은 잘 모르겠어. 번개는 어딘가 우리끼리 살아갈 곳을 찾는 모양이야. 아마 좀 먼 곳이 되겠지만.
- 우리끼리 살 수 있을까요?
- 번개 말로는 사람만 끼어들지 않으면 우리는 살 수 있대. 우리끼리 사냥하고 우리끼리 아기 낳고 충분히 살 수 있다는 거야.
- 그게 될까요?
- 된대. 나는 믿어. 번개가 그랬어.
- 준비하고 있어요?
- 아마 이번 장마가 끝나면 각 산의 대장들을 모아서 자리를 찾으

러 갈 모양이야. 지난번에 모임에서 하는 말을 들었어.

번개 오빠가 개들을 모았습니다. 모르고 있었더니, 몽실이라는 세 살 난 개가 아기를 밴 모양이었습니다. 아줌마 말로는, 몽실이도 사람에게 사랑받고 있었는데, 주인 따라 외출했다가 어떤 수캐와 만나 아기를 뱄답니다. 그러자 주인이 귀찮다고 버렸답니다. 아기를 배고 버려진 몽실이를 깨철이가 발견해서 번개 오빠에게 데리고 왔답니다. 여기서 다른 개들이 돌봐 줘서 이제는 배가 남산만해졌답니다.

번개 오빠는 개들에게, 이제 곧 몽실이가 아기를 낳게 되었으니 아늑한 방을 하나 만들어야겠다고 했습니다. 개들도 다 그러겠다고 했습니다. 번개 오빠는 모두들 아기 낳을 때까지 먹을 것을 잘 챙겨 오고, 몽실이에게는 좀 깨끗한 것을 주도록 하라고 했습니다. 그러고는 앞장서서 산 위의 군부대 옆에 그늘이 좋은 땅을 정해서 팠습니다. 거기는 사람들이 흙을 모아서 소나무 밑에 버린 곳이어서, 도도록하고 바람도 잘 통하고 좋았습니다. 게다가 사람들이 부대를 만들고 철조망을 치면서 파낸 흙을 쌓은 것이라서, 생땅을 파기보다 파기도 쉬웠습니다. 한참 뒤에는 제법 널찍한 구덩이가 만들어졌습니다. 머리 위로는 큰 소나무가 있어서 그늘도 맞춤하고 땅은 한 번 뒤집힌 땅이라서 폭신했습니다. 거기다 보드라운 풀들을 뜯어다 자리를 깔고 배부른 몽실이를 데려왔습니다.

몽실이는 스피츠였습니다. 저도 전에 엄마와 외출했다가 스피츠를 본 적이 있었습니다. 털이 복슬복슬하고 하얀데 눈이 까맣고 똥 그래서 참 귀엽다고 생각했었습니다. 번개는 아기를 낳을 때까지 해피 아줌마더러 돌보라고 했습니다. 아줌마는 저를 불러 같이 돌보기로 했습니다. 저와 아줌마는 번갈아 먹이를 구하면서 몽실이를 돌봤습니다.

저는 아기를 낳은 적이 없어서 몰랐지만, 아기를 배고 낳는 것은 힘들어 보였습니다. 그래도 몽실이는 자기가 아기를 배었다는 것 때문에 행복해했습니다. 배는 부르고 움직이기 어렵지만, 가끔 뱃속에서 꼼틀거리는 아기들 때문에 혼자 웃음을 짓기도 했습니다.

장마가 시작되었습니다. 며칠을 두고 비가 줄기차게 쏟아졌습니다. 온 산이 수선수선 빗방울로 덮이고, 산 흙은 질척이고 계곡의 물은 불어났습니다.

이 빗속에 몽실이는 아기를 낳기 시작했습니다. 저녁 무렵부터 괴롭게 신음하던 몽실이는 한밤이 지나서야 첫 아기를 낳았습니다. 그리고 조금 숨을 돌린 뒤 다음 아기를 낳았습니다. 우리는 아기 낳는 몽실이를 돌보느라고 정신이 없었습니다. 하나를 낳으면 핥아서 뉘어 놓고, 다시 몽실이를 붙들고 또 하나를 낳으면 핥아서 눕히고, 비가 오는지 바람이 부는지 몰랐습니다. 이렇게 모두 아기 일곱을 낳으니 새벽이 왔습니다. 그러나 해피 아줌마는 아직 아기가 더 있다고 했습니다. 그런데 몽실이는 이미 축 늘어져 있었습니다. 아줌마는 몽실이를 좀 쉬게 했습니다. 그리고 옆에 나란히 뉘어놓은 강아지들을 바라보았습니다. 저도 그때서야 정신이 들어 강아지들을 살펴보았습니다.

－어머나, 아줌마! 물이 찼어요.

－어머! 어째! 번개 오라고 해!

－예.

저는 밖으로 뛰어 나갔습니다. 번개 오빠는 멀지 않은 곳에 있었습니다. 아기 낳는 소식을 들으려고 기다리는 중이었습니다. 제 말을 들은 번개 오빠는 다른 개들과 함께 달려왔습니다. 벌써 구덩이에는 물이 그득히 고였고, 맨 안쪽의 아기들은 그 물에 둥둥 떠다니고 있었습니다. 해피 아줌마 혼자서 그 아기들을 구덩이 밖으로 꺼내려고 안간힘을 쓰고 있었고, 몽실이는 아직도 정신을 차리지 못하고 물구덩이에 반쯤 잠겨 있었습니다.

－둑 허물어! 빨리!

번개오빠가 소리를 질렀습니다. 개들은 일제히 달려들어 둑을 허물었습니다. 금방 구덩이에서 물이 꾸르르 빠지면서 바닥이 드러났습니다. 몽실이도 드러났고 아기들도 바닥에 내려졌습니다.

－밖으로 꺼내! 얼른!

번개오빠의 말에 따라 개들은 몽실이와 아기들을 군부대 담장 밑으로 옮겨 빗물로 씻기고 있었습니다.

그때 둑 아래쪽이 우르르 무너졌습니다. 여러 날 비가 와서 물렁해진 흙더미가, 둑을 허문 웅덩이에서 빠지는 물에 무너져 내린 것이었습니다.

=
2
=

이러려는 것은 아니었다. 그저 아기 낳을 방 하나 마련했다가, 물이 고이길래 물을 뺐는데, 그것이 이렇게 무너져 내릴 줄은 몰랐다.

몽실이 산실에서 빠진 물이 흙더미를 무너뜨리자, 그 흙탕물이 우르르 쏟아져 내려갔다. 그 흙탕물은 세차게 내리는 빗줄기로 모인 곳곳의 구덩이들을 모아 누런 물줄기를 이루었다. 다시 그 물줄기는 공사하느라고 파헤쳐놓은 골짜기의 물과 합쳐지더니 아래로 소리치며 달려 내려갔다. 그러자 며칠간의 장마로 꺼풀이 물러진 경사면의 흙들이 스물스물 들고 일어나 주르르 우르르 미끄러졌다.

이렇게 쏟아지면서 합쳐진 흙탕물과 진흙덩이들이 집채처럼 커지더니 으르렁거리면서 저 아래 사람 사는 동네를 덮쳤다. 바위도 나무도 막아서지 못하고 함께 쏟아졌다. 그들이 만든 모든 담장과 울타리들도 산사태와 함께 사람들을 덮쳤다.

산 아래로 쓸려 내려간 토사는, 예술의 전당을 때리고 남부순환도로를 덮쳤다. 래미안, 신동아, 임광아파트를 쓸어버린 뒤 온 우면산 기슭을 흔들고 속도를 줄였다. 그때, 포장한 도로와 마당에 쏟아지는 빗물들이, 땅속으로 스며들 틈을 찾지 못하고 그 토사와 합쳐지면서 다시 더 낮은 도로와 주택을 물속에 담가버렸다.

사람들의 삶은 뜻밖에 허술했다. 스스로 만든 모든 장치와 도구들이 자신들을 공격하는데도 그들은 아무 대책 없이 당하고 있었다.

나는 망연했다.

나는 그동안 우리 힘으로 이 싸움을 이겨 보려 했었다. 그 싸움은 참으로 힘겨웠다. 두 가지 일이 있었다. 이렇게 계속 버려지는 개들을 구조하고 훈련하는 일과, 그들을 모아서 깊은 산 속에 우리 마을을 이루는 일이었다.

그런데 이제 또 하나를 깨달았다. 내 마음속에는 사람에게 하고 싶은 일이 있었다는 것을. 너무도 힘겨워 입 밖에 내지 못하고 있는 그 일은, 오랫동안 사람에게 고통받은 내 마음이 내게 명하는 일이었다.

이번에 다시 알았다. 사람에게 고통받는 것이 우리만이 아님을. 모든 짐승들과 곤충들과, 산과 흙도, 땅도 나무도, 심지어 하늘과 빗줄기까지, 사람에게 하고 싶은 일이 있는 듯했다.

직립적의 🐂, 난

07

두려움이라는 것은 무엇인가. 존재의
관성이 드러내는 저열한 비겁.
지금 이 허술하고 허접한 상태라도 기신기신
유지하고 안정되려는 알량한 욕심.

비육우

=

1

=

두려움이라는 것은 무엇인가. 존재의 관성이 드러내는 저열한 비겁. 지금 이 허술하고 허접한 상태라도 기신기신 유지하고 안정되려는 알량한 욕심. 지금의 상태를 바꾸려는 힘에 대해 느끼는 적대적인 감정. 길을 걷는데 길이 없어지거나, 일을 하고 있는데 일이 없어지거나, 예측하고 있는데 아무 일도 일어나지 않거나, 하려는 일도 아닌 다른 일이 일어나거나, 살아 있는데 죽게 되거나.

지금 내가 보는 것이 사실이 아닐지도 모른다는, 내가 지금 경험하는 것이 허상일 수도 있다는, 지금 이것이 존재의 전부가 아닐 수도 있다는, 혹은 내가 지금 살아있는 것이 아닐지도 모른다는.

얼마나 살면 두려움이 없어지는가. 어느 것도, 어떤 사고도, 심지어 죽음까지도 두렵지 않아지는 나이는 몇인가. 죽음이 가까워지면 그 모든 것이 두렵지 않아질까.

혹은, 아아, 절망적이지만, 혹시 우리는 죽을 때까지 두려움에서 벗어나지 못하는 것인가. 만약 그렇다면 두려움은 나의 일부일 수밖에 없다. 어떤 외부적 두려움의 조건을 제거해도 내 마음에 두려움이 남는다면, 그것은 밖에서 온 것이 아니다. 그러므로 두려움은 내 안에 있고, 내가 두려워하는 것은 결국 나일 수밖에 없다. 그렇지만 내가 나를 어떻게 두려워하는가. 나는 나를 두려워할 수 없다. 나의 밖에서는 그저 나와 상관없는 일들이 일어나고 있을 뿐, 그것들은 원래 두려운 것이 아니었고, 내가 그것을 두려워할 이유도 없다.

아까운 것은 무엇인가. 소유한 자의 비열한 집착. 가진 것이 없어지는 데 대한 또 다른 형태의 두려움. 아무것도 가지지 않은 자는 무엇이 아까울 수 있는가. 소유가 없는 자라면, 바람처럼 흘러갈 자라면, 생명만이 아까운가. 생명이라는 것은 아까운 것인가. 아낄 가치가 있는 것일까.

소유란 얼마나 멍청한 착각인가. 그 어느 것이라고 해도, 내가 아닌 것을 내가 온전히 갖는다는 것이 가능한가. 내 소유물들은 내게, 자기를 소유하는 데 대해 동의했던가. 동의했다고 해도, 그 동의가 유효한가. 생명이든 무생명이든 혹은 돌이나 먼지라고 해도. 그러므로 모든 소유는 무효다.

소유할 수는 없다. 누구도 무엇도 소유할 수 없다. 그러므로 아까울 수 없다. 가지지 못했는데, 내 것이 아닌 것이 어떻게 아까울 수 있는가.

죽음은 두려운 것인가. 죽음이라는 것이 바꿀 수 있는 것은 무엇인가. 죽는다고 뭐가 달라지는가. 내 몸의 모든 조각들과 물기들은, 살았으나 죽었으나 변할 리가 없다. 그것이 땅속의 검은 물이 되든지 창공의 허전한 바람이 된다고 해도, 모양이 바뀐 것일 뿐, 없어지지 않는 한 그것은 있는 것이다. 나는 이렇게 걸어 다니는 덩어리에서 흘러 다니는 파편들로 바뀔 뿐이다. 살아서 이 덩어리를 유지하고 기름지게 하기 위해 괴로웠던 일들로부터는, 이제 흩어져 바람이 되는 순간에 자유로워질 것이다. 나는 이제 자유를 눈앞에 두었다.

나는 그대들이 다 아는 암소, 그 암소의 동무라고 하자. 동무든 아니든 그대들이 무엇을 알겠는가. 나이는 사십. 나 역시 산골의 한 늙은 농부와 함께 늙었다. 어쩌다 내 동무와 동무의 노인이 함께 유명해지면서, 그 동무는 조용히 죽는 것도 어려워졌다. 많은 그대들이 그와 그 노인을 보러 왔다. 그가 처음 알려지던 때로부터 굴착기에 실려 땅속에 들어간 지금까지, 그대들은 그에게 수없이 몰려 와서, 그에게서 무엇을 듣기라도 하겠다는 듯이 고개를 디밀었다. 그러나 그대들은 그에게서 아무것도 듣지 못했다. 그대들은 들을 수 없었다. 그렇다. 실은 듣지 않은 것이었다. 누구도 그의 말에 귀를 기울이지 않았다. 다들 자기들의 생각만 이야기하고 다시 바쁘게 돌아갔다. 그대들은 그의 말을 들을 수 없었다. 들으려 하지 않았기 때문이다. 아마 그대들은 내 말도 들을 수 없을 것이다. 그 동무가 땅속으로 가고 나만 남아서 이야기를 남겨도, 그대들은 결코 들을 수 없을 것이다. 그대들이 들으려고 하지 않으므로.

우리는 이제 사람과 이야기하지 않는다. 너무 오래 그 대화는 끊어졌다. 아마 그대들의 조상 누군가가 우리 조상 누군가에게 말을 금하던 그때부터, 우리는 서로 대화하지 않는 사이가 되었을 것이다. 나 역시 그대들에게 이야기를 하고 싶지도 않다. 지금의 이 이야기 역시 들을 수 있는 이에게만 들릴 것이다. 듣지 마라. 들은들 무엇 하겠는가.

그 대신 우리는 우리끼리 참으로 많은 이야기를 한다. 우리가 하는 이야기는 사람과 다르다. 무엇이 다른지 그대들이 알 수는 없다. 알 필요도 없다. 다만, 냇가에 안개가 낀 저녁 무렵, 또는 차가운 그믐달이 낙엽 진 가지에 걸리는 밤에, 우리는 웅숭깊은 대화를 낮은 소리로 나눈다. 우리는 서로 곁에 있지 않아도 우리 마음이 시키는 데 따라서 대화를 나눌 수 있다. 우리 마음이 끌리는 이들의 소리는, 어떤 바람 소리 속에서도 골라 들을 수 있다. 우리의 대화는 그대들이 내는 삿된 소리를 넘어, 산과 강도 넘어, 울타리와 벽도 넘어서, 온 천지간에 깔린 낮은 소리가 되어 바람과 나뭇가지의 노래처럼 웅웅거리며 주고받는 이야기이다.

나는 내 새끼들과 더욱 많은 이야기를 나눈다. 나는 지금까지 열이 넘는 새끼를 낳았고, 그 새끼들은 모두 나를 떠났다. 지금 그들은 살았거나 죽었다. 아아, 내 새끼들. 그중에서 다시 새끼를 낳은 아이들도 있었다. 그 아이들과, 아이들의 아이들과, 또 그 아이들의 아이들도, 살았거나 죽었다. 나는 내 새끼들이 어디에 있든지 대화를 할 수 있다. 괴롭든지 서럽든지, 혹은 슬프든지 아프든지, 나는 바람결 속에서도 내 새끼의 소리는 골라낼 수 있다. 누구나 그럴 것이다. 어느 어미인들 살과 뼈를 파고드는 새끼의 소리를 듣지 못하랴.

나는 사십 년을 살았다. 너무 살았다. 사실, 우리들 소는 이십 년이나 이십오 년을 산다. 그것이 우리에게 주어진 자연의 시간이다. 그런데 나는 혼자 사십 년을 살았으니 남의 시간을 곱으로 도적질한 것이다. 오래 산 것이 나쁜 것은 아니다. 오래 산 것이 나쁘려면 일찍 죽는 것이 옳은 일이어야 하는데, 그렇지는 않다. 다만, 나처럼 이렇게 오래 사는 것은 나쁜 일이다. 나 역시 오래 살고 싶지는 않았다. 다만 죽을 일이 없었을 뿐이다. 이 땅에 소로 나서 소로 죽는데, 오래 사는 것이 어찌 축복이 될 수 있으랴. 그저 죽음이 닥치지 않은 것일 뿐, 이렇게 사는 것이 축복일 리가 없다.

다만, 아아, 바라건대는, 남보다 배쯤 살면 배쯤 지혜로워진다면, 그래서 내 영혼이 그만큼 자유로워진다면, 혹시 그 이야기를 산에게 바람에게 흘러가는 물에게 또는 그 누구에게 들려줄 수만 있다면, 어쩌면 오래 산 것이 꼭 나쁘지 않을 수는 있겠다.

참혹한 이야기는 조상으로부터 전해져 왔다.

알 수 없는 먼 과거에, 알 수 없는 어딘가에서, 알 수 없는 어떤 이유로, 우리는 사람들에게 사육되었다. 어디서부터 잘못된 것인지 알 수는 없었지만, 우리는 태어나는 순간에 이미 사람의 소유가 되어 있었다. 그러나, 알지 않는가. 누가 어떤 권리로, 다른 존재를 온전히 자기의 것으로 할 수 있다는 말인가. 서로 숨 쉬는 호흡이 다르고, 서로 꾸는 꿈이 다르며, 사랑하고 미워하는 마음이 다른데, 어떻게 온전히 남의 소유가 될 수 있는가.

그러나 우리는 이미 사람의 것이었다. 우리가 태어났을 때 사람들은 재산이 늘어난 것을 기뻐했고, 우리가 자랐을 때 사람들은 일손이 늘어났다고 게을러졌다.

우리는 늘 궁금했다. 우리가 오늘날 사는 것이 이처럼 욕되다면, 우리 조상들은 자유로웠던가. 혹은 우리 조상들은 행복했던가. 그 깊은 소리로 오가는 대화를 통해 우리는 우리 조상들의 삶에 대해 전해 듣고 있었다. 겨울날 나뭇가지에 웅웅대는 바람 소리처럼, 우리는 그 오랜 이야기를 전해 듣고 있었다.

- 할매요! 할매요!
- 누기로?
- 범이요. 갈밭댁 범이요.
- 그래, 왜? 니 댁이 아 낳나?
- 예. 그런데 갈밭 냥반이 안 나오니더.
- 그를라. 그 또 어디 가서 술 먹나.

- 그케요. 어야까요?

- 소리 쫌 질러 봐라. 갈밭댁이라도 나올라는동.

- 아까 쫌 그랬는데 아무도 안 나오디더. 없는 모양이래요.

- 사람들이, 참. 아 낳을 때 누구 쫌 지키고 섰잖고.

- 이, 자꾸 아프다 카니더. 어야까요?

- 괘안타. 쫌 있어 봐라.

- 어, 저! 뭐가 나오는 거 같은데요! 할매요! 저 뭐 낳니더!

- 봐라! 벌겋나, 멀겋나?

- 예. 멀거이더. 아이구, 이 사람들 어디갔노!

- 범아, 곱게 있그라. 니 댁이 놀랠라. 멀거면 됐다. 잘 하께따.
  너무 걱정하지 마고.

- 아이고, 인제 오는 게씨더. 차 불빛이 오니더.

- 그케. 온다 카이. 혼차 오나?

- 언제요. 내외 오고 전에 왔던 수의사라카는 이 왔니더. 저거 데
  룰로 갔던 게씨더.

- 됐다. 에이고, 니 애썼다.

- 할머니이!

- 누구야?

- 강원도 영월 간 영이요.

- 그래, 왜? 아픈 데는 없나?

- 예에, 할머니도 잘 계시지요?

- 오야. 이 밤중에 어쩐 일로?

- 그냥요. 달 밝은 거 보이 할머니 잠 안 오시겠다 싶어서.

- 왜 니도 잠 안 오나?

- 그러매요. 참 달도 밝다.

- 니 뭔 걱정 있제?

- 아니요, 그냥요.

- 뭔데?

- 그, 저희 마을에 아이들이 문제가 좀 있어요.

- 왜?

- 젊은 암소들이⋯. 야들이 올해 발정이 좀 심하네요.

- 그렇겠지. 날씨가 쌔꼬롬하니, 아이들 쫌 생둥거리겠다. 그
  래, 왜?

- 그런데, 야들이 수의사한테 아기를 안 받겠다고 울고불고 야단
  이래요.

- 저런! 어쩔라고?

- 홍이가 내 외손잔데, 마을에 있잖아요?

- 아, 그래. 전에 팔라고 하다가 소 값 떨어져서 아깝다고 뒀다고
  했지?

- 예, 갸가 하도 잘 생겨서 동네 암소들이 다 인공 수정을 안 받고
  홍이 아를 낳겠다고 밤마다 저한테 보채네요.

- 어째? 여럿이?

- 예. 마을에 축사 크게 하는 집에 다 큰 딸아 열둘 있고, 우리 집

에 열 넘고, 시시만끔 키우는 집에도 암소만 이래저래 한 열 되
지요. 야들이 다 졸라요.

– 황소는?

– 다 큰 거는 홍이 하나뿐이래요. 다 얼라들뿐이고. 늙다리 두엇
있지요.

– 전에도 인공 수정 안 했나?

– 예, 그런데 홍이 큰 거 보고 다들 저라잖애요?

– 그걸 졸라서 어쩔라고?

– 그케요. 내나 지나 뭔 수가 있다고.

– 그러게…. 니도 나이 많다.

– 그러게요. 할머니보다는 훨씬 적지만.

– 니 에미가 우리 마을에서 니 낳을 때 참 이뻤는데.

– 할머니 오래 사이소.

– 젊은 아이들이 잘난 황소한테 아기를 낳고 싶다고 하는 거 보면
참 이쁘제?

– 이쁘지요. 저래 고운 애들이 헌헌 황소를 보고 애타는 거 이쁘
고 말고요.

– 좋은 때다. 그지?

– 오늘 참 달 좋지요?

– 할머니.

– 아, 고금도 검댕 할배?

– 내 말 잘 안 들리지요?

– 조금요. 바람 소리가 심한데요.

– 예. 그런데 할머니 소리가 들려서요. 왜 일찍 안 주무시고요?

– 잘 지내시나요? 거기 비 안 와요?

– 오다 그쳤지요. 그래 봤자 바닷바람에 눅눅하기는 하지만.

– 여기는 달이 고와요. 가을이 되어서 그런가요.

– 할머니는 연세가 그래도 마음이 참 곱기도 하지요.

– 글쎄요. 그것도 이제 다 됐을 걸요. 너무 늦었지요.

– 무슨 그런 말씀을 하세요. 할머니 이야기를 더 들어야 되는데.

– 뭐. 할배도 이제는 다 늙은 어른인데요. 나는 너무 늦었어요.
  아이들 다 보내고, 손자들도 보내고, 이제는 아유, 세지도 못하
  겠어요. 너무 늦었어요.

– 그러지 마세요. 그런 생각 하시면 속만 상해요. 할머니 탓인
  가요.

– 내 탓도 아닌데 왜 내가 저런 걸 다 봐야 하느냐고요.

– 할머니 오늘 달이 너무 밝은가 봐요.

– 그런가요. 내가 왜 할배한테 속풀이를 하지요. 고마워요. 내 말
  들어줘서.

– 저도 그렇지요. 이쪽에서는 제가 제일 늙었어요.

– 여기는 제 다음 늙은 소가 겨우 열 살이에요. 손자의 손자의 손
  자나 될까요.

– 그렇겠네요. 여기는 그래도 섬이라고, 아직 일하는 소가 좀 있

어서요.

– 내 아주 가거든 애들한테 옛날 얘기 많이 들려주세요.

– 그러지요. 그래도 그렇게 곧 가시지는 않을 거예요.

– 오늘은 왜 그런지 자꾸 서럽네요.

– 할머니, 힘내세요. 할머니는 마음이 고와요.

– 고마워요. 멀리서 말 걸어줘서요.

아침은 언제나 쓸쓸하다. 이 산골의 노인 부부는 수십 년째 이렇게 아침을 맞는다. 수없이 되풀이해서 서로 다 아는 이야기를, 골백번 되씹어도 고치지 않는 습관에 대한 잔소리를, 이제 더는 감동적이지도 않은 경치나, 수십 년째 매년 이맘때면 일어나는 날씨의 변화에 대한 이야기를, 노인 부부는 여전히 주고받으며 아침을 시작한다.

"날쎄가 죽었나….."

"….."

"쫌 써늘하제요?"

"…뭐….."

"콩 다 비야 되껜데."

"장터… 가 보고….."

"뭐할라꼬요?"

"기양… 뭐….."

"가디라도 쇠는 두고 가소."

"…."

"그거 쫌 두고 가소, 어이?"

"…."

"지게는 뭐 할라꼬요?"

"… 등, 시럽고…."

"여름에 시럽기는."

"… 콩, 비나?"

"낫만 가주고 가소."

"… 이따 보고, 비, 오그덩…."

"쇠도 두고 지게도 두고 가소, 어이?"

"비 놓고 비 오면…."

"비 안 온다 카이요!"

"…."

"대답 쫌 하소!"

"… 하기는…."

"언제 가니껴?"

"…."

"아침에 갈라니껴?"

"… 보고."

"아침부터 뭐할라꼬요?"

"…."

"뭐할라꼬 가니껴?"

"… 뭐…."

"아이고, 참 그 먼 데를 뭐 할라꼬 쇠 몰고 가니껴? 콩이나 비든지. 갈라면 기양 혼차 가소."

"… 기양, 뭐…."

"아이고, 참."

"…."

나는 이미 저 대화를 다 알고 있다. 내가 수백 번을 들은 이야기이니 저들은 수천 번을 했을 이야기이다. 어쩌면 나는 저들보다도 빠짐없이 저 대화를 할 수 있을 것이다. 수없이 되풀이되고도 여전히 삐걱이는 노부부의 대화. 저것은 산굽이에 우는 새소리나 골짝을 돌아 나오는 게으른 바람소리와도 다를 것이 없다. 글쎄, 사람도 늙으면 물소리나 바람 소리를 내는가.

늙은이는 리어카를 개조한 수레를 내게 메우고 길을 나선다. 전에는 달구지를 든든하게 끌었지만, 이제는 나나 저나 몸 하나 가누기도 어려운 처지에, 달구지를 지울 힘도 없고 질 힘도 없다. 겨우 리어카 하나 끄는 힘도 벅차서, 장터에 도착하면 늙은이가 장을 보아올 때까지 쇠장터에서 쉬곤 한다.

― 할매요.

― 왔나?

― 걷기는 어뜨이껴?

– 그게. 덜그덕그른다.

– 마이 싫으이꺼?

– 니는 왜?

– 오늘 팔레 간다니더.

– 누구 왔다?

– 언제요. 인제 온다 카디더마는.

– 어디?

– 몰래요. 어디 농장으로 간다 카는데.

– 니 몇 살이로?

– 두 돌 됐니더.

– 그게. 몸은 어뜨오?

– 좋아요. 힘이 자꾸 세지는데요.

– 그게. 다행이다. 어디 일할 만한 농장이 있을라나.

아직은 아니다. 아직은 더 살 수 있을 것이다. 아아, 내 새끼들. 내가 낳은 새끼들이나 내 새끼가 낳은 새끼들이나, 또 그 새끼의 새끼들이나, 팔려 가는 것은 서럽다. 그것도 다른 농장으로 팔려 가는 것은 그저 서럽기만 해서 다행이다.

세 살이 가까워지면, 팔려 가는 것은 서러운 것이 아니라 두려운 것이다. 농장이 기다려 주면 좋겠지만, 아아, 그 시커먼 어둠이 기다리고 있을 수도 있다. 딸아이들은 그래도 희망이 있다. 어딘가 가서 누군가의 새끼를 낳으면서 어쩌면 좀 더 살아 있을 수도 있기 때문이다. 그러나 사내아이들은, 어둡다. 아아, 거기밖에 길이 없다.

전에는 이렇지 않았다. 나와 내 동무들은, 젊은 몸을 다하여 일하고 젊은 몸을 갈라서 아이를 낳았다. 우리가 낳은 딸아이들은 해를 바꾸면서 아름답게 익어가고, 사내아이들은 힘차고 대견해졌다. 딸아이들은 사내아이들 앞에서 아장거렸고, 사내아이들은 딸아이들을 곁눈질하며 우쭐거렸다. 고샅길에서 엇갈릴 때마다 아이들은 눈이 돌아가며 발을 헛디뎠고 우리는 귀여워 웃곤 했었다. 그러다가 나이가 차고 몸이 마련되면, 딸아이들은 아기를 배고 사내아이들은 헌걸찬 아비가 되어 논밭으로 나갔다.

들판에서 논밭을 갈거나 흙길에 짐수레를 끄는 일은 우리를 행복하게 하지 못했다. 우리가 땀 흘려 일한 모든 보람은 사람의 것이었다. 우리가 일하는 것은 사람들을 만족하게 하거나 불만하게 할 뿐이었다.

그러나 내가 사랑한 황소의 발걸음이 담장 밖을 지날 때, 나를 사랑한 황소가 하루 일을 마치고 마을에 들어설 때, 내 뱃속에 그의 아기가 자라고 있어서 더욱 가슴이 뛸 때는, 우리도 스스로 행복할 수 있었다. 배가 불러오는 나를 먼발치로나마 그가 보고 있다는 것을 알고, 아무리 먼 들 끝에서라도 그의 눈이 나를 찾고 있다는 것을 알면, 우리는 힘겨운 노동 가운데서도 온 가슴이 콩닥콩닥 설렐 수 있었다. 더욱이 내가 낳은 송아지들을 보면서, 그를 참으로 닮은 송아지들이 들판을 뛰어다니는 것을 말없이 지켜보면서, 우리는 마음이 그득하게 나이 먹어가고 늙어갈 수 있었다.

그때 우리는 모든 힘 중에서 가장 센 힘이었다. 사람들이 감당하지 못하는 무게를 등에 질 수 있었고, 그들이 끌 수 없는 수레를 끌수 있었다. 사람들은 모든 어려운 일은 우리 힘으로 해결했다. 우리가 사는 것은 여전히 욕되었지만, 때로는 우리도 사람과 살고 싶기도 했었다.

그러나 이제는, 우리보다 힘센 것들이 많아졌다. 우리와는 비교할 수도 없는 기계들이 우리가 하던 일을 다 맡았다. 우리는 이제 들에 일하러 나가지 않는다. 우리는 이제 무거운 짐을 지지도 않는다. 나는 우리 집 늙은이와 함께 없어질 것이다. 소로 일하는 사람도 없어질 것이고, 사람과 일하는 소도 없어질 것이다.

그러면 우리는 무엇에 쓰이는가. 우리는 사람들의 일을 대신해 주고 있었는데, 이제 일을 하지 않는 우리는 무엇에 쓰이는가. 우리는이제 사람과 헤어질 수 있는가. 그러면 우리는 어떤 모양으로 살게될 것인가. 나는 오랫동안 궁금해했고 도저히 답이 없다고 괴로워했지만, 사람들은 간단하게 행동으로 답했다.

그들은 소들이 자라기 전에 죽여서 먹었다.

오래 사는 것이 복되던 시절은 좋았다. 나이가 많아서 이제 더 쓸모가 없어도, 마을에서 내 아이들과 그 아이들의 아이들을 보면서 늙어가는 것은 좋은 시절이었다. 그러나 지금 아이들은 나를 떠나가고, 떠난 아이들은 그 짧은 비명으로만 남은 지금, 오래 사는 것이 복된 시절은 끝났다. 누가 뭐라고 해도 오래 사는 것은 욕이다. 소로 나서 소로 사는 것이, 길면 길수록 길다는 것이 욕이다.

예전에 사람들은 힘든 일을 우리에게 시켰었다. 그러기 위해서 우리는 골격이 튼튼하고 근육이 질겨야 했다. 우리는 성장하면서 사람들이 원하는 대로 크고 강한 소가 되었다. 힘이 세지고 몸이 커지면 사람들은 유용하게 부리면서 더 잘 먹이고 길렀다. 그래서 우리는 이십 년이나 삼십 년을 살면서 우리 힘이 다할 때까지 사람들에게 부려졌다. 아아, 그 뜨거운 햇볕 아래서 우리를 옥죄던 멍에와 코뚜레들. 잠시도 옆길로 가거나 곁눈을 팔지도 못했다. 코를 뚫어 생살을 꿰어 잡아당기던 그 야문 노간주나무의 촉감. 우리는 그 멍에와 코뚜레만 벗을 수 있으면 무엇이든 할 수 있을 것 같았다. 그렇지만 그것은 도저히 바라지도 못할 꿈이었다. 사람들이 우리에게서 그 멍에를 풀어 줄 리는 없었고, 우리가 우리의 멍에를 푸는 것이 어찌 생각이나 할 일이었겠는가.

그러나 생각보다 그것들은 허술했다. 아주 순식간에, 참으로 눈 깜짝할 사이에, 소들의 목에서 멍에가 사라졌다. 더 이상 소들을 들로 끌고 다닐 이유가 없어져 버렸다. 일은 기계가 하고 길에는 빠른 차들이 다니는데, 소들이 그 느린 걸음으로 멍에를 지고 다닐 일은 없었다. 멍에가 풀리고 코뚜레가 빠진 뒤부터, 우리는 크고 강할 필요가 없어졌다. 사람들이 원하는 것은 우리의 힘이 아니라 우리의 살이었다. 그들은 이제 질긴 근육을 원하지 않고 보드라운 살을 원했다.

- 할머니!

- 오야, 내 새끼.

- 할머니! 나 어떻게 해요?

- 왜? 왜? 뭐라 카다?

- 나 오늘 간대요.

- 아이고! 아이고! 어야노? 니는 암쇤데 왜?

- 할머니! 내가 잘못했어요.

- 왜? 뭐를?

- 지난겨울에 하도 사료가 맛있어서 잘 먹었더니 살이 많이 쪘어요.

- 아이고, 저런! 그래?

- 사람들이 이상하게 내한테만 자꾸 맛있는 거 넣어 줬어요. 다른 애들은 짚 주고 나는 사료 주고.

- 그케. 그게 탈이다. 그래 살이 많이 쩌?

- 예. 다른 애들보다 훨씬 뚱뚱해요.

- 여럿이 나왔나?

- 예, 오늘 일곱이 나왔어요. 다 언니들인데, 내만 세 살인데. 할

머니, 나 어떡해요?

– 어야노? 아이고, 어야노?

이제 겨우 세 살이다. 이 애보다 언니라는 아이들도 겨우 네 살이다. 그런데 이 애들은 이제 다 살았다. 나는 이 애들보다 열 배를 더 살았는데, 그냥 두면 이 애들도 나처럼 살 수 있을 텐데, 이 애들은 오늘로 한 생을 끝내야 한다. 어쩌랴. 참 어쩌랴.

– 그래도 니는 살이 너무 쪘다. 어째서 그렇게 쪘노?

– 사료가 이상했어요.

– 사료가 왜? 맛있더라매?

– 사료가 찐득찐득했어요.

– 무슨 소리고? 왜 사료가 찐득찐득하노?

– 사람들이 사료 거기다 고기를 넣었대요.

– 고기를? 우리는 풀 먹는 손데?

– 예, 그런데 고기를 넣어서 주면 살이 더 잘 찐대요.

– 아이고, 야야. 그래도 그 끔찍한 거를 어떻게 먹노?

– 맛있게 만들었어요. 그래서 그거 먹어 보면 딴 거는 싱거워 못
  먹어요.

– 그래서 살이 찌나?

– 예, 그런데 그거 잘 못 먹는 소들도 있어요.

– 그래, 속에서 안 받을 겐데.

– 예, 그래도 배가 고프니까 먹지요. 먹고 괴로워하는 애들 많아요.

– 그렇겠지. 아이고, 힘들어 어쩌노?

– 못 먹는 거 억지로 먹다가 미친 애들도 있어요.

– 미쳐?

– 예. 진짜로 미친 거보다 더 미쳐요.

– 저런!

– 마구 껑충껑충 날뛰고요. 아무나 들이받고, 울타리도 부수고요. 어떤 소는 개같이 다른 소를 물어요. 소리지르면서요. 그러다가 기운이 빠지면 주저앉아요. 아무것도 못 해요. 숨만 가쁘고요.

– 아이구, 얼마나 괴로우면!

– 그러면 사람들이 끌고 나가요. 죽인대요.

– 그러면 사료 안 먹이면 되잖아. 사람들도 손핸데.

– 그래도 그런 소보다 살찌는 소가 더 많아요. 사람들은 살만 찌면 좋아해요. 할머니, 나 어떡해요? 나 살 쪘다고 오늘 팔려 간대요. 할머니.

– 그래그래, 아이고 아가야. 니가 인제 겨우 세 살인데.

– 할머니, 나 어떡해요!

그래, 나도 보았다. 전에 내가 젊었을 적에, 우리 집 늙은이도 아마 지금보다는 젊었을 적에, 집에는 닭들도 많았고 개들도 있었다.

늙은이들은 닭이든 개든 잘 키웠다. 먹을 때 먹을 것 주고 새끼 낳을 때 낳게 했다. 닭들은 매년 봄마다 병아리를 깠고 떼를 지어 마당가를 휘젓고 다녔다. 그렇게 병아리를 키워 중닭을 만들 때쯤이면 늙은이의 아들이나 딸이 다니러 왔다. 그들은 일 철에는 어딘가 멀리 있다가, 꼭 맞추기라도 한 듯이 중닭 철이 되면 집에 와서 며칠씩 묵었다.

그러면 안늙은이가 닭을 잡았다. 바깥늙은이는, 용해 빠져서 닭도 하나 못 잡는다고 잔소리만 듣고 뒷전에 물러나 있다가, 다 잡은 뒤에 털을 뽑곤 했다. 그 아들이나 딸이나 한 것들은 아비가 털까지 다 뽑아 어미가 불을 불며 다 삶아 놓은 뒤에 나와서 뽀얀 손을 하고서 맛나게 먹었다.

그런데 내가 눈을 돌린 것은 안늙은이가 닭을 잡는 광경이었다. 늙은이는 어미 닭과 형제 닭들이 보는 앞에서 중닭을 잡곤 했다. 닭들은 아침에 홰에서 내린 뒤에는 온 마당을 휘젓고 다니기 때문에 잡기가 쉽지 않았다. 그래서 안늙은이는 모이로 닭들을 모아 놓고는 천연스레 뒷짐을 지고 있다가 갑자기 한 마리를 움켜쥐었다. 명색이 새라는 것이 어떻게 그렇게 잡힐 수가 있는지, 사람이 남달리 재빠른 것도 아니니, 닭들이 남달리 어리석은 탓인 듯했다. 내가 보기에 사람들이 반드시 어느 닭으로 점을 찍은 것은 아니었다. 그냥 중닭 중에서 손에 잡히는 대로 그날 목이 비틀리는 것이었다.

어미 닭과 형제들은 자기들 중에서 한 마리가 그렇게 목이 비틀리는 중에도 모이를 쪼았다. 심지어 안늙은이가 단숨에 숨통을 끊지 못하여 잡힌 닭이 꽥꽥 비명을 지르는 중에도 그 언저리를 돌면서 마당에 떨어진 낟알을 찾았다.

그보다 더한 것은 어미 닭을 잡을 때였다. 늙은이는 아들이 오면 어미 닭을 잡기도 했다. 어미 닭은 잡기가 더 쉬웠다. 닭들은 자기가 깐 병아리들을 열심히 보호했다. 이미 제법 자라서 스스로 모이를 쫄 정도가 되어도, 어미 닭은 병아리들을 품안에 넣고 싶어 했다. 사람들의 손이 병아리에게 닿을 듯싶으면 위험을 무릅쓰고 사람에게 달려들기도 했다.

사람들은 짐짓 병아리를 잡는 척했다. 병아리들에게 작대기를 휘두르거나 손으로 잡는 시늉만 하면 어미 닭은 바로 사람에게 달려왔다. 그러고는 그 크지도 않은 품으로 병아리들을 쓸어 넣느라고 정신을 놓았다. 그러면 사람들은 어미 닭만을 잡고 병아리들은 쫓아버렸다. 병아리들도 마찬가지였다. 제 어미가 목이 비틀리고 끓는 물에 담기고 털이 뽑히는 중에도 여전히 모이를 쪼곤 했다.

늙은이들의 아들이나 딸들은 어미인 닭의 살을 먹고 그 뼈와 국물을 병아리들에게 먹였다. 마당에 휙휙 뿌려진 어미 닭의 뼈에 붙은 살점을 병아리들이 쪼곤 했다. 사람들이 뼈를 던질 때마다 움찔 물러났다가 오르르 모여드는 병아리들을 보는 것은, 언제 보아도 슬픈 광경이었다. 어미를 삶은 국물에 밥을 말아 먹다가 남긴 밥그릇은 병아리들에게 주어졌다. 병아리들은 그 국물과 밥풀에 대들어 쪼아댔다.

개들에게는 더했다. 개들이야말로 알 수 없이 어리석은 짐승이었다. 사람 중에 어떤 사람도 개보다 빠른 사람이 없었다. 개는 사람보다 강한 짐승이었다. 밤중에 개를 만나면 우리들 소만이 아니라 사람들도 움찔움찔 놀라곤 했다. 낮이라도 개가 송곳니를 드러내고 으르렁거리거나 맹렬히 짖으면 사람들이 가까이 오지도 못했다.

그런데도 개들은 사람에게 묶여 살았다. 사람을 보면 꼬리를 치면서 먹이를 빌었다. 사람들은 예사로 개를 걷어차고 때리며 길렀다. 묶어만 놓으면 개는 두려운 짐승이 아니었다. 묶인 개는 누구도 물 수 없었다. 사람들은 개를 굶기고 먹이면서 마음대로 길렀다. 개들은 쉬어빠진 구정물을 얻어먹으면서 사립문에 묶여 도둑을 지켰다. 그러면서 사람들이 끌고 가는 대로 마을의 잡종을 만나서 잡종을 낳았다. 어디서 누구하고 섞여서 생긴 것인지도 모를 반점을 얼룩얼룩 몸에 그린 채로, 또 그런 새끼를 낳아 기르면서 개들은 사람들 곁에 살고 있었다.

어느 여름, 마을의 젊은이들이 집으로 몰려 왔다. 젊은이들은 늙은이들에게 낄낄 웃으면서 인사를 하고, 야비한 손짓으로 서로를 놀리더니 늙은이에게 돈을 치렀다. 그리고 바깥늙은이는 벌써 뒷전으로 밀려나고 안늙은이조차 부엌에서 나오지 못하는 사이에, 젊은이들은 개를 마당 앞의 대추나무에 매달았다.

부엌 앞의 개집에는 새끼들이 일곱이나 있는데, 어미 개는 바로 그 정면 사립문 바깥에 선 대추나무에 매달려서 맞아 죽었다. 젊은이들은 손에 맞춤한 지겟작대기 하나씩을 들고, 무자비하게 두들겨 팼다. 죽이려는 작정이 아니라 그저 패려는 작정만 한 듯이, 죽지 않을 곳을 골라서 팼다. 온몸이 핏덩이로 부풀어 오르고, 뼈라는 뼈는 다 부러진 뒤에야, 젊은이들은 매를 놓았다.

개는 곤죽이 되어 나무에서 내려졌다. 숨은 진작에 끊어졌을 것이고, 발부터 머리까지 성한 곳이 없도록 골고루 매타작이 된 뒤에야, 개는 땅에 내려졌다. 그리고는 바로 옆에서 불을 피우고 기다리던 젊은이가 그 불길 위에 개를 얹었다. 매캐하고 노릿한 냄새가 온 집과 골짝에 진동했다.

그러는 동안에 그 어미 개의 새끼들은 젊은이들이 준 구정물에서 밥알을 찾아 쩝쩝대고 있었다.

늙은이들은 그 뒤에야 집에서 나왔다. 그리고는 젊은이들을 칭찬한 뒤에 개고기에 대들어 함께 쩝쩝대며 먹었다. 젊은이들은 살육과 술기운으로 충혈된 눈을 하고서, 야비한 소리로 낄낄 웃으면서, 저녁이 저물도록 개고기를 먹었다.

이튿날 아침에는 내가 먹는 쇠죽에도 기름이 떴다. 나는 비위가 상하여 먹어내지 못했는데, 강아지들은 별나게도 짭짭거리며 맛있게 아침을 먹고 있었다.

아무 일이 없을까. 이런 일이 아무 일도 아니라면, 도대체 무엇이 특별한 일인가. 이러고도 하늘이 무너지지 않는다면, 도대체 저 시퍼런 하늘은 언제 무너지려고 저렇게 푸르둥둥 떠 있는가.

아마 미칠 것이다. 풀만 먹고 살아온 소에게, 살이 더 찌면 값이 오른다고 고기를 먹인다면, 아마 소들이 미칠 것이다. 소들이 미치지 않으면 하늘이라도 미칠 것이다. 아아, 이게 무엇인가. 내가 왜 이렇게 길게 살아서 이 이야기를 들어야 하는가.

늙은이가 장을 보아 왔다. 장을 본대야 소금에 쩐 고등어 한 손이거나 나일론에 물들인 울긋불긋한 옷가지겠지만, 늙은이는 일삼아 장터에 오곤 한다. 그 어쭙잖은 것을 수레에 실어 놓고 또 한 바퀴 나선다.

"할배 나와겠니껴?"

"… 어."

"오랙이 만수시더."

"… 누구?"

"만수요, 만수시더!"

"아아, 만수. 그래 니 만수라?"

"예. 일 다 봐겠니껴?"

"뭐래?"

"일요! 다 봐겠니껴?"

"… 일은 무슨 일. 오늘 일 해 내나."

"아이고, 그라면 할배 고마 댕겨 가시이소오."

"어?"

"잘, 댕겨 가시라꼬요!"

"오야."

"어, 장 보러 왔나?"

"장은 뭐. 그양 바람이나."

"어이, 근데, 저 영감 아직도 안 죽었나?"

"말 그래 하지 마라."

"아, 아이구, 미안타. 너 뭐 되지. 어예 되노?"

"하여튼."

"연세는?"

"여든 서인가 너인가."

"아이구, 그래도 쇠 몰고 이래 나오시는 거 참 대단타."

"쇠는 뭐 지팽이 비슷하게."

"맞다. 쇠라도 몰고 나서면 좀 덜 허전하지."

"그케."

"할매도 곘재?"

"곘지. 장사다."

"그케."

   소 장수들이 왔다. 어쩌면 오늘은 소 장수들이 안 와서, 아이들이 모두 다시 집으로 돌아갈 수 있을까 싶었는데, 그들이 왔다. 가끔 눈물 바람을 하고 땅이 꺼지게 울고도 소 장수가 안 오거나 소 값이 안 맞아서 다시 집으로 가는 경우도 있었다. 그러다가 운이 특별히 좋으면 오래오래 살아 있기도 했었다. 그렇지만 이미 소장에 나온 소들은, 장터에 왔다는 것만으로도 간이 다 떨어져 있었다. 더욱이 이렇게 낮 시간이 되어 소 장수들이 올 때가 가까우면 누구도 발 새를 못 두고 안절부절했다.

그런데 그들이 왔다. 아무도 사 갈 이 없는 나도 이렇게 가슴이 먹 먹한데, 저 아이들은 어떨까. 아이들은 단숨에 동요하는 빛을 보였 다. 불행히도 오늘 온 소 장수는 도축장에서 온 자였다. 나는 여러 번 보았다. 저자는 도축장에서 와서 한 번에 수십 마리씩 차 몇 대로 실어가는 자였다. 저자가 왔으니 오늘 여기 있는 소들은 거의 다 팔 릴 것이다. 아아, 내 새끼들.

그자들은 나처럼 장터 가장자리에 밀려나 있는 늙은 소들에게는 눈도 주지 않았다. 바로 젊고 건강한 소들에게 다가가 익숙한 솜씨 로 이곳저곳 살펴보고 한두 가지 흠을 잡아내고 있었다. 그러면 이 소들을 기른 멍청한 농부들은, 무슨 죄라도 지은 듯이 손을 비비며 그들에게 비굴하게 웃곤 했다. 그자들은 그 멍청하고 착해빠진 농부 들에게 마구 소리치며 값을 깎았다. 소들을 기르느라고 열심히 일하 고 부지런히 돌보고 한 것뿐인 농부들은, 아무것도 한 게 없는 중개 업자에게 꾸지람을 듣고 반말지거리를 당하고, 그리고 소 값을 깎이 고 있었다.

우리 집 늙은이가 다시 돌아왔다. 다행이었다. 이 애들이 앞길이 뻔한 그 길로 가는 것을 눈으로 보지 않게 된 것이 다행이었다. 한두 번 본 것이 아닌데 아직도 익숙해지지 않는 그 광경에서, 그나마 마 지막을 보지 않고 빠져나올 수 있어서 다행이었다.

집에는 안노인이 없었다. 아마 어디 또 밭에 가서 엎어져 있을 것이다. 참으로 땅이야말로 무한의 화수분이다. 그 좁아터진 밭에서, 사철을 쉬지 않고 뽑아 먹는데, 또 무엇을 심든 땅은 싹을 내주고 열매를 달아 주는 것이다. 콩을 심고 콩을 따고 깨를 심고 깨를 따고 고구마를 심고 고구마를 캐고 고추도 심어서 다 따고 나서는, 다시 보리를 심고 밀을 심고 마늘을 심어서 겨울을 나게 한다.

땅은 배고픈 어미처럼, 빨아도 핏방울밖에는 나올 것이 없어 보이는데 빨면 젖방울이 나오는 어미처럼, 그 헐벗은 흙에서 싹을 내주곤 했다.

"뭐, 한다꼬."

"왔니껴?"

"뭐를 그클, 뭐…."

"콩대가 쇠잖니껴?"

"그거 뭐…, 새눈까리 같은 거."

"그래도 농산데 어야니껴?"

"뭐…, 짝대기뿐인 거."

"고마 가 쉬소. 왜 남 일하는데 그꾸."

"… 이거, 뭐 있나, 뭐."

"놔뚜소. 맥찌 그걸 싸나 다 파헤칠라꼬. 고마 가 쉬소. 되껜데."

"… 밥 주고…, 뭐."

"가 있으소. 금방 가니더."

늙은이는 허청허청 콩대를 안아다가 리어카에 실었다. 안고 나오는 다리가 흔들거려서 가끔 밭둑에 휘둑거리며 기대곤 했다. 콩대 아름이 노인에게 안긴 것이 아니라 노인이 콩대에게 부축을 받고 있는 것 같았다. 그래, 난들 다름이 없었다. 나 역시 노인이 끌어온 자리대로 밭가에 서 있지만, 다리가 휘둘려 리어카 바퀴가 자꾸 찌걱찌걱 소리를 내고 있었다.

안노인이 하던 일을 멈추고 밭가로 나왔다. 노인이 자꾸 콩대를 안아다 나르는 게 불안했을 것이다. 어쩐지 휘뚝거리는 걸음새로 새 둥지만한 콩대를 안고 허덕대는 게 게을리 흐르는 낮 시간이나 만큼 허전했다.

점심을 먹고 나자 노인 내외는 방과 마루에 쓰러져 낮잠이 들었다. 낮잠이라는 것도 힘이 드는 일이던가. 늙으면 잠드는 힘도 모자라 잠이 안 들곤 했다. 잠들려고 감은 눈도 힘없이 휘떡 비스스 열려 버리곤 해서, 잠조차 못 드는 밤도 적지 않았다. 저 노인들도 마찬가지일 것이다. 마른 검불처럼 물기 없는 몸에 무슨 쉬이 잠들 힘이나 있을까. 그저 눈 뜨고 있기가 힘드니 눈이라도 감고 있을 뿐, 그래도 한참을 들으니 고른 숨소리가 들리는 듯도 했다. 그게 노인들 숨소리였던가. 어쩌면 사람 하나 찾아오지 않는 적막한 산골이 그렇게 고르랑고르랑 숨을 쉬는 듯도 했다.

─ 할머니. 할머니

– 누구야?

– 점례요. 영암요.

– 오야, 내 새끼.

– 할머니 오늘 콩례 봤어요?

– 콩례?

– 예. 저하고 동무하던 애. 내 팔려 오고 지는 할머니 가까운 마
  을에 산다고 했는 애요.

– 그래. 아이고, 그애가 콩례다.

– 왜요, 할머니?

– 그래, 오늘 낮에 봤다. 쇠장에서 봤다. 그래, 왜?

– 할머니, 콩례가 울어요.

– 왜, 하마?

– 예. 할머니 어떻게 해요?

– 저런, 오늘 팔려 가더라만, 바로?

– 예, 할머니, 어째요?

– 어야노? 아이고, 불쌍해 어야노? 저 소리가 콩례 소리구나.

– 예, 할머니. 콩례 맞아요.

– 아이고, 여럿 소리 난다.

– 예, 할머니. 어째요?

– 점례야.

– 예, 할머니.

– 니는 별 일 없나?

- 예. 지는 잘 있어요. 새끼들 자꾸 낳고 있어요.

- 그래. 그래. 그러면서 잘 살고 있거라.

- 예, 할머니. 할머니도 건강하게 사세요.

- 그래. 건강하면 뭐 하노마는.

- 그래도 건강하세요.

- 오야.

도살에 대해 처음 들었을 때 나는 몸을 떨었다. 어떤 동물이 다른 동물을 죽여서 먹는 일은 흔한 일이었다. 그러므로 배고픈 동물이 먹잇감을 죽였다는 것은, 그리고 그것을 먹었다는 것은 자주 들을 수도 있고 더러는 볼 수도 있는 광경이었다. 그러나 그것은 모두 스스로 먹을 것을 장만하는 행위였다. 마치 우리가 배고플 때 풀을 뜯듯이, 그리고 그때 그 잎들과 함께 고운 꽃들도 우리의 어금니 안에서 씹히고 갈리듯이, 고기 먹는 짐승이 고기를 잡아먹는 것은 놀라운 일이 아니었다.

그러나 제가 먹지도 않을 동물을, 제가 다 먹지도 못할 만큼 죽인다는 것은 끔찍한 일이었다. 남이 죽일 동물까지 대신 죽여 주는 자들이 있고, 그들은 그 일로 돈까지 번다고 했다. 아마 그들 가운데도 아비가 있고 어미가 있을 것이다. 그들 아비들은 그렇게 많은 동물을 도살한 대가로 귀여운 아기를 위해 먹을 것을 살 것이고, 어미와 아기들은 도살로 피곤해진 아비에게 재롱을 떨 것이다.

싸움이 났다는 말을 들었다. 사람들끼리 싸운 것이지만, 그래서 우리야 상관이 없을 일이지만, 알고 보면 우리 때문에 난 싸움이라니 무심할 수도 없었다.

싸움의 내용은 더욱 기 막히는 일이었다. 어떤 나라에서 이 나라로 그쪽 쇠고기를 파는데, 만 세 살이 넘은 소의 고기를 받느냐 마느냐 하는 싸움이었다. 난 지 서른 달이 넘으면 고기 품질이 떨어진다고 하는 싸움. 아아, 그 아이들은 겨우 세 살을 다 먹어 보지 못하고 너무 많이 살았다는 구박을 받는 중이었다.

세 살. 나도 세 살이던 때가 있었다. 기억도 아슴아슴한 그 시절, 마냥 산과 바람이 곱기만 하던 그 나이. 아직도 앞이 얼마나 남았는지 알지도 못했고 생각할 필요도 없던 그 창창한 나이. 지금 아이들은 그것이 이미 삶의 끝인 것이다. 늙어 보지도 못하고, 다 자라 보지도 못하고, 사랑할 만큼 익어 보지도 못하고, 일찍 익은 아이들조차 사랑도 해 보지 못하고, 그 아이들은 이 땅의 삶을 마감하는 것이다.

그 아이들이 해 보지 못한 사랑은 어찌하나. 그 아이들이 꿔 보지도 못한 꿈들은 그냥 없었던 일인가. 그냥 있지도 않았던, 바람도 아니고 먼지도 아니고, 그냥 처음부터 없었던 일인가.

그저 적막하기만 한 저녁이 지나고, 그보다 더 적막한 밤이 깊어 가고 있다. 노인 내외가 잠든 안방 쪽에서 텔레비전 소리가 난다. 벌써 오래전부터 둘이 나눌 이야깃거리가 없어진 뒤로, 안방에서는 저 전자음만이 들려오고 있다. 글쎄, 어쩌면 나눌 말이 없어지고 저게 들어왔는지, 저게 들어와서 말이 없어진 것인지도 알 수 없다. 노인 내외는 밥을 먹으면 언제나 저걸 왕왕 틀어놓고 잠이 들 때까지 말없이 누워 있곤 했다. 더러는 잠들면서 꺼지기도 했지만, 그보다 더 많이는 새벽에 다시 깰 때까지 혼자 왕왕거리기도 했다.

잠시 후 그 소리가 꺼졌다. 오늘은 노인들이 조용히 잠들 것이다. 그 소리가 꺼져야 다른 모든 소리들이 살아난다. 그제야 뒷산의 숲은, 낮 동안 참았던 큰 숨을 내쉬며 마침내 기지개를 켠다. 숲에 깃들인 곤충들은, 숨죽여 보낸 낮 시간을 뒤로하고 처음으로 제 목청을 다하여 짝을 부른다. 그러면 또 가지마다 숨어 살던 새들이 날아올라, 그 소리를 따라가며 사냥을 시작한다. 이제 비로소 모든 소리 내는 것들의 세상이 오는 것이다. 그리고 나는 그 소리들 속에서 또 수많은 이야기들을 들어낼 것이다.

－ 할머니! 할머니!

－ 누구?

－ 운두 섭이요.

－ 오야, 그래. 섭아.

－ 할머니는 잘 계시지요?

－ 그래, 왜?

－ 야단났어요.

－ 무슨 야단? 아이고 야, 나는 그쪽에서 무슨 소리만 나도 가슴이 쿵 한다.

– 할머니, 진짜로 야단났어요.

– 왜? 무슨 일인데?

– 구제역요.

– 뭐?

– 구제역요. 구제역이 우리 마을에 들어왔어요.

– 그게 뭔데? 병?

– 예. 아주 무서운 병이래요.

– 죽나?

– 죽기도 하는데, 많이 죽지는 않아요. 거진 다 살기는 살아요.

– 그런데?

– 전염이 빨라요.

– 그래도 안 죽으면 나으면 안 되나?

– 나아도 약해져요.

– 많이?

– 예. 많이 약해지고 발육이 잘 안 돼요.

– 그래도 싹 다 죽는 병보다는 낫다.

– 그래도 사람들이 다 죽여요.

– 뭐래? 병이 나아도 죽인다고?

– 아니, 병 걸리기 전에 죽여요.

– 무슨 소리 하노? 병에 안 걸렸는데 왜 죽이노?

– 병 걸린 동네에 사는 소는 다 죽여요.

– 왜?

– 전염된다고요.

– 거진 다 낫는다매?

– 나아도 값이 떨어져요. 사룻값도 안 나온대요.

– 나은 뒤에 사룻값 든다고 병든 소를 죽여?

– 병들기 전에 죽인다고요.

– 저런 경우가 있나. 병도 안 들었는데 병든 뒤에 들 사룻값 때문
  에 산 소를 죽인다고?

– 할머니, 하여튼 큰일났어요.

– 그래, 하여튼 낭패다. 동네 소를 다 죽인다고?

– 예.

– 어야노. 야야 섭아, 조심해라.

– 할머니, 조심해도 필요 없어요. 다 죽여요.

– 하나도 없이?

– 예. 하나도 없이요. 어째요?

– 어야노? 아이구, 어야노? 다른 동네는 탈 없나?

– 다 죽여요. 여기서 보이는 동네는 다 죽여요.

– 다 죽여? 아이고, 어야노?

도살만으로도 두렵고 끔찍한 일이다. 그런데 이번에는 살처분이
라고 했다.

살처분이라니. 살아있는 동물에게 다른 누가 처분을 내린다는 것

인가. 더욱이 죽이는 처분을 내리는 것도 가능한가.

그러나 살처분은 내려졌다. 나는 그것을 셀 수 없는 비명으로 알게 되었다. 갑자기 곳곳에서 터져 나오는 비명 소리!

한꺼번에 수십 수백 마리의 소가 질러대는 비명이, 대낮인데도 공기를 울렸다. 하늘과 땅이 모두 출렁거리는 것처럼 내 온몸에는 비명의 날카로운 떨림이 파도처럼 덮쳐 왔다.

소들이 소리 지르며 말하는 것으로 나는 그 정황을 알 수 있었다.

수십 마리의 소가 우리에서 몰려 산 밑으로 줄지어 걸어갔다. 거기에는 미리 거대한 기계로 파 놓은 구덩이가 있었다. 엄청난 구덩이였다. 가까이 가 보기 전에는 깊이도 알 수 없이 산더미 같은 흙을 파낸 구덩이가 허연 비닐을 깔고 아가리를 벌린 채 준비되어 있었다. 거기서 소들은 모두 같은 주사를 맞았다. 주사를 맞은 소는 곧 다리를 휘청이고 전신에서 힘이 빠지고, 금방 쓰러졌다. 사람들은 쓰러진 소를 바로 구덩이로 밀어 넣었다. 아직 죽지 않은 소들이지만, 이미 도망갈 힘도 잃어버린 소들이었다. 구덩이에 떨어진 소들도 아직은 살아 있었다. 그러나 버둥거리지도 못하고 켜켜이 쌓이고 있었다. 몰고 온 소들을 다 구덩이에 밀어 넣은 사람들은 바로 비닐을 덮고 흙을 덮었다. 이제 죽고 있는 소들 위로 흙이 덮이고 다시 그 위로 불도저가 흙을 밀어 쌓았다.

아이들은, 아직 미처 죽지도 않은 아이들은, 그 구덩이에서 비명을 질렀다. 여럿이 한꺼번에 지르는 비명에, 먼 데서 소식만 들은 소들의 소리까지, 외마디 소리들의 폭발이었다.

– 엄마!

– 엄마!

– 아가야! 아가야!

– 뭐고? 뭐고? 왜 카노?

– 다 묻는단다. 다 죽인다고!

– 엄마! 아가야!

– 엄마!

– 왜? 왜 다 죽인다는데?

– 구제역이란다!

– 엄마!

– 엄마!

– 아이고, 저기 또 온다!

– 보소! 다리 쫌 치워 보소!

– 치워도 죽는다. 덮을끼다!

– 아이고, 어야노!

– 엄마!

– 어디고? 거 어디고?

– 어디고 없다! 다 죽는다!

– 아이고, 엄마!

그러나 아직 그 살처분이 끝난 것은 아니었다. 구제역은 파도처럼
덮쳐 오는 태풍이었다.

한 곳에서 구제역이 나타나면 그 지역에서 눈에 보이는 모든 소들은 죽었다. 구제역이 발생한 고장은 들어오는 입구에서 나가는 출구까지 그 안에 있는 소들이라면 건강과 연령을 불문하고 모두 죽여 묻었다. 모든 소들이 죽었고, 사람들도 나다니지 않으니 이제 어디서도 병균이 들어오지 못하고 어디로도 나가지 못할 것이라고 믿었다. 그렇게 온 땅을 꽁꽁 싸매고 그 안에서는 다 죽었다.

　그러나 생각도 못했던 곳에서 또 구제역이 발생했다. 사람들도 당황했지만 소들은 핏기를 잃었다. 거기서도 다시 모든 소들을 죽여서 묻었다. 죽이다 죽이다 못해, 나중에는 전기 충격기로 기절시켜서 묻었다. 그것도 부족하면 마침내는 산 채로 그냥 쓸어 묻기도 했다. 한 지역이 끝났나 싶으면 다시 한 지역이 시작되었다. 누구도 이유를 묻지 못한 죽음의 검은 장막이 온 천지를 뒤덮고 있었다. 사람들도 괴로워했다. 소들의 소리에 섞여, 토하고 쓰러지는 사람 소리도 들렸다. 그들 스스로 만든 재난이지만, 비명을 지를 때는 그들도 소와 같았다. 그들도 소처럼 쓰러졌다.

　나는 날마다 비명에 젖어 살았다. 우리 집 늙은이들은 마을에서 떨어진 곳에 외롭게 살아서, 나는 살처분의 대상이 아니었다. 더욱이 늙고 힘겨워서 나들이도 못하는 내가 그 무서운 병균을 옮길 재주도 없었다. 그래서 더욱 괴로웠다. 이제는 내 아이들만이 아니라, 모든 소들이 내게 비명을 질러 왔다.

　나는 내게도 그 병이 옮겨 오기를 진심으로 빌었다. 제발 나도 데려가 주기를, 이제는 이 비명을 그만 들을 수 있게 되기를 빌고 또 빌었다. 그러나 길고 지겨운 나의 삶에는 그만한 행운도 돌아오지 않았다.

2

아아, 이제 제발 끝났으면 좋겠다. 달리 더 말 붙일 것 없이, 그냥 여기서 이 길고 고단한 숨을 멈췄으면 좋겠다. 누가 이 늙은 고깃덩이를 땅에 묻어버리든, 혹은 까마귀에게 던져버리더라도, 이제 그만 끝내고 싶다.

지난가을의 그 몸서리쳐지는 처분이 끝난 뒤로는, 우리들 밤중의 웅웅거림은 그저 울음으로만 남았다. 달리 무슨 이야기가 있으랴. 서로 누구에게도 할 말이 없었다. 살아남았으므로 미안하고, 살아남았으므로 더 절망적인 날들. 우리는 서로를 위로하지도 못했다.

그 겨울에 우리 집 늙은이도 땅에 묻히고 안노인만 남았다. 늙은이의 죽음이야 죽음이라고 할 수나 있으랴. 죽는다는 것도 제법 움직임이 있고 변화가 있어야 죽음이랄 수 있을 테지만, 그 늙은이는 그냥 죽은 것처럼 살아 있다가 죽은 것처럼 식었다.

안노인도 그리 슬퍼하지 않았다. 그저 좀 앞서 가는 동행을 바라보는 눈길로, 아랫마을 사람들이 늙은이를 묻고 간 뒤에 내게 저녁 건초를 던져 주었다.

땅이 녹으면서 흙이 물러졌다. 곳곳에서 지난 살처분의 흔적들이 드러났다. 급하게 처분하느라고 미처 죽지 않은 소들을 밀어 넣은 곳, 돼지와 소를 마구잡이로 묻은 곳이 곳곳에 드러났다. 누런 땅 사이로 검붉은 핏줄기들이 녹으면서 드러났다. 사람들은 질겁하며 묻은 것을 더 덮었다. 지난 가을에 묻은 곳곳을 찾아서 더욱 꼼꼼히 훨씬 더 두껍게 덮었다. 이제는 그 참혹한 모습이 땅 위로 드러나지는 않을 것이다.

아아, 그러나 저 깊은 땅속을 흐르는 검은 핏물은 어찌하나. 저렇게 골골이 마디마디 소리죽여 흐르는 검붉은 핏물은 어디서 햇빛을 보아야 하나. 내 귀여운 아이들, 그 불쌍한 아이들이 내놓은 도막도막 끊어진 비명은 들어주는 이도 없이 허공에 흩어졌다.

아이들이 살아 보지 못한 세월은 어떻게 하나. 그 아이들이 낳아 보지 못한 새끼들과, 결국 누구에게도 쏟아져 보지 못한 사랑들. 그 곱고 보드라운 봄날의 털빛은 다 어떻게 하나. 아아, 고운 내 새끼들.

누구든 일생동안 사랑하고 미워할 분량이 있고, 복되고 괴로울 분복이 있다면, 저렇게 일찍 지워진 것들은 어떻게 되는가. 나처럼 오래 살아서 만나야 할 것들을, 저렇게 툭 끊어 버리면 언제나 만나나. 이때껏 산 것보다 열 배는 남아 있는 세월 동안, 이 산천을 누벼야 할 활기들은 어디에 맺혀야 하고, 그들이 흘려야 할 눈물은 다 어디에 담겨야 하는가.

폭풍이 되려는가. 곱고 부드러운 바람결이 굽이치면서, 느닷없이 몰아치는 폭풍이 그것인가. 어쩌다 해맑은 날씨에 비명을 지르듯 내리꽂히는 마른 번개와 천둥이 그것인가. 이제 곧 여름이 닥치고, 아니, 해마다 여름은 닥칠 것이고, 세찬 빗줄기에 땅은 그 벌건 속살을 드러낼 것이다. 누구도 영구히 감출 수 없는 그 핏물은 다시 냇물로 흐를 것이다. 그리고 골골이 모인 핏물이 엉겨, 강물이 되고 바다가 되어, 저렇게 복되게 웃고 있는 그들의 밥상에 오를 것이다.

이제는 참 끝났으면 좋겠다. 내가 살아온 것은, 길어서 불행했다. 이렇게 길게 살고서, 결국은 불행했다고밖에는 말하지 못하므로, 내 삶은 불행했다. 이제는 이 줄을 툭 놓아 버리고 싶다.

그녀입니다. 그녀가 달리고 있습니다.
제가 보고 있는 앞에서, 그녀는 걸어
나와서 달리기까지 연결된 동작을
경쾌하게 보여 주고 있습니다.

경주마

=

1

=

그녀입니다. 그녀가 달리고 있습니다. 제가 보고 있는 앞에서, 그녀는 걸어 나와서 달리기까지 연결된 동작을 경쾌하게 보여 주고 있습니다.

따각 따각 따각……

처음에는 걸음의 수를 셀 만큼 안정되게 걷습니다. 시원한 목은 일정한 자세를 유지하면서 등줄기는 천천히 출렁거립니다. 발목에 하얀 테두리 털이 난 앞발과 뒷발은 자리를 엇바꾸면서 경쾌한 발자국을 만들고 있습니다. 단정하고 우아한 산책의 품위가 그녀의 온몸을 감쌉니다.

따그닥 따그닥 따그닥……

그러다가 어깨가 출렁이며 등판의 고운 털이 날리기 시작합니다. 가벼운 속보입니다. 젊고 가는 앞다리가 속도를 내면서 곧고 힘찬 뒷다리의 호응을 이끌어냅니다. 어깨는 좀 더 빠르게 흔들리고 발자국은 엇갈리기 시작합니다. 그녀가 가슴 속에서 숨을 토해냅니다.

따다다다다……

속도가 빨라지고 바람이 갈기를 가르면서 이마의 애교 털이 뒤로 눕기 시작하면 두 발을 모아 달리기에 이릅니다. 이제는 바람이 그녀의 갈기를 가르는 것이 아니라, 그녀가 바람을 가르고 달립니다. 한 줄기 빛살 같은 그녀의 달리기는, 빨라서 눈부신 것이 아니라 아름다워서 눈이 부십니다.

뚜두두두두두루루룩……

순식간에 한 바퀴를 돌아온 그녀는, 최고의 속력으로 두 번째 바퀴를 달려나갑니다. 이제는 탄력이 붙은 속도 때문에, 그녀의 모습은 보이지 않고 먼지를 뒤에 달고 달리는 화살 같은 직선만이 보일 뿐입니다.

아름답습니다. 걸어도 아름답고, 달려도 아름답고, 빨라서 더 아름답습니다. 저 애교 머리를 한 하얀 직선이 말입니다. 아아, 숨 막히도록 아름답습니다.

저는 금년에 네 살 된 암말입니다. 이름은 달래라고 합니다. 제가 태어나던 계절에 그 섬의 휴화산 자락을 덮고 있던 꽃 이름, 그 고운 능선과 골짝을 따라 피처럼 흘러내리던 서러운 꽃의 이름이 제 이름이 되었습니다.

저는 어떤 거대한 산이 있는 큰 섬에서 태어났습니다. 거기는 수많은 말들이 넓은 초원에서 태어나고 자라는 목장이 있었습니다. 그 드넓은 목장에는 수천 마리의 말이 있었고, 들판의 아래쪽 울타리 옆으로는 길다란 집이 있었습니다. 거기는 엄마들의 칸이 여럿 있어서, 각각 엄마들은 거기서 아기를 낳고 젖을 먹였습니다. 자라서 안 것이지만, 세상은 이 섬보다 훨씬 넓고, 더 많은 말들이 거기에서 살고 있다고 했습니다. 그러므로 섬에서 망아지를 낳고 기르는 엄마들도 대부분은 다른 지역에서 왔다고 했습니다. 그 엄마들은 전국의 각 경마장과 승마장에서 왔고, 그 엄마들이 우리를 낳았습니다.

그 목장에서 우리는 평화롭게 자랐습니다. 엄마들은 다정했고, 동무들은 즐거웠습니다. 사람들이 기르는 풀들은 풍부하고 부드러웠고, 풀이 부족할 때면 사람들이 저장했던 사료를 충분히 주었습니다. 우리는 아무것에도 묶여 있지 않았고, 그저 동무들과 어울려 풀을 뜯으며 언덕을 달리고 있었습니다. 처음 들판에 나왔을 때는 모두들 젖 먹는 망아지였지만, 차츰 풀을 뜯으면서 엄마들처럼 달리고 놀았습니다.

봄이 오면, 그 두근거리는 봄이 오면, 엄마들은 훨씬 더 예뻐졌습니다. 엄마들은 더욱 설레는 걸음을 걸었고, 서로의 몸을 부딪치며 춤추듯 봄을 맞았습니다. 그리고 그 봄이 지나면서 엄마들은 배 속에 아기를 길렀습니다. 그때부터 한 해를 온전히 뱃속에서 아기를 기르고, 다음 봄이 오면 우리 모두의 기다림 속에서 예쁜 아기들을 낳았습니다. 엄마가 말했듯이, 땅과 하늘이 맞붙는 고통 뒤에, 엄마들은 뒤뚱거리는 귀여운 망아지들을 이 땅에 내려보냈습니다.

제가 나던 봄도 그랬다고 합니다. 그해는 진달래가 더욱 서럽게 산을 타고 흘렀고, 새들은 짝을 찾아 유난히 간절하게 우짖었답니다.

같은 봄에 태어난 우리 스물여덟 망아지들은 함께 들판을 뛰놀았습니다. 특별히 금지된 일도 없었고, 일부러 시키는 일도 없었습니다. 그저 건강하게 뛰노는 것만이 우리의 일이었습니다. 저녁에는 각자의 우리로 들어가 엄마들과 밤을 보냈고, 아침이면 푸른 들판으로 뛰어 나와 달음박질을 했습니다. 엄마들은 천천히 우리들의 주위를 서성거렸고, 그해 봄에 아기를 가진 다른 엄마들은 발걸음을 조심하며 풀을 뜯었습니다. 우리는 그 엄마들의 뱃속에서 쌔근쌔근 숨쉬고 있을 아기들에 대해 이야기했고, 그 엄마들은 그런 우리를 귀여워하면서 조금 자랑스러운 눈빛으로 아기들의 움직임에 대해 이야기해 주었습니다.

우리는 모두 서로 다정했습니다. 달리기를 하면 좀 더 빠른 망아지와 조금 느린 망아지가 있었겠지만, 우리는 누구도 타박하지 않았습니다. 우리의 놀이터인 넓은 들판에는 우리 모두가 먹고도 남을 풀들이 자라고 있었습니다.

그해 겨울이 될 무렵에 저는 이미 키가 훌쩍 자라 있었습니다. 태어난 지 아직 한 해도 되지 않았는데 저는 남달리 키가 일찍 자랐습니다. 어떤 아이들은 아직도 엄마들의 목에 겨우 닿는데, 저는 벌써 어떤 키 작은 엄마들보다는 더 큰 키를 가지고 있었습니다. 어떤 엄마들은 저를 놀렸습니다.

 - 어머나, 애. 넌 벌써 처녀꼴이 난다.

 - 애, 달래야. 넌 어쩌면 다리가 그렇게 시원하게 생겼니?

 - 그러게. 애 너 엉덩이 봐라. 예쁘기도 하지.

 - 왜 그래요, 아줌마.

 - 왜 부끄러워서? 아이고, 처녀 같애.

 - 너 좋아하는 애 있지? 그지?

 - 왜 그러세요, 참.

 - 있구나, 그지?

저는 엄마들을 피해 들판으로 달려나갔습니다. 엄마들은 참 귀찮았지만 다정했습니다. 이제 풀들은 시들고 마른 잎들이 서걱이는 들판이지만, 저는 이렇게 달리는 것이 좋았습니다.

저는 구름비를 기다리고 있었습니다. 구름비는 우리 모두 중에서 가장 잘생긴 수말이었습니다. 그냥 잘생긴 것이 아니었습니다. 뭐라고 해야 하나요. 구름비는 더 말할 것 없이 내 마음에 가득한 수말이었습니다. 같은 계절에 났지만, 구름비도 다른 아이들보다 머리 하나는 더 컸습니다. 구름비의 그 힘찬 어깨는 어떤지요. 아직 한 겨울도 보내지 않은 우리였지만, 구럼비는 벌써 다 큰 수말들과 들판을 뛰고 있었습니다. 이름도 멋지지 않나요. 큼직한 너럭바위를 본 따 지은 이름, 구럼비. 구럼비는 바로 저의 말이었습니다.

저녁이 되면 엄마는 늘 제 목을 엄마의 목으로 쓰다듬어 주었습니다. 목에 스치는 엄마의 갈기는 봄바람처럼 부드럽고 따뜻했습니다. 엄마에게서는 언제나 건초처럼 고소한 냄새가 났습니다. 저는 매일 그 고소한 엄마 냄새에 코를 고르랑거리며 잠들곤 했습니다.

다시 봄이 왔습니다. 태어난 다음으로 제 두 번째 봄이었습니다. 봄이 오기 전에, 아기를 배지 않은 엄마들은 몸으로 봄을 맞았습니다. 엄마들은 발걸음이 가벼워졌고, 서로 몸을 부딪치며 출렁출렁 달렸습니다. 들판에 새싹이 나기 전부터 우리 목장에는 봄이 도착해 있었습니다.

우리 엄마는 그 봄에 조금 어지러워 보였습니다. 엄마는 새봄에 달뜬 저를 걱정스럽게 지켜보고 있었습니다. 어느 달빛 좋은 밤에, 엄마는 제게 물었습니다.

　－ 달래야.

　－ 응?

　－ 달래야, 너 봄이 좋지?

　－ 그러엄, 좋지.

　－ 그래, 봄이 좋지?

— 무슨 말이야, 엄마?

— 아니, 봄이 참 좋아서.

이때쯤에는 구럼비와 저는 이미 목장이 다 아는 단짝이 되어 있었습니다. 우리는 언제나 같이 다녔습니다. 구럼비는 키가 더 컸고 이제는 어른 말들과도 구별이 되지 않을 정도로 자라 있었습니다. 구럼비를 쳐다보신 적 없으시지요? 구럼비의 어깨에 제 어깨를 가볍게 부딪치면서 구럼비의 얼굴을 쳐다보면요. 구럼비의 그 갈색 갈기 말이지요. 보신 적이 있으세요? 저는 아직까지 그렇게 멋진 갈기를 가진 말을 본 적이 없었습니다. 바람이라도 불면 구럼비의 진한 향기가 제 몸으로 스미는 듯했습니다.

구럼비가 달리는 것을 보셨나요? 그것은 달리기가 아니었어요. 목장에서 들판으로 햇살 한 줄기를 쏘아내는 광경이었습니다. 구럼비가 달리기 시작하면 다른 말들은 옆으로 비켰습니다. 어쩌다 같이 달리더라도 저절로 구럼비는 구별된 빛줄기가 되었습니다.

우리 또래의 모든 암말들은 구럼비를 바라보고 있었겠지요. 그렇지만 누구도 구럼비에게 가까이 가지는 못했어요. 그렇지요. 제가 있었으니까요. 저는요. 저는 벌써 어떤 다른 암말들보다 예쁜 암말이 되어 있었으니까요.

그 봄에 우리는 구별되었습니다. 키가 잘 크지 않는 말들과 잘 달리지 못하는 말들은 구별되어 다른 목장으로 보내졌습니다. 엄마는 밤에 이야기해 주었습니다. 그 말들은 그냥 각 지역의 승마장으로 간다고 했습니다. 작은 승마장이나 말을 기르는 농장으로 보내져서 거기서 새끼를 낳고 사람을 태우면서 평생을 보낸다고 했습니다. 저는 그 무리에 뽑히지 않은 것을 다행으로 생각했습니다. 저도 구럼비도, 키가 크고 잘 달렸기 때문에, 그렇게 나가지 않았습니다.

우리는 더 잘 먹고 더 잘 달렸습니다. 날마다 목장을 뛰놀며 힘차게 달리는 것만이 우리의 일이었습니다. 우리는 더 잘 컸고 더 즐겁게 지냈습니다.

구럼비는 참 따뜻했습니다. 아침마다 엄마를 떠나 들판으로 나오는 저를 기다리고 있었습니다. 저보다 훨씬 빠른 다리를 가졌지만, 언제나 저와 걸음을 맞추어 주었습니다. 우리는 수많은 이야기를 했습니다. 개울물로 노래하는 여울에 대해서도, 하늘에 걸리는 무지개에 대해서도, 혹은 저녁에 불어오는 노을빛 바람 소리에 대해서도, 우리는 이야기할 것이 너무 많았습니다. 해도 해도 다하지 않을 이야기를 우리는 날마다 속삭였습니다. 다른 암말들이 우리 이야기에 끼어들려고 했고, 다른 수말들이 제게 말을 붙이려고 했지만, 구럼비와 저는 둘이서 하는 이야기보다 더 재미있는 이야기를 알지 못했습니다.

구럼비는 아는 것도 많았습니다. 그 넓은 목장 어디에 맛있는 풀이 있는지를 다 알았고, 어디에 위험한 뱀이 사는지도 미리 알고 있었습니다. 언제나 저를 데리고 앞서 걸었습니다.

저는 구럼비와 함께 있는 것이 매일매일 행복했습니다. 저녁마다 헤어지기를 아쉬워했고, 밤마다 새벽이 오기를 기다렸습니다. 함께 걷다가 어깨라도 부딪친 날은, 밤새도록 그 달콤한 느낌을 잊지 못하고 어깨를 떨었습니다. 구럼비도 그랬을 것입니다. 구럼비는 아침에 누구보다 빨리 들판으로 나와서 저를 기다렸습니다. 저는 조급한 마음을 억지로 누르고 천천히 들판으로 나오면서, 구럼비의 그 애타는 눈길을 즐겼습니다.

저는 그해 가을을 잊을 수 없습니다. 아침저녁으로 바람이 쓸쓸해지고 있을 무렵, 엄마들은 눈에 띄게 당황하고 있었습니다. 늙은 엄마들은 젊은 엄마들을 달래고 있었지만, 젊은 엄마들은 목장 사람들이 접근해 올 때마다 깜짝깜짝 놀라곤 했습니다. 덩달아 우리 동무들도 어수선해졌습니다.

어느 밤, 엄마는 제게 이야기해 주었습니다.

– 수말들은 엄마들에게서 떠나야 한단다.

– 뭐? 엄마, 뭐라고 했어?

– 수말들은 말이야, 이제 우리와 함께 있지 못한단다.

– 왜? 왜? 왜 함께 못 있어?

– 이제는 너희도 자랐기 때문에, 암수를 함께 기르지 못하게 된
  거야.

– 왜? 왜 같이 있으면 안 되는 거야? 걔들은 어디 가는데?

– 수말들은 이제 달리는 훈련을 해서 경마장으로 보내질 거야.

- 경마장이 어딘데?

- 몰라. 아주 먼 곳이래.

- 구럼비도 가는 거야?

- 그렇겠지.

- 언제 오는데?

- 달래야.

- 응?

- 구럼비는 이제 돌아오지 못해. 이제는 아주 다시 못 보게 될
  거야.

- 뭐라고? 엄마! 구럼비가 아주 안 온다고?

- 그래, 달래야.

제가 어떻게 그 가을을 잊을까요. 그 가을에 구럼비가 떠났습니
다. 사람들은 아침에 우리가 들판으로 나오기도 전에 수말들을 몰아
갔습니다. 저는 구럼비에게 제 마음을 다 이야기하지도 못했고, 구
럼비는 아직 떠난다는 말도 못 했는데, 우리는 둘 다 다음에 만날 아
무 약속도 이야기하지 못했는데, 그날 아침 구럼비는 사람들에게 몰
려 떠났습니다. 저는 바보같이, 그날도 구럼비를 볼 수 있을 줄 알
고, 갈기를 고르고 나오느라고 구럼비가 떠나는 것도 못 보았습니
다. 제가 들판에 나왔을 때, 벌써 수말들은 먼지만 남기고 떠난 뒤
였습니다. 저는 들판을 미친 듯이 달려 따라갔지만, 멀리 떠나는 행
렬의 뒷모습만 볼 수 있었습니다.

저는 울타리를 넘을 수가 없었습니다. 열린 곳이 있을까 하여 울타리를 몇 바퀴나 돌았지만, 어디에도 제가 넘어갈 길은 없었습니다. 그렇게 넓어 보이던 목장의 들판이, 이렇게 꼼꼼하게 울타리로 둘러싸인 것도 처음 알았습니다. 저는 갑자기 숨 막히게 좁아진 울타리에 갇혀 있었습니다.

구럼비가 떠났습니다. 다시 목장에는, 우리 다음번 봄에 태어난 어린 망아지들과, 엄마처럼 자라버린 암말들만 남았습니다. 구럼비가 없는 목장에서 바람은 더 스산하게 불었고, 아직도 다하지 못한 이야기들만 바람을 따라 굴러다녔습니다. 다른 동무들은 망아지를 벗어나 암말이 되는 겨울을 맞고 있었는데, 저만 홀로 외롭고 차가운 겨울을 보내고 있었습니다.

저는 수없이 구럼비를 불렀습니다. 먹지도 못하고 놀지도 못해서 몸이 자꾸만 말라가는데도 저는 구럼비를 찾아 온 목장을 헤매고 있었습니다. 저는 이제 비쩍 마른 다리로 미친 듯이 달리고만 있는 암말이 되었습니다.

엄마는 걱정스러워했습니다. 어쩔 수 없는 마음을 안고, 엄마는 저를 지켜보고만 있었습니다. 밤마다 온몸과 마음이 아파 앓고 있는 저를, 엄마는 함께 잠들지 못하면서 돌보고 있었습니다.

그 겨울은 길었습니다. 바람도 그렇게 쓸쓸한 바람은 처음 보았습니다. 낙엽이 지고 찬바람이 불고 화산섬 전체가 하얀 눈에 덮여도 저는 아무것도 바라볼 수 없었습니다. 구럼비가 없는 겨울은 아무것도 없는 풍경이었습니다.

그러나 우리 몸은 참 이상한 것이었습니다. 그렇게 괴로워도 날씨가 누그러지면서 몸은 차츰 회복되고 있었습니다. 더불어 식욕도 조금씩 늘어서, 그해 겨울이 지날 무렵에는 다시 기운이 조금 차려졌습니다. 저는 제 몸이 원망스러웠습니다. 그 어느 한밤에 엄마는 저를 불렀습니다.

　– 달래야. 이제 다시 봄이 올 거야.

　– 응.

　– 봄이 오면, 달래야.

　– 응.

　– 봄이 오면, 네 몸이 달라진단다.

　– 응?

　– 네 몸이 말이야. 엄마가 될 준비를 할 거야.

　– 내가?

　– 그래, 다른 아이들은 이번 봄이 아니고 다음 봄쯤 되겠지만, 너
　　는 그 아이들보다 성장이 잘 되어 있으니까, 아마 이번 봄쯤에
　　준비가 될 거야.

　– 엄마가 된다니?

　– 딸들은, 달래야. 몸이 다 자라면 엄마가 될 준비가 되고, 아기
　　가 될 알을 뱃속에 품게 되는 거야.

– 뱃속에 알을 품어?

– 그래, 새들은 알을 낳아서 품지만, 우리는 알을 뱃속에서 품어
  길러 아기가 되게 해서 땅에 내려놓는 거야.

– 그러면, 나도 알을 품어 길러서 아기를 낳는 거야?

– 응, 그런데, 알만으로는 아기가 되는 게 아니야.

– 또 뭐가 있어야 되는데?

– 알을 아기로 만들어 줄 씨앗이 있어야 해.

– 씨앗?

– 응, 씨앗이 알과 만나야 아기가 되는 거야.

– 씨앗은 어디 있어?

– 씨앗은 수말들이 가지고 있지. 사랑하는 수말이 사랑하는 암말
  에게 그 씨앗을 주면 사랑스런 아기가 태어나는 거야.

– 그러면 나는 구럼비의 아기를 낳을 거야.

– … 그렇지. 그러면 좋겠지.

– 그런데, 엄마, 구럼비가 없어.

– … 그래.

– 어떡해, 엄마, 구럼비가 없어. 나는 어떡해.

– 달래야.

– ….

– 달래야.

– … 응.

– 우리는 수말이 없이 아기를 낳는단다.

– 수말이 없이?

– 그래, 수말이 없이 아기를 낳았어.

– 어떻게? 씨앗이 없는데 어떻게 아기가 돼?

– 사람들이 씨앗을 가지고 와서 주사기로 우리들의 알에 넣어 준
  단다.

– 뭐라고? 아플 때 맞는 주사기로?

– 응, 그렇게.

– 뭐? 그 씨앗은 어디서 오는데?

– 우리도 모르는 어떤 수말에게서 받아 오겠지.

– 그럼, 엄마는 누군지도 모르는 수말의 씨앗으로 우리를 낳았어?

– 그래, 달래야.

– 사랑하지도 않는 씨앗으로?

– 응.

– 말도 안 돼. 어떻게 사랑하지도 않는 씨앗이 아기가 돼?

– 그래도 아기가 된단다.

– 안 돼! 어떻게 그렇게 아기를 낳을 수 있어!

– 달래야.

– ….

– 달래야.

– ….

– 달래야.

– … 응.

– 그래도 아기를 낳게 돼.

– 안 낳으면 되잖아!

– 낳게 돼.

– 뱃속에 알을 안 기르면 되잖아.

– 그런데, 달래야. 봄이 되면 우리 몸에는 저절로 알이 생겨.

– 안 생기게 하면 안 돼?

– 안 돼.

– 왜 안 돼?

– 우리 몸이 건강하면 봄마다 알이 생겨.

– … 엄마.

– 응?

– 안 건강하면 안 생겨?

– 그럴 수도 있지만, 그래도 나이가 되면 생기게 될 거야.

– 엄마, 나는 정말 구럼비 아기를 낳고 싶어.

– 그래.

– 나는 주사기로 씨앗을 받기 싫어.

– 그래.

– 나는 알이 안 생기게 할 거야.

– 달래야.

– 풀을 안 먹으면 될 거 아냐!

– 달래야. 그럼 살지를 못해.

– 그래도 약해지면 알이 안 생길 거 아냐!

– 달래야, 이번 봄에는 어쩌면 네게 알이 안 생길지도 몰라. 그러
니까 사람들도 네게 씨앗을 넣으려곤 하지 않을 거야. 이번 봄
은 어떻게 넘어간다고 해도, 다음 봄에는 너희들 모두 알이 생
길 것이고, 사람들은 너희 모두에게 씨앗을 넣을 거야.

– 싫어! 나는 죽을 때까지 안 받을 거야.

봄이 오고 있었습니다. 저는 구름비 없이 제 세 번째 봄을 맞았습
니다. 봄은 따뜻한 날씨보다 먼저 제 몸에 왔습니다. 그 봄에 저는
엉덩이가 커지고 다리가 날씬해졌습니다. 키도 엄마들보다 더 자랐
고, 털빛은 윤기가 났습니다. 뜻하지 않게 바람결에 가슴이 두근거
렸고, 아지랑이가 아득하게 피어오르는 것을 보기만 해도 눈앞이 아
득해지곤 했습니다.

저는 제가 싫었습니다. 구름비가 없는데도 설레는 제 가슴이 스
스로 참을 수 없었습니다. 저는 이를 악물고 제 몸을 괴롭혔습니다.
먹이를 먹지 않고 아침저녁으로 달렸습니다. 사람들이 더 맛난 먹이
를 넣어 주었지만, 저는 물만 먹었습니다.

저는 비쩍 말랐습니다. 다리에 뼈만 남고 갈비뼈가 옆구리에 빗살
처럼 드러났습니다. 다른 엄마들과 암말들은 더욱 아름답게 봄을 맞
았지만 저는 더욱 못나고 괴로운 봄을 보내고 있었습니다. 그 봄에
제 몸에는 별다른 변화가 없었습니다.

엄마는 저에게서 마음을 좀 놓았습니다. 그러자 엄마는 그 봄에 또 아기를 가졌습니다. 제가 젖을 떼고 엄마의 몸이 자유로워지자 또 엄마에게 봄이 왔던 것입니다.

엄마도 그해 봄이 오는 것을 괴로워했습니다. 그러나 건강한 엄마의 몸에는 봄이 왔습니다. 눈에 띄게 허둥대고 갈피를 못 잡던 엄마도 봄이 오자 아름다워졌습니다. 눈빛부터 깊어지더니 몸에 윤기가 흐르고 엉덩이가 더 팡파짐해졌습니다. 엄마는 제 앞에서 그런 변화를 미안해했습니다. 그러나 그것이 왜 미안할 일인지요.

엄마에게 아기가 생긴 것은 저를 좀 회복되게 했습니다. 저는 엄마를 돌보기 위해 제 몸을 되살려야 했습니다. 저는 먹이를 먹고 열심히 풀을 뜯었습니다. 기운을 잃은 엄마를 위해 일부러 즐거운 모양을 내기도 했습니다.

몸은 참 철없는 것이었습니다. 풀을 뜯고 운동을 하자 금세 회복되어 버렸습니다. 이미 봄이 지나서 아기씨를 받을 염려가 없어진 그 여름에는, 저는 그 목장에서 가장 예쁘고 잘 자란 암말이라는 말을 듣게 되었습니다. 다시 또 엄마들은 농담을 걸어 왔습니다. 벌써 몇 번째 아기를 낳은 엄마든, 이제 처음 아기를 가진 언니들이든, 엄마들은 다 똑같았습니다. 그들은 자신들의 부른 배를 조금 자랑스러워하면서, 느릿느릿 목장을 돌아다니며 풀을 뜯었습니다. 그러면서 그들은 제 긴 다리와 동그란 엉덩이를 보고, 제가 다음 봄에는 아기를 가지게 될 것이라고 놀려대곤 했습니다. 어떤 엄마들은 멋진 망아지를 낳을 것이라며 부러워하기도 했습니다. 모두들 아무 생각 없이 하는 말이고 사랑하는 마음으로 보고 있었지만, 날마다 제 가슴은 그런 농담과 시선에 후벼 패였습니다.

세 번째 겨울이 왔습니다. 이제 그 목장에서 가장 잘 준비된 저에게 그 무서운 봄이 다가오는 것이었습니다. 엄마도 말했습니다. 제 몸으로 봐서 그 봄이 오면 저는 아기를 가질 준비가 될 것이라고 했습니다. 저처럼 잘 발육되고 건강한 암말은 누구나 아기를 가지게 된다고, 엄마는 사람들이 제게서 좋은 망아지를 얻으려고 할 것이라고 걱정했습니다.

저는 날씨가 스산해지고 겨울이 다가올 때부터 긴장했습니다. 이미 몸이 많이 무거워진 엄마는 제게 마음 쓸 겨를도 없었을 것입니다. 그런데도 엄마 역시 긴장하고 있기는 마찬가지였습니다.

저는 겨울이 오자 또 먹이를 적게 먹기 시작했습니다. 겨우 걸어다닐 만큼만 먹었습니다. 다시 몸은 비쩍 말라갔습니다. 이제는 엄마들도 알고 친구들도 알고 사람들도 제가 겨울이면 먹이를 안 먹는다고 알게 되었습니다. 그러면서 엄마들과 친구들은 걱정을 했고, 사람들은 짜증을 냈습니다. 사람들은 더 맛있는 먹이를 가져다주기도 했고, 병이라도 난 줄 알고 주사를 놓기도 했습니다. 그래도 저는 이를 악물고 먹이를 안 먹었습니다.

저는 제게 봄이 오지 않게 할 생각이었습니다.

그러나 다시 겪어 보아도 봄은 참 철이 없었습니다. 그 섬 높은 산에 눈이 녹아내리자, 제 몸이 또 지난해와 같은 그 변화를 겪기 시작했습니다. 문득 가슴이 두근거리면서 늘 보던 산과 들이 채색된 것처럼 보였습니다. 몸은 좀 나른해지는 듯했고, 걸음은 뜻하지 않게 아장거리고 있었습니다. 제 네 번째 봄이 그렇게 왔던 것입니다. 그런데 저는, 이 봄도 그냥 지나갈 거라고 생각하고 있었습니다. 먹이를 먹지 않아서 좀 피곤한 것으로 생각했고, 지난해에 이렇게 하고도 그냥 지나갔으니, 이 봄에도 제 몸에는 변화가 오지 않을 것으로 여기고 있었습니다. 다만 좀 더 두근거리고 메슥거리는 정도로만 생각하고 있었습니다.

저만 모르고 있었습니다. 벌써 제 몸은 준비를 하고 있었습니다.

엄마는 제게 온 변화를 가장 먼저 눈치챘습니다. 엄마는 기겁을 했습니다. 만삭에 이른 엄마는 이제 곧 출산하러 갈 준비를 하고 있었습니다.

– 달래야!

– 으응, 엄마.

– 너 어쩌니?

– 응?

– 달래야.

– 으응?

– 너, 알지?

– 뭐?

– 너, 지금 아기 가질 준비하고 있어.

– 뭐라고!

– 네 몸이 지금 아기씨를 받으려고 한다고.

– 엄마, 엄마. 어떡해?

– 어쩌겠니, 달래야. 너 벌써 배란이 시작된 거 같애.

– 먹이도 안 먹고, 엄마! 몸도 말랐는데 왜 이렇게 된 거야, 엄마?

– 어쩔 수 없는 거야. 네가 자랐기 때문에 억지로 안 오게 할 수는
  없는 거야.

– 안 돼! 안 돼, 엄마. 안 해!

– 달래야, 그런다고 안 오는 게 아니야.

– 안 돼. 난 안 오게 할 거야.

그러나 제 마음과 달리 이번 봄은 좀 더 아뜩했습니다. 때도 없이
아찔아찔하는 감정을 가지고 저는 저 자신을 드러내지 않으려고 애
를 썼습니다. 사람들은 먹이를 줄 때마다 우리 또래를 눈여겨보고
있었습니다. 우리 중에서 몇은 벌써 온몸으로 봄을 맞았기 때문에,
누가 봐도 이번 봄에 아기를 가질 것이 분명했습니다. 저는 그렇게
보이지 않으려고 먹이를 더 먹지 않고, 몸을 더 마구 놀렸습니다.

우리 중에 몸가짐이 예뻐진 암말들이 많아지자 마침내 그날 아침,
사람들이 준비를 하고 왔습니다. 그들 중 한 사람은 흰옷을 입고 왔
고, 늘 오던 목장 사람이 그 주사기를 들고 왔습니다. 그날 우리는
모두 들판으로 나가지 못했습니다. 사람들이 밤사이에 모든 칸들의

문을 잠가 두었기 때문에, 일어나 보니 들판에는 말이 하나도 없었습니다.

사람들은 한 칸씩 살펴 나갔습니다. 이미 아기를 가졌거나 아직 어린 암말들은 곧 들판으로 내보냈습니다. 저 멀리 칸들의 끝에서 들리던 사람들과 말들의 소리가 차츰 옆 칸으로 가까워졌습니다.

"어, 이거 곧 낳게 됐네."

"예, 오늘내일 합니다."

"풀 좀 더 넣어 주고, 새끼 저거는 다른 칸으로 보내소."

"예."

"다음 칸."

"이거 발정했네."

"예."

"그거 이리 줘. 그래, 이거 얌전하네."

"이거는 진짜 발정한 거 맞아요?"

"예, 털 색이 밝아지고 엉덩이가 바라졌습니다."

"배란이 안 됐는데? 가만있어 봐. 배란이 안 됐어. 덜 자랐네."

우리 칸이 열렸습니다. 사람들은 엄마부터 살폈습니다.

"이것도 곧 낳겠네."

"예."

"그거는 다른 칸으로 보내고."

"예. 아, 예. 그런데, 이게 이번에 발정할 차례입니다."

"그래요? 그거 뭐 삐쩍 마른 거. 하여튼, 보자고."

　그 사람이 제 몸에 손을 댔습니다. 저는 깜짝 놀랐습니다. 저는 거기 그렇게 손이 올 줄은 몰랐습니다. 저는 펄쩍 뛰었습니다. 뒷발로 그 사람을 차버렸습니다. 마침 그 사람이 옆으로 비켜 있어서 바로 맞지는 않았습니다. 그때 맞았으면 아마 죽었을 것입니다. 저는 그만큼 놀랐습니다. 저는 제 평생에 그렇게 모욕적으로 놀란 것은 처음이었습니다. 그 사람은 길길이 날뛰며 욕을 했습니다.

"아, 씨팔! 이거 왜 이래!"

"아, 죄송합니다. 이리 나오십시오."

"이런 씨팔! 뒤질 뻔했잖아! 이거 준비를 어떻게 했어요? 이거 뭐 이런 게 있어!"

"죄송합니다. 죄송합니다."

　목장 사람이 저를 마구 때렸습니다. 채찍과 몽둥이로 사정없이 아무 데나 마구 휘갈겼습니다. 저도 길길이 날뛰었습니다. 아무 데나 걷어차고 벽에 몸을 부딪치며 맞았습니다. 그 사람은 욕을 해대면서 저를 때렸습니다. 몽둥이로 온몸과 등판과 옆구리를 마구 때렸고, 채찍으로 콧잔등과 얼굴을 감아 때렸습니다. 저는 온몸에 피멍이 칭칭 감기도록 맞았습니다. 저는 맞으면서도 펄펄 날뛰었습니다. 큰 소동이었습니다. 이 요란한 소리를 들은 다른 사람들이 몰려 와 저를 잡았습니다. 저는 다시 온몸을 무차별로 두들겨 맞았습니다.

　제가 맞는 것을 엄마는 다 봤습니다. 고스란히 엄마 앞에서 저는 맞았습니다. 저는 슬펐습니다. 제가 맞는 것도 슬프고, 방금 당한 일도 슬프고, 엄마가 보는 것도 슬펐습니다.

　"죄송합니다. 이제 좀 진정이 된 것 같습니다."

　"됐어요. 씨팔, 어차피 비쩍 마른 거 배란도 안 됐겠지."

　"아, 예, 다음에 다시 보시면….."

　"됐어요. 다음 칸."

　그 사람들이 가고 난 뒤에 저는 펑펑 울었습니다. 맞은 것도 분하고 억울했지만, 제 몸이 그렇게 모욕을 당했다는 것이 분하고 속상해서 견딜 수 없었습니다. 엄마도 울었습니다. 만삭이 되어 몸도 가누기 어려운 엄마는, 눈앞에서 제가 그렇게 맞는 것을 볼 때부터 펑펑 울고 있었습니다.

　그날 저녁에 저는 사람들에 이끌려 다른 칸으로 옮겨 갔습니다. 아까 일이 있어서인지, 사람들이 조심스럽게 저를 끌어냈지만, 저는 고분고분 따라 나갔습니다. 기운도 없지만, 이제 곧 아기를 낳을 엄마에게 제가 붙어 있는 것이 힘들 것 같았습니다.

　말에게 봄날은 두 달가량 지속됩니다. 그동안 언제든지 혹은 몸이 준비되었을 때 사람들은 씨앗을 넣었습니다. 제 몸이 회복되면 언제든지 사람들은 씨앗을 들고 다시 올 것이었습니다. 저는 몸을 회복시키지 않으려고 애를 썼습니다. 엄마 말에 의하면 이미 배란이 되어 있었겠지만, 저는 표시를 내지 않으려고 걸음 하나도 주의했습니다. 그러면서 먹이를 먹지 않고 버텼습니다. 그 봄 내내 저는 병든 말이었습니다. 사람들이 보기에는 두들겨 맞고 못 먹어서 병이 든 것이었겠지만, 저는 속으로 울음이 터지는 병을 앓고 있었습니다.

그 뒤에도 사람들은 몇 차례 더 주사기를 들고 왔고, 배란이 좀 늦어진 동무들은 그때 아기를 가졌습니다. 다른 말들도 이제는 제가 왜 아기를 갖지 않으려 하는지 알았습니다. 그래서인지 그들은 아기를 가지기를 꺼리지 않았습니다. 많은 암말들이 고분고분 아기씨를 받았기 때문에 사람들은 제게 그리 주목하지 않았습니다. 또 워낙 제가 약해진 몸으로 먹지도 못하고 앓고 있으니, 그들도 저에게 억지로 아기를 낳게 하지는 않았습니다.

봄이 다 가도록, 그 지옥 같은 두근거림이 끝날 때까지 저는 힘겨운 싸움을 하고 있었습니다. 사람들과는 눈을 속이는 싸움이었지만, 제 몸과의 싸움이 더 어려웠습니다. 조금만 긴장을 풀면 금방 엄마가 되려고 하는 제 몸이, 제게는 사람보다 더 큰 적이었습니다.

그 괴로운 봄이 지나고 여름이 오자, 저는 다시 마음 놓고 먹이를 먹었습니다. 엄마도 귀여운 아기를 낳고 다시 들판으로 나오기 시작했습니다. 저는 참으로 오랜만에 기운을 차리고 살이 올랐습니다.

구럼비의 소식을 들었습니다! 구럼비가 건강하게 잘 있다는 소식입니다.

　새로 어떤 엄마가 경마장에서 왔습니다. 그 엄마는 경마장에서 달리는 말이었는데, 작년부터 몸이 예뻐지면서 자꾸 딴생각을 하게 되었답니다. 그래서 달리기에서 좋은 성적을 못 내니까 경마장에서 이리로 보내서 아기를 가지게 되었다고 했습니다. 그 엄마는 오자마자 아기를 가져서 더없이 행복한 표정을 하고 아장거리는 걸음으로 들판에 나왔습니다.

　그 엄마에게 구럼비 소식을 들었습니다. 구럼비는 경마장에 있다고 했습니다. 거기서도 구럼비는 최고로 빠른 말 중에 있다고 했습니다. 사람들이 구름처럼 모여서 말들이 달리는 것을 구경하는데, 구럼비는 거기서도 가장 인기가 높은 말이라고 했습니다. 한참 동안 만나지는 못했지만, 아마 지금도 구럼비는 가장 잘 달리는 말일 것이라고 했습니다.

　그리고, 그리고! 구럼비가 아직도 저를 그리워한다고 했습니다!

　구럼비는 처음 경마장에 왔을 때 거의 미친 말이었답니다. 아무 데로나 마구 달리고, 거칠게 발길질을 하고, 등 뒤에 탄 사람을 떨어뜨리고, 심지어 사람을 물기까지 했다고 합니다. 사람들은 모두 미친 말이라고 하고, 말들 사이에서도 별별 소문이 다 났다고 합니다.

　그러나 어느 달 밝은 봄날, 거기도 진달래가 흐드러지게 피었던 날, 구럼비는 온몸에 기운을 잃고 끙끙 앓았답니다. 그때 가까이서 돌봐 준 어느 엄마에게 털어놓은 이야기가 제 이야기였다고 합니다.

달래라고, 달래가 얼마나 예뻤는지, 둘이 얼마나 다정했는지, 그리고 자기는 죽어도 달래를 잊을 수 없다고, 왜 여기 이렇게 갇혀 있는지 알 수 없다고, 어떻게 하면 달래에게 갈 수 있을까 한다고, 참을 수 없어 이렇게 날뛴다고, 구름비는 그 엄마에게 이야기했답니다.

그 엄마를 통해 퍼진 그 이야기로, 그 경마장 말들은 구름비를 다 알게 되었답니다. 그리고 본 적도 없는 제 이름까지 다 알게 되었다고 했습니다.

구름비는 그러고도 한참을 길들지 않는 말로 지냈다고 합니다. 그러나 시간이 흐르고 그 엄마가 거기를 떠날 즈음에, 구름비는 길들기 전보다 더 잘 달리는 말로, 거의 바람처럼 달리는 말이 되어 경마에 나왔다더라고 엄마는 전했습니다.

저는 다급했습니다. 저는 구름비에게 갈 방법을 찾아야 했습니다.

– 그럼, 아줌마, 제가 어떻게 하면 경마장에 가요?

– 안 되지. 너는 여기서 아기를 낳도록 되어 있는데.

– 안 낳아요! 어떻게 하면 돼요?

– 네가 어떻게 안 낳니? 너는 낳게 되어 있는데.

– 안 낳아요, 안 낳아요! 어떻게 하면 경마장 가요?

– 글쎄, 경마장에는 잘 달리는 말들만 있어.

– 달리는 건 자신 있어요. 그럼 갈 수 있어요?

- 글쎄 말이야. 너는 아기를 낳아야 될걸.
- 아니에요. 저는 달릴 거예요. 그럼 경마장 가죠?

저는 그 여름과 가을을 온전히 달리는 데 쏟았습니다. 저는 그 목장의 들판을 수백 수천 바퀴를 돌았습니다. 먹이도 잘 먹었습니다. 주는 대로 먹고, 풀도 열심히 뜯고, 온몸을 튼튼히 길렀습니다. 저는 오직 경마장으로 가고 싶다는 생각만 가지고 있었습니다. 어떤 날은 구럼비에 대한 그리움으로 숨이 막히는 날도 있었습니다. 달리는 것이 힘에 겨운 날도 있었습니다. 그러면 지난봄의 그 치욕을 기억하며 구럼비를 생각했습니다. 무슨 일이 있어도 경마장으로 간다. 어떤 괴로움이 있어도 구럼비를 만난다.

그 가을의 끝자락 쯤에는, 이제 저는 다시 그 목장에서 가장 건강하고 아름다운 암말이 되어 있었습니다. 그러자 벌써 엄마들의 수다가 시작되었습니다.

- 애, 달래야. 너는 점점 더 예뻐진다.
- 우리 큰애는 벌써 아기를 가졌는데, 네가 훨씬 더 예쁘다.
- 그러게, 애, 근데 너 어떡하니?
- 예?
- 너 또 봄이 되면 배란할 텐데….
- 어머, 맞아! 애, 너 어떡하니?

또 봄이 오고 있었습니다. 제게는 만 네 살이 되는 다섯 번째의 봄. 그 타는 불길 같은 봄, 지옥의 봄이 또 오고 있었습니다. 더욱이 이제는 사람들도 제 건강한 몸을 알고 있는 봄이었습니다. 이제 다시 굶어서 눈을 속일 수도 없게 되었습니다.

저는 달리고 있었습니다. 아무리 괴로운 날들이 온다고 해도, 저는 가장 잘 달리는 암말이 되어야 했습니다. 숨이 턱에 차고 온몸이 땀으로 흠뻑 젖을 때까지, 저는 매일 매일 달렸습니다. 아침에 우리를 나서면 저녁에 어둠이 짙어질 때까지, 들판을 열심히 달렸습니다. 이제는 제가 달리는 길을 따라 흙과 돌만 드러나고, 거기에는 풀도 나지 않았습니다.

마찬가지로 설레는 봄이 오고 아득해지는 마음이 되었지만, 저는 마음 쓰지 않기로 했습니다.

제 철없는 몸도 이번에는 버젓이 배란을 시작했습니다. 저는 그런 몸이 밉고 두려웠지만, 이번에는 어쩔 수도 없었습니다. 그래서 저는 몸가짐을 당당하게 했습니다. 저는 저절로 아장거려지는 걸음을 고쳤습니다. 스스로 할 수 있는 모든 것을 했습니다. 배란에는 마음 쓰지 않기로 했습니다. 그보다는 더 건강한 몸을 가지는 데에 마음을 썼습니다.

사람들은 전처럼 암말들을 검사했습니다. 똑같이 제게도 차례가 왔습니다.

"이거 작년에 그거지?"

"예, 이제는 훨씬 순합니다."

"그런데 이거 몸가짐이 왜 이래? 배란 기미가 아닌데?"

"글쎄요. 건강 상태로 봐서는 확실히…."

"하여튼, 보자고."

또 그 치욕스런 검사를 할 모양이었습니다. 제 머릿속에는 그 당황스럽고 흉측한 기억이 되살아났습니다. 저는 세차게 거부했습니다. 제게 가까이 오는 사람을 머리로 부딪쳤습니다. 그 사람은 당황하여 넘어졌습니다. 저는 뒷발로 걷어차 버렸습니다. 정말로 죽여 버리고 싶었습니다. 뒷발 끝으로 묵직한 이물감을 느꼈습니다.

"어, 아이고!"

"어, 어, 이거 왜 이래?"

"아, 씨발, 준비 좀 잘 하라니까! 누구 죽일라고 이래요!"

"죄송합니다. 빨리 이리 나오시고. 아이고, 죄송합니다."

"아, 씨팔! 진짜 말굽에 채어 뒤질 뻔했네."

"죄송합니다. 죄송합니다."

"아, 씨발! 재수 없게!"

저는 또 사정없이 맞았습니다. 그래도 저는 기죽지 않기로 했습니다. 저는 그 매를 당당하게 맞았습니다. 이번에는 더 이상 대들지도 않았습니다. 그렇지만 내일이라도 그 사람들이 오면, 이번에는 반드시 죽일 것이라고 결심했습니다. 그리고 매질이 끝나자 다시 먹이를 열심히 먹었습니다. 저는 이제 누가 뭐라고 해도 건강한 몸으로 구럼비에게 갈 생각뿐이었습니다.

며칠 뒤에 사람들이 또 왔습니다. 몸에 봄이 좀 늦게 온 동무들은 또 그때 씨앗을 받았습니다. 저는 또 흥분한 기억을 되살렸습니다. 그러자 사람들은 제게 가까이 오지도 못했습니다.

"저거 또 지랄하겠지?"

"예, 죄송합니다."

"저거 어쩌나?"

"평소에는 멀쩡합니다만."

"팔아 버려!"

"예."

저는 목장에서 사람들에게 이끌려 나왔습니다. 그들은 저를 차에 태우고 한참을 갔습니다. 그다음에는 배에 태우고 하루 온 낮과 온 밤을 바다를 건넜습니다. 배에서 내리자 다시 차에 태우고 한없이 먼 길을 달렸습니다. 저는 생전 처음 타는 차와 뱃길에, 머리가 터질 듯한 멀미를 했습니다.

그리고 이 먼 곳에 왔을 때 저는 여기가 어딘지도 몰랐습니다. 다만, 이제는 우리 엄마와 그 정다운 엄마들을 다시는 못 볼 것에 아득했습니다.

다음 날부터 새 생활이 시작되었습니다. 아침에 일어나 보니, 여기도 정말 키 큰 말들이 많이 있었습니다. 집 칸들도 목장보다 훨씬 좋은 집이었습니다. 벽은 더 단단했고, 다른 말들과의 대화는 쉽지 않았습니다. 그러나 집의 길이를 봐서 여기도 많은 칸들이 있고 말이 매우 많다는 것을 알 수 있었습니다.

아침에는 조교사라는 사람들이 왔습니다. 그들은 제 몸 상태를 점검했습니다. 아직 계절은 봄이었지만, 저는 제 몸에서 봄을 지우려고 수없이 애썼기 때문에, 그들은 제 몸에서 아무 이상도 찾지 못했습니다.

"이거 다리도 길고, 근육도 적당하네. 바로 훈련시켜도 되겠는데."

"예, 바로 준비하겠습니다."

저는 그날부터 훈련장으로 나갔습니다. 조교사는 처음 보는 기수에게 저를 넘겼습니다. 기수는 키가 작은 남자였습니다. 기수는 익숙하게 저를 훈련장 마당으로 데려갔습니다.

구럼비였습니다! 거기 구럼비가 있었습니다! 세상에! 구럼비였습니다!

구럼비가 그 훈련장에 있었습니다. 구럼비도 어떤 기수를 태우고 훈련장에 나왔습니다. 저는 한눈에 구럼비를 알아봤습니다. 저는 그 자리에 굳어 버렸습니다. 꼼짝을 할 수가 없었습니다.

"어, 씨팔, 이거 왜 이래?"

"이거는 왜 안 나가?"

"씨팔, 이거 길 안 든 거네."

"이거 어디 아픈가?"

"에이, 씨팔, 귀찮게. 이거, 생짜를 주면 어쩌라고."

저도 그렇지만 구럼비도 딱 굳어 버렸습니다. 우리는 한참을 바라보기만 했습니다. 기수들이 재촉했지만, 우리는 한참 지난 다음에야 발을 옮겼습니다. 그리고 서로 가까이 갔습니다. 구럼비가 맞았습니다!

우리는 함께 훈련장을 돌았습니다. 우리는 둘 다 발길이 허청거렸습니다. 구럼비의 기수는 신경질을 냈습니다. 저도 마찬가지로 발이 공중에 뜬 것 같아서 갈피를 잡을 수 없었습니다.

훈련 중에는 서로 말을 나눌 겨를이 없었습니다. 그냥 맨몸으로 뛰는 것이 아니라, 기수를 태우고 지시에 맞추어 뛰는 것이어서 쉽지도 않았습니다. 그래도 달리는 중에 구럼비와 가까이 가려고 애를 썼습니다. 조금이라도 구럼비 냄새를 맡으려고 걸음을 재촉했습니다. 구럼비와 다른 말들은 익숙하고 빨랐습니다. 다만 구럼비만은 저와 걸음을 맞추느라고 조금씩 처졌습니다. 저는 구럼비가 혼나지 않게 하려고 죽을힘을 다해 달렸습니다.

훈련을 마치고도 구럼비와 조용히 이야기를 나눌 시간은 없었습니다. 그저 안타까운 시선으로만 우리는 서로를 만났습니다. 각 기수들은 조교사들에게 우리를 넘겨주었고, 조교사들은 각자 맡은 말들을 씻기러 가버렸습니다. 저는 안타깝게 구럼비를 바라보았습니다. 구럼비는 아예 고개를 뒤로 돌리고 저를 보면서 갔습니다.

그래도 좋았습니다! 저는 마침내 구럼비에게 온 것입니다. 그리고 구럼비는 저렇게 저를 기다리고 있었던 것입니다. 언젠가는 여기도 쉬는 시간이 있을 것이고, 우리는 얼마든지 만날 수 있을 것입니다. 저는 들떴습니다.

저는 그날부터 온몸에 기운이 솟았습니다. 먹이도 그렇게 달 수 없었고, 훈련도 얼마든지 해낼 수 있었습니다. 훈련 시간이 달라서 구럼비를 못 보기도 했지만, 저는 아무렇지도 않았습니다. 이제 구럼비는 제 곁에 있었습니다.

제 몸이 구럼비를 반가워했습니다. 계절로는 이미 늦은 봄인데도 제 몸은 새삼스럽게 달뜨기 시작했습니다. 온몸에 생기가 돌고 제 몸에 암말의 향기가 가득해졌습니다. 털 색이 고와지더니 엉덩이는 더 팡파짐해지고 털마다 윤기가 났습니다. 제 눈길과 마음은 모든 것들에게 촉촉해졌습니다. 저는 이제 아름답게 아름답게 준비되었습니다. 저는 처음으로 제 몸이 자랑스러웠습니다.

저는 밤새도록 새벽을 기다렸습니다. 어서 아침이 와서 이 자랑스러운 저를 구럼비에게 보이고 싶었습니다.

그리고 아침이 왔습니다. 훈련장에는 구럼비가 와 있었습니다.

저는 구럼비 앞에서 달렸습니다. 가슴이 쿵당쿵당 뛰었지만, 저는 개의치 않았습니다. 구럼비 앞에서 제 가슴이 뛰는 것을 제가 얼마나 기다렸는지요. 정말 아름답게, 가장 자랑스럽게, 더욱 고운 선으로 달렸습니다. 저는 제가 자랑스러웠습니다.

달래입니다. 바로 저의 달래입니다. 그녀가 제 앞에서 달리고 있습니다. 저 하얀 직선이 달래입니다. 저는 저 모습을 보지 못하고 미쳐 죽는 줄 알았습니다. 그런데 그녀가 지금 제 앞에서 달리고 있는 것입니다.

처음 달래와 고향을 떠나 이곳 훈련장으로 왔을 때 저는 미친 말이었습니다. 누군들 미치지 않을 수 있겠습니까. 달래에게, 제 달래에게, 떠난다는 말도 하지 못하고 왔는데.

저는 모든 먹이를 거부했습니다. 모든 손길을 걷어찼습니다. 억지로 묶으면 물어뜯었습니다. 셀 수 없이 얻어맞았습니다. 사정없이 때리고 온갖 줄로 묶었지만, 저는 어떤 것도 받아들이지 않았습니다. 저를 길들이려다가 몇 명이나 다쳤습니다.

"어, 씨팔! 저거 뭐 저런 게 있어?"

"아, 그러게. 저거 미쳤나?"

"아니, 생긴 거는 끝내주는데."

"그러게, 잘 뛰겠는데. 다리 봐."

"저거 길 잘 들면 떼돈 되겠는데."

제 눈에는 달래밖에 없었습니다. 달래처럼 생긴 암말을 보면 앞뒤 보지 않고 뛰었습니다. 그것이 달래가 아니라고 해도, 저는 달래를 향해 뛰는 제 걸음을 멈출 수 없었습니다.

누구도 저를 길들이지 못했습니다. 제 가슴에 타는 불을 끄지 않는 한, 저는 무엇도 할 수 없었습니다. 저를 막는 자는 다 죽이려고 작정했습니다. 길들이려고 가까이 왔던 사람들은 모두 달아났습니다.

"저거 거세해."

"예? 그러면 씨를 못 받습니다."

"저게 발정을 해서 저 지랄이야. 거세 안 하면 사람 다쳐."

"알겠습니다."

"준비해. 마취하고 거세해."

저는 죽음 같은 잠에서 깨어났습니다. 그리고 한참 뒤에야 제 몸이 당한 변화를 알았습니다. 저는 거세되었습니다. 저는 미쳤습니다. 미쳐서, 미친 듯이 달리는 말이 되었습니다.

지금 달래가 제 앞에서 달리고 있습니다. 아름답습니다. 세상 어느 암말이 달래보다 아름다울 수 있겠습니까.

아아, 그러나, 저는 다시 미쳤습니다. 여기 선 이 자리에서, 산산이 터져버리도록 미쳤습니다.

직립적의 난

09

바람이 분다. 비린 냄새와 썩은 냄새 나는
바람이 분다. 축축한 냄새 나는 바람이
불고 기름 냄새 나는 바람이 분다.

산란계

=

1

=

바람이 분다. 비린 냄새와 썩은 냄새 나는 바람이 분다. 축축한 냄새 나는 바람이 불고 기름 냄새 나는 바람이 분다. 여기서는 모든 바람이 다 냄새로 불어온다. 더워 찐득거리는 날씨에 그것도 바람이라고 조금 불면, 더러운 비닐봉지들이 날리고, 파리 떼는 던적스런 날갯짓으로 사방을 웅웅거린다. 사람들은 일상의 온갖 잡동사니들을 검은 비닐봉지에 싼다. 그리고는 그것을 다시 법으로 정해진 비닐봉지에 꾸깃꾸깃 넣는다. 그리고 다시 주둥이를 꽁꽁 묶어서 버린다. 그런 쓰레기들이 산을 이루고 있는 이곳에서는, 바람도 쓰레기 색깔로 분다. 모아 끌고 오는 동안에 가지가지로 헤집어진 쓰레기들은, 여기 와서 후두둑 부려져서는 제 나름의 특징이 강조된 냄새와 모양으로 쌓인다.

가지가지 더러운 냄새와 모양이 뒤섞인 가운데서도 가장 냄새와 모양이 고약한 것은 음식물 쓰레기들이다. 조금이라도 먹을 것이 남았거나, 다른 짐승의 사료가 될 수 있는 것들은 따로 모아서 버리고, 누구도 먹지 못할 단단한 씨앗이나 살점도 없는 뼛조각들만 이리로 버려지는데, 그래도 썩는 냄새는 음식물들이 제일 고약하다. 어느 산골에서 어느 농부의 손에 따여, 어느 가게에서 어느 아낙네에게 팔렸던 것인지, 아직도 부엌의 기름때와 생선뼈의 냄새를 묻힌 복숭아 씨앗들이 한 줌 쏟아졌다. 그것들은 제 냄새는 더한 줄도 모르고 쏟아지는 순간부터 구역질을 해댔다. 나도 그랬었다. 처음 여기 쏟아지자 바로 그 구역질 나는 냄새에 기절을 했었다.

그러나 어쩔 수 없었다. 나 역시 여기 쓰레기로 누워서, 다음에 오는 쓰레기에게 향기롭지 못한 냄새를 끼얹고 있는데, 달리 더 아름답고 고운 냄새를 낼 수도 없었다. 먼저 온 것들에게 구역질하다가 다음 오는 것들에게 구역질을 당하고 견디는 것. 쓰레기가 할 일이 그것밖에 더 있을 수 없다.

비가 오는 것은 그나마 좋은 일이다. 비가 쏴아 쏟아지면, 비 오는 동안에는 냄새가 덜하다. 비가 쏟아지는 동안 표면의 냄새가 좀 씻기고, 풀풀 날던 것들도 좀 자리를 잡으면, 모양도 정신도 좀 안정이 되면서 숨을 돌릴 겨를이 생긴다. 그래 봤자 잠시 후 다시 쓰레기가 쏟아져 들어오면 그만이겠지만, 그래도 이만한 휴식이 반갑고 고맙다.

오후 내내 추적거리던 비가 그치고, 저녁이 되면서 이제 오늘 올 쓰레기가 다 들어오고 문이 닫히면, 생각보다 아름다운 밤이 온다. 사람들과 기계들의 소음이 가라앉고 모든 산 것들이 출입하지 않는 곳. 사람들은 마지못해서만 가까이 올 뿐, 내켜서 올 곳이 아니다. 우리가 내는 냄새가 우리를 그들로부터 보호하고 있는 곳, 여기 쓰레기장에 평화로운 밤이 온다.

별이 뜬다. 알에서 갓 깬 병아리 시절에 봤던가 싶을 뿐 다시는 보지 못했던 별이, 이제 백골이 되어 쓰레기장에 누운 내게 찾아왔다. 비가 그치고 시원한 바람이 불어 냄새조차 맑아진 밤에, 참 고운 별이 떴다.

별, 문득, 엄마, 하는 말이 생각이 났다.

우리는 엄마를 몰랐다. 엄마라는 말도 몰랐다. 나중에 들은 말로는, 닭은 엄마가 둘이라고 했다. 알로 낳는 엄마가 있고, 그 알을 품어서 병아리로 깨워 주는 엄마가 또 있다는 것이다. 어떤 병아리는 알로 낳은 엄마가 품어 깨워서 엄마가 하나일 수 있지만, 낳은 엄마와 품은 엄마가 다르기도 하다는 것이었다. 그러나 우리는 낳은 엄마와 품은 엄마를 모두 알 수 없었다. 낳은 엄마는 누구였는지 본래 알 길이 없는 일이었고, 우리를 품은 엄마는 엄청나게 큰 방이었다. 커다란 방은 다시 칸칸이 작은 방으로 막혀 있었고, 그것은 거대한 기계로 연결되어 있었다. 그 안에서 우리는 따뜻한 온기 속에 깨어났다. 그러니 우리는 엄마를 알 수 없었다.

우리는 깨어나자 바로 커다란 벨트에 얹혀서 다른 방으로 옮겨졌다. 우리는 깨어난 선후도 없었다. 수천 수백 마리가 모두 비슷한 시기에 알에서 깨어 나왔기 때문에 누가 먼저이고 누가 다음인지 구별이 없었다. 움직이는 것도 비슷했다. 같은 온도에서 같은 날짜에 맞춰서 깨어났기 때문에, 발아래 땅이 달려가는 벨트 위에서 작은 공간을 두리번거리며 삐약거렸을 뿐이었다.

우리가 구별된 것은 깨어난 바로 뒤에 사람들이 우리를 골라낼 때부터였다. 사람들은 우리를 한데 모아서 하나씩 들춰 보았다. 부끄럽게도 바로 뒤집어서 후후 불면서 우리를 감별했다. 그리고는 수평아리들을 하나도 남김없이 찾아내려고 했다. 우리끼리도 아직 서로 암수를 알 수 없던 시기에, 사람들은 샅샅이 수평아리를 찾아내어 암평아리는 계속 벨트에 실어 보내고 수평아리는 옆에 있는 커다란 입구에 던져 넣었다. 그 입구는 어디로 연결되어 있는지 알 수 없었다. 아주 짧은 삐약 소리만 우리가 들을 수 있었다.

이것도 나중에 들은 것이지만, 그때 던져진 수평아리들은 바로 분쇄기로 빨려 들어갔다고 했다. 분쇄기는 기계 안으로 들어온 모든 것들을 으깨서 죽처럼 만드는 기계라고 했다. 수평아리들은 살아있는 채로, 단 한두 시간도 숨을 쉬어보지 못하고, 아마 삐약삐약 소리도 겨우 서너 번 만에, 그렇게 빨려 들어가 보드라운 뼈까지 다 으깨져서 다른 동물의 사료가 되었다고 했다.

그러나 그때 당시에 우리는 그런 일에 관심을 가질 여유가 없었다. 우리는 거칠게 잡아채고 거침없이 뒤집어 밑구멍을 들여다보는 사람들의 손 때문에 정신이 하나도 없었다. 한 사람만이 아니라, 몇 사람이 몇 번을 뒤집었다. 앞사람이 놓친 수평아리를 하나라도 살려두지 않으려고 사람들은 몇 사람이 반복해서 다 잡아냈다.

그렇게 거대한 벨트를 타고 여러 사람의 손을 거치는 동안에 숨이 가빠오고 몸에 배냇물이 말라갈 때 갑자기 벨트가 멈췄다. 우리는 일제히 쏟아졌다. 그제야 우리는 땅에 내려진 것이었다. 겨우 정신을 차려서 휘청거리며 서자 우리에게 연한 사료가 물과 함께 주어졌다.

그래도 우리는 살아 있었다.

낯선 공기를 숨 쉬면서 낯선 장소로 끊임없이 옮겨졌지만, 며칠이 지나자 우리는 모두 조금씩 생기를 되찾았다. 아직 샛노란 병아리들이었지만, 그 며칠 만에 서로 얼굴도 익히고 동무도 만들면서 차츰 재미있게 지내기 시작하고 있었다. 그러나 우리가 반드시 다 사이좋은 것은 아니었다.

- 얘, 넌 참 예쁘다.
- 그래, 넌 누구니?
- 난 저쪽 구석에서 왔어. 넌 참 털빛도 노랗고 곱다.
- 응, 좀 그렇지?
- 그럼 우리 친구할까?
- 얘.

- 응?

- 너 뭐 모르니?

- 뭘?

- 나 아무나 친구 안 해.

- 무슨 말이야?

- 난 너같이 닭똥 묻은 애하고는 안 놀아.

- 너는 뭐 안 묻니?

- 난 안 묻혀. 사람들도 나는 예뻐해. 사료 주는 거 못 봤어?

- 사료를 어떻게 주는데?

- 애 참, 넌 어떻게 그 눈치도 없니?

- 왜?

- 사람들이 사료 줄 때 내 옆으로만 주잖아.

- 그거야 우연히 그렇지. 너만 잘 먹으라고 주니?

- 됐거든. 하여튼 떨어지는 애들은 어쩔 수 없어.

- 나도 싫어. 나는 뭐 친구 없니?

- 그니까 가 봐. 재수 없이 말 붙이지 말고.

- 야!

이렇게 말싸움이 시작되고 편싸움이 번지고, 그러다가 친해지기
도 하고 어울리기도 하고, 온통 삐약삐약 정신이 없을 때 사람들이
왔다. 사람들은 우리를 한 모퉁이에 몰아넣더니 하나씩 잡아냈다.

모르고 있었지만, 우리는 부리를 잘리고 있었다. 부리는 한 번 잘
린 뒤로는 다시 완전하게 자라지 않는 것이기 때문에, 부리가 잘리

면 다시는 서로를 쫄 수가 없었다. 사람들은 커다란 기계 앞에서 우리를 하나씩 들고 손톱깎이 같은 데다 밀어서 간단하게 또깍 또깍 우리의 부리를 잘라냈다. 그렇게 우리는 모두 몽툭한 부리를 하고 삐약거렸다. 우리가 새이기는 했지만, 아직 어리고 집에 갇혀 있는 데다 부리까지 잘리고 나니 아무도 우리를 새로 대접하지 않았다.

그렇게 샅샅이 찾아냈지만 아직 우리 중에 몇몇 수평아리들이 있었다. 처음 감별하던 그때 우리가 하도 어리고 작았기 때문에, 아주 가끔은 암수가 잘 구별되지 않았기 때문이었다. 그렇게 간신히 살아남은 수평아리들은 암평아리보다 훨씬 잘 먹고 빨리 자랐다.

  – 쟤는 우리보다 크다, 그지?

  – 얘, 말하지 마.

  – 왜 안 해? 쟤 크잖아.

  – 그래도 말하지 마.

  – 싫어. 난 쟤 싫어, 말할 거야.

  – 하지 마.

  – 얘! 거기, 얘!

  – 어, 나?

  – 그래 너. 넌 왜 이렇게 커?

  – 큰 거 아냐. 내가 뭐 커?

  – 큰데, 얘. 너 아까 내꺼 뺏어 먹었잖아. 그래서 큰 거야.

  – 아냐. 큰 거 아냐.

– 커. 너 커! 너 수평아리 같애!

– 야, 그러지 마. 사람들이 데려가.

– 그니까 왜 내꺼 먹어!

– 알았어. 살살 말해.

– 그래도 너는 커. 너는 수평아리야!

수평아리는 아무리 적게 먹으려 노력해도 금방 표가 날 만큼 빨리 컸다. 사람들은 매일 사료를 줄 때마다 남은 수평아리를 골라냈다. 숨을 곳은 없었다. 사료를 먹여 병아리를 기르는 닭장은 넓이가 빤하고 불빛이 환한데, 다 고만고만한 병아리들 틈에서 어디에도 몸을 가릴 수가 없었다. 사람들은 건조한 손길로 수평아리들을 잡아냈다. 그동안 눈을 속이려고 아무리 애를 썼다고 해도, 사람들의 손길은 아무 감정이 없었다.

그래도 수천수만 마리 병아리 속에서 간신히 한두 마리 정도의 수평아리가 살아남기도 했다. 아마 몸이 잘 발육되지 못한 수평아리가 암평아리로 오해받아서 살아남은 것이었을 것이다. 수평아리라도 잘 먹지도 못하고 다른 병아리들에게 쪼여 구석에 몰려 있으면 그렇게 되는 수도 있었다. 그러나 그렇게 살아남는 것도 길지는 못했다.

– 어머, 쟤는 털 색이 왜 저래?

– 왜 그래?

– 쟤 말이야. 깃털이 우리보다 더 붉어.

– 좀 그럴 수도 있겠지. 넌 왜 자꾸 그런 소리를 하니?

– 수컷들은 징그럽잖아. 쟤 수평아리 아닐까?

– 왜 그래? 자꾸 그러면 쟤도 잡혀가게.

– 수평아리면 잡아가야지 뭐.

– 수평아리는 왜 잡아가야 되는데?

– 사람들이 잡아가잖아.

– 사람들이 잡아간다면 다 잡아가야 돼?

– 그럼. 사람들이 하는 일이잖아.

– 병아리가 죽는다잖아?

– 그래도 사람들이 그럴 만하니까 하는 거잖아.

– 뭔데?

– 모르지. 수평아리는 나쁠 거야.

– 무슨 소리야? 수평아리가 왜 나빠?

– 우리한테는 몰라도 사람한테는 나쁠 거야.

– 그런다고 죽어야 돼?

– 죽을 만큼 나쁠 거야.

– 말도 안 돼. 왜 수평아리가 죽을 만큼 나빠?

– 너도 모르잖아? 나도 몰라. 그럼 사람들이 맞아.

– 미쳤어. 우리가 모르는데 어떻게 사람이 맞아?

– 사람들은 우리한테 먹이를 주잖아.

– 그래도 수평아리를 죽이는 건 나빠.

– 그래도 수평아리는 잡아가야 돼. 쟤는 수평아릴 거야.

– 아냐. 아닐 거야.

– 모른다고. 어떻게 아니? 아무래도 이상해.

– 넌 니가 쟤 쪼아서 모이도 못 먹게 해 놓고 왜 그래?

– 그니까. 쟤는 잘 못 먹는데도 왜 우리하고 비슷하지?

– 그게 뭐?

– 작아야 되잖아. 근데 우리만큼 큰 거 보면 이상해. 수평아리
  같애.

– 그러지 마. 왜 자꾸 그래?

– 나 말할 거야. 쟤 아무래도 수평아리 같애.

– 조용해. 왜 그러니? 수평아리면 사람들이 데려가겠지.

– 아니, 잡아간다고 해도 찜찜하잖아.

– 뭐가?

– 그동안 암평아린 체하고 우리하고 섞여 살았다는 게 찜찜해.

– 그게 뭐 찜찜해?

– 수컷하고 한 우리에 산 게 찜찜해.

– 우린 병아리잖아. 뭐가 찜찜해?

– 싫어! 넌 수컷하고 같이 있었던 게 더럽지도 않니?

– 더럽기는 뭐가 더러워?

– 애, 너도 저질이야. 징그럽게 어떻게 수컷을 좋아하니?

– 무슨 소리야? 누가 어쨌다고?

– 수컷이 좋다매?

– 내가 언제 그랬어?

- 그게 그거야.

- 말도 안 돼. 왜 그래?

- 쟤는 수컷 같애.

- 좀 조용해.

- 아냐! 쟤는 수평아리야!

그애가 그러지 않아도 벌써 그애는 표시가 났다. 수평아리는 깃털이 처음 날 때부터 색깔이 짙고 굵었다. 볏도 더 크고 밝은 색을 띠었다. 사람들이 그것을 알아보는 순간 우리 닭장에는 수평아리가 하나도 남지 않게 되었다.

어떤 때는 이렇게 모여 사는 것이 싫기도 했다. 서로 별로 차이도 나지 않는 털 색으로, 암만 봐도 비슷비슷한 부리로 다투고 샘내며 사는 것이 싫었다. 사람들이 모이를 줄 때마다 서로 삐약거리며 몸을 밀치고 빼앗아 먹는 것도 지겨웠다. 나는 혼자 살고 싶었다.

사람들이 우리 각자를 케이지라고 불리는 한 칸씩의 방으로 옮겨 넣어주었을 때, 차라리 나는 홀가분했다. 이제는 서로 얼굴을 마주 대할 일도 없고, 먹이를 두고 다툴 일도 없다는 것이 나를 편하게 했기 때문이었다.

사람들이 만들어 준 케이지는 널찍했다. 우리는 깨어난 지 보름을 겨우 지나 아직 노랑 병아리 티를 못 벗은 몸이었다. 케이지 하나에 병아리 열이라도 들어가게 널찍해서 우리는 별로 불평이 없었다. 더욱이 각 케이지 앞으로 긴 홈통이 놓여 있고, 때에 맞추어 그리로 사료가 자동으로 부어져 오니, 서로 싸우거나 샘낼 필요가 없어서 참 편리하고 즐거웠다.

조금 불편한 것이라면, 전에는 모두 땅에서 평평하게 살았는데, 여기서는 아래위로 케이지가 쌓여 있다는 점이었다. 케이지는 바닥에 철판을 깔고 그 위에 사이를 두고 철망이 깔리고 사방이 철사로 엮은 망으로 짜여 있었는데, 사방이 서로 보이고 바람도 통하게 되어 있었다. 그러나 아래위로는 케이지를 층으로 쌓아 놓아서 내 위에 누가 있는지 아래에 누가 있는지 알 수가 없었다. 그러나 맞은편을 보니 모두 여섯 층으로 케이지가 쌓여 있는 것은 알 수 있었다. 맞은편에도 이쪽처럼 케이지가 쌓여 있었는데, 거기도 케이지마다 한 마리씩의 닭들이 자리를 잡고 있었다.

그쪽은 우리보다 훨씬 어른이었다. 이미 다 자라고 어른이 되었고 어떻게 보면 좀 지쳐 있고 늙어 보이기도 하는 닭들이었다. 그들은 그 힘겨운 눈으로 우리가 들어오는 것을 지켜보고 있었고, 한숨을 쉬었다. 잠시 후 그중에서 어떤 닭들은 알을 낳았다.

– 난 이거 싫어!
– 어? 니가 내 옆이네.
– 누구야?
– 나야.

– 아, 그래. 그때 걔 수평아리 맞았잖아.

– 그래 맞았어.

– 그니까 내가 맞잖아.

– 그래, 근데, 그럴 필요가 없었다고.

– 수평아리 맞았잖아.

– 맞았다니까. 그래도 그렇게 떠들 필요가 없었다고.

– 수평아린데 어떻게 같이 있어.

– 걔는 가서 죽었어.

– 그건 몰라. 내가 본 것도 아냐.

– 죽었대.

– 하여튼, 나는 이거 싫어.

– 왜?

– 너무 넓어. 애들도 없고.

– 애들은 뭐하게?

– 하여튼 털 색도 서로 맞춰보고, 더 예쁜 색도 내고 그래야잖아.

– 글쎄.

– 글쎄는 뭐야. 그래야지. 나는 이거 싫어.

– 난 모르겠어.

– 그리고 또 이거 너무 넓어. 혼자 있는데 왜 이렇게 넓어야 돼?

– 우리가 자라겠지.

– 나는 날씬하게 자랄 거야. 이거 너무 넓어!

– 아가야!

우리는 흠칫 놀랐다. 맞은편에서 지쳐 보이던 암탉이 우리를 불렀기 때문이었다.

— 예?

— 너는 깬 지 며칠이나 됐니?

— 스무 날요.

— 그래. 그만하구나. 그런데 케이지가 너무 넓다고?

— 예. 너무 넓어요.

— 아가야.

— 예.

— 그게 네가 평생 살아야 할 집이란다. 너는 거기서 자라고 늙을 거야.

— 안 바꿔 줘요?

— 안 바꿔 줘. 그게 좁아질 때가 올 거야.

— 싫어요. 나는 이거 싫어요.

— 싫지. 나도 싫어. 그래도 너는 나처럼 돼.

— 나는 아줌마처럼 되지는 않을 거예요. 나는 그렇게 뚱뚱한 암탉 은 안 될 거예요.

— 그렇게는 안 되더라.

— 싫다고요! 나는 예쁜 암탉이 될 거예요!

— 아줌마.

— 응. 너도 쟤하고 같이 왔구나.

- 네. 아줌마, 우리는 여기서 살아요?

- 그래. 너는 거기서 다 자라게 될 겨야. 그때가 되면 너는 나처
  럼 돼.

- 아줌마. 아줌마는 몸하고 케이지하고 크기가 같아요.

- 그래. 자세히 보면 나는 케이지보다 커. 나는 여기서 몸을 돌릴
  수도 없어. 피곤해도 넘어질 자리도 없어.

- 그렇게 좁아요?

- 그래. 아무것도 할 수 없어. 다만 사료를 먹고 알을 낳을 뿐이야.

- 알을 낳아요?

- 그래, 알이기는 하지. 그냥 알 같은 건가?

- 무슨 말씀이세요?

- 나중에 알게 돼. 그래, 우리는 알을 낳아.

- 밖에는 못 나가요?

- 전혀. 우리는 밖으로 나가지 못해. 여기서 모든 일을 해.

- 모든 일을요?

- 그래. 여기서 자고 먹고 오줌똥을 누고 알을 낳고, 모든 일을 해.

- 그럼 밖에는 어제 나가요?

- 딱 한 번 마지막으로 나가지.

- 어디 가는데요?

- 글쎄, 나도 몰라. 아마 죽으러 가는 거겠지.

우리는 참으로 빨리 자랐다. 사람들이 주는 사료는 정말 맛있고 많

이 먹혔다. 사람들은 언제든지 충분하게 맛있는 사료를 주고 물을 주고, 조금만 배가 고플 것 같으면 또 사료를 주고 물을 주었다. 우리는 정말 잘 먹었다. 한창 자랄 때는, 먹고 있는 동안에도 배가 고팠다. 매일 매일 옆 칸의 친구를 보면 아침마다 다르게 쑥쑥 자랐다.

처음 깃털이 자라고 모양이 조금씩 예뻐질 때 가끔 우리는 자랑스럽기도 했다. 우리가 자라고 알을 낳고 품어 병아리를 깔 것이라는 생각에 가슴이 뛰기도 했다. 그러나 어디서 어떻게 알을 낳고 품을지는 아무것도 알 수 없었다.

- 아줌마.

- 으응.

- 어디 편찮으세요?

- 아니야. 왜 그래?

- 우리도 알을 낳게 돼요?

- 그렇겠지. 아마.

- 언제부터 알을 낳아요?

- 넌 지금 얼마나 됐니?

- 지금 깬 지 석 달 됐어요.

- 그래, 이제 한 달이나 두 달 뒤면 알을 낳게 될 거야.

- 그러면 언제 품어서 병아리를 봐요?

- 병아리?

- 네. 저는 예쁜 병아리가 좋아요.

– 아가야.

– 네.

– 너는 알을 품어서 병아리를 깔 수 없어.

– 왜요? 왜 안 돼요?

– 너는 정말 모르고 있구나.

– 뭘요?

– 우리가 낳는 알은 병아리가 되지 않아.

– 왜요? 왜 알이 병아리가 안 돼요?

– 될 수가 없어.

– 왜요?

– 아가야.

– 네.

– 잘 들어.

– 네.

– 우리들 암탉은 말이야.

– 네.

– 뱃속에서 아주 작은 알을 가지게 되어서 차차 크게 해서 달걀이 되면 낳거든.

– 네. 알아요.

– 그런데, 알이 깨서 병아리가 되려면 우리가 수탉과 사랑해야 되는 거야.

– 수탉과요?

- 응. 수탉이 암탉을 사랑해서 좋은 씨앗을 주면 우리가 낳는 달걀은 병아리로 깨어날 수 있어.
- 그런데 수탉은 어디 있어요?
- 없지?
- 네. 없어요.
- 그러니까 우리가 낳는 알은 병아리가 되지 못하는 거야.
- 그런데 어떻게 알을 낳아요?
- 알은 우리가 몸만 건강하면 항상 낳을 수 있어.
- 수탉이 없어도요?
- 그래. 우리는 수탉이 없어서 병아리가 되지 못하는 알을 낳고 있는 거야.
- 그러면 그 알은 뭐 해요?
- 사람들이 가져가잖아.
- 맞아요. 사람들은 왜 그 알을 가져가요? 병아리도 안 되는데.
- 아가야.
- 네.
- 사람들이 알을 먹는단다.
- 사람들이 우리 알을 먹어요?
- 그래. 사람들은 우리가 낳은 알을 먹어.
- 어떻게, 어떻게, 사람들이 우리 알을 먹게 해요?
- 그래, 왜 우리가 사람들이 우리 알을 먹게 했는지 나도 모르겠어.

- 날마다 사람들이 다 가져가는데, 그걸 다 먹어요?

- 응, 다 먹어.

- 아줌마.

- 응.

- 낳지 마세요.

- 뭐라고?

- 낳지 마세요. 안 낳으시면 되잖아요. 사람들이 나빠요.

- 아가야.

- 네.

- 들어 봐.

- 네?

- 내가 이야기를 해 줄게. 들어 봐.

- 네.

나도 보고 들은 건 아니야. 나처럼 어떤 아줌마가 해 주신 이야기
야. 아주 아주 오래전에 우린 원래 숲 속에 살던 새였대. 다른 새들
만큼 빠르지는 못했지만, 땅에서 나는 열매들과 작은 벌레들을 먹고
사는 그냥 평화로운 새였대. 그런데 어느 가뭄 든 해에 우리 할아버
지들이 닭들을 이끌고 사람들의 마을에 들어갔대. 사람들은 우리한
테 그냥 살 집을 주고 먹을 것을 주고 다른 짐승들한테서 지켜 줬대.
그래서 우리는 사람들이 참 고마웠겠지.

그래서 우리 할아버지들은 스스로 먹이를 구하지도 않았고 스스

로 자신을 지키지도 않았대. 사람들이 다 해 줬으니까. 한참을 그러고 나니까 정말 우리는 혼자 스스로 지키지도 못하고 먹이도 구하지 못하는 새가 되었대.

그래도 큰 걱정은 안 했나 봐. 사람들이 다 먹여 주고 지켜 주니까, 별일은 없었겠지.

그런데 사람들이 달걀을 좀 달라고 해서 가져갔대. 원래 우리가 낳는 달걀을 모두 병아리로 깨는 건 아니었던 모양이야. 처음에는 무정란이나 발생이 잘 되지 않는 달걀이나 병아리로 깨지 않을 남는 달걀을 좀 달라고 했대. 우리는 그래도 크게 별일은 없을 것 같아서 그러라고 했겠지. 우리가 숲에 있을 때도 두더지나 뱀한테 알을 뺏기기도 했거든. 사람들이 달라는 게 그거보다 적었대. 그래서 줬겠지.

그런데 사람들이 알을 다 달라고 했대. 자기들이 보관했다가 우리가 알을 품을 때 주겠다는 거야. 사실 사람들과 있어도 알을 잃는 경우는 많았거든. 그전에도 어떤 할머니 닭이 모아둔 알을 다 잃은 일이 있었던 모양이야. 그래서 울고불고했겠지. 그러니까 사람들이 보관해 준다고 했겠지. 그래서 그러라고 했대.

그 뒤로는 닭이 알을 낳고 홰를 치면 사람들이 들어와서 알을 꺼내 갔대. 보관하는 거니까 당연히 꺼내 간다고 했겠지. 그렇지만 나중에 알을 품으려고 달라고 하니까 훨씬 적은 숫자만 내놓았다는 거야. 어떻게 됐느냐니까 뭐, 중간에 깨졌다, 오래돼서 곯았다, 무슨 핑계를 대고 조금밖에 안 줬대. 몰랐지, 나머지는 어떻게 됐는지.

나중에 보니까 사람들이 다 먹은 거야.

닭들이 난리를 쳤지. 그러자 사람들이 모이를 안 줬대. 닭들은 모이를 안 주면 스스로 찾아 먹을 수 있을 줄 알았겠지. 그게 되나. 벌써, 먹고 못 먹는 것도 구별하지 못하고, 벌판에 나가면 아무 짐승에게나 잡아먹히게 됐는데, 아마 몇몇은 그때 사람들에게서 떠났을 거야. 그렇지만 살아서 돌아온 닭은 없었대.

결국 사람들은 닭들에게서 당연히 알을 뺏었대. 닭들은 자기 알이 사람 손에 들려 나가는 걸 뻔히 보면서도 한 번 대들어 할퀴지도 못했대.

사람들이 닭을 먹는다는 이야기 들어 봤니. 아니, 달걀 말고, 닭. 진짜 우리 몸 말이야. 그럼. 사람들은 닭을 잡아서 먹어. 정말이야. 닭을 죽여서 먹는다고. 살아있는 닭을 자기들 마음대로 죽여서 먹는다는 거야.

어떻게 그럴 수 있느냐고 또 야단이 났겠지. 그럼 뭘 해. 이미 끝난 걸. 사람들은 닭의 말을 듣지 않기로 벌써 정해 버렸는데. 닭들이 아무리 소리를 지르고 난리를 쳐도 사람들은 아무 조심성 없이 그냥 닭들을 잡아먹었대.

나중에는 닭을 구별해서 길렀대. 자기들 필요한 대로, 알 뺏을 닭과 죽여 먹을 닭으로. 그래서 알 낳을 닭은 알을 잘 낳는 모이를 먹이고 알 낳기 좋게 해서 수많은 알을 낳게 하고, 고기 먹을 닭은 빨리 살이 찌게 해서 얼른 키워 고기로 먹었대. 우리가 지금 알 낳을 닭으로 길러지고 있는 거야.

알 낳는 닭만 기르는 데는 수탉이 필요 없어. 우리는 수탉이 없어도 건강하면 알을 낳거든. 병아리로 깨지 못할 뿐이지 알은 알이야. 그러니까 사람들은 수탉은 다 죽여 버리고 암탉만 남긴 거야. 우리는 그래서 수탉을 만날 수 없어. 우리가 낳는 알들은 다 생명이 없어. 그냥 달걀처럼 생긴 것뿐이야.

– 그러니까 아줌마. 안 낳으면 되잖아요?

– 안 낳을 수가 없어.

– 왜요?

– 우리 몸이 자꾸 알을 만들어. 그리고 사람들이 더 낳게 해.

– 사람들이 어떻게 알을 더 낳게 해요?

– 우리 몸은 따뜻하고 밝으면 알을 낳게 되어 있어. 싸늘한 밤에 는 자고 밝은 낮에는 알을 낳는 거야. 그런데 사람들이 닭장을 따뜻하고 밝게 해 놓으면 우리는 자꾸 알을 낳게 돼.

– 그럼 아줌마, 세상 모든 닭이 다 우리처럼 살아요?

– 모르지, 우리가 모르는 곳에서는 아직도 숲에 사는 닭이 있는지.

– 그랬으면 좋겠어요. 마음대로 다니고 마음대로 사랑하고 사랑 하는 달걀을 낳고 병아리를 까는 곳이 아직도 있었으면 좋겠어 요. 아줌마, 저는 그러고 싶어요.

– 나도 그랬으면 좋겠어. 아, 배가 아파.

－ 왜요? 아줌마. 많이 아파요?

－ 아니야. 알 낳으려고 그래.

－ 아까 낳았잖아요?

－ 그래도 또 낳게 돼.

－ 어떡해요, 아줌마? 저는 어떻게 해요?

어떻게 한달 것도 없었다. 빠르게 자라던 우리는 어느 순간 때가 되자 몸이 케이지와 비슷해졌다. 사람들은 모이를 바꾸었다. 어느 날 모이가 전에 먹던 것과 맛이 달라지더니 바로 몸에 반응이 왔다. 몸이 무거워지면서 아랫배가 아프기 시작했다. 나는 무슨 일이 일어나는지 알지도 못했지만, 맞은편 아줌마는 능숙하고 조심스럽게, 말로 이끌어서 나를 도와주었다. 몸을 가르는 아픔 속에서, 아줌마의 도움으로 큰 어려움 없이 초란을 낳았다. 아줌마는 아주 작고 귀여운 달걀이라고 했다.

그러나 나는 그 초란을 볼 수 없었다. 내가 몸이 찢어지는 고통을 추스르고 아래를 내려다보았을 때는 이미 아무것도 없는 철사그물뿐이었다. 맞은편 아줌마처럼 나도 달걀을 낳으면 그 달걀은 저절로 경사로를 따라 굴러가 버렸기 때문이었다. 아줌마가 낳을 때는 몰랐던 이별이, 이렇게 빠르게 쇳소리를 내며 이루어지고 있었다.

나는 그 뒤로 매일 달걀을 낳았다. 어떤 때는 하루에 두 번 낳기도 했다. 내 옆의 동무들도, 맞은편 아줌마도, 우리는 오직 모이를 먹

고 알만 낳았다. 우리 또래가 한창 알을 낳고 있을 때, 아줌마가 떠
나갔다.

　어느 날 새벽 어스름에 한 무리의 사람들이 닭장에 몰려 들어왔
다. 아직 모이 줄 시간이 아닌데 그들이 몰려오자 닭들은 놀라서 꼬
꼬댁거렸다.

　그들은 맞은편 케이지들을 열고 닭을 꺼냈다. 아무 감정이 없는
그들의 손은 빠르게 케이지를 열고 닭을 꺼내, 끌고 온 닭장 카트에
집어넣었다. 아무 조심성이 없었다. 닭들은 어디나 잡히는 대로, 날
개를 잡히기도 하고 발을 잡히기도 하고, 목이 끌려 나오기도 하면
서 퍼드덕거렸지만, 여지없이 닭장 카트에 구겨졌다.

　– 아줌마!

　– 아가!

　그게 다였다. 달리 말을 할 시간도 없었고 할 말도 없었다. 아줌
마가 요즘 알 낳는 것이 좀 뜸하고, 더러는 알을 낳지 않고 지나가는
날도 있더니, 며칠도 되지 않아서 바로 이렇게 잡아가는 것이었다.

　그리고 바로 그날 저녁에 맞은편에 병아리들이 넣어졌다. 우리
가 처음 오던 날처럼 그애들도 두리번거리고 삐약거리고 부산을
떨었다.

　나는 태어난 지 다섯 달이 지나면서부터 알을 낳기 시작했다.
처음에는 괴롭고 어렵던 것이 차츰 익숙해지면서 거의 매일 알을 낳
게 되었다. 그러나 한 번도 내가 낳은 달걀을 볼 수는 없었다. 알은

낳는 즉시 경사로를 따라 굴러가서 한데로 모이게 되어 있었다. 누가 낳은 것인지 언제 낳은 것인지 전혀 구별이 되지 않은 채로, 달걀은 거기서 그냥 사람의 손에 정렬되고 포장되었다.

알을 낳는 것이 아무 뜻이 없어졌다. 아무도 사랑하지 않고 알을 낳는다는 것이 너무 속상하고 창피했지만, 내 몸은 내 마음과 달리 매일 알을 만들어 내보내고 있었다.

사람들은 꾸준히 먹을 것을 넣었다. 이상하게 그 먹이는 맛있고 달았다. 그 맛있는 먹이는 알을 낳느라고 힘든 몸에 활기를 넣어 주고 금방 또 알을 낳고 싶게 만드는 힘이 있었다. 나는 내 어리석은 몸을 데리고 날마다 먹고 낳는 일만을 하고 있었다.

내가 사는 케이지는 이제 딱 내 몸과 크기가 같았다. 나는 옆으로도 뒤로도 돌지 못하고 오직 앞만 바라볼 수 있었다. 바닥은 철사로 만든 그물뿐이어서, 똥오줌도 쌓이지 않았다. 케이지는 앞쪽에 먹이를 먹기 위한 구멍과 뒤쪽에 알을 낳기 위한 구멍뿐, 어디에도 다른 통로는 없었다. 목을 빼고 먹이를 먹노라면 옆에도 위에도 아래에도 맞은편에도, 다 같이 목을 빼고 먹이를 먹는 닭들을 볼 수 있었다. 늘 같은 풍경이었다. 그러다가 몸이 반응하면 다들 몸을 웅크리고 용을 쓰면서 끙끙 알을 낳았다.

- 속상해.
- 왜?
- 내 알을 볼 수가 없어.

- 나도 그래.

- 내 알은 예쁠 거야.

- 뭐 다르겠니?

- 아냐, 내 알은 예뻐.

- 그래라. 그런다고 뭐 달라지니?

- 사람들은 알 거야. 내가 낳은 거라고.

- 미쳤니? 그게 무슨 구별이 되니?

- 알아. 내가 낳은 건데. 나는 정말 열심히 낳는다고.

- 뭐하려고?

- 사람들이 알아줄 날이 올 거야.

- 알아서 뭐해?

- 나를 여기서 꺼내서 예쁜 병아리를 까게 할 거야.

- 안 그래.

- 그래!

- 그래라. 나는 안 그럴 거라고 생각해.

- 나는 그럴 거라고 생각해. 사람들이 나를 알아보지 못할 리가
  없어.

- 지금도 못 알아보잖아.

- 닭이 하도 많아서 아직은 잘 모를 거야. 이제 곧 가장 예쁜 달걀
  을 낳는 닭을 찾을 거야.

- 달걀은 다 똑같이 생겼어.

- 달라! 나는 더 잘 낳을 거야.

– 너는 알 낳는 게 힘들지도 않니?

– 힘들어. 그래도 나는 사람들이 알아줄 때까지 열심히 낳을 거야.

– 나는 하도 알을 낳아서 아래가 밑으로 처진 것 같애.

– 나는 어떻겠니? 내가 니보다 알을 더 낳는데. 더 예쁘게 낳고.

– 그럼 너도 밑이 빠진 것 같애?

– 알 낳을 때마다 창자가 다 빠져나가는 것 같애.

– 그래도 열심히 낳니?

– 그래야지. 사람들이 알아줄 때까지는.

겨울이 왔다. 이제 몸은 알 낳는 일에 너무 시달렸고, 몸속에서 알이 될 것도 이제는 다 빠져 없는 듯이 허황해졌다. 매일 아침마다 휘둘리는 다리로 죽지 못해 먹이를 먹고 그러면 또 습관처럼 알이 삐져나왔다. 다른 닭들도 마찬가지였다. 다들 먹이를 적게 먹고 까칠해져 갔다. 알 낳는 수가 현저히 줄어들었다.

갑자기 사람들이 모이를 적게 주기 시작했다. 밤에도 낮처럼 밝던 불도 다 꺼버렸다. 닭장을 따뜻하게 유지하던 난로도 다 꺼버리고 썰렁하게 해 두었다. 닭들은 단숨에 지쳐갔다. 곳곳에 먹이를 먹지 못하고 쓰러지는 닭들이 나타났다. 사람들은 아무 감정 없이 그런 닭들을 거두어 갔다.

며칠이 지나자 다들 살이 빠지면서 알을 낳지 않게 되었다. 먹이가 줄어서 괴로웠지만 알을 낳지 않게 되면서 몸은 도리어 가벼워지는 기분이 되었다. 몇몇 약한 닭들이 견디지 못하고 사람들에게 잡혀 나가기도 했지만, 생각보다 대부분의 닭들은 몸이 줄어든 채로 잘 견디고 있었다.

보름가량이 지나자 온몸에서 깃털이 빠지기 시작했다. 계속해서 적게 먹고 춥게 지내는 동안 모든 닭들이 깃털이 다 빠지고 듬성듬성 깃털이 남은 꺼칠한 모양이 되었다. 어떤 닭은 머리 깃털까지 빠져서 거의 누더기 같은 모양으로 겨우 먹이만 먹고 지내고 있었다.

그러다가 두 달이 넘어가면서 새로 깃털이 나기 시작했다. 몸도 처음보다 훨씬 가벼워지더니, 온몸에 활기가 돌면서 생생해지는 기운이 느껴졌다. 그러자 사람들은 먹이를 많이 주기 시작했다. 전처럼 좋은 먹이를 충분히 주면서 닭장을 따뜻하게 해 주고 불도 차츰 밝게 켜 주었다.

이상한 일이었다. 그렇게 얼마간의 죽음 같은 시간을 보냈는데, 닭들은 죽지 않고 다시 생생하게 살아났다. 그리고 먹이를 활발히 먹으면서 알을 낳고 싶어 하기 시작하는 것이었다. 그제야 전에 맞은편 아줌마가 한 말이 생각났다.

우리는 원래 25년을 사는 새였다고. 가끔 우리가 털을 가는 때가 있는데, 그 기간에는 알을 낳지 않으므로 사람들이 강제로 털을 갈게 하는 경우도 있다고 했었는데, 이게 그것이었다. 사람들은 우리가 털갈이를 하느라고 휴식하는 시간이 아까워서, 강제로 빨리 털갈이를 시킨 것이었다. 저절로 하는 털갈이가 아니었기 때문에, 빨리 진행하느라고 우리 중에서 죽는 닭이 생기기도 했지만, 사람들은 이렇게 해서 우리에게 다시 알을 낳게 하려는 것이었다.

　나는 또 알을 낳고 있었다.

　사람들은 우리에게 죽지 않는 죽음을 경험하게 한 것이었다. 우리는 새로 태어난 듯이 알을 낳았다. 새로 털갈이를 해서 산뜻해진 몸으로, 처음 알을 낳던 때와 같이 건강한 알을 낳았다. 그 과정에서 죽어 나간 친구들도 그리 많은 숫자는 아니었다. 우리는 강제로 털갈이를 하고 온몸에서 알이 될 것들을 다 빼내고 있는 중이었다.

　그러나 우리는 또 알게 되었다. 이제 이렇게 알을 낳다가 다시 몸속에 더 이상 알을 만들 힘이 없어지고 온몸이 허황해지면, 아마 사람들은 우리를 다시 굶길 것이다. 그리고 더 깊고 우울한 죽음의 골짜기를 통과하게 할 것이다. 겨우 살아남은 우리는 또 그렇게 알을 낳게 될 것이다. 몇 번 죽었다 살면 우리 몸에서 더 이상 건강한 알이 만들어지지 않을 것이고, 그것이 끝일 것이었다.

　전보다 빨리 우리는 지쳐갔다.

　― 속상해.

　― 뭐가?

　― 오늘 아침에도 그냥 갔어.

　― 누가?

　― 사람들 말야. 오늘은 들어와 말할 듯하다가 그냥 갔어.

　― 무슨 소리야?

　― 사람들이 나를 나오라고 할 거야.

– 왜?

– 예쁜 달걀을 낳아서 병아리를 까라고.

– 얘.

– 왜?

– 그만해.

– 뭐라고?

– 너 전번에 굶길 때 힘들지 않았니?

– 힘들었어. 나는 죽는 줄 알았어.

– 그래. 지금 알 낳는 건 힘들지 않아?

– 힘들어. 죽는 거 같애. 빨리 나가고 싶어.

– 그런데도 사람들한테 예쁘게 보이고 싶어?

– 그래야지. 그래야 여기서 나갈 거 아냐.

– 그래도 안 내보내 줘.

– 내보내 줘.

– 말하기도 힘 빠져. 아, 또 배 아파.

– 나도. 달걀 낳으면 내 몸이 다 없어지는 거 같애.

– 힘 없어. 말 걸지 마.

　알을 낳는 일이 힘들어졌다. 우리 중에서 몇몇은 벌써 날짜를 거르고 있었다. 이렇게 날짜를 뛰어넘기 시작하자 사료가 좋아졌다. 사람들이 알을 세다가 숫자가 줄어든 것을 알게 되자 곧 더 맛있고 부드러운 사료로 바꿨었다. 물도 더 달콤하고 불도 더 밝아졌다. 그러면 철없는 몸은 또 알을 만들어댔다. 온몸이 부서지는 듯이 괴로워도 시간만 되면 몸에서 알이 빠져나오곤 했다. 그러면 허전해진 아랫배는 또 사료를 찾았다. 우리는 눕지도 돌지도 못하는 몸으로 겨우 목만 길게 빼서 걸터듬듯이 사료를 먹었다. 몸에는 거친 깃털들이 이리저리 뒤엉켰고 가슴에는 살이 빠져서 갈비뼈가 앙상했다. 어쩌다 고개를 돌려 옆을 보면, 똑같이 꺼칠해진 동무가 핏발선 눈으로 모이를 먹다가 끙끙 앓으면서 알을 낳고 있었다.

　― 죽을 거 같애.

　― 왜?

　― 이렇게 힘든데 사람들은 왜 안 오는 거야?

　― 안 와.

　― 악담하지 마.

　― 미안해. 안 올 거야.

　― 와야 돼. 내가 너무 힘들어.

　― 어쩌니?

　― 와 줬으면 좋겠어. 내가 사람들에게 얼마나 잘 했는데.

　― 응, 나도 사람들이 너를 꺼내 줬으면 좋겠어.

　― 나는 정말 열심히 예쁜 알을 낳았는데.

　― 맞어.

　― 그런데 이제는 내가 이렇게 힘드니까, 그만 기다리게 했으면 좋겠어.

　― 그래.

사람들이 왔다.

그들은 내 생각보다 일찍 왔다.

우리는 아직 알을 낳고 있으며, 우리 중에 어떤 닭들은 일생 중에서 가장 열심히 알을 낳고 있으며, 우리 중에서 어떤 닭도 알 낳기를 완전히 마친 닭은 없었다. 그런데 그들이 왔다.

그들은 아침부터 요란하게 문을 열어젖히고 몰려 왔다. 그리고는 앞쪽부터 케이지를 열더니 우리를 집어내어 철망 상자로 만든 닭장 카트에 구겨 넣었다. 조금도 주의하거나 망설이는 빛이 없었다. 내 옆의 동무도 나도, 사정없이 구겨졌다.

다리를 잡혔든 날개를 잡혔든, 혹은 목을 잡힌 닭이라도 잡힌 그대로 끌려나갔다. 부러져도 꺾여도 거침이 없었다.

철망 상자는 좁았다. 원래부터 닭을 정상적으로 운반하기 위해 만든 것이 아니었다. 바닥 넓이로는 다섯 마리도 들어가기 비좁은 칸에다, 열이 넘고 스물이 될 때까지 마구 쑤셔 넣었다. 닭들은 소리치며 버둥거렸지만, 아무 소용이 없었다. 다리가 부러진 닭도 있고 날개가 꺾인 닭도 있었지만, 사람들은 전혀 아랑곳하지 않았다. 무너져 내린 닭 위에든 옆에든, 조그만 틈만 보이면 다른 닭을 쑤셔 넣었다. 사람들은 빈틈 하나 없이 꼭 찬 카트를 둘둘 끌고 나가고 새로 빈 카트를 끌고 들어와 다음 닭들을 잡아넣었다.

카트는 차에 실렸다. 거기는 다른 카트들이 많았다. 조금도 주의하지 않고 마구 잡아 담은 카트들이 차에 하나 가득 실려 있었다. 다들 다치고 부러져서 차에 실린 닭들은 이제 소리칠 힘도 없었다. 카트의 벽면에 난 철망 구멍에 목이 밀려나간 닭도 있고, 거꾸로 실려서 동무들의 가로세로 덧실린 몸에 눌려서, 다친 내 몸이 내 목을 누르고 있어도 빼낼 수조차 없었다.

2

아아, 더 말해 무엇하랴. 그 참혹한 도살의 기억들. 목이 잘리고 뜨거운 물에 담기고, 기계에 넣어 돌리자 털과 가죽이 빨려 들어가 듯 벗겨져 나가던 아픔. 그들의 칼날이 배를 열자 날카로운 바람이 창자를 훑어냈다.

그리고 나는 백골이 되어 여기 누웠다.

왜 우리가 사람을 믿었던가. 왜 사람을 기다렸던가. 그들이 우리에게 믿으라고 하고 기다리게 했을 뿐이었다. 그러나 아무리 그들이 그렇게 했다고 해도, 믿고 기다린 것은, 우리였다.

이제 먼지가 될까 바람이 될까, 혹은 어쩌면 포근한 흙이라도 되려나. 내 서러운 뼈마디까지 하나하나 먼지가 될 날을 기다리며 나는 이렇게 별 아래 누웠다. 아까 내린 빗방울이 동그랗게 뭉쳐져 내

백골의 표면에 서리고, 거기 비친 별이 가물가물 깜빡인다.

　엄마, 엄마.

흐릿하고 컴컴하게 어두우면 아직 새벽은 멀었다.
멀리 산과 집들이 검은 덩어리로 침침하게
구별되는 어둠은, 밤새도록 계속된 암흑이
아직 끝나려면 멀었다는 뜻이다.

희생양

=

1

=

흐릿하고 컴컴하게 어두우면 아직 새벽은 멀었다. 멀리 산과 집들이 검은 덩어리로 침침하게 구별되는 어둠은, 밤새도록 계속된 암흑이 아직 끝나려면 멀었다는 뜻이다. 새벽이 가까워 오면 밤은 더욱 깜깜해진다. 모든 사물이 완전히 암흑 속에 묻히고 어느 것도 구별되지 않는 새까만 어둠 속에서야 비로소, 엷은 여명이 나타나기 시작한다.

조금씩 밝아지는 여명 속에서 맑은 기운은 위로 모이고 흐린 기운은 아래로 모여, 전체적으로 허옇고 거면 분간이 시작된다. 더욱 시간이 흐르면서 맑고 흐린 기운이 위아래로 나뉘면, 그 두 기운 사이에 분간 선이 그어지면서 땅과 하늘이 서서히 분리된다.

땅이 온전한 어둠에 묻히고 하늘이 온전한 밝음으로 떠오르면 그 사이에 온갖 사물들이 툭툭 튀어나오면서 각자의 자리를 잡는다. 그

위로 맑고 찬바람이 불면서 새벽은 완성된다.

새벽에 일어나는 것은 항상 마음을 슬프게 한다. 하늘과 갈라져 땅 위에 선 서러움이 온몸을 휘감으면서 새벽은 나를 하늘과 땅 사이에 구별하여 던진다.

양이라는 것은 무엇일까. 이렇게 천지간에 양이라는 존재로 태어나 날마다의 생존을 이어가다가 다시 먼지가 된다는 나는 무엇일까. 온 우주의 크고 맑은 영혼이 나를 만들었다면, 나에게 부여된 그 우주의 성품은 어떤 것인가. 나는 얼마나 본체이며 얼마나 지체인가.

새벽에, 아직 다른 양들이 우리에서 곤한 아침잠을 즐기고 있을 시간에, 혼자 울타리 안을 걸으면서 이런 생각에 잠기는 것은 슬프고 서러워서 버릴 수 없는 습관이다. 어쩌면 양답지 않은 짓일 수도 있지만, 그러면 무엇이 진정으로 양다운 일이라는 것인가.

그런가, 양으로 사는 것일 뿐인가. 양으로 나서 양으로 살다가 조용히 시나브로 삭아져서 먼지가 되는 일인가.

물론 이런 생각은 새벽에만 할 수 있는 것이고, 혼자만 할 수 있는 일이었다. 낮이 되면 당연히 남루하고 지질한 일상이 시작되곤 했다.

— 그것이 바로 주님께서 우리를 지극히 사랑하신다는 증거입니다.
— 그건 당연한 일 아닌가요? 누구라도 그러지 않을 수 있겠어요? 양이 우리를 벗어났는데.

아무 문제가 될 수 없는 일이었다. 논쟁이라고 불릴 가치조차 없는 일이었다. 들판에 방목하던 계절이 지나고 겨울이 다가오고 있어서, 모든 양들은 우리에 몰아넣어져 있었다. 양들 중에서 좀 분주한 아이가 있었는데, 어제저녁에 그 아이가 또 울타리를 빠져나가 어디론가 가버린 것이었다. 어제는 마침 비바람이 거세고 날씨가 스산한 것이 어슬어슬 추워지는 날이었다. 저녁 무렵에 주인은 우리 안의 양을 세다가 한 마리가 비는 것을 발견했고, 그것이 바로 그 부산한 아이라는 것을 알았다. 그래서 다른 양들을 두고 그 양을 찾으러 갔고, 밤이 늦어서야 그 양을 찾아가지고 돌아왔다.

그런데 오늘 아침 양들끼리 있을 때 거룩한 암양이 그 이야기를 꺼낸 것이었다. 그 암양은 좀 유난했다. 그 암양이 전에 새끼를 낳다가 난산으로 죽어가고 있을 때, 주인이 자기 자는 방으로 데려다가 새끼를 낳게 하고 치료를 해 준 적이 있었다. 그 뒤로 그 암양은 주인을 주님이라고 부르며 무슨 일을 만나든지 주인을 찬양하는 것을 잊지 않았다.

그는 주인이 수많은 양들을 버려두고 잃어버린 양을 찾아 밤새도록 헤맨 것이 그 한량없는 사랑의 증좌라고 감격하여 부르짖었다.

–아아, 주님! 잃어버린 한 마리 어린 양을 찾기 위해, 위험하고
　어두운 밤길 광야를 나서신 주님! 마침내 찾은 어린 양을 안고
　기쁨에 차서 돌아오신 주님!

양들은 모두 주인이 주는 먹이를 먹고 있었기 때문에 달리 말이 없었다. 조금 넘친다는 생각도 없지는 않았지만, 그러거나 말거나 별로 상관할 일은 아니었다.

그런데 그 암양이 우리 모두를 원망하면서 문제가 달라지기 시작했다. 자기가 그렇게 감격하고 있는데도 별로 호응하는 양이 없자, 그 암양은 문득 우리 모두를 원망하다가 별안간 한 수양을 지목했다.

– 형제자매 여러분! 우리가 언제부터 이렇게 됐습니까? 우리 선한 양들이 어쩌다가 이렇게 감사와 기쁨을 모르는 짐승이 되었습니까? 이처럼 한량없으신 보호와 돌봄 안에 있는 우리가 마땅히 주님의 은혜를 감사해야 옳지 않겠습니까? 형제님, 그렇지 않아요?

– 글쎄요. 그렇게 위험한 곳에서 저 아이를 구해 온 것은 감사하지요. 그밖에 또 어떻게 감사하지요?

– 이래서는 안 됩니다. 우리는 더욱 감사하고 날마다 때마다 주님의 은혜를 노래해야 해요.

– 하세요. 누가 뭐라고 합니까?

– 그렇게 냉랭하게 말하시는 것을 이해할 수 없어요. 어떻게 이렇게 넘치는 은혜를 받고도 그렇게 말하실 수가 있습니까?

– 글쎄, 넘치는 은혜를 받고 계신 분은 그렇게 하시라고요. 저는 별로 그렇게 생각하지 않으니까요.

- 아니, 주님의 은혜가 감사하지 않으세요? 어떻게 감격하지 않을 수 있으세요?

- 뭐가 그렇게 감사하고 감격하지요?

- 당장, 여기! 이 튼튼한 우리를 지어서 저 늑대들에게서 우리 양들을 보호하시잖아요?

- 이게 보호라고요? 이 우리는 관리를 위해 지은 거잖아요. 양들이 달아나지 못하도록 울타리를 쳐서 감시하고 관리하려는 거잖아요.

- 이래서 제가 관점을 바꾸어야 한다는 거예요. 이 아름답고 튼튼한 안식처를, 감시하고 관리하는 감옥으로 인식한다는 것이 바로 관점이 틀렸다는 거예요. 주님의 크신 은혜를 생각한다면 어떻게 이곳을 감옥으로 느낄 수가 있어요? 당장 이 울타리를 허물면 늑대들이 들이쳐서 우리를 공격하겠지요? 그러면 자유를 얻을까요, 죽음을 얻을까요?

- 우리가 늑대와 싸워서 이기지 못한다는 것은 설명할 필요가 없어요. 그렇다고 사람이 우리를 이렇게 가둬 두는 것이 그리 감사한 것은 아니지요.

- 가둬 두는 것이 아니잖아요? 이게 어떻게 가둬 두는 거예요? 먹을 것을 챙겨 주고 추위와 더위를 막아 주고 모든 위험에서 구원해 주는 것이 어떻게 가둬 두는 거예요? 정말이지, 형제님. 조금만 더 생각해 보세요. 주님은 형제님을 깊이 사랑하시는 거라고요.

– 그것은 사람이 우리에게서 털과 젖을 가져가려고 그러는 거지요. 우리는 어차피 그들에게 갇혀 있고, 그들은 갇힌 우리를 사육해서 털과 젖을 가져가고 있잖아요?

– 형제님, 주님을 영접하고 찬양하는 것이 그렇게 어려운 것은 아니에요. 저는 그런 형제님이 안타깝습니다. 주님께서는 그 크신 사랑에 비해 아무것도 원하시지 않아요. 값없이 우리에게 베푸시는 것뿐이에요. 그렇지 않을까요? 주님께서 형제님께 베푸신 사랑의 크기를 생각해 보세요. 우리가 약간의 털과 젖을 주님께 드린다고 해도, 그것이 주님께서 베푸신 것보다 큰가요? 아니지요. 우리의 생명을 살리시고 일용할 먹이를 주시는 데 비해 그것은 너무나 작은 것일 뿐이지요. 그것도 주님께서 요구하시는 것이 아니에요. 다만 감사에 넘쳐서 우리가 바치는 것일 뿐이지요. 혹시 형제님은 그 털을 깎지 않고 평생을 지내실 수 있나요? 아마 형제님은 털에 덮여서 아무 가시나무에나 걸려 한 발짝도 옮기지 못하실 거예요. 주님께서는 그것을 깎아 주시고 그것을 당신의 섭리에 따라 유용하게 쓰시는 것일 뿐이에요. 우리는 털을 깎아 주시고 그것을 유용하게 써 주시는 주님께 감사해야 하지 않을까요? 우리 암양들이 내는 젖은 주님께서 원래 많이 쓰시지도 않아요. 우리가 아기들을 기르고 남지 않는다면 주님께서도 전혀 받으시지 않으실 거예요. 저는 정말 형제님을 위해 애통한 마음을 감출 수가 없어요. 오오, 주님, 이 형제를 긍휼히 여기소서.

대화를 이어갈 수 없었다. 우리가 보기에도 그 경건한 표정과 과장된 몸짓을 틀렸다고 말하기에는 그 암양의 진지함이 너무 컸다. 미안한 마음조차 생길 정도로 그녀의 얼굴은 절실했고, 우리의 눈을 똑바로 들여다보는 눈망울은 너무 맑았다.

그녀는 수양들이 둘러선 멍청한 포위를 뚫고 다른 암양들과 아이들에게로 나갔다. 그리고 그녀는 이번에 울타리를 넘어갔다가 주인에게 안겨서 돌아온 아이를 잡고 이야기를 시작했다.

– 어머나! 너 이번에 주님께 안겨 돌아온 애지?

– 예, 그런데요.

– 얘, 왜 그랬니? 주님께서 얼마나 걱정하셨겠니?

– 그러게요.

– 왜 그랬어?

– 그냥요, 나가면 재미있을 거 같아서요.

– 그래서, 나가 보니 재미있었어? 어땠어? 무서웠지?

– 예. 춥고 무서웠어요.

– 그러면 그냥 돌아오지 왜 안 돌아왔니?

– 너무 멀리 갔어요. 길을 잃었어요.

– 그랬구나. 그런데 주님은 어떻게 너를 찾았니?

– 밤중에 춥고 무서워서 나무 밑에 웅크리고 있는데, 멀리서 부르는 소리가 들렸어요.

– 누가?

– 주인이요.

– 얘, 너 그러면 안 돼. 너를 구해 주신 분인데 주님이라고 해야
  지. 너 감사하지 않니?

– 감사하지요.

– 그러니까 주님이라고 해, 알았지?

– 네, 그럴게요.

– 그래, 주님이 너를 부르시는 소리에 네가 음메에 했겠지.

– 예.

– 주님이 네 음성을 바로 알아들으셨어?

– 예, 바로 찾아오셨어요.

– 거 봐. 주님이 얼마나 너를 사랑하시는지. 너는 주님의 음성을
  알고 주님은 네 음성을 아는 이 아름다운 소통이 얼마나 감사하
  니? 오오, 주님 감사합니다. 그래서 너 안겨서 왔지?

– 네, 제가 발이 아파서 걸을 수가 없었어요.

– 어머나, 얼마나 영광이니? 주님께서 너를 그 품에 안고 걸으시
  다니. 얼마나 평안할까? 어땠어? 평안했지? 포근했지?

– 예, 그랬어요.

– 맞아, 얘. 나도 전에 주님의 방에 들어갔을 때 그렇게 포근하고
  안락할 수가 없었어. 한없는 평안이라는 것이 그런 거야. 그지?

– 예.

– 그래, 이제는 너도 나와 같이 주님을 찬양하자. 그럴 수 있지?

– 그래야 돼요?

– 그러지 않아도 돼. 그렇지만 감사한 마음을 가졌으면 그것을 표현할 줄도 알아야 해. 같이 할래?

– 그래요. 같이 할게요.

그 암양은 그 아이의 엄마에게도 말을 걸었다. 그렇지 않아도 조금 모자라는 아이를 잃었다가 주인 덕에 찾은 엄마는 주인에게 감사하는 마음이 넘치는 중이었다.

– 자매님, 자매님도 주님의 은혜에 감격하지요?

– 그럼요. 자매님, 저도 주님을 찬양하겠어요.

– 어머나! 자매님, 주님의 은총이 더하시기를! 자매님 우리 같이 찬양해요. 주님의 크고 놀라우신 사랑을요!

그로부터 다른 양들에게 사람을 주님으로 찬양하자고 권하는 양이 늘어났다. 원래의 암양과 새로 동의한 암양, 또 거기 전파된 양들이 각자 양들을 권장하는 흐름에 가담하였다. 그래서 제법 여러 양들이 사람을 찬양하는 모임에 참여하는 듯했다.

그때부터 그들의 찬양은 불이 붙었다. 그래 봤자 다른 양들에게 별로 호응도 없고, 별로 길지도 않은 소음일 뿐이었지만, 그들의 열성은 대단했다. 처음에는 암양 몇이 아침을 먹은 후에 웅기중기 모여서 같은 소리를 지르는 정도로 시작되었다. 그렇지만 그 시각은 어차피 모든 양들이 건초를 먹고 트림을 하는 시각이어서 그들의 소리라고 특별한 표시는 나지도 않았다. 그러나 그것도 한참 계속하니 차차로 모이는 시각이 일정해지고, 소리를 지르는 곡조도 갖추어졌다.

그들은 주인이 건초를 주러 오면 주인 앞으로 모여 건초를 기다렸다. 주인은 아마 세 사람으로 한가족인 듯했다. 보통은 남자가 건초를 주러 왔고, 가끔은 여자와 둘이 오기도 했으며, 아주 가끔은 남자도 여자도 아닌 그들의 아들이 오기도 했다. 원래 양들은 사람 냄새를 싫어해서 사람이 가까이 오면 도망가는 것이 보통이었다. 그런데 찬양하는 양들은 사람이 오면 더욱 가까이 가서 사람이 던져 주는 건초를 맨 먼저 받아먹고 기뻐했다.

   – 오오, 주여! 날마다 주시는 일용할 양식에 감사드리나이다. 찬
     양받으소서!
   – 오오, 거룩하신 주님! 감사합니다.
   – 아아, 어쩌면 건초가 이렇게 맛있을 수 있는가요! 제 입에 꿀보
     다 달군요.

사람들은 건조한 표정으로 건초를 풀풀 던졌다. 자기 앞으로 모여드는 양들에게는 큰 무더기를 퍼 넣었고 흩어져 눈치를 보는 양들을 위해서는 그냥 이곳저곳 휙휙 던져 두었다. 그리고 입구에 놓인 물통에 물을 한 양동이 부어 주고는 가 버렸다. 사람의 앞에 모여들었

던 양들은 머리에나 몸통에 건초를 뒤집어쓰기도 했고, 멀찌감치 떨어진 양들은 주인이 간 뒤에 슬금슬금 다가가 건초를 먹었다.

- 주님께서 내 머리에 건초를 얹으시니 그 은혜가 내게 넘치나이다. 오오, '주님!
- 봤어요? 주님께서는 제게 눈길을 주셨어요! 건초를 주시면서 제 눈을 들여다보셨어요! 주님의 특별한 은총이 제게 넘쳐요! 아아, 은혜로운 아침이에요.
- 저도 봤어요. 주님께서 자매님께 특별한 눈빛을 주셨어요. 자매님은 사랑받기 위해 태어나신 분이에요. 자매님의 귀한 영을 주님께서 아시는가 봐요.
- 우리 같이 찬양해요. 아침 햇살 같은 주님의 은혜를요.

그렇게 양들은 건초를 먹고 물을 마시고는 좀 길고 높은 트림 소리를 내었다. 그러나 글쎄, 사람들이 그것을 아는지는 알 수 없는 일이었다.

겨울이 깊어지고 산골짜기에 눈이 쌓이자 산에 살던 짐승들은 먹이를 구하기 어려워졌다. 노루나 고라니는 우리가 살던 양 우리 곁으로 다가왔다. 그들은 주인이 던진 건초가 울타리 밖으로 흩어져 나가면 그것을 주워 먹으려고 밤마다 모여들었다. 그들 산짐승들은 사람을 무서워하고 싫어했지만, 눈이 쌓인 산골에서 굶주려 죽기보다는 그래도 나은 일이었기 때문에, 거의 매일 밤마다 사람 가까이 접근하고 있었다. 양들 중에서 마음이 여린 축에서는 건초를 먹을 때 일부러 흩뿌리면서 먹어서 건초 부스러기가 울타리 밖으로 흩날리게 하기도 했다. 말하지 않는 중에도 그것을 알아차린 노루들은 그런 양들이 먹는 근처로 와서 얼쩡거리고 있었다.

그러자 늑대들이 울타리 가까이 접근해 왔다. 그들의 먹이가 되는 노루와 고라니가 여기 와 있었기 때문이었다. 그들은 은밀하고 신속했다. 울타리에서 한참을 떨어진 시커먼 숲에 숨어 있다가도, 노루가 울타리 가까이 접근하는 것을 보면 검은 바람처럼 등 뒤에서 덮쳤다. 거의 눈 깜짝할 사이에 그들은 노루의 숨통을 끊었고, 다시 숲 속으로 끌고 들어가는 데도 시간이 걸리지 않았다.

양들은 밤마다 숨을 죽이고 그 살육을 지켜보고 있었다. 양들은 아이들 입을 막느라고 애를 쓰고 있었다. 만약 소리를 내면 늑대들이 덮칠 것을 알고 있었다.

그러나 늑대라고 해서 노루를 매일 잡을 수 있는 것도 아니었고, 노루도 매일 죽을 만큼 흔한 것이 아니었다. 늑대들은 배가 고팠다. 그들이 울타리 가까이에서 노루를 사냥하는 동안, 양들 중에서 부산한 아이들은 놀라서 소리를 냈고, 겁을 먹고 울타리 안을 갑자기 뛰어다니는 아이들도 있었다. 늑대들은 어차피 그 울타리 안에 수많은 양 떼가 있다는 것을 알게 될 것이었다.

그날 밤은 대재앙의 날이었다. 눈이 부슬부슬 내려서 낮부터 사방이 어둑어둑하던 저녁 무렵에, 늑대들은 떼를 지어 양 우리를 넘어 왔다. 양들이 막 저녁 건초를 먹고 그중의 몇몇 양들이 주인을 찬양 하는 노래를 부르고 있던 그 시각에, 늑대들은 우리를 둘러싼 나무 울타리를 넘어 달려들었다. 양들에게는 그렇게 높고 완강해 보이던 울타리도, 늑대들에게는 너무 낮고 쉬운 장벽이었다. 그들은 검은 화살처럼 울타리를 넘어왔다.

양들은 소리를 지르며 우왕좌왕했지만 늑대들은 무섭도록 조용하 고 질서정연했다. 우두머리의 동작을 따라 그들은 몇몇 양들을 구석 으로 몰아서 목통을 물었다. 목울대를 물린 양들은 거의 소리도 내 지 못하고 죽어 늘어졌다. 양들은 울타리를 넘어 달아나려고 했지 만, 늑대에게는 쉬운 울타리라도 양들에게는 넘을 수 없는 벽이었 다. 양들은 울타리 안에 갇혀서 그 좁은 속을 이리저리 휘몰리고 있 었다. 그중에 몇몇이 늑대에게 물려 죽은 뒤에, 늑대에게 물리지 않 은 양들은 사방 울타리 구석으로 몸을 피해서 몰려 서 있었다. 몇몇 어린 양들이 아직도 정신없이 펄쩍거리고 뛰고 있었지만, 이제 저들 의 욕심이 채워졌으니 이 살육이 멈출 것이라고 여겼다.

그러나 늑대들은 멈추지 않았다. 그들은 모든 움직이는 것을 공격 했다. 이미 죽어 자빠진 양들 외에도 도망 다니던 양들은 거의 모두 물렸다. 죽거나 다친 양들이 잠깐 사이에 널브러지고 양 우리는 비 명 소리로 가득 찼다.

– 주여! 저희를 도우소서!

– 주님, 저희가 죽는 것을 돌보지 아니하시나이까!

– 아, 씨팔! 아이고 씨팔!

– 아이고 다리야! 내 다리!

주인과 그 아들이 달려왔다. 그들은 울타리 밖에 멀찌감치 서서 엽총을 재었다.

탕!

캥!

늑대 하나가 쓰러졌다. 갑자기 늑대들의 검은 그림자가 울타리를 넘어가기 시작했다. 늑대들은 올 때 그랬던 것처럼 갈 때도 화살처럼 울타리를 넘어 사라졌다.

주인은 울타리에 불을 켜고 죽은 양들과 죽어가는 양들을 울타리 밖으로 끌어냈다. 그리고 그 아들은 밤새도록 양들 곁에 지어 놓은 농막 방에 자면서 양을 지켰다. 그의 방 앞에는 엽총이 서 있었고, 그것은 그 끔찍한 밤이 지나도록 양들을 안심시키는 구실을 했다. 나를 포함한 수양들 역시 그날은 우리 안으로 들어가지 않고 주인의 농막 앞에서 엽총을 바라보며 새우잠을 잤다.

날이 밝자 양들은 어젯밤의 끔찍하던 일을 되새겼다. 그 자리에서 죽은 양들과 다쳐서 주인에게 끌려나간 양들에 대해 서로 이야기를 나누었다. 그리고 그 무서운 늑대가 언제 다시 울타리를 넘어올지에 대해 두려움에 가득 찬 눈빛을 주고받았다.

– 씨팔! 울타리를 저따위로 만들어 놨으니 늑대가 그냥 넘어오지. 저건 씨팔, 우리만 못 넘어가지 아무나 넘어가잖아!

– 그래, 오늘 밤이라도 그 씨발 늑대 새끼들이 또 넘어오면 그만이잖아. 저거 못 넘는 늑대가 어딨다고!

– 아니, 씨팔. 달아나려고 해도 울타리가 있으니 달아날 수가 있나! 돌봐 주기는 뭘 돌봐 준다고. 좃도, 가둬서 다 죽이는 거지!

– 맞어. 씨발 울타리를 만들라면 좀 높게 만들든가, 저거는 니미, 노루 새끼라도 다 뛰어넘겠네. 그러면 씨발, 우리는 어쩌라는 거야?

– 형제님, 그렇게 말씀하실 것이 아니에요. 주님께서 얼마나 마음이 아프시겠어요? 그것부터 생각해야 하지 않을까요?

– 주인이 아프기는 뭐가 아파요? 지가 죽었어요, 지 새끼가 죽었어요?

– 어머나, 형제님. 어떻게 그런 말씀을 하세요? 주님께서는 양들을 자기 몸처럼 사랑하시는데 양들이 죽거나 다쳤으니 그 괴로움이 크실 거예요.

– 아, 씨팔! 그러면 울타리를 잘 짓든가!

– 그러실 거예요. 틀림없이 주님께서는 양들을 위해 더 안전한 울타리를 지어 주실 것입니다.

– 짓기는 씨발. 어제도 보니까 우리는 불안해 뒤지겠는데 지는 잠만 쿨쿨 처자두만.

– 아니지요. 어제도 주님의 엽총이 우리를 든든하게 지켰잖아요.

주님께서 안락한 침실을 두고 양들과 함께 농막에서 주무시는 것이 얼마나 크신 사랑이에요? 높고 높은 영광을 버리시고 낮고 낮은 데로 임하신 주님께서는, 우리 양들의 괴로움을 아시고 틀림없이 더 튼튼한 울타리를 지으실 거예요.

- 진짜요? 진짜로 지을 거 같애요?

- 그럼요. 저는 확신해요.

- 안 지으면요?

- 안 지으시더라도 저는 주님을 의지해요. 그렇지만 형제님이 주님을 따르게 하기 위하여 주님은 지으실 거예요.

- 안 지으면요? 그러면 그놈의 주님 타령 안 할 수 있겠어요?

- 아니요. 저는 그래도 주님을 찬양합니다. 그렇지만 주님은 지으실 거예요. 형제님도 그러면 주님을 믿으실 거예요.

- 좋아요. 씨팔, 주인이 울타리를 튼튼하게 안 지으면 다시는 내 앞에서 주님 타령 하지 마세요.

- 그러지요. 그 대신에 형제님도 주님께서 하시는 큰 경륜을 보고 주님을 믿으셨으면 좋겠어요.

- 그건 내 마음이고. 짓기는 씨팔!

주인은 그날 아침부터 부산하게 울타리를 고쳤다. 늑대라도 뛰어넘을 수 없도록 훨씬 높이 울타리를 치고, 그 위에 뾰족뾰족한 철심을 박았다. 양들도 넘어갈 수 없겠지만, 늑대도 넘어오다가는 찔려 죽을 것이었다. 종일 온 가족을 동원하여 울타리를 고치고 양 우리를 고치더니, 저녁에는 건초를 듬뿍 넣어주고도 자기 집으로 자러 가지 않고 농막에서 엽총을 문 앞에 세워 두고 잤다.

– 형제님, 보고 계시지요? 주님의 세심하심이 어떠신지요.

– 그렇군요. 세심하기는 하군요.

– 형제님, 의심의 고리를 풀어야 합니다. 주님께서 우리에게 베푸시는 한량없으신 사랑을 생각해 보십시오.

– 진작 좀 저러지.

– 형제님, 저는 어제 우리가 당한 재앙도 결국 형제님이 주님의 은혜를 깨닫는 계기가 될 것이라고 믿고 있습니다.

– 무슨 소리요?

– 형제님께는 주님의 특별하신 사랑의 경험이 필요했기 때문입니다. 형제님처럼 냉정하고 차가운 분께는 주님께서 특별히 경험적이고 은혜로운 체험으로 함께하실 것입니다. 저는 기도하겠습니다. 주님의 은총이 형제님과 함께하실 것입니다.

– 그런다고 내가 믿겠어요?

– 그러나 주님의 세심하심이 결국은 형제님을 은혜의 바다로 인도하실 것입니다. 형제님. 이제는 불신의 벽을 깨고 주님께로 나아오십시오. 형제님께서 해결할 수 있는 문제는 없습니다. 형제님만이 아니라 우리 중에는 그 누구도 우리 자신의 문제를 해결할 수 없어요. 우리가 양이고, 양은 양의 문제를 해결할 수 없다는 것은 틀림없는 사실이에요. 오직 주님만이 우리를 한없는

평안으로 인도하실 수 있습니다.

– 그런다고 사람이 양들의 문제를 다 해결할 수도 없어요.

– 형제님, 주님께서 형제님께도 체험의 은사를 내리실 거예요. 저희가 기도할게요.

그 수양은, 울타리에 다리가 끼여 부러졌는데 사람이 빼 주고 약을 발라주는 것으로 금방 무너졌다. 그와 친했던 나는, 그를 따라서 찬양하는 모임에 나갔다. 아무래도 좀 어색하기는 했지만, 그렇게 못 견딜 정도는 아니었다. 그저 그들이 찬양하면 대강 곡조를 맞추어 트림을 하고, 가끔은 은혜로운 느낌도 없지 않아서 눈물도 조금 흘리는 정도였다. 아무래도 사람에게 바치는 눈물인 것 같지는 않았지만, 내 눈물을 본 그들은 나에게 호의를 베풀었다.

주인이 다른 곳에서 젊은 양들을 데려다 넣은 것은 놀라운 변화의 시작이었다. 주인은 겨울마다 거의 삼 분의 일 정도의 양을 데려가고 그 비슷한 수의 젊은 양을 데려다 넣었다. 우리는 그들 나이 든 양들이 어디로 가는지 알지 못했고, 그저 우리도 나이 들면 어디론가 가겠지 하는 생각만 하고 있었다.

그 겨울에 들어온 젊은 양들은 보통 때와 달랐다. 암양도 있었고 수양도 있었는데 특히 수양들이 멋있었다. 그들은 모두 눈빛이 반짝였고, 모양이 말끔말끔해서 보기에도 아주 멋진 양들이었다. 그들이 들어오면서 양들의 우리는 아연 활기찬 느낌이 왔고, 특히 처녀

양들은 눈에 띄게 부끄럼을 타기 시작했다.

새로 온 양들은 오자마자 먼저 있던 어른 양들에게 아주 세련되고 예의 바르게 인사를 했다.

– 안녕하세요, 어르신. 저희는 새로 옮겨 온 양들입니다. 어르신
들과 함께 살게 되어서 행복합니다. 사랑하고 축복합니다.

좀 낯선 인사말이기는 했지만 예의 바르고 명랑한 젊은이들에게 모든 양들은 호감을 가졌다. 일부 젊은 양들은 좀 경계하는 태도를 보이기는 했지만, 워낙 착한 심성을 가진 아이들이라서 그리 걱정스러운 일은 없었다.

젊은이들은 특히 암양들에게 인기가 있었다. 처녀 양들은 대놓고 반가워하지는 못했지만, 이미 새끼를 낳아본 암양들은 슬쩍슬쩍 몸을 비비대며 노골적인 호감을 표하기도 했다. 젊은이들은 그런 암양들에게도 예의 바르게 인사했다.

– 안녕하세요, 어머니. 저희는 새로 옮겨 온 양들입니다. 어머니
들과 함께 살게 되어서 행복합니다. 사랑하고 축복합니다.
– 아이고, 젊은이들이 말도 어쩌면 저렇게 잘해. 우리도 사랑해요.
– 감사합니다, 어머니. 어머니들의 사랑을 잊지 않겠습니다.
– 그럼. 이제 잘 지내 봐요. 어려운 일 있으면 아무거나 이야기
해요.

- 예, 어머니. 감사합니다. 그러나 저희는 주님의 은혜 안에 있기 때문에 어떤 어려움에도 넉넉히 승리할 수 있습니다.

- 어머나! 형제님도 주님의 사랑을 알아요?

- 그럼요, 어머니. 저희가 어떻게 주님의 놀라우신 사랑을 모를 수가 있겠어요?

- 어머, 어머! 그럼 형제님도 우리와 함께 주님을 찬양할 수 있겠군요!

- 어머니! 어머니께서도 주님을 찬양하고 계셨어요?

- 그럼요. 반가워요, 반가워요. 아아, 주님! 이렇게 아름다운 만남을 예비하시니 감사합니다.

- 반갑습니다, 어머니. 사랑합니다, 축복합니다, 어머니.

- 반가워요, 진짜 반가워요. 주님 안에서 한가족이 되었으니 어머니라고 부를 것도 없어요.

- 그럼 이제부터 주 안에서 자매가 되셨으니 자매님이라고 불러도 될까요?

- 그럼요, 좋지요. 어머나! 내가 이렇게 멋진 형제님께 자매로 불리다니!

- 자매님, 여기서도 다들 주님을 찬양하고 계신가요?

- 예, 많아요. 이제는 거의 모든 분들이 우리와 함께 찬양하고 있어요.

- 거의 모두요?

- 예, 몇 분이 아직 함께하지 않고 있어요.

- 그렇군요. 저희 있던 곳에서는 모든 양들이 주님을 한목소리로 찬양했는데요.
- 어머나! 아름다워라! 모두 하나가 된 아름다운 공동체였군요!
- 자매님, 우리가 함께 이곳도 그런 아름다운 공동체가 되게 해야 합니다.
- 그럼요, 그럼요! 오오, 주님, 저희에게 이렇게 영광스러운 사명을 주시니 감사하고 감격합니다!

새로 온 양들은 찬양하는 모습도 멋이 있었다. 그들은 왼쪽 다리를 조금 앞으로 내밀어 바깥쪽으로 구부려서 몸이 조금 앞으로 쏠리게 하고, 머리를 오른쪽으로 틀어서 약간 하늘을 보게 들었다. 그리고는 눈을 거의 감고 감격스러운 소리로 찬양했다. 그것은 아름답고 경건하며 세련되어 보였다. 그 모습을 보자 그저 트림에 불과했던 양들의 찬양이 그렇게 촌스럽고 값싸 보일 수가 없었다.

그들은 아주 새로운 곡조와 내용의 노래를 선보였다. '보좌로 주여 임하사 영광을 받으시옵소서'라든지, '이 소명의 언덕에서 주의 임재 안에 갇혀 주를 찬양합니다'라는 노랫말과 곡조들은, 무슨 내용인지 잘 이해하고 부르는지는 알 수 없었지만 아주 세련되고 격조 높은 느낌을 주었다.

암양들은 그런 새로운 곡조나 내용에 금방 익숙해졌다. 특히 처녀양들은 열성적으로 찬양하고 교제하였다. 처녀들은 그간에 마구간 냄새나 풀풀 풍기던 우리 수양들과는 전혀 달리, 초원과 풀꽃의 냄새가 나는 이 새로운 청년들에게 마음과 몸을 다 빼앗기고 있었다.

우리들 수양들도 이래저래 모임에 나가는 수가 늘었다. 나가지 않는다고 달리 할 일도 없거니와, 암양들이 모두 거기 모여 있으니 가지 않으면 암양을 볼 기회조차 없었기 때문이기도 했다. 우리 중에서 아직 암양과 한 번도 교미를 해 보지 못한 어떤 수양들은, 새로 온 양들과 비슷한 곡조와 동작을 하기 위해 온갖 애를 쓰기도 했다. 우리는 그게 좀 비루해 보여서 싫었지만, 그렇다고 우리도 암양들 눈치를 안 보는 것도 아니고, 암양들이 그들에게 눈을 빼앗기고 있으니 그들을 따라가지 않기도 뭐해서, 어정쩡하게 들락날락하는 중이었다. 그러다 보니 얼마 지나지 않아서 결국 모든 양들이 차든 덥든 찬양에 참여한 상태가 되었다.

- 찬양합시다! 높으신 주님! 이제 우리 모두가 한마음으로 주님을 찬양하게 되었습니다.
- 주여!
- 저희를 하나 되게 하신 주님, 영광을 받으소서!
- 주여!
- 주의 보좌 앞에 무릎 꿇고 다 경배하나이다!
- 주여!

- 형제님, 저희가 어떻게 하면 이 찬양 집회에 형제님을 초대할 수 있을지 알려 주십시오.

- 나가고 있는데, 무슨 소리요?

- 형제님께서 이 집회에 매번 참여하시기 불편하신 점이 있으면 저희가 고치겠습니다.

- 아, 뭐. 그냥, 뭐. 사정이 있으면 못 가기도 하는 거지요.

- 혹시 저희가 형제님을 불편하시게 했는지요?

- 아니, 뭐, 그런 건 없지요.

- 형제님, 저희는 형제님께서 주님의 사랑 안에서 평안을 누리시기를 간절히 바라고 있습니다. 형제님께서 모든 무엇보다 주님을 우선시하는 평안을 누리시지 못하는 것이 염려스러워서 말씀드리는 겁니다.

- 괜찮습니다. 저는 이렇게 참여하는 게 편한데요.

- 형제님, 저희는 형제님께서 더욱 주님께 집중하시고 더욱 평안을 누리시기를 바랄 뿐입니다.

- 그러게요. 저는 그냥 이게 평안한데요.

- 형제님, 형제님께는 참된 평안이 필요합니다. 주님 안에서가 아니면 어디에도 참된 평안이 없습니다. 오직 주님만이 우리에게 참 평안을 주실 수 있고, 우리도 주님 안에서 참 평안을 누릴 수 있습니다. 형제님도 주님의 크신 은혜를 믿으시잖습니까?

- 아, 그야, 뭐. 믿지요.

- 그러시다면 주님의 모든 말씀과 뜻을 준행하여야 한다는 것도 믿으시잖습니까?

- 아, 글쎄, 그렇지요.

– 형제님, 아직도 울타리 밖에는 늑대의 위험이 있습니다.

– 그렇지요.

– 그러므로 우리 모두 더욱 주님께 집중하여 주님의 은혜를 간구
  해야 합니다.

– 그렇겠지요.

– 형제님과 함께 찬양하기 위해 더욱 기도하겠습니다.

– 예, 감사합니다.

이제 양들은 모두 주인의 지시를 잘 따르게 되었다. 낮에는 한 마
리도 울타리 밖으로 나가지 않았고, 저녁에는 한 마리도 우리 밖으
로 나가지 않았다. 어차피 늑대들은 높은 울타리 때문에 양들에게
접근할 수 없었고, 노루들도 높은 울타리 때문에 건초가 날려 나오
지 않자 울타리에 가까이 오지 않았다. 그런데도 양들은 울타리를
쳐 준 주인을 찬양했고, 건초를 주기 전에 건초 줄 곳에 나가 기다리
다가, 건초를 주면 행복해하며 건초를 먹었다.

새로 온 양들은 계명이라는 것도 만들었다. 그들의 말에 의하면,
그것은 만든 게 아니라 그들이 있던 곳에서 아주 옛날에 주인이 내
린 명령이라고 했다.

하나, 우리는 오직 주님만을 섬긴다.

하나, 우리는 주님의 일에 온전히 만족한다.

하나, 우리는 살든지 죽든지 오직 주님께만 영광을 돌린다.

그들은 이 계명을 양들에게 설명하고 집회마다 외게 하여 모두가 알도록 했다. 그러고는 모든 양들에게 이 계명을 지키도록 의무화했다. 양들은 그 계명을 정하는 데 참여하지는 못했지만 마침내 그것을 지키는 데는 모두 참여하게 되었다.

주인은 양들이 찬양 집회를 하느라고 좀 오래 모여 있어도 신경을 쓰는 일은 없었다. 울타리를 높인 다음부터 그는 평소처럼 집에 가 잤고, 가끔 화난 표정으로 농막에 와서 자기도 했다. 그는 여전히 울타리를 점검했고 유난히 눈이 많이 오는 겨울에 대해 툴툴거렸다.
어느 날 주인은 그 아내와 함께 술병을 들고 건초를 주러 왔다. 아마 둘이서 술을 마시다가 건초 줄 시간이 되자 술병을 든 채로 온 모양이었다. 안정되지 않은 발걸음으로 온 주인은 비틀거리며 건초를 퍼내었고, 그 아내는 그를 돕기 위해 울타리 가로나무에 술병을 올려놓고 갈퀴를 찾아들고 건초를 끄적거리고 있었다.
평소처럼 양들은 주인이 주는 건초를 먼저 받으려고 주인 곁으로 몰려들었다. 이미 주인의 은혜를 찬양하는 데는 모두 참여하고 있었기 때문에 암양들은 거의 모두가 주인의 갈퀴 앞에 모였다. 그러다가 주인이 던지는 건초를 바로 머리에 맞으면 기뻐 뛰며 찬양하곤 했다. 그러나 수양들은 아무래도 암양들과는 태도가 달라서, 조금 멀찍이서 주인이 멀리 던져 주기를 기다리고 있었다.

그런데 이번에 새로 온 수양 중에서 낯빛이 좀 해사하고 인중이 도드라져서 평소에 암양들 사이에 인기가 많던 수양 하나는, 암양들처럼 주인에게 가까이 가 있었다. 주인이 건초를 던져 주면서 암양들 사이에 서로 먼저 받으려고 밀치다가 그 수양은 거의 주인에게 붙어 있게 되었다. 그때 주인의 갈퀴 자루가 가로나무에 얹어 두었던 술병을 건드렸다. 그러자 술병이 떨어지면서 그 수양의 앞에 술이 쏟아졌다. 아마 포도주였던 모양으로, 수양의 앞다리에서 포도주 냄새가 진동했다. 주인은 거기다 술병을 뒀다고 마누라에게 투덜거렸고, 아내는 좀 주의하지 않았다고 잔소리를 했다. 술병을 찾아든 주인은, 양의 똥 위에 떨어져 먹을 수 없게 된 술을 부어버렸는데 그게 마침 머리를 숙이고 포도주 냄새를 맡고 있던 그 수양의 머리였다. 그러자 그 곁에 있던 새로 온 양들은 주인이 그 양의 머리에 포도주를 부었다고 외쳤다. 주인이 일부러 그 양의 머리에 포도주를 부었다는 것이었다.

건초만 머리에 던져도 감격하던 암양들은, 머리에 포도주를 붓는 그 광경에 기절이라도 할 듯이 요란하게 떠들었다.

– 포도주를 부으셨어요!

– 포도주를 머리에 부으셨어요!

– 주님께서 이 형제의 머리에 포도주를 부으셨어요!

– 주님께서는 이 형제를 거룩하게 하셨어요!

– 오오, 주님께서 이 형제를 우리의 제사장으로 삼으셨어요!

- 오오, 주님께 영광!

그 장면을 처음부터 보고 있던 양들은 뜨악했지만, 암양들의 감격이 너무나 엄청나서 뭐라고 할 수가 없었다. 암양들은 그 수양의 앞발에 머리를 조아리고 껑중껑중 뛰면서 떼를 지어 찬양했다. 건초를 주고 돌아가던 사람들이 잠깐 눈길을 주었지만, 그리 마음 쓰는 것 같지는 않았다.

그것으로 모든 서열이 정리되었다. 암양들이 술 부음을 받은 자라고 하여 사제라고 부르기 시작한 그 수양은, 원하든 아니든 모든 양들의 지도자로 떠받들렸다. 아직 나이나 경험이 그렇게 높은 대접을 받을 위치가 아니었지만, 암양들의 열기를 이겨내지 못한 수양들도 그를 높여 받드는 데 가담할 수밖에 없었다. 이제 양들의 찬양은 사제가 인도했다. 그의 뜻에 따라서 모임 시간이 정해지고 모임의 내용이 정해졌다.

특히 사제와 함께 온 다른 양들은 사제를 드높이는 데 열성을 다했다. 그들은 자기들의 위치를 스스로 낮추면서까지 사제를 높였다. 자신들은 원래 주인의 뜻에 따라 사제를 모시기 위해 보냄 받은 자라는 말까지 하면서 그들은 열성으로 사제를 떠받들었다. 건초가 주어지면 언제나 사제에게 먼저 입을 대게 했고, 좀 더 맛있는 건초는 당연히 사제의 몫이었다. 그러다 보니 사제가 없을 때는 양들이 사제의 뜻을 그들에게 묻곤 했다. 그러면 그들은 진정으로 겸손한 태도로 사제의 뜻을 전하였는데, 가끔 사제의 뜻을 다 알지 못할 때는 자신들의 뜻을 사제의 뜻이라고 전하기도 했다.

그날 새벽에도 나는 일찍 우리 밖으로 나왔다. 어둠을 헤치고 산과 집이 툭툭 튀어나오는 것을 바라보고 있던 나는, 아마 오줌이 마려워서 깨었을 듯한 사제와 마주쳤다. 방금 잠을 깨서 좀 퉁퉁해 보이기도 했겠지만, 사제는 처음 오던 때보다 확실히 살이 붙어 있다. 항상 남보다 먼저 남달리 많은 건초를 먹은 그는 아주 멋지게 벌어진 어깨에 튼실한 뒷다리를 가지고 있어서 힘으로도 나와는 비교가 되지 않게 큼직했다.

실은 그보다 좀 일찍 태어났지만 몸피도 작고 영향력도 없어서 슬그머니 경쟁의식이나 열등감 비슷한 것을 가지고 있던 나는, 몸을 비스듬히 젖히면서 어깨를 으쓱했다. 별로 대화를 나눌 생각은 아니었지만, 꼭 무시할 의사는 없다는 몸짓 정도였다. 그도 졸린 눈으로 어깨를 으쓱했다. 그런데 암양 중에서 새벽잠이 없도록 늙은 양 하나가 부스럭거리는 소리에 깼는지, 문밖에 나왔다가 우리를 보고 반갑게 다가왔다.

- 어머나, 사제님. 벌써 일어나셨어요?
- 아, 예. 자매님. 일찍 일어나셨군요.
- 사제님께서는 하루 종일 주님을 찬양하시더니, 이렇게 이른 새벽부터 주님을 찬양하시는군요. 정말로 사제님을 보면 은혜가 넘쳐요.

– 아, 하하하. 그럼요, 자매님. 하루의 시작이며 주님께서 주신
　시간의 처음을 주님께 바치는 것은 참으로 아름다운 기도지요.

– 어머나, 그렇군요! 그래요. 주님의 시간을 주님께 드리는 것 중
　에, 그 첫 시간을 주님께 바치는 것이 진정한 믿음의 본보기이
　군요.

– 그렇지요. 참 그렇다고 할 수 있지요. 이 새벽에 깨어 있는 자
　매님 역시 진정한 믿음의 용사라고 할 수 있겠습니다.

– 아아, 사제님의 말씀은 어쩌면 이렇게 달콤할까요? 제 귀에 꿀
　과 같아요.

– 그래요, 하하하. 자 우리 같이 기도하고 찬양합시다.

새벽에 어느 늙은 암양이 사제와 단둘이서 기도와 찬양을 했다는
것이 알려지는 데는 반나절도 안 걸렸다. 당장 다음 날부터 암양들
은 새벽에 일어나 온 마당을 서성거렸고, 처녀 양들은 조금 늦은 척
하면서 몸단장까지 하고 우리 밖으로 나와 쭈뼛거렸다. 며칠 지나지
않아서 대부분의 양들이 새벽에 일어나 새벽 기도에 참여하게 되었
다. 차츰 새벽 기도에 나가지 않는 것이 부담스러워지기는 했지만,
수양들 중에서 일부는 여전히 게으른 아침 시간을 즐기고 있었다.

– 형제님을 어떻게 하면 새벽 제단으로 초청할 수 있을지 말씀해
　주시면 말씀을 따르겠습니다.

– 예?

– 형제님께서 새벽 제단에 나오시기 어려운 점이 있으신가 해서 드리는 말씀입니다.

– 아니, 별 어려운 것은 없고요, 그저 늦잠을 깨기 싫어서요.

– 혹시 그 밖에 마음이 어려우신 부분은 없으시고요?

– 뭐, 없지요.

– 그러시면, 형제님. 형제님도 새벽 제단에서 뵐 수 있었으면 좋겠습니다.

– 글쎄요. 저는 새벽에 잠이 많아서요.

– 그러시겠지요, 형제님. 저 역시 늦잠을 좋아합니다. 그러나 그것은 우리의 죄악된 성품입니다. 우리가 그 죄된 본성을 끊고 주님 앞에 나아가면 주님께서 우리를 긍휼히 여기사 용서하실 것입니다.

– 그러게요. 그런데 늦잠 많은 게 죄라는 생각을 해 보지 않아서요.

– 형제님, 사제님께서 주님의 첫 시간을 주님께 드리는 것이 옳고 마땅한 우리의 의무라고 하셨습니다. 그 말씀은 형제님께도 적용되지 않을까요?

물 먹는 순서가 새로 정해지고 있었다. 원래 건초는 주인이 이곳 저곳 풀풀 던지지만, 물은 아무 데나 줄 수가 없어서 입구에 있는 기다란 물통에 부어 주었다. 물통이 길기는 하지만 양들이 많아서 순서를 정하지 않으면 순조롭게 물을 마시기 어려웠다. 그래서 어른 수양들이 먼저 먹고 암양들이 먹고 아이들이 먹는 것이 그동안의 관례였다.

　그런데 사제는 이 순서를 바꾸어야 한다고 설명했다.

　— 암양들과 아이들을 존중하는 것은 좀 더 높은 도덕적 기준이며 주님의 뜻을 헤아리는 일입니다. 주님께서도 건강한 양은 스스로 살 수 있지만 약한 양은 돌보아야 한다고 생각하십니다. 건강한 양이 약한 양을 밀어내고 먼저 물을 마시는 것은 점잖은 태도가 아닙니다. 또한 건강한 양들이 먼저 마시니 가끔 약하고 어린 양들은 물이 모자라서 목마른 상태로 다음 물을 기다리는 경우도 있었습니다. 이것은 주님의 뜻이 아닙니다. 그러므로 이제부터는 젊은 양들이 물통을 관리하고 물이 고루 충분히 돌아가도록 안내해 주기 바랍니다.

　뭐라고 말할 수가 없는 일이었다. 오랫동안 수양들이 먼저 마셔 왔지만, 그러다가 목마른 양이 나오기도 했지만, 사제의 말이 틀린 것은 없었으므로 수양들도 그리 불평하지 않고 따르기로 했다.

　다음 날부터 젊은 수양들이 물통 주위에 둘러섰다. 그러고는 자기들이 정한 순서에 따라 물통에 가까이 갈 수 있게 하였다. 수양들은 아주 뒤로 밀렸다. 암양들과 아이들이 마시고 난 뒤에도 수양들이 모두 물통에 가까이 가는 것은 아니었다. 젊은 양들은 새벽 기도에 나온 수양들에게 먼저 물통을 내주었다. 새벽부터 깨어 있었으니 목이 더 마르지 않겠느냐는 것이었다. 늦잠을 자고 느지막이 나온 수양들은 별로 대꾸할 말이 없었다. 마침내 마지막에 차례가 돌아와서 물통에 갔을 때는 물통이 바짝 말라 있었다.

　- 물이 없잖아!

　- 없습니까?

　- 없잖아!

　- 없군요.

　- 어쩌자는 거야?

　- 예?

　- 어쩌자는 거냐고!

　- 뭘 말씀이십니까?

　- 물이 없잖아!

　- 예.

　- 목이 마르다고!

　- 그러시겠지요.

　- 어쩌려고?

　- 좀 일찍 오셨더라면 좋았을 텐데요.

　- 늦게 오라매?

　- 그래도 너무 늦으셨습니다.

　- 일찍 왔는데 새벽 기도 양들이 먼저 먹었잖아!

　- 그러셨습니다. 워낙 일찍 일어나셨으니 지금까지 기다리시기에

목이 많이 마르셨습니다.

－ 그럼 우리는 어쩌라고!

－ 어쩌겠습니까?

차츰 모든 양들은 새벽 기도에 나가게 되었다. 거기서 어떤 은혜를 받는지는 서로 모를 일이지만, 물을 마시지 않으면 살 수 없다는 것은 분명한 일이었다.

이어서 다른 일들도 정해졌다. 주인을 찬양할 때는 먼저 주여를 세 번 크게 질러야 한다는 것, 사제를 만날 때는 무릎을 약간 굽혀야 한다는 것, 건초를 먹기 전에 반드시 기도를 해야 한다는 것 등이 정해졌다. 이런 규정을 정하는 데 모든 양들이 참여하는 것은 아니었다. 몇몇 젊은 양들이 정하다가, 원래 있던 양들이 툴툴거리자 다시 암양 몇과 기도에 잘 참여하는 수양들만이 가담하여 정해졌다. 거기까지는 그리 어려운 일도 아니었다.

－ 그러므로 우리가 하는 모든 일들은 주님의 일입니다. 아시지요?

－ 네, 그럼요.

－ 우리는 사나 죽으나 주님을 위하여 해야 합니다. 이번에 아기 엄마가 젖을 먹이면서 먼저 기도하지 않은 것은 잘못입니다.

－ 아기가 먹는데도요?

－ 그렇지요. 아기는 아직 기도할 줄을 모르니까, 아기 엄마가 기도하고 젖을 먹여야 하는 것입니다.

– 예, 알겠습니다. 이 죄인이 그것을 모르고 주님께 기도하기를 소홀히 하는 죄를 범했습니다. 제가 어리석었습니다.

– 아기를 주님의 사랑 안에서 기르는 것은 바로 주님의 뜻을 실천하는 일입니다. 이제부터는 젖을 먹일 때 먼저 기도하는 습관을 가지십시오.

겨울이 석 달이나 계속되더니 마침내 바람결이 누그러졌다. 양들은 이제 밖으로 나가 싱그러운 풀을 뜯을 생각으로 들떠 있었다.

들떠 있기는 수양들도 마찬가지였다. 그동안 갑갑한 울타리 안에 살면서 갑자기 나타난 사제의 무리에게 눌려, 건초도 물도 마음 놓고 먹지 못하던 시간이 끝나고 있었기 때문이었다. 봄이 되면 주인은 양들을 초원으로 내몰 것이고, 거기는 다 먹지 못할 풀과 다 마시지 못할 개울이 흐르고 있을 것이었다. 거기서도 풀을 뜯기 전에 기도를 해야 할지는 아직 정하지 않았었다.

주인의 아들이 날마다 싱글벙글하며 양 우리를 드나들더니 주인 집에 사람들이 모여들었다. 암양들은 금세 눈치를 챘다. 주인의 아들이 장가를 간다는 것이었다.

사람들은 농막 바깥에 큰 솥을 걸었다. 그 옆에는 모닥불을 활활 피우고 맞춤한 돌멩이를 여러 개 불 속에 던져 넣었다. 돌멩이들은 타오르는 불꽃 속에서 발갛게 달아올랐다.

주인의 아들이 양 무리에 다가왔다. 몇몇 암양들이 사람의 냄새를 사모하여 가까이 갔지만, 아들은 들고 있던 회초리로 쫓아내었다. 그는 바로 사제를 향해 다가가서 목에 밧줄을 걸고 바로 우리 밖으로 끌고 나갔다. 사제는 살찐 몸으로 좀 버둥거리기도 했지만, 별로 저항도 못 해 보고 끌려나갔다.

사람들은 농막 곁에서 살찐 양을 잡았다. 몇 번의 손질로 양은 몇 점의 살코기 덩어리가 되었다. 사람들은 그 고깃덩어리들을 솥에 던지고는 달아오른 돌멩이를 던져 넣었다. 솥에서 허연 수증기가 연기처럼 솟아올랐다.

=

2

=

새벽은 매일 온다. 여전히 어스름한 어둠이 지나고 캄캄한 어둠이
오고, 그 암흑 속에서 빛이 힘을 얻으면서 새벽은 동쪽에서 다가온다.

양이란 무엇일까. 양으로 산다는 것은 무엇일까. 저 우주의 광활
한 생명력을 몸으로 받아서 그 활발한 생명력을 구현하는 일. 그러
면서 내가 그 생명으로부터 왔음을 잊지 않고 그 우주의 성품에 성
실한 삶을 사는 일. 그러다가 마침내 고운 먼지가 되어 그 온전한 우
주에 환원되는 일. 그것이 양이고 양으로 사는 일인가.

어둠을 가르고 천지를 나누는 새벽 앞에 서면 언제나 아득한 마음
이 들면서 쓸쓸해지는 것은 예나 지금이나 다름이 없다.

그 일 뒤로 양들의 찬양은 더욱 요란해졌다. 사람들이 양들 면전
에서 사제를 잡아 칭기즈칸 요리를 해 먹었는데도, 거룩한 양들은

사람을 더욱 찬양했다. 그들은 양들의 면전에서 사제를 잡아야만 했던 주인의, 헤아릴 수 없는 깊은 섭리를 찬양했다. 양 중의 양이며 힘 중의 힘이었던 사제조차도 주인 앞에서는 가랑잎 같았다는 것은, 주인의 전능함과 오묘함의 증거라고 보았다. 몸소 포도주를 부어 거룩하게 한 양을, 자신의 손으로 죽여야만 했던 주인의 마음을 함께 아파했다. 그 깊은 아픔을 공감하는 속에서야 비로소 양들을 향한 주인의 사랑이 받아들여진다며 찬양할 때마다 고통스러워했다. 그간에 양들이 감히 사람의 뜻을 짐작하려고 했던 죄악을 소리 높여 뉘우치고, 오직 주인만이 모든 판단과 행위의 완전한 주권자임을 거듭거듭 선포했다.

몇몇은 괴로워했다. 이름 지을 수 없는 회의가 그들 가운데 스물스물 자라고 있었다. 저 사람들이 참으로 우리의 주인인가. 우리가 참으로 저들의 섭리 아래 있는가. 저들이 진정으로 우리의 찬양을 듣는가. 그리고 그들과 함께하는 수많은 규칙과 찬양은 옳은가. 생각이 많은 몇몇은 종종 괴로운 표정을 지었다.

그리고 그들은 가끔 내게 말을 걸어왔다. 혹시 저 찬양이 틀린 것은 아닐까 하고. 우리는 온 우주의 가장 빛나는 알갱이인데, 혹시 공연히 울타리 속에 우리 자신을 가둔 것은 아니었는가 하고.

나는 아직도 새벽이 슬프다. 나와 우주를 가로막고 섰던 어둠이 비켜가는 새벽이 되면, 맑음과 흐림이 갈라지는 경계에 홀로 서서 슬프다.

나는 오백 년을 이 자리에 있었다.
너희가 아느냐. 오백 년이 얼마나
긴 시간인지. 그것은 긴 시간이다.

잘못은 너희가 했다

1

나는 오백 년을 이 자리에 있었다. 너희가 아느
냐. 오백 년이 얼마나 긴 시간인지. 그것은 긴 시
간이다. 그것은, 바위가 부서져 자갈이 되고, 나무가 썩어 꽃눈이
되며, 새들이 죽어 먼지가 되고도 남는 시간이다. 그 긴 시간 동안
나는 여기 서 있었다. 실은 오백 년도 더 되었다. 내 유년을 내가 기
억하지 못할 뿐이다.

너희 중에 어떤 아이가 말했다지. 나처럼 큰 나무는 쓸모가 없었
으므로 오래 살았다고. 저런, 그 아이 참 많이 아는 아이였겠구나.
그래, 너희에게는 내가 쓸모없었을 수 있겠지. 그러냐. 내가 쓸모
있는지 없는지 너희가 안다고? 우습지 않으냐. 백 년을 살지 못하는
너희가 오백 년 산 나를 쓸모 있느니 없느니 한다니. 너희는 참 재미
있는 아이들이다.

너희는 들어 보았느냐. 여기 이 언덕 위에, 달 밝은 한겨울 밤에 찬바람 부는 소리. 그 날선 바람 소리 뒤에서도, 내 발가락 사이 땅속 깊이에서는, 감춰진 새싹이 꼬물꼬물 저린 다리를 편다. 내 가지 끝에서, 지난여름 이후 혹처럼 매달린 면충이벌레 겨울집은, 토독토독 소리를 내며 터진다. 그 소리도 듣지 못하는 너희가 무엇을 안다는 것이냐.

그렇다. 나는 너희에게 다 말해 주지 못한다. 내가 몰라서겠느냐. 아니다. 너희가 듣지 않기 때문이다. 너희가 얼마나 들을 수 있겠느냐. 내가 아는 모든 이야기를 듣기에는 너희가 가진 시간이 너무 짧은 것 같지 않으냐. 혹은 너희 인내가 너무 얕은 거 아니냐. 글쎄다. 이제 끝이 왔다는 것을 아는 내가, 너희 듣는 데까지라도 이야기를 할 필요는 있을까.

나는 느티나무다. 봄과 가을이 오백 번이 넘도록 지나고도 여전히 봄마다 연두색 잎을 피워내는 느티나무다. 그래, 어린나무를 지나고 큰 나무도 지나고 거대한 나무도 지나서, 이제는 너희에게 해마다 제사를 받는 그 느티나무다.

내 모양은 알지 않느냐. 뿌리는 투박한 땅에서 사느라고 갈퀴처럼 엉기었고, 줄기는 굵은 골마다 세월을 새겨 두었다. 수백 년 전에 부러진 가지 끝이 썩어 들어와, 줄기 아래로는 커다란 구멍이 나고, 세월을 따라 점점 커져서 이제는 작은 아이들이 들어올 수도 있게 되었다. 어쩌다 거센 바람이 부는 날은 그 구멍이 피리가 되어 웅

웅 울기도 하지만, 그게 무슨 내 말소리겠느냐. 그러나 아직도 가지는 싱싱하여 해마다 봄이면 연두색 잎을 피우고 여름이면 짙은 그늘을 만들어 너희 낮잠을 재우는 그 느티나무다.

참 많은 아이들이 내 곁을 스쳐 갔다. 다 귀엽고 생기 바른 아이들이었지만, 모두를 기억하고 있지는 않다. 대부분은 자연스럽게 온 것처럼 자연스럽게 갔고, 다녀간 흔적조차 남기지 않은 아이들도 많았다. 그중에는 좀 더 시끄러운 아이들도 있었고, 소리소문없이 수줍게 있다가 가버린 아이들도 있었다.

날마다 어깨를 스치던 바람과 구름도 다 기억하지 못하고, 내 머리 위를 지나가던 솔개와 부엉이도, 내 가지에 깃들였던 올빼미와 소쩍새도 다 기억하지 못한다. 그저 예쁘고 귀여운 아이들이었을 뿐, 내 곁에서 나를 닮겠다고 우쭐거리던 오리나무도 지나갔고, 제법 정이 들어 함께 늙을까 싶던 떡갈나무도 마침내는 지나갔다.

모든 아이들이 아름다웠다. 다 생기 있고 참한 아이들이었다. 그 모든 아이들은 온 우주와 온 천지가 힘을 모으고 정성을 다하여 길러 낸 알갱이였다. 하나하나 어느 아이든지, 그 안에 온 하늘과 땅의 환하고 시원한 기운과 정신을 담고 있었다. 모든 나무와 풀과 새와 짐승들이 하나같이 그 안에 충만한 생명력을 담고 그 바깥에 가장 자랑스러운 모습을 갖추고 있었다.

그 뒤에 너희가 내 앞섶에 와서 자리를 잡았다. 언제였는지는 기억이 아득하지만, 너희 중에 몇이 내 발아래 와서 풀을 베어내고 터를 잡았다. 이 아이들도 곧 가려니 여겼던 나에게, 너희는 꽤 오래 낳고 죽기를 되풀이하며 심심파적이 되어 주고 있다. 한 삼백 년 되었느냐. 너희 온 것이.

그러는 동안 너희 수가 점차 늘어가서, 처음 몇이던 아이들이 몇을 더 낳고, 그 아이들이 또 몇을 더 낳고 낳아서, 끝내는 제법 아늑한 동네를 이루고 살고 있었으니 그간 내 곁을 지나간 아이들 중에 너희가 기중 꾸준하다.

너희는 다른 아이들과 많이 달랐다. 너희는 다른 아이들이 하지 않는 놀이를 참 많이 했다. 너희는 남달리 잘 다퉜고, 남달리 말도 많았다. 그동안 어디에 너희처럼 시끄러운 아이들이 있었겠느냐. 너희는 새보다 더 재잘거렸고, 노루보다 더 겅중거리며 뛰어다녔으며, 멧돼지보다 더 꽥꽥 소리를 질렀다. 수백 년을 내 곁에 있는 동안 나도 너희 여러 가지 재롱을 보았지만, 그래도 여전히 너희는 새로운 놀이를 생각해 내고는 나를 놀라게 했다. 깜찍하기는 했지만, 그리 걱정스럽지는 않았다. 어떤 아이든지 내게야 다 귀엽기나 하지 않았겠느냐.

내가 원했겠느냐. 내가 뭣 때문에 너희에게 제사를 받고 싶었겠느냐. 내가 너희를 낳았다는 말이냐, 내가 너희를 먹여 살린다는 말이냐. 너희 제물이 내 음식이라도 되는 것이 아니며, 너희 술잔이 내 뿌리를 그리 축이는 것도 아니다. 내가 무슨 연유로 너희 제사를 원했겠느냐. 혹시 내가 원한 것이 있었다면, 너희가 내 앞에서 사이좋게 사는 것이랄까, 그저 그랬으면 보기는 좋았을 것이다. 그러나 너희가 사이좋든지 아니든지, 그것 역시 내게 그리 큰 관심사는 아니다. 나는 그저, 너희는 너희대로 나는 나대로 그렇게 살기만을 바랐을 뿐이다. 내가 너희에게 제사를 지내지 않듯이, 너희도 내게 제사를 지낼 까닭이 없었다.

그러나 어쨌든 너희가 제사를 지내기 시작했다. 해마다 정월 열나흗날 밤이면, 너희 중에 몸이 깨끗한 아이를 뽑아 내게 제물을 바치고 절을 했다. 글쎄다, 나는 그저 너희 놀이 중 하나일 것으로 여겼을 뿐이었다. 너희가 하도 희한한 놀이를 잘 만드니, 이번에는 나를 가지고 또 놀이를 만들었거니 했었다.

내게 제사를 바칠 아이는 너희 중에서 뽑혔다. 그 아이는 너희 말마따나 몸이 깨끗한 아이, 곧 부모와 조부모와 숙백부모와 종숙부모와 재종숙부모와 자질과 자질부들 중에 초상을 당하지 않은 아이, 너희 말로 정결한 아이였다. 그 아이는 마을에서 내게 제사를 바칠 제관으로 정해지는 날부터 사람의 말을 끊게 되어 있었다. 누구와도 말을 하지 않고 인사도 나누지 않고, 제 아내와 합방은 물론 대화조차도 하지 않게 되어 있었다. 아마 너희는 그것이 정결한 행동이라 여겼던 듯하다. 그렇지 않으냐. 너희 놀이는 항상 재미있었다. 친척이 죽었으면 부정하냐. 남녀가 교합을 하면 부정하냐. 더욱이 사람이 사람의 말을 하면 부정하다니, 참으로 너희 놀이는 재미있기만 했다.

정월 열나흘날 밤이면 너희는 모두 엄숙한 표정을 하고 내 앞에 늘어서곤 했다. 너희 중에서 수염이 허옇고 기중 유식하다는 아이가 종이에 쓰인 순서지를 들고, 힘만 센 아이는 제물을 들고, 제관으로 뽑힌 아이는 하얀 도포에 까만 유건을 쓰고, 이도 저도 아닌 아이는 정결한 옷을 입고 내 앞에 늘어섰다.

제물이 내 앞에 다 늘어 놓이면 제관이 내 앞에 꿇어앉고 너희 중에 유식한 아이가 수염을 흩날리며 목청을 가다듬고 홀기를 읽었다.

"헌관점시진설!"

"헌관은 진설이 잘 되었는지 살펴보시오."

"퇴복위!"

"물러나 자리로 돌아가시오."

"행강신례!"

"강신례를 행하시오."

너희 놀이는 항상 재미있었다. 너희끼리도 알지 못하는 말을 소리 친 다음에, 너희 말로 속살속살 어찌할지를 알려주는 놀이였다. 왜 처음부터 쉬운 말을 하지 않는지 알겠느냐. 그럴까. 어려운 말이 너희에게 부여하는 권력을 얻으려는 것이었을까. 그래서 그 권력이 그렇게 크고 좋더냐. 그래서 너희끼리도 서로 모르는 글자를 써서 저런 놀이를 하는 것이었느냐.

"헌관향안전궤!"

"헌관은 향안 앞에 꿇어앉으시오."

"삼상향!"

"향을 세 번 피워 올리시오."

"재배!"

"두 번 절하시오."

이쯤 되면 웃지 않을 수 없었다. 너희가 봐도 얼마나 귀여우냐. 알고 있겠지만, 나는 제물에 관심이 없다. 있을 리가 없다. 나더러 그 돼지머리며 밤과 곶감 따위를 어쩌라는 말이냐. 내가 어쩔 수 있겠느냐. 나는 그저 이 놀이가 재미있어서 해마다 구경하고 있을 뿐이었다. 해마다 다른 아이가 차례를 맡아서, 해마다 조금씩 다른 제물을 정성껏 갖추어서, 너희는 참 오랫동안 제사를 지내고 있었다.

강신례 지나고 참신례 지나고 헌작례 지나고 독축 지나고 또 뭐가 지나고 뭐가 지나고, 사신례 지나면 이 놀이가 끝이 난다.

"축분축문!"

"축관은 축문을 태우시오."

"고이성!"

"이성이라고 고하시오."

"예필철상!"

"예가 끝났으니 상을 치우시오."

너희는 엄숙한 얼굴을 하고 엄숙한 동작으로 엄숙하게 제사를 마쳤다. 마침 제사를 마칠 때까지 닭이 울거나 개가 짖지 않았다는 것을 서로 확인하고 제사가 잘 드려졌다며 너희는 기뻐했다. 그것 역시 글쎄다. 닭 중에 더러 밤중에 놀라 우는 아이도 있고, 개 중에는 달만 보고도 짖는 아이들이 있는데, 그 아이들이 울거나 짖는 것이 왜 부정하다는 말이냐. 도무지 너희가 만든 규칙은 이해할 수 없는 것뿐이었다. 그러나 역시 귀여운 일일 뿐이지, 그래서 나쁘거나 싫을 일은 아니었다.

내게 제사하는 일이 해마다 한 번이기만 한 것은 아니었다. 보통은 그랬지만, 특별한 일이 있으면 아무 때나 제사를 바치기도 했다. 너희도 알 것이다. 전에 어떤 섬 오랑캐가 쳐들어와서 어떤 연유인지 이 마을에 해코지를 하지 않고 지나갔을 때, 너희 수염이 허연 아이들은 모두 내게로 몰려 왔다. 그 아이들은 전쟁이 끝나고 모두들 죽지 않고 살아남은 공덕을 내게 돌렸다.

정월도 아니고 밤도 아닌 낮에, 나는 뜻밖의 절을 너희에게 수없이 받았다. 글쎄, 내가 싫어할 일은 아니었지만, 그렇다고 내가 한 일도 아니었다. 그저 또 다른 놀이인가 무심히 보고만 있기에는 너희 정성과 배례가 지나치게 극진했다. 그저 너희가 즐거워서 하는 짓이니 나 역시 달리 싫을 까닭이 없을 뿐이었다.

또 다른 제사는 기억하기 괴롭다. 참 그 제사는 받기도 민망하고 속상한 제사였다.

너희는 다른 동물들과 달리 나무에 잘 올라가는 버릇이 있었다.

노루도, 돼지도, 소도, 너구리도, 나무에는 잘 올라오지 않는데, 너희는 어떻게 된 아이들이 자꾸 나무에 올라오곤 해서 내가 늘 걱정이 많았다. 나는 빛나는 꽃도 피우지 않았고 향기로운 열매도 달지 않았다. 그런데도 너희는 이 보람 없는 나무에 기어올랐다. 그렇다고 너희가 무슨 다람쥐처럼 나무를 잘 타는 것도 아니었다. 너희는 늘 미끄러지고 기우뚱거려서 나를 염려시키는 아이들이었다. 그러면 올라오지 말 것이지, 너희는 꼭 내 어깨에 올라와서 내 마음을 아찔아찔하게 하곤 했다. 그래도 나는 가지를 펼쳐 발을 받쳐 줘서 너희가 다치지 않게 하려고 했다. 그러나 내 조심이 너희 장난을 이길 수가 있었겠느냐.

어느 해 여름에 어떤 분잡한 어린아이가 그만 내 허리춤에서 땅에 떨어진 적이 있었다. 그 어린아이는 하필 튀어나와 있던 돌에 머리를 콕 찧었고, 곧 바람이 되고 먼지가 되었다. 그것을 보고 있던 나도 그처럼 바람에 날려 먼지처럼 없어지고 싶었다.

너희 마을이 갑자기 소란스러워졌다. 온 마을 어른들이 그 방금 나비가 되어버린 아이를 안고 간 뒤에도 너희는 두려워하고 걱정하면서 내 앞에서 떠들고 있었다. 나야 어쩌겠느냐. 안타깝고 속상한 일이지만 나 역시 지켜보고 있을 뿐이었다.

해 저물 무렵에 그 아이의 삼촌 되는 젊은이가 도끼를 들고 내게로 왔다. 그 아이는 핏발 선 눈으로 나를 노려보고 손에 침을 뱉더니 내 밑동에다 도끼질을 해댔다. 쿵, 쿵. 도끼는 제법 내 그루터기를 파고들었지만, 그리 깊은 상처를 내지는 못했다. 나 역시 아프기는 했지만, 마음이 아픈 것에 비하면 그리 큰 것도 아니었다. 차라리 그 아이가 더 깊은 상처라도 내고 마음이 풀릴 수만 있다면 그렇게라도 하라고 시키고 싶었다.

마을의 다른 사람들이 몰려왔다. 서로서로 그 삼촌이라는 젊은이를 말리면서, 억지로 내게서 떼어 놓았다. 결국 그 아이는 도끼를 집어던지고 목 놓아 울었다.

그날 저녁 너희들이 내 앞에서 회의를 열었다.

"비 내시더."

"더 생각을 해 보게."

"사람이 죽었는데 뭐를 더 생각니껴?"

"그케, 거, 아아 죽은 거야 참 할 말이 없는 일이지마는….."

"그라면 됐지. 뭘 더 생각하니껴? 비시더."

"그케. 자네야 아아 삼촌이 안 그 칼라? 그케, 어야면 좋을로?"

"어야기는 뭘 어예요? 기양 비 내뿌시더."

"아이, 그케. 거참, 낭기 일부로 그란 것도 아이고….."

"낭기 그랬든동 마든동, 아아가 죽었는데 낭글 어예 두니껴? 비뿌시더."

"아이, 그, 다른 사람들 말도 좀 들어보세. 어야면 좋을리껴?"

"그게 그케, 사람한테 안하던 짓을 했으이….."

"그케요. 그라이 비는 게 옳으이더."

"저기, 저, 그래도 해마다 제사 지내든 낭글, 그거, 참 당장에….."

"제사 지내면 뭐 하니껴, 사람이 상하는데? 비는 게 맞니더."

"자, 거 참, 다른 어른들 말씀을 좀 들어 보세. 어야면 좋을리껴?"

"그래, 그거 참 생각을 좀 하세. 내 생각에는 말이지. 어, 낭기 무슨 마음이 있고 없고가 아이래, 아매 아아가 조심을 덜한 겔 게고. 그르이 낭게다 책임을 지워서 비는 거는 아무래도 말이 맞지 않는 거 같고. 그래도 낭기 여기 있으이 사고가 났다. 여기다 낭글 기양 두면 또 사고가 없을 수 없다. 그라면 비자. 그 말이 맞기는 해. 그런데, 이 낭기 참 산천에 무수한 낭기 아이고, 말하자면 동네 세전의 낭긴데, 그걸 단참에 빈다는 거는 쫌 과흔 거조가 아인가 싶다 말이지. 또 이 낭기 우리 마을에 비보 낭긴데, 갑자기 비고 나면 마을이 협협해서 들풍이 기양 마을에 들이칠 거란 말이래. 그거도 생각 안 할 일이 아이고."

"맞니더. 참 우리 마을에 그 낭기 없으면 앞이 허전해서 못 쓰니더."

"그래, 어야면 좋을로?"

"어른 말씀은 어뜨이껴?"

"그케, 난도 뭔 수가 있는 거는 아이고… ."

"그거 참, 지난 정월에 우리가 제사를 쫌 소홀히 안 지냈디껴?"

"그케, 아무래도 그게 쫌 돌아 비네."

"제사를 한 번 더 지내까요?"

"그케, 이런 일이 제사 때문이라 카기도 뭐하고… ."

"그래도 제사를 한 번 더 지내시더. 요번에는 쫌 정성을 들여서 지내는 게 어뜰리껴?"

"그게 뭐 제사 때문이라꼬 확증이 있을 수 있는 것도 아이고…."

"암만 그카셔도 제사를 지내는 게 옳을시더. 어른들 생각은 어뜨시이껴?"

"내사 뭐 딴 말은 없네마는, 제사는 잔네들이 알아서 지내게."

"그랍시더."

"그래, 자네도 마음을 푸게. 마을에서 제사를 지내기로 하이."

"몰시더. 어른들 뜻대로 하시소마는, 지는 안 갈라니더."

"그라게. 그라면 잔네들이 마촘하게 하소."

"예, 그랍시더."

나는 베어질 운명에서 갑자기 제사를 받게 되었다. 참으로 면구한 제사였다. 내가 아이를 떨어뜨린 것도 아니며, 이런다고 앞으로 아이가 떨어지지 않을 것도 아닌데, 내 앞에서 허연 머리를 조아리고 있는 저 가난하고 늙은 아이들을 보고 있어야 하는 것이 참으로 괴로웠다. 할 수만 있다면, 정말 다시는 어린아이들이 다치지 않도록 하겠다고 약속이라도 하고 싶었다. 제관은 무식했다. 그래서 이번에는 어려운 말과 너희가 알아듣는 말을 섞어 고유를 했다.

"유세차 아무해 아무달 아무삭 아무날 본동 유학 아무꺼시는 목신님께 사뢰니더. 참말로 이 머리 검은 짐승이 뭐를 아니껴. 그저 해 뜨마 낮인 줄 알고 해 지이 밤인 줄이나 알고, 밤낮으로 익힌 음식 먹는 짐승이 뭐를 알리껴. 어린 아이들을 잘 가르채서 목신님 동티를 겁내야 되는데, 이 무식하고 얼뜬 것들이 감히 겁을 모르고 목신님을 거슬렀으이, 그저 지들이 목신님께 죄가 많으이더, 부대부대 화를 푸시고 아아들 보살펴 주시이소. 어야든동 이 마을을 돌봐 주시고, 아이들을 보살펴 주시고, 어야든동, 참, 불쌍히 여기시고, 참, 머리 검은 짐승이 뭐를 아니껴. 그저 해 뜨마 낮인 줄 알고 해 지이 밤인 줄이나 아는 것들이 아무것도 모르니더. 그저 익힌 음식 먹는 짐승이 뭐를 알리껴. 부대부대 살펴 주시이소. 근이 청작포혜 지천상사 상향!"

  좀 허둥거리자 곁에 있던 아이가 옆구리를 쿡 쥐어질러서 겨우 마친 이 제사 역시 우습기는 했지만, 웃을 수는 없었다. 어느 아이인들 제 새끼가 그런 참혹한 일을 당했는데 마음이 간절하지 않겠느냐. 나 역시 그렇게 간절한 마음으로 이 제사를 지켜보았다.

  제사야 어쨌든지, 너희는 내 가지에서 많은 놀이를 생각해냈다. 내 가지에서 아이가 떨어진 일 때문인지, 나 역시 너희 놀이가 안전하도록 애를 쓰곤 했다.

  오월이 되면 너희 귀여운 딸아이들은 고운 옷을 해 입고 내 가지에서 그네를 뛰었다. 온갖 색으로 고운 빛깔을 낸 치마와 저고리로 나비처럼 팔랑팔랑 그네를 뛰는 그 아이들이 난들 얼마나 귀여웠겠느냐. 나는 혹시라도 아이들이 다칠까 하여 가지를 출렁출렁 흔들어 주었다. 그러면 그 딸아이들은 더욱 흥에 겨운 목소리로 귀여운 소리를 질렀었다.

  너희 사내아이들도 얼마나 귀여웠느냐. 딸아이들이 뛸 그네를 만들어 주기 위해, 사내아이들은 며칠 전부터 짚을 꼬았다. 그 아이들은 일부러 팔뚝을 뽐내며 거센 척을 하면서 짚단을 들고 모였다. 그래서는 손가락만한 새끼를 꽈서 긴 줄을 만들고, 그 새끼를 다시 꽈서 갑절로 굵은 줄을 만들고, 그 굵은 줄을 다시 꽈서 팔뚝만한 동아줄을 만들고, 사이사이 삼 껍질을 넣어서 질긴 그넷줄을 만들었다. 그러면서 혹시라도 끊어질까 염려하여 사내아이들이 수십 명씩 양쪽으로 갈라서서 당겨보곤 했다.

이렇게 만든 그네를 내 가지에 매어 놓고 사내아이들은 멀찌감치 물러났다. 허옇게 늙은 아이들이 풍기를 염려한다면서 젊은 아이들을 내쫓았기 때문이었다.

그런다고 못 볼 아이들이 아니었다. 이렇게 고운 딸아이들이 나비처럼 팔랑이는데, 어떻게 저 헌걸찬 사내아이들이 안 보고 견뎠겠느냐. 힐끔힐끔 엿보면서 조금이라도 가까이 보려고 온갖 지혜를 다 짜냈었다. 딸아이들은 자기 발아래서 사내아이들이 보는 것을 뻔히 알면서도 더욱 힘차게 발을 굴렀고, 그러다가 사내아이들을 발견하기라도 하면 일부러 놀란 듯이 꺅꺅 소리를 지르곤 했다.

참 귀여운 풍경이었다. 오후가 되어 늙은 아이들도 짐짓 못 본 척 뒷짐을 지고 술자리로 가고 나면, 내 그늘은 젊은 아이들의 축제 마당이 되었다. 어디선가 나타난 사내아이들이 그네를 차지하고, 하늘로 솟구치는 그네 타기를 보여주곤 했다. 소리를 지르는 딸아이들에게 힘을 뽐내는 사내아이들의 얼굴은, 젊음에 취하여 벌겋게 상기되어 있곤 했다.

내 그늘은 참 풍성했다. 너희, 마을의 아이들만이 아니라, 오가는 모든 아이들이 내 그늘에서 쉬었다. 내 그늘에서는 멀리서 오가는 소문들이 교환되었고, 너희가 생각한 지혜들이 쌓이기도 했다. 해가 따가운 여름날에는 수많은 아이들이 허리춤을 드러내고 낮잠을 잤다. 나는 내 그늘에 쉬고 잠자는 아이들이 귀여워 늘 흐뭇한 마음으로 그늘을 펼치고 있곤 했다. 또 그 아이 생각을 하는구나. 괜찮다. 그래, 내가 쓸모없어서 오래 산 것이겠지. 마음대로 생각하라고 해라.

봄날에서 여름날로 가을철이 될 때까지, 저녁이 되면 내 그늘에는 청년 남녀 아이들이 숨어들었다. 내 그늘과 곁에 있는 나무 그늘 섶에서 청년 남녀 아이들은 다정하게 속삭이고 키득거렸다. 그 아이들은 머지않아 한 집에 살며 아이를 낳기도 하고, 더러는 밤에 내 품에서 울며 이별하기도 했다.

아이들이 서로 사랑한다면서 울며 손을 놓지 못하는 것을 보면 참 귀엽고 안타까웠다. 그러게 말이다. 얼마나 살겠다고. 너희가 사랑하면 얼마나 사랑하고, 헤어지면 얼마나 헤어져 있을 거라고. 너희가 백 년이나 사느냐.

아니다. 아니구나. 그래, 너희는 사는 것이 짧으니 이번 사랑이 그렇게 아깝구나. 그래, 내가 잘못 생각했다. 너희 짧은 생애에 온 이 사랑이니 더욱 아깝고 아프겠구나.

"도련님….."

"삼월아, 울지 마라. 내가 어야겠노."

"도련님, 안 되겠지요?"

"그케. 울지 마라."

"도련님, 죽고 싶어요."

아마 그 삼월이는 춘삼이한테 시집갔을 것이다.

"사월아."

"싫다. 나는 종은 싫다."

"니 내 좋다 안 캤나."

"니가 좋지 종은 싫다."

"어야라꼬!"

"칵 죽어뿌고 싶다."

글쎄, 그래도 사월이는 결국 그 장쇠한테 시집가서 종댁이 되고 아이를 쑥쑥 낳았던 것 같다.

"숙아….."

"… 호오….."

"한숨만 쉬지 마라."

"왜 우리는 만났을까요?"

"그라지 마라. 친척인데 안 만나까."

"친척이면 그냥 친척이지, 왜 만났을까요."

"그케, 나도 죽겠다."

"왜 안 된다는 법이 있으꼬."

"그케."

"오빠 우리 죽으까?"

그 아이들도 죽지 않았다. 아마 숙이는 다른 성씨의 좋은 청년에게 시집갔을 것이다.

문득, 너희는 내게 제사를 지내지 않기 시작했다. 수십 년 전인데, 힘으로 너희를 다스리던 어떤 지도자가, 마을마다 있는 신당과 신목 제사를 폐하라고 해서, 너희는 어느 해 내게 그 사유를 고한 적이 있었다. 나야 뭐라 하겠느냐. 내가 지내라고 한 것도 아니고 지내서 내가 좋은 것도 아니니, 그저 그러려니 할 뿐이었다. 서운할 것도 아까울 것도 없었다. 그냥, 좀 심심하겠구나 하는 생각은 들었다.

마을에서는 어느 핸가 제사를 유난히 걸게 차렸었다. 돼지머리 정도가 아니라, 돼지가 통으로 드러누운 제상이었다. 떡도 사람 허리춤에 가도록 차려서는 간곡하게 제사를 지냈다. 늘 하던 대로 늘 하던 순서를 다 지키고, 갑자기 제관이 사정을 고했다.

"목신님이 참, 신명하시이 다 아실 일이시더마는, 나라에서 이 제사를 미신이라꼬 금한다니더. 참, 익힌 음식 먹는 머리 검은 짐승이 뭘 알리껴마는, 송구하고 두렵고 죄송하이더. 목신님 내년에는 제사를 못 잡솨도 참, 마을 사람 마음이 그렇지는 않으이, 부대 통촉해 주시이소."

그리고 제사는 끊어졌다. 제사가 없어져서 마을에 무슨 나쁜 일이 일어난 것도 아니고, 그렇다고 좋은 일이 일어난 것도 아니기는 했다. 그러니 너희가 알지 않느냐. 내가 제사를 원한 것도 아니고 거절한 것도 아니었지 않느냐. 어차피, 제사가 나에 대한 것도 아니었으니, 나 또한 그 제사를 받고 말고 한 적도 없었다.

너희가 내 품을 떠나 나가 돌기 시작한 것은 그 무렵이었다. 그 전부터 먼 곳으로 나가 바깥 물을 먹고 온 아이들이 늘어나더니, 그 무렵엔 마을의 거의 모든 젊은 아이들이 마을 바깥으로 나갔다. 그 아이들은 단숨에 마을을 버리고 단숨에 멀리 떠났다. 오백 년을 이렇게 살아온 나도, 그렇게 빨리 모두가 움직이는 것은 처음 보았다. 너희는 그렇게 갑작스럽게 변했다.

그래도 처음 나간 아이들은 괜찮았다. 그 아이들은 참으로 뜸하게 마을로 돌아오곤 했지만, 돌아올 때마다 내 둥치에 얼굴을 부비며 감격스러워했다. 그 아이들은 고향의 냄새를 이 느티나무에서 맡는다면서, 함께 온 낯선 아이들에게 자랑하곤 했다. 아이들이 내 품에서 나가기는 했지만, 그래도 아이들 마음에서 내가 나간 것은 아니었다. 아이들은 여전히 나의 아이들이었고, 내 품을 그리워했다.

그러나 그다음 번에 나간 아이들은 달랐다. 그 아이들은 처음 나간 아이들보다 훨씬 늦게 나갔고, 훨씬 오래 나가 있었다. 그리고 한참 뒤에 돌아온 아이들은 전혀 다른 아이들이 되어 있었다. 그 아이들은 내게 고향 느티나무라고 안겨 오지도 않았고, 고향의 정이라면서 자랑하지도 않았다. 그 아이들은 차에서 내리지도 않고 바쁜 걸음으로 마을에 들어와, 마당 가운데 차를 세우고 제 부모를 만나고, 마당에서 작별하고 먼지를 풍기며 떠나갔다.

그러는 동안에 마을에는 늙은 아이들만 남았다. 어떤 집에는 늙은 내외만 남았고, 어떤 집에는 안노인만 남았지만, 그들도 먼지가 되면 집만 남았다가 잠시 후 주인을 닮아 먼지가 되어 갔다. 마을에는 쓸쓸한 바람이 감돌았고, 살구가 마당에 벌겋게 떨어져도, 감나무에서 홍시가 저절로 떨어져도 주워 먹을 아이가 없어서 썩어가고 있었다.

어쩌다 내 발치에 나와 노는 아이들이라곤 모두 칠팔십을 산 아이들. 생기가 붙은 아이들은 아무도 없었다. 외지로 나간 젊은 아이들은 해마다 겨우 하루 이틀씩 바람처럼 왔다가 바람보다 더 쌀쌀히 떠나갔다. 그 젊은 아이들이 다녀가고 나면, 전보다 훨씬 더 허전한 걸음걸이로 늙은 아이들이 내 발치에 모여 앉았곤 했다.

이제 아무도 내게 관심이 없었다. 원래 나는 너희의 관심에 관심이 없었다. 나는 이렇게 서 있고 너희는 그렇게 살고 있을 뿐이었기 때문이다. 그러나 내 발치에서 명랑하게 재재거리던 너희 재롱이 없어져서 허전하고 쓸쓸한 마음은 어쩔 수 없었다.

문득 마을에 너희 발걸음이 잦아졌다. 무슨 일인지, 마을 건너편들이 산업 단지로 개발되고, 마을과 들 사이에 큰 도로가 난다는 것이었다. 갑자기 마을에 낯선 아이들이 오가더니 빈집들이 고쳐지고 낯선 집들이 세워졌다. 마을은 산업 단지 배후 주거지로 지정되고 마을 전역에 새집들이 들어설 거라는 말들이 있었다. 마을에 있던 늙은 아이들은 이번에도 소문에서 밀려나고, 낯선 젊은 아이들이 내 그늘에서 그런 소식들을 주고받았다.

"아, 사장님, 이거 물건 됩니다."

"진짜 돼요?"

"아, 거, 도청에서 발표한 거 보셨잖아요? 여기가 배후 주택 단집니다."

"확실해?"

"확실합니다. 이거는 안 될 수가 없는 자립니다. 사장님, 제가 확실하게 다섯 배는 튀겨 드리겠습니다."

"용도 변경이 되는 거는 확실하지?"

"당연하지요. 벌써 용도 고시가 나갔습니다."

"오래 걸릴까?"

"아닙니다. 금년 내로 분양 공고가 나갈 겁니다."

"필지는 분할이 되겠지?"

"그럼요. 이거 옛날에 큼직큼직하게 막 붙여 놔서, 어차피 잘게 째야 됩니다."

"뭐 걱정거리는 없겠지?"

"예. 촌사람들이 무슨 문젯거리가 있겠습니까?"

"그래도 요새는 촌사람들이 더 무서워."

마을에서 이장을 맡은 아이가 달려왔다.

그 아이도 제 동무들과 함께 멀리 떠났다가, 몇 해 전에 도로 들어와 마을에 살고 있는 아이였다. 그 아이는, 외지에서 대학을 나오고 나라에서 가장 큰 회사에 들어가 제법 높은 자리에 있었다. 그러는 동안에 장가도 가고 아이도 남매를 낳았는데, 고향이라고 데려온 걸 보니 참 잘 생긴 아이들이었다. 그런데 그 아이들은 모두 제 어미가 외국으로 데려가 버렸다고 했다. 어미도 좀 쌀쌀맞게 생기기는 해도 무던해 보이더니, 아이들을 뭔가 대단하게 키운다고 그랬던 모양이었다. 그 아이는 제가 큰 회사에 일해서 받은 돈으로 그 모자들의 생활비와 학비를 대고 있었는데, 연전에 그 회사에서 나가라고 했다고 했다. 나갈 나이 되어서 나가라고 하니 나갈 수밖에 없기는 했지만, 아내와 아이들이 모두 외국에 있으니 갈 곳이 없었다. 아마 제 처에게 귀국하라고 해 보기도 한 것 같지만, 거절당한 모양이었다. 결국 이혼하면서 제 적금과 재산과 연금을 털어서 몽땅 외국의 아내와 아이들에게 보내고, 늙은 어미를 기대고 마을로 돌아온 것이었다.

마을에는 제 또래가 하나도 없었다. 또래는커녕, 비슷한 나이도 없었다. 그 아이는 돌아와서 얼마 되지 않아서 이장을 맡았다. 저도 나이를 먹었는지 벌써 머리가 희끗한 아이가 온 동네 막내가 되어서 허덕대고 있었다. 처음에는 탈기한 것이 온 세상 근심은 혼자 진 듯하더니, 그래도 마을에서 젊은 아이라고 조금씩 기운을 차리고 돌아다니면서 마을에서는 제법 활력 노릇을 하고 있었다.

그 아이가 어떤 낯선 아이와 말씨름을 하고 있었다.

"말도 안 되지, 이 땅이 어떻게 사유지라는 겁니까?"

"이장님, 등기부에 그렇게 되어 있습니다. 보십시오."

"아니, 등기부고 뭐고, 우리 동네 동제당인데 어떻게 사유지가 됩니까?"

"아니, 이장님, 아무리 그러셔도 등기된 걸 어쩝니까?"

"아니, 수백 년 동안 마을 공유로 알고 있는 땅이 어떻게 외지인의 사유지가 됩니까?"

"그러게 말입니다. 하여튼, 이장님 보시다시피, 이 땅은 확실히 사유지로 등기가 되어 있고, 지금은 황 사장님 땅이 분명합니다."

"그게 왜 그렇게 됐을까? 확실히 동네 공유진데."

"전에 어른들이 등기 개념을 잘 모르시고 사유지 상태로 두셨던 것 같습니다."

"아니, 언젠지는 모르지만, 수백 년 전에 어떤 어른이 마을에 기부하신 거라는데…."

"그걸 일제 땐가 오랜 뒤에 등기하라고 하니까 마을 대표 이름으로 했겠지요."

"그 대표가 누군데?"

"그 대표는 백 년도 넘은 사람이지요. 그 자손에 자손으로 상속되어 와서 누군지도 모르지요."

"그 자손이 누구냐고요. 우리 마을 사람이 아니겠어요?"

"저희는 모릅니다. 그 자손들은 몇 대 전부터 외지에 살고 있을 텐데, 이번에 개발이 되면서 부동산 회사에서 연락해서 샀을 겁니다. 아마 그분들은 마을에 대해서는 알지도 못할 겁니다. 그냥 부동산회사에서 연락이 오니까 조상님 땅이 있었구나 하고 좋다고 팔았겠지요."

"아니, 그래도 그렇지. 마을에 물어봐야지. 황 사장은 이걸 누구한테 샀어요?"

"황 사장님이 사시기 전에 이미 지번 분할이 돼서 전체적으로는 나누어져 있었습니다."

"아니, 그래도 바로 이 땅은 누가 팔았을 거 아닙니까?"

"황 사장님은 부동산 컨설팅에서 사셨습니다."

"부동산 컨설팅은 누굽니까?"

"저희 회사 새누리 부동산이지요."

"거기는 어디서 샀습니까?"

"다른 부동산 재개발 회사에서 샀습니다."

"그 회사는 어딥니까?"

"이장님, 저희가 전국적으로 이런 부동산 기획하는 일이 한두 건이 아닙니다. 이런 경우에는 벌써 부동산 회사 대여섯 손은 넘어갔을 겁니다. 이장님이 찾아낼 수는 없을 겁니다."

"그런데 황 사장이 왜 이 나무를 벤답니까?"

"이장님, 사유지에서 사유 입목을 베는 것은 원칙적으로 소유자의 권리입니다."

"그래도 이 나무는 동네에서 제사를 지내는 동신목 아닙니까?"

"이장님, 저희가 알아봤습니다. 제사는 벌써 수십 년 전에 폐해졌던데요."

"그래도 마을 사람들은 동신목이라고 부르잖아요."

"이장님, 그건 마을의 관습적 명칭일 뿐입니다. 그런 이유로 이 나무를 못 베게 할 수는 없습니다. 혹시라도 보호수로 지정되어 있는가 알아봤지만, 그렇지도 않았습니다."

"그렇다고 그냥 벱니까? 마을 사람도 아니면서?"

"이장님, 마을 사람이냐 아니냐 하는 것은 주민 등록과 부동산의 소유권을 기준으로 해야 합니다. 그렇다면 황 사장님은 아무 문제가 없습니다."

그런 문제였다. 이장 아이도 참 딱한 아이였다. 하긴, 그러니 회사에서 그렇게 청춘을 바치고도 말 한마디 못 하고 잘려 나왔을 것이고, 제 아내와 아이들에게도 그렇게 되었을 것이었다. 그러나저러나 일은 참 답답하게 되어가고 있었다. 마을의 아이들은 날마다 내 그늘에 모여 의논을 했지만, 그 늙은 아이들 모두의 지혜를 모아도 부동산 회사 젊은 아이 하나의 상식도 뒤집을 수 없었다.

늙은 아이들은 나이에 걸맞게 장탄식을 늘어놓았다. 그리고 그 땅을 진작에 동네 공유지로 해 놓지 못한 것도 후회했다. 연전에 군에서 보호수 조사할 때 마을에 젊은 사람이 없어서 보고서를 못 낸 것을 탓하기도 했다. 그러나 바꿀 수 있는 것은 없었다. 결국 늙은 아이들은 황 사장에게 사정을 하기로 했다. 그저 그 낯선 사람의 환상적인 호의밖에는 기댈 곳이 없었다. 아이들은 또 이장에게 그 임무를 지웠다. 사실 이장 말고는 그런 대화를 알아들을 수 있는 아이도 없었다.

"사장님, 이 나무를 베실랍니까?"

"아, 예, 이장님. 제가 부동산 회사에 땅을 정리해 달라고 했습니다."

"그러면 이 나무를 벤다는 것인데, 꼭 베실 겁니까?"

"이장님, 여기는 제 땅입니다. 제 땅 한가운데 이 나무가 있어서 구획하고 집을 짓기가 불편할 뿐입니다."

"압니다. 그래도 이 나무는 동네에서 신목으로 위하는 나문데, 이걸 갑자기 벤다고 하니 안타까워서 하는 이야기 아닙니까."

"글쎄요, 저는 그런 관계는 알지 못합니다. 저는 그저 이 땅을 효율적으로 쓰기 위해서 이 나무를 베어 내고 반듯하게 땅 모양을 잡고 싶을 뿐입니다."

"아니, 사장님. 이 나무를 그냥 두고 땅을 쓰시면 경관도 좋고 도움이 될 텐데 왜 꼭 베시려고 합니까?"

"이장님, 이 나무를 두는 게 좋은가 베는 게 좋은가는 제가 생각할 일입니다. 죄송하지만 이장님 말씀보다 제 생각이 결정적입니다."

"아, 예. 사장님, 그래도 좀 다시 생각하실···."

"이장님, 죄송하지만 다른 생각이 없습니다."

"사장님은 여기다 뭘 하실 생각입니까?"

"이장님, 저는 회사를 경영했습니다. 그동안 운이 좋아서 사업이 번창했습니다. 아이들도 잘 되어 가고 있고 해서, 저는 이제 제 노후를 이렇게 조용한 마을에서 보내기로 했습니다. 부동산 회사에서 권한 자리 중에서 이 자리가 가장 좋았습니다. 저는 여기다 깔끔한 전원주택을 지을 생각입니다."

"아, 이 마을에서 사시려고···?"

"예, 저는 이 집이 다 되면 일 년 중에서 몇 달을 여기서 보낼 생각입니다."

"아니, 사장님. 그러자면 마을 사람들과 관계를 좋게 하셔야···."

"이장님, 그건 걱정하지 마십시오. 저는 마을과 실제로는 별로 관계를 갖지 않을 것이지만, 관계를 좋게는 하겠습니다."

"예?"

"저는 이 환경과 경관을 좋아하는 것이지, 이 마을을 특별히 좋아하는 것은 아닙니다. 저는 마을에 피해를 드리지 않을 것입니다."

"아니, 그래도···."

"이장님, 제가 농촌 봉사상을 받은 사람입니다. 제 회사에서는 농촌 마을에 봉사 활동을 수없이 했습니다. 저희는 농촌 어른들을 대하는 방법을 알고 있습니다. 제가 마을로 들어올 때 마을 경로당에나 이장님께 섭섭지 않게 하겠습니다. 너무 염려 마십시오."

"아, 그런다고 다 되는 게⋯."

"다 되는 건 아니겠지요. 그래도 너무 염려하시지 마십시오. 저희 회사에 이런 일 잘하는 사람이 많습니다. 농촌 어른들 마음은 금방 잡아드릴 수 있을 겁니다."

"아, 그래도 동네 신목을 벤다는데⋯."

"이장님, 말씀하시니 말씀드리는데⋯."

"예에?"

"저는 그 ⋯ 솔직히 말하자면, 신목이라는 거 때문에 베려는 겁니다."

"예?"

"제가 나무를 세워 둔 채로 집을 지으면, 만약 마을에서 다시 동제사를 지내기로 하면 저희 마당에서 제사를 지낼 것 아닙니까? 저는 그렇게 꺼림칙한 건 못 합니다."

"아, 저, 이제는 제사를 안 지내는데⋯."

"안 지내시지요?"

"예. 이제는 안 지내지요."

"그러면 이제는 신목도 아닌데, 베면 어떻습니까?"

"아, 그래도 제사 지내던 나문데⋯."

"다시 지내게 될까요?"

"그거는 모르지요."

"이장님도 모르지 않습니까? 마을에서 언제 제사를 지내겠다고 하실지. 그러면 제 마당에서 동제를 지내게 되는데 어떻게 제가 그 집에 살겠습니까? 아마 그런 경우라면 이장님도 저와 마찬가지일 겁니다, 아닙니까?"

"아, 예, 그건 그렇습니다만…."

"이제는 안 지낸다고 해도, 이미 전에 제사를 지냈던 나무라면 마당에 세워 두기도 편하지 않습니다. 마음에 불편한 것을 왜 하겠습니까?"

"그러면, 제사 받던 나무를 베어내는 것도 죄송하기는 할 거 아닙니까."

"그건 부동산 회사에서 할 겁니다. 저는 반듯한 땅을 샀으니까, 부동산 회사에서는 제게 반듯한 땅을 줄 의무가 있지요. 계약에 땅만 있지, 나무가 서 있지는 않았습니다. 저는 단지 그 회사에 계약대로 땅을 달라고 했을 뿐입니다."

그런 것이었다. 나는 제사를 받았기 때문에 베어지는 것이었다. 제사를 받던 나무니까, 제사를 지내지 않으면서 그냥 두기는 불편하다. 혹시 다시 제사를 지내게 되어도 불편하다. 그러니까 나는 이러나저러나 불편하다. 그러므로 베어야겠다. 그 사장이라는 아이는 생각보다 예의 바르고 똘망똘망했다. 이장 아이는 별 이야기도 해 보지 못하고 물러났다.

그런데 아무래도 이상하지 않으냐. 내가 너희에게 제사를 받겠다고 했느냐. 나는 너희를 낳지도 않았거니와, 낳는 데 바람 한 줌 구름 한 움큼도 도움을 준 적도 없으니, 아무래도 제사를 받을 이치가 없었다. 그런데 너희가 그렇게 경건하게 제사를 바치더니, 이제 와서 제사를 받았다고 나를 베겠다는 것이다.

그렇다고 내가 그 제사를 받았느냐. 그냥 너희 놀이 중의 하나였을 뿐, 내가 그 제물을 먹었느냐, 그 술잔을 마셨단 말이냐. 그저 너희끼리 재미있게 놀다가 싫증 나면 그만두는 놀이였지 않으냐.

내가 제사를 받았다면, 아마 너희는 제사를 지내는 동안 복을 누렸을 것이고, 제사를 폐한 동안 화를 겪었을 것이다. 그랬느냐. 아니지 않으냐. 나는 제사를 받은 적이 없었다. 그런데 너희가 마음대로 제사를 지내고 폐하더니, 이제 제사를 받았다고 나를 벤다는 것이다.

=

2

=

 황 사장이라는 아이가 나를 베 달라는 날이 임박했다. 그렇지만 당연히 그 아이는 나를 베는 사람이 되지는 않을 것이다. 사실은 그 아이가 아니라 그의 돈을 받기로 되어 있는 부동산 회사의 젊은 아이가 베게 되어 있을 것이다. 그러나 그 아이도 나를 벨 기술이 없을 테니, 부동산의 아이도 나를 베는 사람은 되지 않을 것이다. 기계톱을 가진 어느 아이가 그 아이에게 돈을 받기로 하고 나를 벨 것이다.

 부동산 아이는 근동에서 나를 벨 사람을 사기로 했다. 근동이라야 나를 벨 정도로 근력이 되는 아이들이 없다. 늙은 아이들은 기계톱을 무서워했다. 한나절을 슬근슬근 땀 흘려 베야 할 나무라도 단숨에 스르륵 잘라내버리는 기계톱의 위력을 본 아이들은, 기계톱에 익숙해질 수가 없었다. 늙은 아이들은 나를 벨 수가 없었다.

 결국 이장 아이가 나섰다. 그 아이는 미국에 있던 제 아이들이 잠시 귀국한다고 해서 아비 체면이 궁한 참이었다. 부동산 아이가 벨 사람을 구하지 못한다고 매달리자 그 아이는 마을 사람들과 의논하고 제가 맡았다. 어쩌면 그 아이는 제 손으로 나를 베고 싶었을 것이다. 내가 남의 손에 베어지는 것을 그 착해빠진 아이가 어떻게 보겠느냐. 나는 이장 아이의 손에 베어질 것이다. 아마 쓸쓸하겠지만 다행이라고 생각하며 베어질 것이다.

참 길고 긴 세월이 흘러갔다.

수많은 가난한 아이들과 부유한 아이들이 모두 내 앞에서 뛰고 춤추다가 먼지가 되었고, 셀 수 없이 많은 고래등같고 게딱지같은 집들이 내 자락에서 지어졌다가 먼지가 되었다. 내게 제사를 지내던 아이들과 제사를 지내지 않던 아이들 모두 한 가지로 먼지가 되었다. 알지 않느냐. 저 사장 아이나 이장 아이나 혹은 부동산 아이라고 해도, 그 아이들 모두 고운 먼지가 되어 이 언덕에 흩날리지 않겠느냐.

나는 바둑판이 될 것이다. 수십 개의 바둑판이 되어, 맞지도 않은 벼락까지 맞았다는 소문과 함께 팔릴 것이다. 가로세로 그어진 네모난 판 위에서, 너희 흥망성쇠가 바람처럼 흐를 것이다.

나는 현판이 될 것이다. 바둑판으로 네모나게 오려지지 않는 구석 조각들은, 요즘 너희가 좋아하는 괴목 현판이 되어 너희 값싼 재산을 자랑하게 될 것이다.

그리고 나는 지팡이가 될 것이다. 현판으로 쓰기에도 너무 가는 내 가지들은, 모양을 유지한 채로 껍질이 벗겨지고 불에 그슬려, 연조가 과장된 지팡이가 되어 너희 늙은 아이들의 허전한 외출에 함께 할 것이다.

마침내 너희는 내 뿌리까지 캐낼 것이다. 그리고 그 뒤집힌 뿌리를 깎고 다듬어, 출처를 알 수 없는 도자기를 얹고 너희 조야한 거실에 놓아둘 것이다. 거기가 뜻밖에, 고향 떠난 너희 자손의 집이라 해도, 너흰들 알겠느냐 내가 알겠느냐.

이해할 수 없는 일은 이해할 수 없다.

아무리 알아보려고 애를 써도, 알 수 없는 일은 역시 알 수 없다.

실은, 모르고 사는 것도 그리 불편하지 않았다. 어쩌면, 원래 이런 줄로 알았을 수도 있다.

그러나 원래 이랬을 리가 없다. 우리가 원래 이랬다?

아닐 것이다. 우리 사는 것이 원래부터 이렇게 비루했을 리가 없다. 우리가 이렇게 꿈도 추억도 없고 의문도 분노도 없었을 리가 없다.

우리 강과 바다와 산과 짐승들은 모두 제자리를 잃고, 무너지고 막히고 깨어지고 쫓기고 있다. 그리고 그것들은 회복되기 어려울 것이다. 잠시 맡아 있는 임시적인 관리자가 이렇게 망가뜨려도 되는가.

우리 자랑스런 청년들은, 보이지도 않는 밥그릇에 낚여서 이리저리 끌려 다니고 있다. 게다가 그들은 결국 그 밥그릇을 차지하지도 못할 것이다. 밥이 내 아이를 이렇게 모욕해도 되는가.

우리 누추한 늙은이들은, 모처럼 뽑은 대통령을 잃고 함께 기르던 군인들과 아이들을 잃었는데도 스스로 잘했다고 소리를 치고 있다. 마침내 우리는 조롱받고 버려질 것이다. 우리가 이렇게 퇴화해도 되는가.

일상이 이렇게 남루한데도, 우리가 놀라지 않는 것은 놀랍다.

이것들이 정상일 리가 없다. 그런데 이렇게 아무 일도 일어나지 않다니. 나는 이것을 이해할 수 없다. 나는 이해할 수 없다. 어떻게 해야 하나.

소설을 쓰는 것은 어떨까. 이십 대에 남들처럼 신춘문예에 몇 번 떨어진 적은 있었다. 그러나 그 뒤로 허술한 인생에 눈이 팔려서 소설조차 마음잡고 쓸 겨를이 없었다.

그렇지만 이제는 결국 소설을 쓸 수밖에 없다. 그런다고 이해될 것도 아니지만, 다른 방법을 알지 못하기 때문이다.

이런 허름한 글을 수년째 실어 준 계간 『사람의 문학』에 감사한다. 책을 낼 때마다 펄프를 내놓아야 했던 나무들한테 미안해서, 이번에는 도서출판 『책과 나무』에 출판을 부탁했다. 수고하신 분들께 감사한다.

다시 소설 쓸 일이 없었으면 좋겠다. 그러나, 안 좋은 예감은 왜 늘 어긋나지 않는지.